CARCAÇA, OU O PRIMEIRO CADÁVER QUE EU VI NA VIDA

CARCAÇA,
OU O
PRIMEIRO
CADÁVER
QUE EU VI
NA VIDA

ALEXANDRE SARIAN

Coordenação editorial: Sálvio Nienkötter
Editor-adjunto: Raul K. Souza
Revisão: Guilherme Conde Moura Pereira
Projeto gráfico e editoração: Bárbara Tanaka
Capa: Cleber Orsioli
Produção: Cristiane Nienkötter

Dados Internacionais de Catalogação na Publicação (CIP). Andreia de Almeida CRB-8/7889

Sarian, Alexandre
Carcaça ou primeiro cadáver que eu vi na vida / Alexandre Sarian. —
Curitiba : Kotter Editorial, 2019.
410 p.

ISBN 978-85-68462-97-3

1. Literatura brasileira I. Título

CDD B869

19-0090

Texto adequado às novas regras do acordo ortográfico de 1990, em vigor no Brasil desde 2009.

KOTTER EDITORIAL

Kotter Editorial Ltda.
Rua das Cerejeiras, 194
CEP: 82700-510 - Curitiba - PR
Tel. + 55(41) 3585-5161
www.kotter.com.br | contato@kotter.com.br

Feito o depósito legal
1ª edição
2019

Sumário

capítulo 1.

o quarto ao lado.

Merda... merda... merda... merda...

Essa é a única palavra que sai pela minha boca. Um vazio monumental habita minha cabeça. Estou em um estado de dormência, de anestesia, estou fora de mim. Eu escolho estar fora de mim. Entrar em mim é muito difícil. Se eu decidir entrar em mim, tenho que lidar com tudo isso. E eu não tenho condições de lidar com tudo isso. Tudo isso é de outro mundo, coisa de filme, coisa de... sei lá... jornal sensacionalista. Definitivamente não é da minha realidade.

Merda... merda... merda... merda...

Eu ando de um lado para o outro no meu quarto. Chuto as roupas jogadas pelo chão. O ambiente não é tão grande e nem pequeno demais. Sempre o achei do tamanho certo, ideal, o refúgio perfeito. Hoje, porém, parece ter encolhido. Suas paredes parecem querer me esmagar. O conhecido se tornou assustador, sufocante.

Merda... merda... merda... merda...

Eu me perco no meu mantra. Começo a prestar atenção no movimento da minha boca ao falar "merda", no som que a palavra faz ao ser soprada para o mundo. Sinto a língua, o céu da boca, os dentes e cada músculo de minha face se contraindo e relaxando. Me afogo em cada sílaba. Mer... Da... Mer... Da... Mer... da... Merdamerdamerdamerdamerda!

O que foi que eu fiz?!

A realidade cai dentro de mim. Eu caio dentro de mim. A exaltação se transforma em enjoo, em tremor. Meu caminhar repetitivo me prende em um turbilhão. Tudo gira, tudo se remexe, se mistura, se potencializa. Tudo está prestes a explodir.

Tento transparecer uma calma não condizente com o momento. Desacelero meus movimentos, esfrego fortemente as mãos no meu rosto e sento sobre a minha cama bagunçada, lugar de onde eu nunca deveria ter saído. Se eu tivesse permanecido aqui, enrolado aos lençóis, preso aos desgostos e inerte aos impulsos, nada disso teria acontecido. Não existiria nada com o que lidar. O quarto ao lado continuaria sendo o quarto ao lado, o quarto de sempre, o quarto de Fabrício.

Colchão, lençóis e travesseiro continuam encharcados de suor, um suor gelado. É desconfortável sentir essa umidade, mas, ao mesmo tempo, sinto uma harmonia repugnante entre os panos e o meu próprio estado deplorável. Esse incômodo generalizado faz tudo se fundir, gera uma massa disforme constituída por meu corpo e pelas roupas de cama. O suor dá a liga e eu não paro de suar. Sinto as gotas escorrendo pela minha testa e descendo pelo meu rosto enquanto arrepios sobem pela minha nuca. Há uma névoa de asco pairando sobre mim.

Eu arroto e sinto o gosto da noite anterior. É um gosto de álcool. Todos os possíveis, todos juntos. Cerveja, vinho, vodka, cachaça, tequila, tudo. Tudo misturado com alguns poucos nachos e amendoins e muito, mas muito arrependimento. Ao me lembrar da noite passada, eu levo a minha mão à testa.

Eu culpo ele! Claro que culpo! Só poderia ser ideia daquele infeliz! Aquela festa não tinha que acontecer! Talvez se ela não tivesse acontecido, nada disso existiria. Nenhuma aflição, nenhum medo. A vida continuaria, como sempre, prazerosamente tediosa.

Diferente de ontem à noite, hoje a casa está silenciosa e, mesmo enfiado nesse pesadelo, sinto vontade de aproveitar a quietude rara. Eu amo o apartamento quando ele permanece assim, sem nenhum som desconvidado. Se eu tivesse condições de morar sozinho, essa seria a trilha sonora da minha vida: o meu silêncio, os meus barulhos e os de mais ninguém. Mas não dava... Não dava pra morar sozinho aqui. E também não dava pra morar em outro lugar. Eu me apego às coisas. Eu me apego aos lugares. E eu sempre fui completamente apegado ao meu lar. Mas aí Fabrício teve que chegar e mandar o silêncio para bem longe. Como era barulhento o Fabrício! Ele falava alto, ria alto, comia alto, transava alto. Queria sempre mostrar que estava ali! Queria sempre mostrar e mostrar e mostrar e mostrar. Queria se mostrar!

Um flash da noite anterior explode em minha cabeça. Tudo roda. Minha náusea se intensifica. Minha boca está grudenta, minhas entranhas estão tóxicas. A cada segundo fica mais insuportável habitar meu próprio corpo.

Um copo de água me faria bem, mas para chegar até a água eu precisaria sair do meu quarto, deixar meu forte para trás, estourar minha bolha de segurança. Não sei se consigo. Não quero pensar no que eu vou ter que fazer sobre *aquilo*. E pisar para fora significa abraçar o apuro e lidar com fatos. Fatos evitados, indesejados.

Eu não quero sair, mas meu próprio quarto parece querer me expelir. Chegou a hora. Devagarzinho eu abro a porta e piso com meus pés descalços no corredor. O chão está sujo, grudento e, a cada passo que dou, ouço um "cleck". O quarto ao lado está com a porta entreaberta. Eu me esforço para não espiar pela fresta, mas não consigo. Uma força meio masoquista dentro de mim quer ver, mais uma vez, o que tem lá dentro. Quer ter certeza que eu realmente fiz o que fiz... Quer ter certeza que tudo aquilo é real.

Dali do corredor, eu só consigo ver o chão do quarto de Fabrício forrado pelo carpete cinza. Sobre ele, o peso de musculação de 10 kg e a camiseta branca ainda suada. Tenho que parar de espiar antes que veja mais do que quero, do que posso! Eu aperto o passo e tento fazer o mínimo barulho possível, como que se tentasse fugir de um terrível monstro sem ser percebido. Mas esse monstro não está me perseguindo. Ele está só me aguardando. Ele sabe que nossos destinos ainda vão se cruzar e que vou ter que encará-lo de vez.

Ao chegar na cozinha, tento novamente transparecer calma e compostura, mas o desespero quase escapa pelos meus poros. À minha volta, latas de cerveja estão espalhadas por todos os cantos, algumas inclusive ainda cheias. Todos os copos da casa estão sujos, alguns com restos endurecidos de vinho em seus fundos, outros com restos de bebidas variadas, com gelo derretido e com um toque de cinzas e bitucas de cigarro, um típico drinque sabor ressaca.

Era aquele tipo de coisa que me deixava puto! Uma festa que eu não quis, uma ressaca que eu não pedi, nenhum copo para eu beber água e uma sujeira que vou ter que limpar sozinho. Bom... Obviamente eu vou ter que limpar sozinho. Eu estou sozinho. Completamente sozinho.

Abro a torneira da cozinha e viro minha cabeça para tomar água direto da fonte. Minha tontura piora. Que ideia péssima virar a cabeça para baixo! Mesmo assim a água que desce pela minha garganta me hidrata, me limpa e, aos poucos, leva toda aquela inhaca embora... Bem aos poucos.

Não dá mais para escapar. Chegou a hora de começar a lidar com a sujeira. Essa na cozinha vai ficar pra depois. Minha faxina tem que começar com a sujeira mais pesada. Aquela lá no quarto ao lado. Eu seco minha boca e meu queixo com o braço, respiro fundo e sigo para o corredor. A cada passo, ouço um "cleck". A cada passo, ouço meu coração bater mais forte.

Eu chego em frente à porta entreaberta e, em um movimento rápido com as pontas dos dedos, escancaro a entrada do quarto. Eu já sabia o que ia encontrar ali mas, mesmo assim, retraio automaticamente o corpo em um susto.

No chão do quarto, o carpete cinza, o peso de musculação de 10 kg, a camiseta branca suada. E ali, logo ao lado de tudo isso, um cadáver. O cadáver de Fabrício. Suas pernas e joelhos também sobre o carpete cinza e o tronco musculoso sobre a cama, de barriga pra baixo. A posição é a mesma de alguns minutos atrás, quando eu entrei ali e decidi acabar com todo meu pesadelo particular, com tudo aquilo que vivi pelos últimos nove meses.

Como ele é real! Como ele é diferente de tudo que eu já imaginei, de tudo que eu já vi em filmes! Eu sei que eu nunca vou esquecer dessa visão, desse meu primeiro contato com a morte. E que contato inédito! Que contato íntimo!

Agora só tem eu e você, Fabrício. Eu e o seu cadáver. E quem diria que nossa curta história chegaria até aqui? Olha, eu não vou mentir. Já sonhei com cenários bem parecidos com esse. A morte, no entanto, era sempre o ápice, o clímax! Uma salva de palmas e fechem as cortinas! Aí eu acordava e continuava os meus dias te odiando em silêncio e lembrando da doçura que era imaginar o seu fim. Mas isso aqui é diferente... Bem diferente. Isso é realidade. E a realidade é amarga, a realidade dá medo e, o pior de tudo, a realidade continua, sempre continua.

capítulo 2.

o cadáver.

Eu abro os olhos e vejo um teto que definitivamente não é o meu. Está limpo demais, claro demais. Pela janela entra um raio de sol que queima metade do meu rosto. Minhas costas doem. Eu estou deitado no chão com a sensação de ter dormido por semanas, meses, uma eternidade. Nesse mísero segundo, milhões de dúvidas povoam a minha mente. Eu não sei onde estou, quem sou, quando é, o que foi, o que vai ser...

Sobre a pele dos meus braços eu sinto a textura do carpete quente e as dúvidas somem. Apenas viro a minha cabeça para a esquerda e confirmo tudo, mais uma vez. Não foi sonho. Tem um cadáver bem do meu lado...

Como pode uma pessoa ser tão desajustada? Quem consegue dormir por tanto tempo ao lado de uma pessoa morta? Quem consegue dormir por tanto tempo ao lado da pessoa morta que ela mesma matou? Será que meu próprio corpo mergulhou na inconsciência para que eu não tivesse que lidar com meu futuro incerto? Não... Isso deve ser uma reação corporal normal! Aposto que todo mundo que passa por um grande trauma como esse deve sentir essa mesma sonolência. É normal... É normal... Eu sou normal!

Eu me levanto com dificuldade. Sinto meu corpo se estalar por inteiro. Todo o meu enjoo e tremedeira de ontem já passaram, mas a consciência da merda que eu fiz ainda pulsa. Quanto mais sóbrio eu fico, mais evidente e incômoda a verdade se torna. Não sei o que é pior: a ressaca ou a consciência.

Eu me aproximo do cadáver de Fabrício bem devagar. Quero ver mais do que apenas as suas costas musculosas e a parte de trás de sua cabeça coberta por seus fartos cabelos encaracolados e loiros. Conforme chego mais perto, enxergo o seu rosto, em perfil, encostado no lençol amarelo da sua cama. Seus olhos azuis estão arregalados, surpresos e sem qualquer traço de vida, a boca entreaberta. Ele parece sorrir. E não é um simples sorriso, é um sorriso debochado. Ele está rindo da minha cara! "Se fodeu, Lucas...", ele deve estar pensando. "Quero ver você se virar agora, mané". Até morto esse filho da puta consegue zoar com a minha cara.

Perco meu olhar por seu rosto, por seus traços extremamente simétricos, esse rosto que antes fazia borbulhar ódio dentro de mim... Estranho... Agora não mais... Agora sem vida, ele não tem tanto efeito. Agora ele não gera nada, absolutamente nada. O ódio acabou. E não era isso que eu queria? Pois bem... Está feito!

Por outro lado, eu *matei* alguém... Eu cruzei aquela linha que nunca imaginei estar sequer perto. A linha entre sanidade e loucura. Aqui é o outro lado. O lado das sombras, dos assassinos, dos psicopatas, dos monstros! Não... Eu não sou um monstro... Eu sei que eu não sou um monstro...

Uma música me tira do meu transe. Eu odeio essa música. Eu *sei* que odeio essa música! Só preciso das suas duas primeiras notas pra saber disso, pra sentir esse arrepio desgostoso subindo pelo meu corpo. É ela, "Viva la Vida" do Coldplay... Eu já odiava ela antes, bem antes de Fabrício entrar na minha vida e ter essa música como toque de seu celular. Mas depois que passei a ouvi-la quase que diariamente, comecei a ter certeza que essa era o hit número um nas paradas do inferno.

Em cima da mesa, o celular de Fabrício toca. A cada "Ô ô ô" da letra, mais nervoso fico. Fabrício, com certeza, sabia que aquele toque me irritava, e sempre que ele recebia uma ligação, deixava a música rolar até o limite antes de cair na caixa postal, só pra me tirar do sério, só pelo simples prazer de me ver perder o controle.

É ela que está ligando. Claro que é ela. É a Joana! Eu não acredito que a Joana está ligando pra *ele*! Como isso me deixa puto! Tudo isso... Essa nova amizade, a proximidade instantânea, as piadas internas, os programas pseudointelectuais. E eu, esquecido, largado, como se fosse um... um papel de bala, amassado e jogado em um lugar qualquer. Insignificante e inconveniente.

Silêncio. O celular para de tocar... É isso? Eu ganhei? Sim! Eu ganhei! Vitória! Aguentei firme até os últimos sinais da abominável melodia. E, como prêmio, eu recebo calma, uma calma estranha, desconexa, mas necessária. Uma pena que o gosto da vitória durou tão pouco. Assim que pouso o celular em cima da escrivaninha, olho de relance para sua tela, vejo o horário e a calma vai embora.

A vida continua, principalmente em uma segunda-feira às 9 horas da manhã. É segunda- feira! São 9 horas da manhã! A essa hora eu já devia estar na produtora, sentado naquela cadeira desconfortável, hipnotizado pela tela de meu computador. Mas eu não tenho como ir trabalhar agora! Não nessa situação! Nunca existiu dia mais propício para tirar folga do que hoje! Eu só tenho que juntar coragem para explicar para Flora, minha chefe, que por condições extraordinárias eu não posso dar as caras no escritório. O real motivo e seus detalhes mais sórdidos eu continuo escondendo. Ninguém precisa saber... Ninguém *pode* saber!

Eu sigo para a porta do quarto. Instintivamente olho para o corpo de Fabrício e estendo a minha mão, como se sinalizasse que já voltava. Que gesto inútil! Mais uma prova de que estou enlouquecendo a cada segundo. Vou rapidamente para meu quarto e pego o celular no bolso de uma calça jeans jogada no chão. Agora é a hora de pensar na desculpa perfeita para contar para Flora. Que graves doenças posso ter contraído? Quais familiares podem ter se acidentado? Quais viagens inesperadas tive que fazer na pressa? Que dores misteriosas podem ter me afligido? Nenhuma desculpa parece ser boa o suficiente. Flora é esperta. Sei que ela não vai cair em qualquer desculpinha. O telefone dá um toque, dois toques e eu me decido pela clássica gripe acompanhada de febre. Já começo até a tossir antes que ela atenda o telefone. Nada mais convincente do que uma tosse gutural abrindo a conversa.

Flora atende. Ela não espera nem eu iniciar o meu teatro e já começa a falar. Seu tom é baixo, controlado, mas toques de nervosismo e impaciência escapam por suas palavras e respirações.

— Lucas, ca-dê vo-cê?!

— Coff, coff... Flora?! Não tô me sentindo muito bem...

Do outro lado da linha, Flora ri. É uma risada irônica, beirando o maníaco.

— Nem começa, Lucas. Vem pra cá a-go-ra! O Giuliano já chegou e tá te esperando pra ver o corte final do piloto. Até o Ribas já tá aqui! Só falta você.

— Mas... eu tô meio... meio... acho que foi um vírus. Esse que tá todo mundo pegando, sabe?

— Lucas, eu não dou a mínima! Mesmo. Não fode, cara. Esse piloto tem que ser aprovado hoje! Você tem 15 minutos!

Não tenho nem tempo de elaborar um pouco mais a minha mentira. Flora desligou o telefone na minha cara. Eu jogo o celular em cima da cama e olho para o meu quarto bagunçado. Novamente, não sei o que fazer. Eu tenho que ir, se não perco meu emprego. Por outro lado, qual é a importância do meu emprego sob essas circunstâncias?

Decido fugir mais um pouco do que eu *realmente* preciso fazer e resolvo ir para a produtora. Nunca achei que usaria o meu próprio trabalho para procrastinar. Geralmente era dele que eu tentava escapar.

Me olho no espelho do guarda-roupa e percebo que ainda estou vestindo a mesma camisa xadrez que usei na festa de dois dias atrás. Puxo o seu tecido e dou uma rápida fungada. Será que é aceitável ir trabalhar com essa mesma roupa? Não. Definitivamente não é ok. Eu nem lembro se tomei banho ontem e o cheiro de álcool e suor misturado quase me faz vomitar todas as minhas entranhas estragadas.

Abro meu guarda-roupa e alcanço a camiseta menos suja e amassada que encontro. Enquanto corro para o banheiro, visto uma calça jeans que encontrei no meio do caminho. Agora preciso, de alguma forma, esconder o fedor de mendigo que exala de mim. No armário atrás do banheiro, encontro o frasco de Hugo Boss pela metade, o perfume de Fabrício. O cheiro era uma de suas marcas registradas. Tudo que era dele carregava aquele odor. Até o meu apartamento foi tomado pelo perfume desde o primeiro momento que ele pisou aqui. Aquela tática era típica de Fabrício, querer dominar qualquer ambiente em todas as esferas possíveis, inclusive a olfativa.

Só de cheirar a boca do spray, meu coração já volta a bater em ritmo de desgosto, mas eu não tenho escolha. É desse perfume mesmo que vou tomar banho! Hoje, eu levo um pedaço do Fabrício comigo.

Antes de sair, passo novamente no quarto ao lado. Paro na porta e olho para o cadáver:

— Já volto, seu merda – falo quase que instintivamente. É bem mais fácil tratar essa carcaça como algo vivo. Assim eu me sinto um pouco menos desumano.

Eu moro em um prédio bem antigo de só três andares. Ele não tem elevador, apenas uma escada de madeira que range a cada degrau que desço ou subo. Nas paredes, uns detalhes rococó em gesso que marcam bem sua avançada idade. Comparado a outros imóveis da cidade, seus apartamentos eram gigantescos e com um preço de aluguel bastante razoável. Mesmo assim, não existia nenhuma possibilidade de eu pagá-lo sozinho. Outro ponto forte de meu lar é que o prédio ficava dentro de uma vilinha supercalma em uma rua sem saída escondida dentro do caos urbano. As outras casas e prédios da vila, igualmente antigos, eram habitados por gente do mundo das artes, boêmios de classe média alta que gostavam do isolamento, mas eram alternativos demais para se mudarem para um condomínio fechado por muros, câmeras e com infraestrutura de resort de férias. A relação com meus vizinhos era ótima, principalmente por ser inexistente. A vila, por menor que fosse, era composta de moradores tão antissociais e egocêntricos quanto eu. Ninguém estava nem aí para ninguém. Vivíamos ali como se fôssemos os únicos, e nos encontrávamos raramente ao nos locomovermos para dentro e fora da vila. Era como se todos nós tivéssemos feito um pacto velado de não socialização. Todos nós, menos uma, Dona Arminda. Essa era a exceção obrigatória à regra. A velha moradora do primeiro andar do prediozinho bem de frente ao meu era o terror de todos os moradores. Omnipresente, intriguenta, vigilante não oficial de todos os acontecimentos da vila. Um verdadeiro pesadelo!

Mas mesmo dividindo a vizinhança com alguém como Dona Arminda, eu não abandonaria meu lar por nada. Afinal, as grades da vila tinham ainda o poder de me isolar do lado de lá, da cidade grande, das mazelas urbanas, do caos forçado goela abaixo, dos barulhos, das sombras, das luzes cinzas, dos anônimos infelizes, dos zumbis da metrópole. Eu morava na cidade onde, infelizmente, tinha que morar, mas dentro das grades de minha vila, eu realmente *vivia*! Eu nunca sairia dali. Por nada. Nem por Dona Arminda nem pelo insuportável do Fabrício.

Eu desço os três lances de escada para o térreo de forma afobada e quase tropeço em meus próprios pés. Saio pela pesada porta de madeira do prédio em direção à vila e sinto em minha pele os fortes raios de sol. A céu aberto, a mistura do suor novo, com o suor antigo já seco, com o perfume de Fabrício, com o álcool ainda exalando do meu corpo parece borbulhar, cozinhar e as fumaças geradas no processo intensificam essa nuvem negra, desconfortável e fedorenta que ainda me acompanha. Só espero que, para os outros, essa devastadora névoa seja imperceptível.

Já na avenida, olho para os lados tentando me situar e lembrar qual é o caminho que devo tomar. Geralmente vou a pé até o meu trabalho, em uma caminhada de apenas trinta minutos. É mais fácil me isolar do mundo enquanto caminho só. Em um ônibus ou metrô, me sinto obrigado a notar os anônimos ao meu lado, a compartilhar da atmosfera cansada e desgostosa que paira sobre os moradores urbanos. Hoje, no entanto, não tenho tempo para ser tão criterioso. Vou ter que pegar o ônibus mesmo, e é bom correr, já que ele acabou de estacionar no ponto a alguns metros de mim.

Corro mais rápido do que minhas pernas permitem e chego ao ponto tendo que me segurar em tudo e todos para não cair da calçada de cara no asfalto. Abro um sorriso sem graça. Está tudo normal. Nada para se ver aqui. Sei que minha chegada foi pouco graciosa, mas ela não é motivo para todos esses olhares julgadores, confusos e debochados.

Claro, o ônibus está lotado. Não podia ser diferente! Tento, inutilmente, procurar um lugar para sentar, mas todos os assentos estão cheios com bundas ou com bolsas. Não tem jeito. Vou ter que ir em pé. O caminho não é longo. São quatro pontos. São só quatro pontos da minha casa até a produtora. Já já chega. Em breve, estarei livre dessa lata de escravos da rotina. Eu consigo. Eu vou sobreviver.

Na verdade, tenho minhas dúvidas... Em uma das curvas, percebo pela primeira vez que o motorista é desses aventureiros que gosta de substituir o tédio de seu trabalho pela adrenalina irracional, ao colocar as vidas desse monte de gente em risco. Olho aflito para os outros passageiros. Preciso de apoio em minha revolta silenciosa contra os chacoalhões do veículo, mas continuo sozinho. Ninguém parece notar ou se incomodar com esses movimentos bruscos. Está todo mundo inerte, com os rostos enfiados em seus celulares e livros ou simplesmente olhando a cidade passar pela janela. A vida corre com normalidade para essas pessoas. Para elas, é mais um dia de trabalho, mais um dia de rotina. Mas não pra mim. Talvez eu nunca mais terei um dia em que consiga me sentir normal desse jeito.

O cheiro de Fabrício começa a subir pelas minhas narinas. Lembro do seu corpo imóvel. Lembro do seu olhar sem vida. Lembro do seu meio sorriso debochado. O Fabrício está morto! Quanto tempo demora para um cadáver começar a feder? Quanto tempo demora para um corpo se decompor? Não tem uns líquidos que saem por todos os buracos do corpo do defunto? Será que são esses líquidos que fedem? Eu deixei a janela do quarto aberta? E se o cheiro de putrefação do corpo chamar a atenção dos vizinhos? Tem urubus perto do meu prédio? Urubu come carne humana?

Instintivamente levo a mão a minha boca. Dou uma engasgada. Meu corpo suplica novamente para se livrar de toda a podridão acumulada. Se controla, Lucas! Não existe hora mais imprópria para isso do que agora! Curva pra direita. Meu estômago se revira. O cheiro de Fabrício descola mais um pouco do meu corpo e entra pelo meu nariz. A ânsia sobe junto com aquele perfume e engasgo novamente, ao sentir os líquidos do meu estômago tocando o céu da minha boca. Meu engasgo é dessa vez mais alto e chama a atenção de uma senhora gorda e baixinha, em pé bem na minha frente. Ela olha para cima em minha direção e percebe, logo de cara, o que está prestes a acontecer.

— Não! Não! Não! – diz a mulher com um tom urgente, sem vergonha de criar uma cena ali no ônibus lotado. – Segura isso aí, menino – ela vira seu rosto para frente do ônibus e grita ainda mais alto. – Ô motorista! Para agora, pelo amor de Deus! O menino aqui vai vomitar!

E o caos é instaurado. Basta ouvirem a palavra "vomitar" para que todos iniciem uma revolução na lata ambulante. A mulher baixinha na minha frente, responsável por engatar o caos, parece estar em dúvida se me ajuda ou tenta fugir. Ela sabe que é o meu alvo principal. Os outros, ao lado, intensificam o empurra-empurra e conseguem o impossível: deixam aquele passeio de ônibus ainda mais turbulento.

— Abre a porta, motorista! – gritam os passageiros.

— Ele tá ficando verde!

— Tira esse homem daqui!

A baixinha, tentando se afastar de mim, me empurra logo pelo estômago. Péssima ideia. Os outros me empurram por todos os outros lados, todos com o objetivo central e comum de me arremessar para fora do ônibus custe o que custar. Estou no meu limite, prestes a explodir. Tudo roda. Tudo fede. Tudo mexe. Não dá, não dá, não dá mais...

Finalmente, o motorista atende aos gritos de seus passageiros e para em uma esquina a alguns metros do ponto próximo à produtora. O esforço coletivo dos presentes começa a dar resultados. Sem que eu tenha que me mexer, eles me levam na base dos empurrões em direção à porta. Chega a ser linda a coreografia unificada. Uma verdadeira luta pelo bem comum. A porta abre e eu caio para fora, de quatro na calçada. Estou livre, assim como o meu vomito, aprisionado dentro de mim por tempo demais e que, enfim, encontra a liberdade no asfalto quente.

Faço de tudo para não sujar a minha roupa com a mistura ácida e tóxica. Limpo minha boca com as costas da mão, respiro fundo e me levanto tortamente da calçada. Finjo me recompor. Olho pra trás e vejo que o ônibus ainda está lá, parado, com todos os passageiros me observando, alguns enojados, outros envergonhados, outros rindo da minha desgraça. Um moleque até filma a cena com seu celular.

— Tá tudo bem, gente... Tá tudo bem... – falo enquanto tiro a sujeira de meus joelhos e ajeito minha mochila nas costas.

As portas do ônibus se fecham e ele parte lentamente. De sua janela, a senhora baixinha, aliviada por não ter sido uma das minhas vítimas grita:

— Se cuida, meu filho! Toma uns *Gatorade*!

O ônibus, finalmente, vai embora e leva consigo um pouco da minha vergonha. Eu respiro fundo mais uma, duas, três vezes e volto a correr em direção à produtora. A alcanço com apenas 10 minutos de atraso. Passo apressado pelo porteiro do turno matutino, o qual, como sempre, me cumprimenta alegremente:

— Bom dia, seu Lucas!

— ...Fala, campeão! – eu respondo, sem lembrar seu nome.

Na recepção, vou direto para o bebedouro. Com as mãos trêmulas, encho um copo descartável com água e o bebo em um gole só. O encho novamente e bebo na mesma velocidade. Antes que consiga enchê-lo pela terceira vez, ouço a voz da Flora tomada por uma fúria abafada.

— Mal chegou e já está fazendo pausa, Lucas?

Ainda com o copo colado a boca, me viro para ela. Observo o seu rosto de traços delicados, mas que são impossibilitados de se transformarem em um sorriso. Um semblante permanentemente cansado e que me causa arrepios. Ainda por cima, Flora está grávida de 7 meses, mas pelo tamanho de sua barriga, claro desconforto e irritação, parecia que já estava no décimo quinto mês de gestação.

— Cheguei, chefa. Cheguei. Cadê todo mundo?!

Flora se aproxima de mim vagarosamente. Tem uma desconfiança palpável manchando seu olhar e deformando ainda mais suas feições. Ela quer ler meus pensamentos, descobrir o que tem de errado comigo. Ela tem esse dom. É sorrateira, observadora. Tem um faro aguçado pra balela. E eu, nesse estado deplorável, sou presa fácil! Está escancarado, na minha cara esverdeada, o fato de que tem algo errado.

— Tá tudo bem? – pergunto, encabulado com aquela análise quase invasiva. Assim que meu hálito alcança suas narinas, Flora recua assustada.

— Lucas, você tá fedendo!

— Eu falei que não tava me sentindo bem...

— Gente! Mas isso não é cheiro de doença! Isso é cheiro de morte!

Mal sabe ela que acertou em cheio.

— Eles tão na ilha 2 – Flora fala, ao mesmo tempo que se afasta e acaricia a sua barriga. Deve querer se desculpar ao filho por tê-lo feito passar por aquele encontro comigo. – Vai pra lá agora! Eu vou tentar me recuperar desse cheiro e já me junto a vocês. E fica longe do Giuliano, pelo amor de Deus!

Flora corre em direção ao banheiro, provavelmente para imitar o que eu acabei de fazer na rua. Eu me aproveito da sua ausência para tomar mais um copo d'água com calma e fazer um gargarejo. A recepcionista me encara confusa e enojada. Eu sorrio para ela e tento passar a impressão de que isso faz parte do meu ritual matinal normal. Cuspo a água gargarejada no cesto de lixo e sigo em direção à ilha de edição 2.

Em frente à porta da ilha de edição, eu tento mais uma vez me recompor. Essa é minha vida profissional. É importante! Estou prestes a encontrar um dos coordenadores chefes da produtora, para apresentar meu trabalho de meses. Não posso avacalhar agora. Não posso avacalhar por causa do Fabrício. Não posso dar esse gostinho para ele.

Eu entro na sala e me deparo com Giuliano sentado em frente ao computador. Assim que ele me vê, franze as sobrancelhas. Parece tentar se lembrar de onde ele me conhece. Eu já deveria estar acostumado com as reações dos outros em relação a minha insignificância, mas olhares como esse ainda conseguem me ferir. Não existem palavras para expressar o quanto isso é humilhante: não ser reconhecido por seu chefão, mesmo tendo trabalhado nessa produtora pelos últimos 5 anos da minha vida. Por sorte, não tenho que passar a vergonha de ter que me apresentar novamente a ele. Ribas faz isso por mim:

— Luquinhas, Luquinhas! Seria nosso honrado editor dando as caras ou o primeiro sinal de um apocalipse zumbi? O que aconteceu contigo? Você tá péssimo!

Para entrar na piada, faço garras com minhas mãos e solto um barulho gutural pela boca tentando imitar algum monstro. O resultado passa longe de qualquer imitação decente de um zumbi e a piada não surte efeito nenhum. Os dois continuam me encarando curiosos e confusos.

Eu enxugo o suor da palma da minha mão e a estendo para cumprimentá-los.

— Fala, Ribas... Tudo bom, Giuliano? – eu me esforço para abrir um simpático sorriso. – Não é nada, acho que peguei um vírus estranho por aí. Mas já estou melhorando.

Tanto Giuliano quanto Ribas limpam as mãos disfarçadamente em suas roupas depois de se soltarem do meu cumprimento. Eu finjo que não percebo seus movimentos, sento em minha cadeira e me viro para a tela do computador. Enquanto procuro em meus arquivos a última edição do episódio piloto da série "A Sangue Frio" — projeto criado e dirigido por Antônio Ribas e editado por mim — escuto os dois homens conversando.

— Giu, você vai amar! – Ribas fala, já iniciando seu árduo trabalho de convencer os chefões que a sua mais nova loucura teria audiência. – A obra é visceral, poética, pop, sexy. Tem tudo que uma série do caralho precisa! Daqui a pouco estaremos brindando um bom uísque no seu escritório comemorando o sucesso desse meu... nosso... desse *nosso* trabalho!

— Vamos ver... vamos ver... – responde Giuliano, cético e seco. Eu sinto que ele me observa, analisa meu trabalho. Aquilo me deixa mais nervoso e me faz demorar ainda mais para achar o projeto certo.

— Pode acreditar, Giu! Teve alguma vez que errei? Conheço o mercado, rapaz! Vai ser sucesso! – continua o diretor, tentando e conseguindo arrancar uma risadinha confiante de Giuliano.

Ribas era ótimo naquele jabá. Sabia vender muito bem as suas ideias, que eram tão dissimuladas quanto ele. Eu, mais que ninguém, sei muito bem do seu poder de persuasão. Afinal, já fui uma de suas vítimas. Se não fosse por Ribas e sua lábia infalível, eu não teria um defunto em casa esperando por mim.

capítulo 3.

aluga-se quarto.

Há nove meses, minha vida era outra. Melhor, muito melhor. Eu tinha acabado de ser contratado como primeiro editor da nova série de Antônio Ribas, o que significava um aumento na renda mensal (pequeno, mas ainda assim, um aumento). Norman ainda fazia parte da minha vida (ah... Que falta Norman faz...), Gustavo ainda dormia no quarto ao lado (quando dormia, porque geralmente estava na casa da Mirela), e a minha maior preocupação era o preço exorbitante da cerveja no meu boteco favorito (R$11,00!). Enfim, tudo era normal. E eu amava a normalidade.

Gustavo dividia o apartamento comigo praticamente desde o início da minha própria história naquele local. Ele era namorado de Mirela, uma amiga de Joana, através de quem nós nos conhecemos. Advogado, careta, ordinário até não poder mais. Esse era Gustavo. Sua vida tediosa, rotineira e sem grandes emoções, no entanto, me passava uma espécie de conforto, de segurança. Era bom ter alguém como ele perto de mim. Nunca falei isso para ninguém, mas morar com ele era como se ainda morasse com meu pai. Não no sentido brega da coisa. Eu não tentava resolver os meus *daddy issues* ao nutrir aquela amizade. Aquele sentimento existia mais por saber, por exemplo, que ele nunca deixaria faltar comida em casa, ou que as lâmpadas sempre estariam funcionando, ou que ele tinha os contatos dos encanadores certos para resolver o problema da infiltração no banheiro. Gustavo era um adulto, no sentido mais claro da palavra. Ele sabia resolver problemas.

Naquela noite, quando cheguei em casa, Queen, uma de minhas bandas favoritas, tocava nos alto-falantes de um laptop, o cheiro de um molho de tomate caseiro e manjericão perfumava a casa e Gustavo, bastante animado, coordenava três panelas nas bocas do fogão. A mesa da cozinha estava impecavelmente arrumada para duas pessoas, com direito a guardanapos de pano geometricamente dobrados em cima dos pratos e uma garrafa de vinho tinto que, com certeza, custava mais de vinte reais.

— A Mirela vem jantar aqui? – perguntei, ao me aproximar do fogão e espiar a comida, da qual provavelmente só dividiria os restos com Norman.

— Não, não... – respondeu Gustavo – Eu tô cozinhando pra nós dois.

— Você tá tentando me seduzir? – experimentei o molho com uma colher suja pousada em cima da pia. – Acabou com o seu noivado pra ficar comigo?!

— Vai à merda, Lucas! – Gustavo falou sorrindo e me empurrando para longe do fogão. – Para de me atrapalhar aqui e abre o vinho.

Eu abri o vinho. Enchi duas taças e resolvi aproveitar ao máximo o jantar romântico com meu companheiro de apartamento. A comida estava excepcional, como de costume. O vinho era tão bom que acabamos com ele bem antes do esperado e precisamos abrir uma segunda garrafa, essa última na faixa dos 10 reais, aquisição minha. O papo era bom, confortável. Cria-se uma espécie de intimidade sem esforço quando se mora com uma pessoa que você não odeia e nós aproveitamos dessa intimidade naquela noite. Tudo corria bem. Até Gustavo me contar a sua novidade.

— Como assim você vai se mudar?! – perguntei, furioso, ao levantar da mesa. Segurava a minha taça de vinho de um jeito um tanto ameaçador.

— Já tá mais que na hora, Lucas! – Gustavo também se levantou e tirou com cuidado a taça da minha mão. – Eu vou me casar com a Mirela em dois meses! Você achou que eu ia trazer ela pra morar aqui com a gente?

— Eu sei lá! Hoje em dia as pessoas se casam e moram separadas! São novos tempos, Gustavo! Mas claro que o Senhor Padrão não vai fazer nada que fuja das normas e do bom costume social! – exaltei em tom pomposo, tentando imitar alguém da família real inglesa.

— Lucas! Não se faz de desentendido! Não finge que eu não te avisei!

— Quando? Quando você me avisou?

— Meu Deus! – Gustavo levou as mãos ao rosto em desespero. – Eu te mostrei a brochura do apartamento que a gente tava interessado. A gente tava nessa cozinha, a Mirela tava junto, a Joana tava junto!

— Eu não lembro disso... – dei as costas e comecei a passar água no meu prato. Eu lembrava daquela ocasião, mas achei que era algo hipotético. Nunca imaginei que Gustavo poderia me abandonar daquele jeito. Da mesma forma que eu tirava proveito da presença dele em minha vida, sabia que ele também apreciava o fato de eu estar na vida dele. Afinal, eu era o amigo das artes, o rebelde, o fora dos padrões. Eu deixava Gustavo mais legal, mais atraente. Ele sabia e se aproveitava disso!

— Claro que você não lembra. Porque você é um egoísta que só presta atenção no que te interessa... Você só liga pra você, Lucas. Só liga para os seus problemas! – Gustavo falou ainda mais alto, se segurando para não perder o controle que tanto prezava. Exatamente nesse momento, a música "You're my best friend" começou a tocar no laptop.

— Então você vai embora do nada, larga esse pepino na minha mão e ainda fecha o show me chamando de egoísta! Muito legal da sua parte, Gustavo.

— Quer saber? Foda-se! Fiz esse jantar pra te agradecer pelos últimos anos, mas nem tem o que agradecer. Você é um merda mesmo!

Gustavo saiu bufando mas ainda mantendo um resquício da usual compostura. Da cozinha, eu escutei o baque forte da porta de seu quarto se fechando. Ótima despedida foi aquela. Demorou alguns dias para tudo ficar bem. No dia em que Gustavo se mudou, eu me desculpei e o forcei a se desculpar também, apesar de saber, lá no fundo, que o mais errado naquela história era eu.

Aquele foi o início da minha maldita saga. Uma história que duraria nove meses e que culminaria na morte de Fabrício. E tudo começou com Gustavo. Na lista de culpados por aquele acontecimento, Gustavo podia ser considerado o primeiro nome. Foi a saída dele do meu apartamento, afinal, que me obrigou a procurar uma nova pessoa com quem dividir as contas. Em segundo lugar, ou empatado em primeiro, vinha Antônio Ribas.

Eu iniciei a minha busca por um novo inquilino em uma segunda-feira fria e preguiçosa. As ruas da cidade pareciam estar tomadas por mortos-vivos, insones infelizes presos na inércia da rotina urbana. Isso já acontecia normalmente, mas naquele dia tudo parecia correr mais lento, mais pesado, tudo era mais cinza, molhado e deprimente. Eu era mais um desses zumbis em câmera lenta chegando de manhã na produtora e carregando nas mãos um anúncio malfeito com os dizeres "aluga-se quarto". Quase que me arrastando pelo concreto molhado, passei pelo porteiro da manhã, um dos únicos que parecia ter tido uma boa noite de sono e que, como sempre, me cumprimentou alegremente:

— Bom dia, seu Lucas!

— Fala, chefe... – respondi vagarosamente, sem ter ideia do seu nome, ou de por que ele sabia o meu.

Ao entrar na produtora, encontrei a recepcionista lutando contra um cochilo que tentava dominá-la. Me aproveitei do seu estado de dormência intermitente para procurar em sua mesa algo que me ajudasse a fixar o meu pobre anúncio no mural do primeiro andar. Escolhi um rolo de durex quase no fim. Após uma guerra perdida contra a ponta da fita adesiva, decidi tomar um caminho talvez mais imoral, porém bem mais eficaz. Logo ao lado de onde eu prenderia meu anúncio, notei um papel assinado pelos meninos de TI bem mais chamativo e profissional que o meu. Nele, o convite para testes de baixista para a banda cover do U2 que estavam formando. Como banda cover de U2 é algo que ninguém precisava ou queria, eu amassei o papel, roubei a taxinha e prendi o meu papel no lugar.

Foi aí que senti aquele bafo quente acompanhado por um odor de cinzeiro velho recaindo sobre meu ombro. No susto, me virei bruscamente e encontrei o meu mais novo chefe, Antônio Ribas, lendo meu anúncio bem de perto.

Eu ainda não sabia muito bem como agir perto de Ribas. Nunca tinha trocado mais de duas palavras com ele, apenas conhecia as fofocas que rolavam pela produtora sobre sua figura. Desequilibrado, sexista, perfeccionista ao extremo, dono da razão, egocêntrico. A combinação perfeita para ser uma pessoa detestável. No entanto, mesmo com todas essas características desprezíveis, insistiam em tê-lo como genial. Eu o via como o *loser* que era, mas agora ele havia se tornado também o meu superior. Ribas tinha a fama de ser uma pessoa bastante volátil e qualquer passo em falso podia ser o gatilho para uma explosão inesperada. Eu tinha, portanto, que ter muitos dedos ao lidar com ele, afinal eu definitivamente não podia ser demitido do meu primeiro projeto como editor-chefe, não depois de ter lutado tanto para desbancar Juca, o editor queridinho de Flora.

Com um sorriso sem graça, tentei disfarçar o susto que levei ao me deparar com sua cara cansada e pálida, sua barba mal feita e seus cabelos pretos desgrenhados. Ribas, segurando um copo de plástico com café fumegante olhava do anúncio para mim e depois para o anúncio novamente.

— Você fuma? – ele perguntou, com os olhos agora fixos no mural.

Eu não fumava, mas não podia fazer essa desfeita com meu novo chefe. Aquele convite para o cigarro significava a abertura para o início e crescimento da nossa relação profissional.

— Um cigarro me faria bem agora – respondi ao mesmo tempo que, em minha cabeça, tentava me lembrar da técnica para tragar que aprendi na época do colégio.

Ribas me entregou seu maço de *Lucky Strike*, do qual lutei para conseguir tirar um cigarro, e nos encaminhamos para o fumódromo da produtora, próximo ao jardim na entrada do prédio. Geralmente, aquele local era bastante movimentado desde bem cedo com os muitos viciados em nicotina que trabalhavam por lá, mas naquele dia, talvez por conta do frio incomum, nós dois tínhamos a exclusividade do local.

Sentamos cada um em uma espreguiçadeira, ambas ainda úmidas por conta da chuva que acabara de nos abandonar. Acendi meu cigarro sem muita dificuldade e ainda consegui dar um trago logo de primeira. Internamente, comemorei meu sucesso naquele fingimento. Mesmo assim, Ribas deve ter percebido naquele mesmo instante que eu era uma fraude com aquele cigarro na boca. Os fumantes têm sempre um jeito de nos identificar. Ainda silencioso, ele pegou seu isqueiro de volta e acendeu o cigarro de forma natural, bonita, quase ritmada. Após soltar a primeira baforada, ele finalmente disse:

— Então você tá procurando uma pessoa para dividir o apartamento...

Hesitei antes de responder. Tentei, naqueles segundos, imaginar para onde aquela conversa iria. Será que ele se ofereceria para morar comigo? Será que isso daria certo? Será que eu aguentaria um Antônio Ribas como novo inquilino do meu apartamento?

— É... – finalmente respondi. – O cara que morava comigo saiu meio que de repente e me deixou na mão...

— Então hoje é seu dia de sorte, Luquinhas! – Ribas continuou, parecendo pouco interessado no meu drama pessoal e mostrando uma animação exagerada, digna dos vendedores de produtos Polishop. – Eu tenho alguém pra te indicar!

Por um momento, fiquei bastante aliviado que não era ele próprio que procurava um apartamento. Não sabia se conseguiria construir qualquer intimidade com aquela pessoa.

— Sério?! – perguntei, animado. A partir daquele momento comecei a vislumbrar o fim de sucesso para minha tortuosa busca que ainda nem havia começado. – É algum conhecido seu?

— É muito mais que conhecido, cara... Ele é meu conterrâneo! Mais um sobrevivente de Caraí! – Ribas engrandeceu sua voz ao falar o nome de sua cidade natal.

— Caraí? Não conheço. – falei despreocupado, afinal, aquele não deveria ser, em momento algum, o ponto mais importante de nossa conversa.

— Você *nunca* ouviu falar de Caraí? – Ribas se exaltou e imediatamente se ajeitou na espreguiçadeira. Deu uma longa tragada em seu cigarro, mirou profundamente nos meus olhos e, em um sussurro que se fortalecia palavra por palavra, continuou. – Apenas seis horas nos separam de Caraí. Um lugar que já faz parte do meu passado, mas que deixou cicatrizes na minha alma, as quais vou carregar para o resto da minha vida, tenho certeza. Chamar seus habitantes de medíocres é elogio. Eles nada mais são que um conjunto desprezível de seres humanos vivendo em um buraco, uma bolha de conformismos, tradicionalismos e desvalores com os quais tenho uma relação profunda de repugnância. E essa relação, meu amigo, é mútua. Uma vastidão embolorada, uma decrépita tentativa de civilização espalhada por solos avermelhados inférteis, perversos, amargos e pútridos, salpicados por concretos desencaixados e sorrisos doentes e passivos. Sou caraiense, trago esse pesado fardo comigo. Essa cidade me fez sofrer, mas eu sobrevivi a ela. Sobrevivi para absorver os aprendizados que um lugar tão inóspito poderia me proporcionar. Eu sou um sobrevivente de Caraí.

E terminou sua fala com mais uma tragada. Após soltar a pesada fumaça, fechou seus olhos e deitou na espreguiçadeira. O homem parecia esperar por aplausos e eu me segurava para não iniciá-los. Antônio Ribas era, apesar de tudo, um ótimo contador de histórias. Ele floreava suas palavras, amaciava seu tom, pintava imagens no imaginário e conseguia transformar qualquer relato corriqueiro em um interessantíssimo argumento para um novo filme. Aquela foi a primeira vez que ouvi uma menção sobre Caraí. Naquela época, eu nem imaginava que, nos nove meses seguintes, eu ainda ouviria intermináveis casos sobre aquela maldita cidade e seus alienados moradores. A cada nova história que ouvia, menos interesse eu tinha pelos relatos ou pela cidade.

— Parece ser um lugar interessante... – falei, meio sem jeito, não sabendo muito bem como prosseguir com aquela conversa.

Ribas ignorou meu comentário vazio. Parecia estar prestes a continuar seu declame, seu monólogo desgraçado sobre sua cidade natal, mas antes que ele conseguisse desviar novamente as atenções para seus devaneios, decidi interromper e voltar ao ponto central de nossa conversa:

— Mas e esse seu amigo, qual é a história dele?

— O nome dele é Fabrício. Mais um sobrevivente de Caraí. Ele chegou recentemente aqui na cidade. Tá ficando lá em casa esses dias, mas não dá mais. Meu apartamento é pequeno demais pra duas pessoas. A gente se conhece desde moleque, assim, desde pivetinho! Crescemos juntos! Nossas famílias são muito amigas e tá rolando uma certa pressão para que eu consiga um lugar da hora pro cara morar, sabe? Ele é bastante espirituoso, interessado, determinado... Gente fina! – Ribas completou, abrindo um sorriso largo mostrando todos os seus dentes amarelados.

A última coisa que eu queria era estender aquela busca por muito mais tempo. Não tinha paciência alguma para aquilo. Ao mesmo tempo, não podia explicitar o meu desespero. Essa era a primeira lição em negociações desse tipo. Resolvi me fazer um pouco de difícil e lançar uma das perguntas mais repugnantes que existem:

— E o que ele faz da vida?

— Bem... ele... – Ribas pareceu se desconcertar momentaneamente. Tentava, com muito esforço, encontrar o jeito certo de continuar aquela conversa – ... ele é ator.

Ator? Ele precisava ser ator? Estava indo tudo tão bem! Sabe, eu tenho uma questão séria com atores. Eu os detesto! Principalmente os amadores com seus egos inflados, seus projetos sem qualquer cachê ou prestígio, mas, por eles, considerados dignos de prêmios em Cannes. Tenho verdadeira alergia à raça. Por outro lado, eu precisava ocupar o quarto ao lado com urgência e, para isso, talvez tivesse que engolir alguns sapos. Eu também odiava advogados antes de morar com Gustavo e, no final, até que me dei bem com ele. Quem sabe se eu morasse com um ator esse meu asco poderia desaparecer e eu me tornaria uma pessoa um pouco mais paciente, receptiva e amável?

— Ele tá começando agora, – Ribas continuou – mas olha, ele tem futuro, viu? Esse menino sabe atuar, isso eu te garanto! – terminou a fala com o tom de um vendedor de carros usados.

— Ator? – falei, com um incontrolável desdém. – Iniciante? Ele, pelo menos, tem como pagar o aluguel?

— O papai dele tem... Fique sossegado! – Ribas respondeu, com um sorriso esperançoso e ansioso pelo fechamento do negócio. – Vamos fazer assim, – ele continuou, ao perceber o meu crescente receio – que tal marcarmos de você conhecê-lo hoje à noite? Passa seu endereço pra mim, aí podemos beber umas cervejas juntos e você não toma nenhuma decisão apressada! Isso é importante pra caralho! O nosso lar é nosso templo, nosso porto seguro! Precisamos dividir com pessoas que confiamos, né não?

A proposta me parecia boa, Ribas, pela primeira vez, me parecia racional, e eu, apesar de tentar esconder minha vulnerabilidade e meu desejo por aprovação, ficara bastante animado em tomar uma cerveja despretensiosa com o meu novo chefe no final da tarde. Resolvi topar o encontro e, sem saber, dei mais um passo na direção de minha inevitável tragédia.

Naquela noite, cheguei em casa pouco depois das 18 horas. Logo que abri a porta, Norman, meu vira-lata de estimação, veio me receber com sua felicidade e excitação usual. A casa estava extremamente silenciosa. Por um lado, eu sentia falta da presença de Gustavo, de seus rastros. Ao mesmo tempo, era bom ter o apartamento só pra mim. Seria um sonho continuar morando em meu lar, na minha vilinha, gozando de plena solidão. Só eu e Norman. Nós nos bastaríamos.

Antes que me perdesse nas minhas fantasias de solitude, decidi ocupar a cabeça e dar uma arrumada no apartamento. Em duas horas, Ribas chegaria com o possível novo dono do quarto ao lado. Enquanto eu varria os ambientes, Norman me seguia afoito, sempre esbarrando com seu focinho ou corpo magricela em meus pés. Às vezes, ele até iniciava uma batalha enciumada com a vassoura. Apesar de me atrasar e atrapalhar a minha faxina, eu achava aquilo a coisa mais fofa do universo. Norman me fazia feliz, me presenteava com uma parceria que mais ninguém conseguia me proporcionar. Sei que é ridículo falar isso, mas eu me identificava com meu próprio cachorro. Ele era mal-humorado, às vezes antissocial, preguiçoso e extremamente desleixado, igualzinho a mim! Norman era uma das poucas partes realmente boas da minha vida. E exatamente por esse motivo se tornou mais uma vítima de Fabrício.

O interfone tocou. Olhei para o relógio no celular e vi que eram 19:45. Uma pontada de irritação me atingiu no peito. Acho deselegante chegar mais cedo do que o esperado para esse tipo de encontro e, como eu sabia que Ribas não era a pessoa mais pontual do mundo, tive certeza que aquela chegada inconveniente e cedo demais era coisa do outro, do Fabrício.

Norman se excitou com o toque do interfone e, sem sequer me esperar, correu em direção à porta da casa. Eu me encaminhei calmamente para receber os convidados. Tinha ainda quinze minutos para atendê-los e, se quisesse demorar todo aquele tempo para abrir a porta, eu tinha esse direito. Infelizmente, a minha caminhada do quarto ao lado para a porta de casa demorou apenas alguns segundos. Atendi o interfone. Do outro lado da linha, uma voz diferente da de Antônio Ribas surgiu. Seu tom era animado, másculo, mas levemente anasalado. Era também tomado por leveza, despreocupação, falta de urgência. Ele não parecia estar nada nervoso para aquele encontro.

— É o Luquinhas? – ele falou. – Cara, cheguei mais rápido do que imaginava.

Não respondi. Apenas apertei o botão no interfone para liberar a entrada, abri a porta do apartamento e voltei para dentro de meu lar. Diferentemente de Norman, decidi não recepcionar a visita bem na porta de entrada. Apesar da apreensão normal de conhecer o mais novo e único candidato a companheiro de apartamento, queria passar a impressão de, assim como Fabrício, estar leve e despreocupado, quase negligente em relação àquele momento tão importante. Rapidamente tentei inventar alguma atividade de suma importância, alguma ocupação para deixar claro a Fabrício que ele não teria a exclusividade das minhas atenções. O latido raivoso de Norman, no entanto, interrompeu qualquer tentativa de iniciar meu teatro. Corri em direção às escadas e me deparei com meu cachorro em posição de ataque e olhar furtivo em direção ao andar debaixo.

— Norman! Que isso?! – disse ao tentar acalmá-lo. Com a minha chegada, o cachorro ficou na dúvida se continuava sua sessão interminável e rara de latidos ou obedecia às minhas ordens. Resolvi não esperá-lo decidir suas próximas ações, coloquei seu corpinho magricela no colo e lancei um olhar repressor. O contato o acalmou de imediato, mas não o fez parar de mirar fixamente o andar debaixo. Acompanhei seu olhar e foi aí que o vi pela primeira vez. Paralisado, com semblante levemente assustado, mas mantendo o sorriso molenga no rosto, estava ele, Fabrício.

A primeira coisa que me incomodou naquele cara foi a sua beleza. Como aquele filho da puta era bonito! Fabrício era alto, um alto charmoso, harmônico. Eu sou alto demais, fujo dos padrões, um tamanho que me deixa desengonçado e desencaixado diante do resto da sociedade. Fabrício era forte, mas não em um estilo exagerado Schwarzenegger. Era um forte natural, como se seu próprio dia a dia substituísse possíveis sessões de musculação. Eu, por outro lado, sou tão magrelo que pareço estar sempre prestes a quebrar ao meio. Nunca consegui fazer crescer um único músculo no meu corpo. Fabrício tinha cabelos fartos, cacheados e loiros. Eu tenho o cabelo quase cinza, bem ralo, raspado em máquina 2 e com entradas que ficam cada vez mais profundas nas extremidades da testa. Fabrício tinha olhos esverdeados e vivos. Os meus são castanhos escuros e afundados no meu rosto ossudo. Fabrício tinha a pele bronzeada, como se tivesse nascido e crescido na praia. Eu sou dominado por um branco fantasmagórico, típico de quem vive na cidade grande e trabalha em uma ilha de edição. Aquela era uma beleza de televisão, de comercial de perfume. Uma beleza que eu achava que só era possível ser criada com auxílio de muito *Photoshop*. Mas era real, estava ali na minha frente e eu não gostava nada daquilo.

— Luquinhas? – disse ele novamente, agora cara a cara. Sua calma e segurança me tiravam do sério.

— É Lucas – falei, me prontificando a abrir um sorriso logo em seguida. – Pode subir e desculpa o escândalo do Norman. Ele não costuma fazer isso.

— Será que o problema é comigo? – Fabrício disse, em tom de piada.

— É... Talvez... – respondi sem saber o que responder, nem me preocupando em mentir para ser educado. Um segundo depois, porém, tentei me corrigir. – Mas quem tem que gostar de você sou eu, então não tem nada pra se preocupar!

Nós dois entramos no apartamento. Larguei Norman no chão e, telepaticamente, ordenei que se comportasse. Ele não latiu mais, mas rebelde como era, continuou analisando todos os movimentos de Fabrício de forma insolente e julgadora.

Com aquele início agitado e estressante, eu nem tinha notado que Fabrício havia chegado sozinho.

— O Ribas está vindo? – perguntei.

Como resposta, Fabrício me lançou um olhar torto como se eu tivesse falado um outro idioma. Depois de alguns instantes, deu uma risada quase debochada:

— O Ribas? Não, provavelmente não. Ele nem apareceu lá no apartamento hoje. Só me mandou uma mensagem com o endereço falando que aqui teria um quarto disponível. Aí eu vim!

Na falta de uma resposta, resolvi apenas observá-lo enquanto ele próprio observava todos os cantos do apartamento, com um sorriso imutável e um brilho esperançoso no olhar. Fabrício parecia já considerar o local seu novo lar.

— É bem legal esse espaço, cara! – ele falou. – Eu gosto do carpete. Lembra um pouco a casa da minha vó.

— É. Talvez seja um pouco antiquado mesmo...

— Não foi isso que eu quis dizer! – Fabrício riu. – Passa uma ideia de conforto, acolhimento. A mesma sensação que eu tinha na casa da minha vó. O problema é que acumula poeira – disse, ao colocar a mão no nariz como prestes a espirrar. – Mas acho que uma boa limpeza deve dar uma aliviada. E meu quarto qual é?

Senti minha sobrancelha, já franzida, se contorcer ainda mais. Que apressado! Que abusado! Esse conforto precipitado, a segurança exacerbada, foi a segunda coisa que me irritou. Mesmo assim, resolvi dar uma chance. Não nos conhecíamos a nem dez minutos, afinal de contas.

— Achei que a gente podia conversar um pouco antes. Senta aí! – falei, apontando para o sofá. Em seguida, me encaminhei para a cozinha e de lá trouxe duas latas de cerveja.

Assim que voltei para sala, encontrei Fabrício e Norman se encarando como dois antigos inimigos. Ao notar minha presença, o ser humano naquela batalha de olhares tentou disfarçar. Já o cachorro não deu a mínima e continuou a mirada fulminante. Estendi a latinha para Fabrício.

— Ah não, não. Obrigado – ele disse com veemência. – Eu não bebo!

E essa foi a terceira coisa que me irritou em Fabrício. Eu não confio muito em pessoas que não bebem álcool. Para mim, elas têm é medo de revelar a verdadeira face quando alteradas. Mas não era só esse o problema. O que mais fez meu sangue subir com aquela recusa, foi a necessidade de completar a fala com um prepotente "eu não bebo". Pra que falar isso? Ele não podia simplesmente agradecer e negar educadamente? Precisava se colocar nesse patamar de sobriedade e saúde? Aquela resposta era não só uma afirmação sobre si próprio, mas uma ofensa a mim e aos meus hábitos. Tinha a intenção de me julgar como pobre coitado alcoólatra, um inferior.

Me esforcei para não deixar meus incômodos transparecerem, recuei vagarosamente a mão que segurava a cerveja de Fabrício, dei meia volta e voltei à cozinha.

— Você quer água então? Acho que é única coisa que tem...

— Água seria perfeito! – ele respondeu com sua voz anasalada.

Enchi seu copo d'água como se aquela fosse a tarefa mais árdua e tediosa que fiz em anos. Que cara *chato*!

De volta à sala, encontrei Fabrício em pé, agora fuçando pela minha prateleira de DVDs. Norman ainda o vigiava com o olhar atento. Entreguei o copo de água sem falar uma palavra e apenas lancei o mesmo olhar repressor que minutos antes havia usado com Norman. Fuçar pelos meus DVDs sem minha autorização ultrapassava limites importantes! Infelizmente, em Fabrício, meu olhar não teve o mesmo efeito que em meu cachorro.

— Então você veio de Caraí? – perguntei em uma tentativa de retornar ao motivo inicial daquele encontro. – Deve estar feliz em ter saído de lá. O Ribas me fez uma descrição bastante... impressionante da cidade.

— Caraí não é tão ruim assim não... – Fabrício finalmente se afastou da prateleira e se sentou no sofá novamente. – O Toninho que é dramático demais... Com tudo.

— Ele me disse que você é... ator...

— Exatamente! – ele disse, orgulhoso. – Resolvi vir pra cá porque é aqui que tudo acontece, né? Sempre tive essa ideia martelando lá no fundo, um sonho, na verdade. Sempre soube que era isso que tinha que fazer, que era esse meu propósito. O problema foi que a vida entrou no meio e me desviou um pouco da minha trajetória. Mas nunca é tarde, né? Resolvi arriscar, sair da zona de conforto e vir tentar a sorte aqui.

— Bom... Pode ser um pouco tarde sim.... – falei, cuspindo desdém. – Quantos anos você tem?

— Trinta e três – ele respondeu, com a confiança inabalada.

— Difícil, difícil... As chances de se arranjar um trabalho bem pago e reconhecido nesse meio são bem pequenas, minúsculas na verdade. Olha, eu trabalho nessa área e vejo frequentemente como ter um sonho às vezes não é o suficiente para sobreviver dignamente. Não querendo te desanimar, claro... Só estou tentando ser mais realista.

Talvez aquele soco de realidade fizesse bem para Fabrício. A cidade grande era diferente de Caraí. A concorrência era maior, o meio artístico muito mais hostil. Se eu tinha alguma intenção com aquela fala, era ajudá-lo a ajustar suas expectativas, presenteá-lo com a fibra necessária para morar na capital. Na verdade, se conseguisse tirar um pouco daquele sorriso bobo de seu rosto, ficaria bem satisfeito também.

— Pois é. Eu tô ligado e tô pronto! – Fabrício respondeu, nem um pouco afetado pelo meu banho de pessimismo. Em seguida, tomado por uma nova energia, se ajeitou no sofá e perguntou: – Então você trabalha na mesma produtora do Toninho?

— Isso. Trabalho como editor – respondi hesitante.

— É... O Ribas me falou que te contratou para ser o editor da série dele.

— Na verdade ele não me contratou – falei naturalmente, sem deixar transparecer o quanto aquela afirmação havia me ofendido. – Eu sou contratado da produtora. Decidiram internamente que eu seria o editor-chefe da série.

— É seu primeiro projeto como editor-chefe?

— Sim. O primeiro. Antes eu trabalhava mais como assistente de edição.

— E você trabalha lá há quanto tempo?

— Uns cinco anos...

— Uau! – Fabrício arregalou os olhos. – Parabéns, cara! Que jornada longa até você conseguir essa chance! Bem legal!

E foi aí que aconteceu. Sem que eu percebesse ou conseguisse fazer qualquer coisa contra, as relações de poder naquela interação foram, sutilmente, invertidas. Eu ainda não sabia direito, mas aquela era a especialidade de Fabrício. Ele se tornava rapidamente o dominante nas batalhas, o predador. Sempre munido de seu superpoder, o tom passivo-agressivo.

— E como é ter o Toninho como seu chefe? – ele continuou.

— O Ribas não é o meu *chefe* – respondi, seco, e dei o último gole da minha cerveja. Um inesperado nervosismo começou a tomar conta do meu corpo.

— Ah... Achei que ele tinha escrito e dirigido a série que você está editando.

— Sim, sim... Ele fez tudo isso, mas... Eu tenho outros chefes.

— Você tem mais de um chefe?

— Bem, tem o coordenador da produtora que é o chefão. Aí tem a Flora que é a minha coordenadora. O Ribas, bem... Eu não sei se ele é um chefe, chefe, sabe? Nossa relação é mais horizontal... Não tem hierarquia com ele nesse sentido... Você quer mais água? – perguntei, aflito. A consciência de ter um monte de chefes e não ser chefe de ninguém me nocauteou e me desestabilizou por completo. Eu tinha que me recuperar, e logo!

— Não, não! – ele respondeu, gozando da vitória momentânea. – Queria dar uma olhada no quarto, na verdade.

— Claro! – eu me levantei em um pulo e segui suas ordens. Quando que eu perdi o controle nessa interação?

Em silêncio, nós três, Fabrício, Norman e eu, nos encaminhamos ao quarto vago. Abri a porta com um pouco de resistência. Sentia que estava prestes a liberar o caminho para um bandido, um invasor. A partir daquele momento, comecei a sentir o domínio de Fabrício se estendendo pelo meu território. Ele, com aquele sorrisinho e aqueles olhos analíticos, observava cada detalhe, passava as mãos nas paredes e checava a limpeza dos cantos.

Ele julgava o espaço, cada centímetro, balançando a cabeça afirmativamente, sem conseguir esconder a certeza de que seria o próximo a ocupar aquele quarto.

— Quando eu posso me mudar? – Fabrício perguntou, após uma última caminhada silenciosa pelo local.

Uma risada involuntária e incrédula escapou pela minha boca.

— Calma... calma... Eu preciso entrevistar algumas outras pessoas! – menti. – No decorrer dessa semana eu consigo dar uma resposta.

— Olha, gostei bastante do apê, viu?

— Legal... – falei, ao guiá-lo para fora do quarto e em direção à porta do apartamento.

— Você sabe que o Toninho, ou o Ribas como você fala, tá se esforçando muito para achar um lugar legal para eu morar, né? – ele disse, antes que eu conseguisse fechar a porta do apartamento na sua cara. – A pressão lá em Caraí é grande, então, se desse para eu morar aqui, tenho certeza que seu chefe ficaria muito feliz.

Eu já estava decidido em não aceitar Fabrício como morador de meu apartamento. Mesmo assim, saí daquele encontro extremamente confuso, principalmente pelo tom de ameaça presente em sua despedida. Que poder Fabrício achava que tinha sobre mim? Achava que conseguiria fazer minha caveira a Ribas? Achava que conseguiria me fazer ser jogado para escanteio? Demitido da minha primeira grande oportunidade profissional como editor-chefe? Ele definitivamente não tinha esse poder. Ele era só mais um manipulador barato acostumado com uma vidinha pronta, que nunca enfrentou nenhuma dificuldade na vida e que acha que um sorrisinho molenga é capaz de abrir todas as portas! Mas não a desse apartamento! A porta desse apartamento continuaria fechada!

Pelo menos era o que eu achava...

Na manhã seguinte, cheguei na produtora já prevendo o encontro desconfortável que teria com Ribas. Eu deveria, de alguma forma, explicar por que seu amigo de infância não seria o escolhido para dividir o apartamento comigo. Minhas palavras tinham que ser pensadas com cuidado e ser sincero definitivamente não era uma opção. Decidi simplesmente mentir e falar que Gustavo não iria mais se mudar no final das contas. Aquela me parecia a melhor saída.

Às 10 horas, Ribas e eu tínhamos uma reunião marcada com Flora e Giuliano, onde discutiríamos o futuro cronograma de edição de "A Sangue Frio". Resolvi encontrá-lo antes, no entanto. Minha concentração para assuntos profissionais é zero quando tenho alguma mentira para contar. Me apressei pelos corredores para alcançá-lo antes de qualquer outra pessoa mais importante que eu, mas toda minha rapidez foi em vão. Bati à porta de seu escritório e como resposta ouvi sua voz arranhada:

— Pode entrar!

Forcei um sorriso e abri a porta. Para minha surpresa, Ribas estava acompanhado. Dentro da sala, em um clima descontraído, quase íntimo, também estavam Giuliano, Flora e Juca, o editor-chefe da maioria dos projetos da produtora, o favorito de Flora, e de quem eu penei como assistente por anos. Aquilo definitivamente não me cheirava bem.

Tentei disfarçar o choque inicial e o desgosto ao me deparar com aquela cena. Na minha cabeça, as últimas palavras de Fabrício ainda reverberavam. Será que aquilo ali era um dos primeiros resultados de sua ameaça descabida?

— Cheguei atrasado para a reunião? Achei que era às dez! – fingi leveza em minha voz.

— Não está atrasado não, Luquinhas – Ribas respondeu, ainda rindo de alguma piada interna contada antes de eu invadir sua sala. Talvez estivessem até rindo de mim. – Só estamos conversando com o Juca, vendo se ele tem alguns *inputs* sobre a edição da série. Esse cara manja muito, está no mercado faz tempo... Você entende, não é?

Claro que entendia... Entendia que estava descaradamente sendo jogado ao ostracismo, tendo minha autoridade menosprezada. Entendia que aquela relação começava com inputs, depois se transformava em algumas visitas à ilha de edição, o que levava à destituição do meu cargo e, por consequência, à minha volta ao digníssimo trabalho de limpar o material bruto e sincronizar som.

Ribas, talvez por perceber meu desconforto, cessou seu riso e se aproximou de mim. Sem medo de soltar seu bafo de cigarro a poucos centímetros das minhas narinas, falou em um sussurro hostil:

— Como foi com Fabrício ontem? Ele me disse que adorou o apartamento, mas que você não pareceu ir muito com a cara dele...

Até hoje não tenho certeza se minha reação àquele comentário foi reflexo de minha paranoia doentia mas, naquele instante, tudo fazia sentido! Tudo se encaixava! Aquela reunião secreta era a confirmação que eu precisava de todas as intenções de Fabrício, era a prova da extensão de seu poder sobre Antônio Ribas. Eu estava sendo refém de um plano inescrupuloso! Estava prestes a perder a maior chance na minha vida profissional por causa de um atorzinho de merda em busca de um lar!

— Imagina... – falei, suprimindo a ira que borbulhava dentro de mim. – Adorei o cara. Inclusive pode falar que o quarto é dele se ele estiver interessado!

E com essa frase eu selei o meu destino. Garanti meu emprego como primeiro editor da série de Antônio Ribas e liberei a passagem para Fabrício entrar na minha vida de uma vez por todas. Naquela primeira batalha, eu saía como o grande perdedor, algo que se tornaria frequente nos próximos meses da minha vida.

capítulo 4.

a sangue frio.

Concentração, Lucas... Concentração! Meus olhos tentam, mas não se fixam em nada que surge na tela do computador. Todos os arquivos, letras e dados entram e saem de foco, se embaralham de forma frenética. Minha mão continua trêmula sobre o mouse e guia o cursor por pastas aleatórias no *desktop* buscando por algo desconhecido. Às minhas costas, Giuliano e Ribas ainda conversam sobre suas pretensões para a série "A Sangue Frio":

—Vamos fazer isso passar lá fora! Lançamento internacional! – Ribas proclama, confiante.

— Argentina, talvez – fala Giuliano, cauteloso, querendo trazer Ribas de volta para o planeta Terra. – Paraguai tem comprado bastante conteúdo nosso!

— Que Paraguai, Giu! – Ribas se exalta. – Tô falando de *States*! *European market*! Pensa alto, meu caro.

— Sou realista, Ribas.

— Imagina a gente ganhando *Emmy*, *Golden Globe* e o caralho... Já vai preparando seu discurso para falar no palco!

E os dois embarcam de vez em uma viagem para o reino da utopia, traçando um caminho ilusório para uma seriezinha nacional produzida por uma produtora de médio porte. Tenho certeza que a última obra de Antônio Ribas morreria com uma temporada, algumas centenas de espectadores e dois ou três fãs desequilibrados, aspirantes à psicopata.

"A Sangue Frio" conta a história de um assassino em série que aterroriza uma pequena cidade do interior. Toda semana ele faz uma nova vítima. As mortes são gráficas, quase escatológicas, ou *hardcore*, como Ribas costumava defendê-las. Na mente do diretor, a série era mais uma representação do pesadelo que fora sua infância na cidade natal de Caraí. Aquelas eram as grandes inspirações para sua nova criação, e o *serial killer*, de certa forma, era o próprio Ribas, se livrando de seus traumas do passado. A meu ver, essa é mais uma série sensacionalista, gratuita e lotada de clichês. Ao mesmo tempo, é trabalho, *meu* trabalho e por isso sou muito cuidadoso quando perguntam minha opinião sobre o conteúdo.

A morte ainda exala do meu corpo. Fabrício ainda exala do meu corpo. Me sinto doente. Me sinto desfalcado, incompleto. É como se uma parte de mim ainda tivesse ficado lá no quarto ao lado, junto do corpo sem vida de Fabrício. Uma parte da minha essência está, estatelada, morta ao lado do defunto.

A porta da ilha de edição se abre. Flora entra apressada segurando seu caderno. O cabelo preso em um rabo de cavalo, o rosto pálido e a barriga quase explodindo o seu cardigã azul-escuro. Ela sorri para Ribas e Giuliano, mas não chega nem perto de mim. Deve estar com medo de ter que voltar ao banheiro por conta do meu odor.

— Giu, que bom que conseguimos esse horário pra você dar uma olhada no material! – Flora fala, dando aquela puxada de saco necessária em seu chefe.

— Que bom que achamos essa ocasião em que todos podem, não é? – Ribas exclama, antes que Giuliano possa responder. – Também tive que dar umas mexidas nos meus horários.

Flora lança, instintivamente, um olhar repressor a Ribas, mas parece logo lembrar com quem está lidando e abre um sorriso falso.

— Sim. Obrigado pelo esforço, Ribas! – ela fala, a contragosto.

E eu? Ninguém vai *me* agradecer por estar aqui? Com um pé-rapado como eu, o tratamento é outro. Basta só uma ligação com tom ameaçador e pronto. Não importa se você está de ressaca, inventando que está doente, ou se acabou de cometer um assassinato. Nenhuma desculpa é válida. Você simplesmente tem que estar ali.

— Como você sabe, – Flora continua – o episódio piloto tem passado por algumas... questões.

— Ele já tá fazendo história dentro da produtora – Ribas interrompe, sorridente. – Nunca um projeto demorou tanto para ter sua versão final!

— Isso não é motivo de orgulho, Ribas – Flora aumenta o tom de voz.

— Sou perfeccionista, Florinha – Ribas arremata. – Eu tenho uma visão muito específica. Diferente da emissora, que nem visão tem.

Flora finge não ouvir e continua sua apresentação.

— Bem... Com todo esse contexto, resolvemos passar novamente o piloto para você. Aí você pode dar a sua autorização final e liberar o nosso crono.

Giuliano não responde, Ribas não rebate, Flora está quieta, ninguém fala mais nada. Essa deve ser a minha deixa. Olho para trás e encontro os três me observando. Flora tem fogo no olhar e me apressa mentalmente para que dê logo o play, Ribas permanece com seu sorriso despreocupado e debochado e Giuliano me olha ainda tentando lembrar quem eu era.

— Está tudo pronto! – falo. Minha voz está rouca, quebrada, instável.

— Está esperando o que então, Lucas? – Flora se esforça ao máximo para exalar controle e suprimir a repulsa ao olhar para meu rosto esverdeado e suado.

Eu me viro para a tela do computador e aperto o play.

De uma tela preta, surge vagarosamente a imagem de um campo, uma espécie de plantação em uma redondeza pacífica e bucólica. É tarde da noite e os únicos sons ouvidos são dos grilos escondidos pelas matas circundantes. De repente, um grito feminino interrompe o aparente sossego da região. Pés descalços dão passadas rápidas pelo chão de terra e vegetação. Eles pertencem a uma mulher em seus 20 e poucos anos que, vestindo uma camisola extremamente curta, leve e florida, corre trazendo um palpável desespero estampado em seu rosto. De segundo em segundo, ela olha para trás. Logo fica claro que está sendo perseguida. Finalmente ela acha um casebre de madeira quase camuflado no breu que se estende por aquela plantação. Talvez um bom esconderijo, ela pensa e, em seguida, corre em direção ao abrigo. Dentro daquela cabana, ferramentas campestres diversas se espalham sem qualquer ordem. Uma mistura de terra e poeira se alastra pelo pequeno espaço e acentua o tom sombrio do local. A chorosa mulher se esconde debaixo de uma mesa e reza para que seu pesadelo acabe. Mas ele está só começando. De repente, a porta de madeira do casebre se abre lentamente originando um ranger agudo e atormentador. A mulher tapa a própria boca para que seus gritos e choros de desespero não escapem e atraiam seu perseguidor. Uma pesada bota de couro preta dá passos calmos pelo chão empoeirado de madeira do casebre. A cada passo, o desespero da mulher se intensifica. Passo atrás de passo. Ele está cada vez mais próximo do esconderijo. Passo atrás de passo. Meros centímetros afastam presa e predador. Passo atrás de passo até que...

O som do meu celular vibrando em cima da mesa de fórmica se espalha, pela minúscula ilha de edição, e retira a concentração dos três que assistiam, apreensivos, os primeiros minutos do episódio piloto. Flora me lança um de seus típicos olhares enfurecidos:

— Sem celulares na ilha de edição! – ela esbraveja. Eu olho rapidamente a tela do celular. É Joana.

— Desculpa! Desculpa! – desligo a ligação e coloco o celular no bolso da calça. – Querem que volte?

— Deixa, deixa, xiiiiu! – Ribas aprecia orgulhoso a própria obra. Sei que ele está ansioso pelas cenas de violência gratuita que surgiriam. O assassino está prestes a agarrar a mulher e, em cima de uma mesa suja de palha e terra, vai começar uma sanguinária tortura com um facão enferrujado.

Essa ligação foi o toque que faltava para arrancar qualquer mísero resquício de concentração que consegui manter até aqui. O que Joana quer comigo? Só me ligou agora porque não conseguiu falar com Fabrício hoje de manhã? Ela provavelmente só quer saber dele... Quer saber se eu sei onde ele se enfiou e por que não atende o celular... Ingrata... Ingratos... Os dois!

— Pausa, pausa, pausa, pausa... PAUSA, Lucas! – Ribas fala, exaltado.

Em um susto, eu aperto o botão para pausar o vídeo e me viro para os meus três chefes no fundo da sala.

— Onde está o *close* da facada no peito? – Ribas pergunta, em tom inquisitório.

— Qual *close* era esse mesmo? – tento me fazer de desentendido. Eu sei muito bem que close é aquele. Basicamente é a extração do mamilo esquerdo da moça com o facão. Flora me proibira de colocar aquele *take* no corte final.

— O *close* da facada no peito! O plano do mamilo! O plano que gastamos milhares de reais com maquiagem e efeitos especiais! – o diretor gesticula exageradamente com as mãos.

— É... Nós... Resolvemos... – eu engasgo, titubeio. Preciso achar o jeito certo de dar essa informação sem originar a explosão definitiva de Antônio Ribas.

— Aquele plano não dá, Ribas! – Flora pula dentro da conversa e me salva de minha gagueira.

— O piloto já está gráfico demais. A gente não pode apelar!

— Apelar?! Aquele plano é a essência da série, pelo amor de Deus! Isso não é novelinha água com açúcar não, Flora!

— Isso vai passar na televisão, Ribas! – Flora aumenta o tom de voz.

— TV a cabo! – ele responde, ainda mais alto – Lucas, acha o *close* da facada aí pra eu mostrar para o Giuliano.

Eu olho para Flora e espero sua autorização, mas ela permanece quieta. Poucos segundos se passam e ela finalmente consente cabisbaixa ao pedido de Ribas. Eu me viro para o computador e abro os arquivos com as cenas do close da facada. É uma cena forte e extremamente bem-feita. Realmente devia ter custado bem caro para ser realizada.

Sangue escorre em abundância do peito da mulher, carne viva é exposta, a pele é rasgada e arrancada. Sobra apenas o corpo morto e mutilado da vítima em cima da mesa. Vejo também os olhos arregalados de Fabrício, seu corpo se estatela sobre a cama, as pernas sobre o carpete cinza, testemunho seus últimos movimentos, seu último respiro. Resta seu cadáver.

Chegava a ser irônico que nos últimos meses, enquanto vivia um inferno em minha vida pessoal, eu estava aqui, trancado nessa ilha de edição, lidando diariamente com cenas da mais profunda violência. E o pior, eu era responsável muitas vezes por trazer a violência para elas, acentuá-la. Eu, afinal, pegava aquele material bruto filmado, desordenado e artificial e o moldava, dava ritmo àqueles nefastos assassinatos. Eu era, de certa forma, cúmplice do *serial killer* ficcional. Mais que isso, eu completava seus atos horrendos, eu encaixava as peças, eu dava sentido a eles. Seria possível que aquela imersão na psiquê de um assassino em série havia ajudado a externar o assassino que tem dentro de mim?

— Talvez faça sentido ter esse plano sim – Giuliano se pronuncia, gerando uma leve surpresa em todos na sala. – Um plano transgressor como esse pode trazer a atenção que precisamos pra série.

— Giuliano, por Deus, é um mamilo sendo arrancado! – Flora nem se preocupa em parecer ter o controle sobre si mesma. – Qual é a necessidade disso?!

— É *gore*! – Ribas fala, dando um salto de sua cadeira. – É *exploitation*! É o estilo da nossa série, Florinha!

E a discussão se estende por quase duas horas. Nem Flora, nem Ribas queriam ceder. Para ela, aquilo era uma questão de respeito às mulheres, aos espectadores e simplesmente uma escolha artística de extremo mau gosto. Para ele, era mais uma clara expressão de sua genialidade e cortar o *take* do episódio era um puro exemplo de censura às artes. Eu apenas observava, afinal nunca pediram minha opinião. Giuliano olhava de um para o outro com aquela sua mesma expressão de peixe morto, visivelmente perdido em relação a quem apoiar. No final, ficou decidido que Giuliano mostraria o *take* para seus sócios e conversaria com seus contatos na emissora. Estava claro, no entanto, que o coordenador da produtora tendia mais para o lado de Ribas. A cena do mamilo, portanto, entraria no corte final. Tudo pela audiência.

Ao fim da discussão, Ribas acompanha Giuliano para fora da sala e o entretém com uma conversa escrachada, amigável e quase íntima, mais uma forma de garantir a confiança do chefão e a permanência do episódio piloto o mais sanguinário possível. Flora continua sentada em sua cadeira, e olha para o nada visivelmente derrotada.

— Eu já estou muito velha... e muito grávida pra essas ceninhas do Ribas... – ela fala para si mesma.

Eu sinto por ela. Sei que seu trabalho não é fácil. Coordenar todos os projetos em fase de edição da produtora, cada um com um diretor mais estrelinha e egocêntrico do que outro, rodeada de homens que a menosprezam e sempre têm a solução, o caminho certo, a última palavra. Eu me aproximo e coloco a mão sobre seu ombro para tentar mostrar apoio, mas a consciência da minha presença traz uma repulsa instantânea à mulher.

— Lucas – Flora fala com um desdém profundo no olhar. Ela aponta com nojo para mim, dos pés a cabeça e continua. – Vai imediatamente pra sua casa tomar um banho. E fique por lá. Amanhã a gente conversa sobre... *isso*!

capítulo 5.

feliz aniversário.

São duas horas da tarde e já estou fora da produtora. Tenho pressa para chegar em casa, mas não sei exatamente o porquê. Eu deveria é querer fugir em vez de voltar o mais rápido possível ao local do meu declínio, ao cenário dos meus crimes. Isso tudo é vontade de reencontrar o cadáver? Ansiedade pelos próximos passos? Ou simplesmente o medo de que, se demorar muito para agir, eu possa me deparar não só com a morte, mas com o decomposto, com o mau cheiro e com as possíveis suspeitas? Tudo o que eu sei sobre defuntos, eu aprendi, basicamente, vendo filmes de terror. Um conhecimento carregado de ilusão e artificialidade. Não tenho ideia de como que um morto funciona na vida real. Talvez é exatamente isso que quero descobrir. Eu estou curioso. Eu quero interagir com a morte!

Para não repetir a cena grotesca de hoje de manhã, eu decido voltar para casa a pé. Seria mais seguro, não só para mim, mas para todos os passageiros da linha 752. Faço o percurso em tempo recorde e, antes que perceba, já estou de volta em minha vila. Subo as escadas até o terceiro andar dois degraus por vez. Chego em frente à porta do meu apartamento. Olho para os lados, para me certificar que nenhum vizinho está à espreita. Estou sozinho. Antes de abrir a porta, eu coloco a gola da minha camiseta em frente ao nariz, a fim de tampar qualquer odor de putrefação que poderia estar se alastrando pelo apartamento. Abro a porta lentamente. Entro e passo um rápido olhar pelos aposentos. Tudo igual. Dou passos cautelosos pela sala, como se estivesse adentrando terreno proibido, com medo de ser pego a qualquer momento. Estou ainda na metade do caminho e me movimento em um ritmo exageradamente vagaroso. O que estou fazendo? Eu estou na minha própria casa! No meu refúgio! A única outra pessoa aqui além de mim está morta! Não há motivo para nervosismo. Aqui eu estou seguro...

Mais calmo e mais rápido, vou em direção ao quarto ao lado. Escancaro a porta entreaberta e me apresso para ver novamente o corpo estatelado, metade no chão, metade na cama. A camiseta branca e o peso de musculação continuam nos mesmos lugares que hoje de manhã. Tudo está igual. Felizmente, minhas elucubrações matinais estavam equivocadas. Não tem nenhum urubu devorando a carniça podre, nenhum fedor desconhecido e descomunal exalando de seu corpo. Tudo está exatamente como eu deixei. O único cheiro que continuo sentindo é esse perfume insuportável, o *Hugo Boss* que impregna todos os cantos do apartamento e minha própria pele.

Um banho me faria bem. Quem sabe ao eliminar esse fedor, me livro também de um pouco desse trauma e das lembranças dos últimos dias.

***

Eu demoro debaixo do chuveiro. Deixo a água quente escorrer pelo meu corpo ossudo. Tento desligar meus pensamentos. Tento não pensar nos nove últimos meses, na festa, no quarto ao lado, em Norman, em Joana, em Fabrício, em sua morte. Impossível. Eu esfrego o sabonete em meu corpo para tirar toda aquela inhaca, toda aquela vivência presa em minha pele. Esfrego intensamente, tão forte que começo a me ferir. Eu quero me ferir. Eu quero me punir por tudo que eu fiz.

Vou para meu quarto enrolado em uma toalha. Deixo pegadas úmidas pelo corredor. De volta em meu caótico porto seguro, eu procuro por uma roupa limpa em meu armário, mas só encontro roupas amarrotadas com cheiro de mofo ou de suor sufocado.

Em algum momento, ligo o piloto automático e, quando percebo, estou de volta no quarto ao lado. Ao entrar, sigo diretamente para o guarda-roupa de Fabrício. Tento prestar pouca atenção no cadáver a poucos centímetros de mim.

Fabrício costumava se vestir de forma básica. Camisetas e camisas brancas ou cinzas, sempre lisas e calças jeans. Aquele estilo lhe caía bem. Ele não precisava de muito esforço para se destacar. Eu pego uma de suas camisetas entre suas peças de roupa impecavelmente organizadas em degradês acinzentados e azulados. Apesar de grande demais para mim, a camiseta é macia, confortável e cheira a limpeza. É exatamente disso que eu preciso nesse momento. Será que também visto uma de suas calças jeans? Melhor não. Sinto repulsa com a ideia de me fantasiar inteiramente de Fabrício. Vou me sentir bem melhor se colocar a mesma calça que vesti hoje de manhã.

Muito bem. Agora estou limpo e trocado, pronto para lidar com esse corpo, ou, pelo menos, pensar no próximo passo e nas possíveis consequências do meu ato. Eu sei que existirão consequências.

Um som invade o apartamento. Meus pensamentos somem como fumaça. É a campainha. A campainha está tocando! Alguém está aqui, há poucos metros de mim, há poucos metros de nós! Seria algum dos meus vizinhos? Será que justo hoje, depois de tantos anos morando no mesmo lugar, eles resolveram quebrar nosso contrato secreto de não socialização? Será que tem um cheiro de cadáver sendo exalado pela vila e só eu não sinto? Sabia que não devia me empestear de *Hugo Boss*! Esse cheiro atrapalha meu olfato! Será que alguém chamou a polícia? E se for a polícia?! O que eu faço?! Eu fujo pela janela?! Fico quieto esperando eles irem embora? E se eles arrombarem a porta?!

A campainha toca novamente. O som é longo, impaciente. Eu olho para o cadáver de Fabrício mais uma vez. O que eu faço com você? Qual vai ser meu plano mirabolante agora? Eu preciso escondê-lo. É isso! Sei que não é a melhor ideia, mas foi a única que surgiu nessa cabeça nada criativa. Antes de tudo, eu preciso de luvas. Se tem uma coisa que as séries policiais e os filmes de suspense que já assisti me ensinaram, é que não posso deixar minhas digitais nesse corpo! Mas onde eu vou achar luvas?

Inicio uma busca afoita pela casa e me contento com as luvas de borracha amarela para lavar louça deixadas por Gustavo no fundo de um armário da cozinha. Desastradamente, eu as visto e volto correndo ao quarto ao lado.

Colocar as mãos nas pernas mortas me dá calafrios. Através do material da luva velha e pegajosa, sinto o gelado mórbido do corpo, o enrijecimento dos músculos e dos tecidos. É uma perna, como outra qualquer, mas ao mesmo tempo não é. É um pedaço de carne prestes a apodrecer, uma massa petrificada, um manequim, uma carcaça.

Lá vem ela de novo. A conhecida ânsia de vômito. Mas agora não dá. Preciso ser mais forte que ela. Preciso persistir em minha missão.

O som da campainha continua se alastrando pelos quatro cantos do apartamento, cada vez mais alto, penetrante e urgente. E eu permaneço em minha luta contra o pesado e endurecido defunto.

— Já vai! – eu grito de dentro do quarto.

Um novo som se junta à sinfonia. "Viva la Vida". O celular de Fabrício começa a tocar. Meu desespero se intensifica, mas eu continuo a puxar as pernas do cadáver em um cabo de guerra contra a cama, a gravidade e a morte.

Enfim, o corpo desaba por inteiro no chão. O rosto de Fabrício, ainda surpreso e estranhamente sorridente bate com tudo no carpete acinzentado. A batalha contra o defunto de músculos enrijecidos, no entanto, ainda não acabou. Agora, a missão é fazê-lo se encaixar no vão debaixo da cama, um espaço aparentemente estreito demais para esse estorvo retesado. Dou um, dois, três, quatro empurrões e, por fim, consigo escondê-lo bem o suficiente para o momento. A campainha grita mais uma vez, o som do celular continua a ecoar pelo ambiente. Eu corro para a sala. Tento enxugar o suor da minha testa com a luva de borracha, mas acabo apenas o espalhando ainda mais por todo o meu rosto.

Eu abro a porta. Do outro lado, não é a polícia e nem nenhum vizinho desconfiado. É apenas Joana. Minha melhor amiga. Minha ex-melhor amiga, talvez. Ela é linda, sempre foi, desde adolescente. Pele morena, olhar afiado e embelezado por hipnóticos tons de verde e mel. Seus cabelos são castanhos, lisos e tocam de leve os seus ombros. Ao me ver, ela tenta transformar sua expressão de impaciência em um caloroso sorriso. Em um movimento beirando o malabares, ela tira o celular do ouvido e o joga em uma das muitas sacolas de supermercado que traz em suas mãos. Tento falar algo, mas sou sufocado pelo seu abraço.

Como os abraços de Joana tinham mudado naqueles nove meses. Apesar de ainda serem intensos, perderam um pouco de seu calor, estavam mais distantes. Ainda assim, era bom tê-la ali, sentir seu corpo e seu cheiro.

— Feliz aniversário! – ela fala. As sacolas de supermercado batem com força em minhas costas. – Que demora pra atender essa campainha, Lucas! O que você tava fazendo?! Quer saber, nem precisa responder, talvez eu não queira saber.

Ela entra no apartamento, como sempre, sem pedir licença. Eu não me incomodo com a invasão. Joana era uma das poucas pessoas que eu autorizava fazer isso. Nós nos conhecíamos há tantos anos!

— Você tá melhor? – ela fala, ao se direcionar para a cozinha. Finalmente tenho tempo para dar a minha resposta, para falar qualquer coisa.

— Melhor do quê? – eu pergunto. Ainda não compartilho da mesma energia entusiasmada de Joana. Minha mente está em outro lugar, está no quarto ao lado. Não consigo esquecer que eu estou escondendo um cadáver em um dos cômodos do apartamento.

— Da ressaca! – Joana tira as compras das sacolas. Ela parece estar pronta para preparar uma macarronada, um de seus únicos conhecimentos culinários. – Você deu um show na festa de sábado. Fazia tempo que não te via tão bêbado! Bem, eu entendo... Quando eu fiz trinta e três anos entrei em parafuso. A idade de Jesus, né? A gente não realizou nada até agora e o cara com essa idade já era, sei lá, um puta líder religioso e tal.

Jesus?! Do que Joana está falando? Eu preciso me livrar dela... Mas como faço isso bem no dia do meu aniversário? Hoje é o meu aniversário! Com todo esse caos, nem sequer passou pela minha cabeça que estou fazendo 33 anos. Inclusive a festa desse sábado tinha sido em comemoração a isso!

— Vocês ainda não limparam a casa depois da festa?! – Joana procura uma panela pelos armários da cozinha. – Já faz dois dias! Isso aqui tá uma imundice, Lucas!

— Eu ia começar a fazer isso agora – falo, mostrando as luvas amarelas de borracha ainda cobrindo as minhas mãos.

— E o Fá, cadê? Preciso falar com ele – Joana pergunta, mas finge desinteresse.

Lá vem ela perguntar do Fabrício de novo... Joana e Fabrício. Que dor que essa união me causa.

— Você veio aqui pra me ver ou pra ver o Fabrício? – pergunto, enciumado. Finalmente tiro as luvas de borracha de minhas mãos.

— Ai Lucas, não começa! – ela revira os olhos. – Eu precisava conversar com o Fabrício sobre umas coisas... Mas ele não atende o celular de jeito nenhum! – ela cessa repentinamente a sua fala e sacode a cabeça como para afastar pensamentos ruins. – E não se faz de desentendido, porque foi exatamente isso que a gente tinha combinado. O Fá percebeu que você não gostou muito da festa que ele organizou. Aí a gente resolveu fazer um jantarzinho pra comemorar seu aniversário sem muito auê! Só nós quatro!

— Nós quatro?! – eu pergunto, apavorado. Sei que não vou gostar nada da informação que viria pela frente.

— Ué... Eu, o Fá, você e a Leda! – Joana responde com normalidade.

— Por que eu ia querer passar meu aniversário com a Leda?! – me exalto. Ao mesmo tempo, *flashes* da minha memória recente estouram em minha cabeça. Leda também estava na minha festa. E nós, depois de tantos anos, estávamos juntos novamente.

Joana dá uma bufada impaciente, se vira para a pia e começa a passar água em alguns pratos imundos nela acumulados.

— Olha, Lu. Eu cansei de me meter na sua vida amorosa – ela fala. – Mas no sábado vocês estavam na maior pegação e achamos que vocês tinham voltado mais uma vez. No final da festa, quando a Leda saiu do seu quarto, o Fá chamou ela pro jantar. Ele achou que você ia gostar...

Leda era a minha ex-namorada. Ficamos juntos por quase dois anos, e depois mais um ano de idas e vindas. De todos os relacionamentos que tive em minha vida (e não eram muitos), o com Leda foi o mais tóxico. Nos conhecemos no meu último ano de faculdade em uma grande festa organizada pelo centro acadêmico. Leda não era nem do curso e nem amiga de ninguém. Nunca soube por que ela estava ali e por que quis me escolher como companhia da noite. Ficamos e, sem nem perceber, uns solitários beijos quentes em uma festa qualquer se estenderam para umas trepadas despretensiosas, que se estenderam por dias, tardes e noites juntos e se transformaram em um relacionamento. Um verdadeiro turbilhão. Isso foi a minha relação com Leda do início ao fim. Começou sem eu saber por quê, evoluiu sem eu saber como e durou muito sem eu nem querer. Quando vi, já estava preso. Seu rosto angelical e olhar inocente eram um excelente disfarce. Afinal, Leda era diabólica! No começo, eu me aproveitei do seu leve descontrole. Achava sua instabilidade charmosa, algo que trazia um toque de aventura e emoção à minha vida. Seus dramas, seus ataques de raiva, seus ciúmes doentios geravam, no final, um sexo fora do comum e animalesco. Aos poucos, no entanto, tudo isso foi me consumindo, me cansando, me deixando inerte. Leda funcionava, para mim, como uma droga pesada que tirava minha humanidade ao mesmo tempo que me tornava dependente do prazer compensatório e da dor que ela mesma causava. Sair do buraco escuro que era esse relacionamento demorou. Depois de muitas recaídas, discussões, ataques violentos físicos e psicológicos, conseguimos nos desprender um do outro.

Fazia quase três anos que eu não tinha mais contato com ela. Nesse período também não havia conseguido me relacionar de forma séria com mais ninguém. O fantasma desse último namoro desastroso ainda me assombrava. Quando cheguei em minha casa no sábado passado e me deparei com aquela festa, a maior e mais desagradável surpresa que tive foi vê-la ali entre os convidados, mais linda do que nunca, com seu sorriso na linha entre a inocência e o sadismo, parecendo esperançosa por uma reaproximação. Minha droga estava ali, pedindo para ser injetada. E eu, no estado emocional mais apropriado para uma bela recaída.

***

O interfone toca. Eu olho apavorado em direção a sala. Não consigo digerir o fato de que Leda está prestes a entrar em minha casa e em minha vida novamente.

— Deve ser ela – Joana fala, ao sair da cozinha.

Eu a sigo. Por um momento, imagino que Joana vai receber Leda na porta. Seu destino é outro, no entanto.

— Você abre pra ela, né? – Joana fala, e se direciona para a porta fechada do quarto de Fabrício.

— Onde você vai? – tento esconder o meu pavor, mas falho e minha voz sai trêmula e esganiçada.

— Esqueci uma coisa no quarto do Fá – ela fala, abrindo a porta sem hesitar.

Meu coração bate no meu peito com uma força visceral. Sinto sua pulsação ecoando por todo o meu corpo. Minha cabeça chega a doer pela intensidade que meu sangue é bombeado para lá. Com o rosto em chamas e a mão tremendo, eu atendo o interfone.

— PARABÉNS! – a voz de Leda surge do outro lado da linha animada e carregada de uma estranha normalidade, como se nossa terrível história nunca tivesse acontecido.

— Pode entrar! – eu falo rapidamente antes de apertar o botão para liberar a entrada, deixar a porta do apartamento entreaberta e correr desesperado para o quarto de Fabrício.

Ao passar pela porta do quarto ao lado, encontro Joana agachada ao lado da mesa de supino onde Fabrício costumava fazer suas barulhentas sessões de musculação. Ela está longe da cama, mas seu rosto está tão próximo do carpete acinzentado que, caso o virasse alguns poucos graus para a direita, já conseguiria ver que algo estranho se escondia debaixo da cama.

— O que você tá fazendo, Joana?! – eu pergunto e vou, aflito, em sua direção.

— Eu deixei... minha jaqueta... aqui embaixo! – ela fala com certo esforço. Sua jaqueta jeans está entre a mesa de supino e a escrivaninha de Fabrício.

— Deixa que eu pego! – falo e a retiro a força de sua posição estratégica para descobrir meu crime.

Meu braço é bem maior que o de Joana, o que me faz alcançar sua jaqueta com muita facilidade. Com a respiração ofegante, devolvo a jaqueta a sua dona. Joana, então, senta sobre a cama bagunçada de Fabrício e, consequentemente, sobre seu corpo sem vida.

— O que sua jaqueta está fazendo aqui? – tento disfarçar o meu estado de exaltação atípica.

— A gente usou esse quarto para guardar os casacos e bolsas dos convidados da festa, você não lembra?

Finjo que não lembro. Ainda acho que tem um motivo bem diferente para Joana ter esquecido sua jaqueta por aqui, mas não posso deixar que minhas suspeitas ciumentas tomem conta de mim, então, mudo bruscamente de assunto:

– E esse jantar sai ou não sai? – pergunto, ansioso por arrancar Joana para fora do quarto.

Ela abre um sorriso fraco. Parece querer esconder a decepção por Fabrício não estar presente na comemoração. Eu estendo minha mão e finjo querer ajudá-la a se levantar da cama. O que eu quero mesmo é sair logo desse quarto e trancar o meu segredo aqui dentro. A apreensão de ser pego a qualquer momento só intensifica as minhas constantes náuseas. Estaria eu condenado a viver nesse sofrimento interno para sempre? Deveria me acostumar com essa angústia como condição permanente dos dias restantes em minha vida?

Joana pega em minhas mãos e se levanta. Ela tenta parecer um pouco mais animada. Nos observamos por um instante, olhos nos olhos. Estamos conectados como há meses não conseguíamos. Será que compartilho com ela todo esse pesadelo que estou vivendo? Será que posso torná-la cúmplice desse crime horrendo que cometi? Não, eu nunca conseguiria fazer isso com ela, arrastá-la para essa realidade de incertezas.

— Você tá bem? – ela me pergunta com sua afável e levemente rouca voz. Antes que consiga responder qualquer coisa, Leda chega no quarto, também segurando muitas sacolas de supermercado. Ela tenta disfarçar seu olhar inquisidor.

— A festa é aqui? – ela pergunta, em um tom beirando a agressividade.

— Oi Leda! – Joana solta as minhas mãos e vai em direção à recém-chegada convidada. Elas se dão um beijo na bochecha e se esforçam ao máximo para abrir sorrisos amarelos. As duas nunca se suportaram. Leda consegue escapar do cumprimento falso de Joana e se joga sobre o meu corpo para me lascar um pegajoso beijo.

— Parabéns, meu amor! Sabe o que você vai comer hoje? – ela me lança um olhar sedutor. – Meu estrogonofe, que você ama!

— Ah é? – Joana fala, encostada no batente da porta do quarto. – Eu ia fazer macarronada...

— Macarronada? – Leda responde, debochada. – Mas isso é tão... Bleh... Tão não festivo...

Joana estufa o peito, para defender sua única especialidade culinária, mas eu interrompo um possível ataque raivoso. Essa reunião no quarto de Fabrício já saiu do controle, é muito mais do que meu coração aflito consegue suportar. Precisamos sair daqui.

— A gente faz um banquete – falo apressado. Eu retiro algumas sacolas das mãos de Leda e a puxo pelo braço para fora do ambiente. – Eu estou morrendo de fome!

— E onde está o Fabrício? – ela pergunta no meio do caminho.

— Já vejo isso... – Joana responde ao pegar o seu celular e discar um número qualquer.

Que inferno! Esse quarto parece querer nos aprisionar! Há uma força bizarra que não nos deixa sair daqui. Se acreditasse em fantasmas, teria certeza que era Fabrício vindo diretamente do além para se divertir um pouco às custas da minha crescente angústia, usando seus superpoderes do plano espiritual para me torturar, me denunciar.

Eu já prevejo o que ocorrerá nos próximos segundos. "Viva la Vida" começa a tocar. Tento, no entanto, agir com surpresa quando ouço o "Ô, ô, ôô, ô, ôôô" na voz do detestável Chris Martin que surge do celular de Fabrício em cima da escrivaninha. Meu instinto me joga em direção ao celular e eu me apresso para interromper a insuportável melodia.

— Acho que ele quer ficar incomunicável – eu balanço o aparelho desligado em minhas mãos. – Vamos comer?

— Bom, ele deve estar chegando já – Joana guarda o próprio celular no bolso da calça jeans e, finalmente, sai do quarto.

Eu tento segui-la, mas Leda me puxa pelo braço.

— Ei! – ela suspira nos meus ouvidos. – Sábado foi... mágico. Eu gostei muito de nossa conversa.

Que conversa? Que merda foi que eu falei para Leda? Por que ela está de volta na minha casa?

— Eu também gostei... – minto descaradamente e, para disfarçar o desconforto, abro um sorriso amarelado. – Vamos comer?

A preparação do jantar, ou dos jantares, segue desastrada, desconfortável e carregada de uma atmosfera de animosidade. Leda, enquanto prepara seu estrogonofe, conta casos de nossa antiga história de amor, dando detalhes sórdidos de nosso relacionamento: lugares e ocasiões inusitadas onde já transamos, posições sexuais acrobáticas que fizemos (das quais eu não tenho nenhuma memória) e outras bizarrices sem necessidade de se tornarem o assunto do momento. Ela quer, como sempre, provar que nossa relação era excitante, cheia de aventura e paixão e, principalmente, mais forte que a amizade que Joana e eu nutríamos há anos. Joana, no entanto, sabe da verdade e não se deixa afetar. Ela apenas se contorce com nojo ao ouvir os relatos sexuais cujo protagonista era seu melhor amigo.

Enquanto Leda fala sem parar, Joana dá olhadas discretas para a sala. Ela ainda espera que Fabrício surja do nada pela porta, reapareça com seu sorriso bobo e animação descompensada. Joana está genuinamente preocupada com Fabrício. Eu consigo ver a aflição em seus olhos... E ela nem imagina que, de fato, o pior aconteceu, que ela tem motivos legítimos para ficar aflita. Tem um monstro a solta, afinal, e ele é o seu melhor amigo! Como que vou explicar para ela que eu sou o responsável por sua preocupação? Como que vou explicar o que eu fiz? Ela nunca vai me perdoar... Nunca! E eu vou perdê-la de vez.

Macarronada e estrogonofe prontos e postos na mesa arrumada para quatro pessoas. Um lugar permanece vazio. Durante toda a refeição, eu imito uma criança brincando com a comida em meu prato. Tento organizá-la de forma que vazios surjam e deem a impressão de que algo foi ingerido. Leda está radiante e até parece querer se esforçar para manter uma boa relação com Joana, o que há alguns anos nunca aconteceria. Mesmo assim, ela continua pegajosa, me dá beijos molhados, passa a mão pela minha perna, pelo meu rosto, pelas minhas costas, por absolutamente todo o meu corpo. Joana nota todos os seus movimentos e fica visivelmente desconfortável e sem paciência.

— Acho que chegou a minha hora – ela suspira, ainda tentando disfarçar seu claro deslocamento nessa comemoração.

Se não tivesse coisas muito mais importantes para resolver no apartamento, eu faria de tudo para que Joana não me deixasse sozinho com Leda, a qual eu ainda tenho que, de algum jeito, expulsar o mais breve possível.

— Vocês arrasem essa noite, então! – Joana se força a sorrir ao se levantar da mesa e levar seu prato para a cozinha. Ao voltar, ela me dá outro abraço, este mais desconfortável e frouxo. – Parabéns, Lu... Fique bem.

A fraqueza do toque de Joana e seu olhar triste e resignado são mais alguns sinais de algo que vem acontecendo há meses. Estou perdendo minha melhor amiga, e Fabrício era um dos grandes responsáveis por esse feito.

Joana dá um tchau rápido e distante a Leda. Ao abrir a porta do apartamento, ela se vira novamente para nós dois e fala:

— Se o Fá der notícias, pede pra ele me ligar, tá bom?

— Pode deixar – eu respondo, com a voz trêmula.

Joana finalmente se vai. Leda e eu, finalmente a sós. Ela me olha como se quisesse me devorar, ali mesmo, em cima da mesa de jantar. Talvez uma noite de paixão e selvageria seja tudo que eu precise para desanuviar meus pensamentos. Mas quem eu estou tentando enganar? Na situação em que eu me encontro, tenho certeza que qualquer tentativa de sexo resultaria na vergonha do século. Impressionantemente, não preciso nem me esforçar para botar um fim nos ardentes avanços de Leda. Ela mesma cessa seu ataque. Seu olhar sedutor e impetuoso desmoronam e se transformam em um sorriso paciente, decidido. Ela se afasta de mim, respira fundo e se levanta da mesa. Eu permaneço sentado e a observo confuso. Aquela atitude definitivamente fugia da nossa rotina devastadora.

— Aconteceu alguma coisa? – eu pergunto sem nem saber o porquê.

— Não aconteceu nada – ela responde ao levar seu prato sujo à cozinha. – Acho que já vou embora também.

— Mas por quê? – me exalto, sem controle sobre minhas próprias palavras. Esse era o tipo de poder que Leda tinha sobre mim. Fazia eu agir contra a minha vontade, como se estivesse dominado por um espírito maligno e autodestrutivo.

— A gente vai com calma agora, não é? – ela fala. – Não foi isso que combinamos?

— Quando? – pergunto, confuso.

— Na festa, Lucas! Você não se lembra de nada do que a gente conversou?! – seu sorriso começa a se esvair, a impaciência volta a dominá-la paulatinamente.

A antiga e tóxica Leda dá novos sinais de ressurgimento e, por mais que eu a detestasse, vê-la tomando forma à minha frente me passa uma reconfortante sensação de normalidade. A transformação, no entanto, dura pouco, regride. Leda volta a ser tomada por uma anormal calma e controle.

— Quarta-feira, – ela continua – eu passo aqui depois do trabalho e fazemos um programinha... Desses... Que casais fazem... – ela fala quase a contragosto, mas segura de sua nova atitude.

Eu continuo a observando. Não tenho palavras nem ações. Leda alcança sua bolsa, me tasca um beijo caloroso, quase opressor, e vai embora sem dizer mais nenhuma palavra. Demoro um pouco para me recuperar de sua repentina partida. Dentro de mim, se fundem satisfação, por estar livre de inconvenientes companhias, e desorientação, pelas novas formas de me relacionar com minha melhor amiga e ex-namorada. Pelo menos, finalmente estou sozinho. Agora é hora de encarar o verdadeiro problema em minhas mãos e decidir que assassino eu gostaria de ser: um arrependido, em busca por redenção e aberto às punições legais; ou aquele que constrói uma vida dupla, finge sanidade, mas é devorado por segredos e punido diariamente pela própria culpa.

capítulo 6.

o cúmplice.

Agora que estou sozinho, sinto uma fome descomunal. A despedida de Joana e Leda e o momentâneo sossego vêm acompanhados do roncar destemido de meu estômago. Por sorte, um verdadeiro e quase intocado banquete ainda se encontra na mesa de jantar esperando por mim. Em uma pequena panela de aço, eu misturo fartas porções da macarronada de Joana e do estrogonofe de Leda e as esquento por alguns minutos no fogão. Em seguida, volto para a companhia do defunto. Eu tenho que encarar o meu problema de frente. Só assim o caminho certo vai se tornar claro para mim.

Eu me sento no chão de carpete, encosto minhas costas na porta do guarda-roupa, devoro aquela mistura nada comum de massa, tomate, carne e creme de leite, e observo o vão escuro de baixo da cama. Enquanto mastigo, consigo ver os olhos brilhantes e sem vida de Fabrício me mirando de seu esconderijo.

Eu realmente matei uma pessoa, um ser humano. Sempre tive na minha cabeça que tirar a vida de alguém fosse algo extremamente difícil. Achava que não era a mesma coisa que matar um inseto, por exemplo. Se você está dormindo e vem um pernilongo zumbir no seu ouvido incessantemente, basta um movimento rápido com as mãos e PÁ! O bicho está morto. Se tem uma barata vivendo no armário da sua cozinha, roubando de sua comida, basta uma chinelada e PÁ! O bicho está morto. Com Fabrício não foi muito diferente disso. A invasão existia, assim como no caso da barata, a irritação existia assim como no caso pernilongo. Bastou um peso de musculação de 10 quilos e PÁ! Fabrício estava morto. Seres humanos são vulneráveis como insetos. Somos meros insetos.

Eu sou um assassino. E ainda por cima um assassino do acaso. Se fosse um psicopata nato, saberia como me virar frente a essa situação. Eu teria a inteligência e a frieza necessárias para planejar os meus passos pré e pós crime. Saberia me livrar de um corpo, cobrir as pistas, mentir ao mundo e sair ileso. Mas não. Eu sou eu. Eu sou o Lucas. Eu sou só um editor de vídeo. Me falta a loucura, me falta perspicácia, me falta o conhecimento, a insensibilidade e o estômago. E só tem um lugar para pessoas como eu, para assassinos que não sabem assassinar direito: a prisão.

Olha para mim! Eu não conseguiria sobreviver um dia sequer na prisão. Sou magricela, péssimo de briga, não sei me impor e não defendo nenhuma ideologia criminosa específica que faça eu me encaixar com alguma gangue carcerária. Quem vai me querer no grupo? O que eu posso trazer de diferencial para eles? Um excelente conhecimento de softwares de edição e de formatos cinematográficos? Quem precisa disso na prisão?!

Eu apoio a panela vazia no carpete e alcanço o meu celular no bolso da calça. Começo a deslizar a tela do telefone. Checo a lista de pessoas que tentaram me ligar durante o meu desconfortável jantar de aniversário. A lista não é muito grande. Uns dois ou três conhecidos distantes, um número internacional provavelmente proveniente de meus pais que depois de aposentados foram viver sossegados em Portugal e, por último, Gustavo. Ver o nome de meu antigo companheiro de apartamento me traz um fio de esperança para a minha trajetória desgraçada. Gustavo é advogado, afinal de contas! Quem sabe ele pode tirar algumas dessas dúvidas que tanto me afligem?

Eu retorno sua ligação. Após três toques, a sonolenta voz de Gustavo surge do outro lado da linha:

— O que é, Lucas?!

— Já tá dormindo? São nem onze horas ainda! – eu falo, com uma animação fora de contexto.

Depois que Gustavo casou com Mirela, seus horários de sono eram os mesmos de um velho de 80 anos. Se o ponteiro chegou no 10, já era hora do casal ir para debaixo dos cobertores, fazer um sexo sem graça e dormir as oito horas obrigatórias para acordar disposto e encarar a rotina sem graça de um novo dia.

— Você sobreviveu à sua festa? – Gustavo pergunta. Sabe que a lembrança da minha vergonhosa e embriagada noite iria me ferir levemente.

— Falando em festa... – eu continuo, tentando reverter a situação. – Muito obrigado por seus desejos de feliz aniversário, viu?

— Parabéns... – ele responde sem graça. – Eu tentei te ligar... Você não atendeu. Imaginei que você tava naqueles dias de homem das cavernas, sem querer socializar com ninguém.

— Eu tô assim todo dia.

— Eu sei – Gustavo ri. – Fala, o que foi? – sua voz está mais clara, acordada. Deve ter se levantado da cama para falar comigo longe de Mirela.

— Bom... Tô com umas dúvidas... Criativas... Queria uma opinião sua.

— Ahn... – Gustavo completa o silêncio.

— Sabe a série que eu estou editando lá na produtora?

— A do *serial killer*? Essa porra ainda não tá pronta?

Vou ser espontâneo, vou inventar essa mentira enquanto falo. Vamos ver onde isso vai dar.

— Tá quase... – eu reviro os olhos. – Então, estamos com um problema... Com o roteiro... Temos umas dúvidas legais que podem afetar a história do assassino.

— Lucas, – Gustavo fala vagarosamente. Parece explicar algo a uma criança de 10 anos – eu sou advogado trabalhista... O personagem vai processar o chefe dele? Vai falar que entrou na vida do crime por conta de um ambiente de trabalho hostil e estressante? Porque aí eu sou o cara ideal pra você. Agora, em qualquer outro caso, você está perguntando pra pessoa errada.

— Você não teve que passar na OAB, não? – eu perco ligeiramente a paciência. – São umas dúvidas básicas que quero tirar com você. Mas se você não se acha capaz, ligo pra outra pessoa...

— Claro, liga para o seu *outro* amigo advogado – sua ironia fere, ao mesmo tempo que é reconfortante. Gustavo sabe que de amigo sério, advogado, ele é o único.

— Então, – eu continuo. Sei que meu amigo está disposto a me ajudar. – O personagem do *serial killer* ficou bem interessante... Carismático até... Aí a gente queria saber qual é... assim... o pior cenário... caso ele seja pego... ou se entregue... Só pra saber se existem chances de ter uma segunda temporada com ele.

— A gente tem que torcer para o assassino agora? – ele pergunta. Gustavo é extremamente inseguro quando o assunto é arte, até quando a arte é só uma merda de série na TV a cabo.

— É. Chama anti-herói. É um negócio superpopular hoje em dia... – eu respondo em tom didático.

— O cara é um *serial killer*. Matou por matar, por bel prazer, certo?

— Sim...

— Então é homicídio qualificado. Pode apostar que pega a pena máxima.

— Que é?

— Aqui no Brasil é 30 anos. A série se passa no Brasil, né?

Eu não respondo de imediato. Estou muito ocupado fazendo contas em minha cabeça. Trinta anos... Eu sairia da prisão com 63... Tudo bem... Ainda existe vida depois dos 60 anos, certo? Uma vida de merda, com certeza. Vou, para sempre, carregar o rótulo de ex-presidiário condenado por homicídio qualificado. Trinta anos é quase tudo que eu já vivi na minha vida! Tudo... Todas as memórias que tinha desde minha infância até hoje. Todos os meus traumas, minhas glórias, meus micos... Tudo! Tudo que eu lembrava e o que eu não lembrava. Tudo isso são 30 anos. E eu passaria todo esse tempo preso.

— Lucas? – Gustavo estranha meu silêncio.

— Oi... desculpa... tava anotando isso que você me falou – eu volto de supetão ao mundo real. – Me diz uma coisa... E não tem como essa pena dar uma diminuída? Sei lá... Se o cara for réu primário... Ou se agiu em legítima defesa?

Gustavo inicia uma risada fraca que, em segundos, se transforma em uma gargalhada. Me sinto envergonhado. Já estou ultrapassando os limites aceitáveis da ignorância e se tem algo que eu definitivamente não gosto é explicitar a minha burrice em certos assuntos.

— Legítima defesa?! – ele espreme suas palavras por entre os risos. – Essa eu nunca vi. Um assassino em série agindo em legítima defesa! É pra ser comédia essa série?

— É... Sei lá... Se ele foi por muito tempo torturado psicologicamente... E... Acabou agindo meio que por um impulso...

Aposto minhas últimas fichas, mas sei que já perdi. Melhor parar por aqui. Tenho medo de revelar mais do que posso. Eu já deveria saber que eu não funciono quando me deixo dominar pela espontaneidade! O corpo de Fabrício estava aí como prova disso.

— Lucas, vocês tem que arranjar um consultor jurídico urgente, porque pelas suas dúvidas, as chances dessa série ficar uma verdadeira merda são bem grandes – Gustavo fala após se recuperar de seu ataque de riso.

Eu me despeço de meu antigo companheiro de apartamento sem nem me tocar que aquela podia ser a última vez que nos falaríamos por um bom tempo, ou até para sempre. Por mais que Gustavo fosse uma boa pessoa e um bom amigo, ele definitivamente não é o tipo de gente que estaria disposto a manter a amizade com um assassino condenado.

Essa ligação nunca deveria ter acontecido. Gustavo nunca conseguiria realmente me ajudar se não soubesse de toda a verdade. Afinal, o caso do *serial killer* de "A Sangue Frio" é totalmente diferente do meu. Eu não sou um assassino sanguinário. Eu não sou um psicopata. Eu não sou esse monstro. Eu não vou ficar trinta anos preso. Tudo vai dar certo. Tudo vai dar certo. Tudo vai dar certo....

Não há outra saída. Eu já sei o que eu preciso fazer. Eu preciso me entregar! É isso! Só tem uma questão... Como é que se entrega? Eu sou tão não preparado para o mundo do crime que nem isso eu sei fazer! É por telefone? Só ligar 190? Tem um disque denúncia pra si próprio? Eu ligo, falo tudo que aconteceu e fico esperando aqui em casa, tipo... tomando um café? E se vierem umas dez viaturas em alta velocidade, com suas sirenes brilhando e gritando, estacionam aqui na vilinha onde moro, acordam toda a vizinhança, invadem meu apartamento com armas empunhadas e me arrastam algemado para dentro do camburão? Eu não estou pronto para esse espetáculo. A discrição seria a melhor opção. Vou rapidinho até a estação policial, a algumas quadras daqui de casa e, pessoalmente, falo tudo o que aconteceu. Posso me colocar como arrependido, como uma pessoa boa que simplesmente cometera um erro, um lapso humano, algo normal, natural. Não há nada de mentiroso nessa afirmação, eu realmente sou uma pessoa boa! Assim, seria mais fácil conquistar a simpatia e o compadecimento dos policiais e, consequentemente, pedir para que fizessem a recuperação do corpo morto de Fabrício sem muito alvoroço. Eles fariam isso por mim... Não é? Tudo vai dar certo, tudo vai dar certo, tudo vai dar certo.

Eu dou uma última espiada no defunto. Fica calmo, Fabrício. Esse nosso inferno está prestes a acabar. O meu inferno, na verdade. Você é só um observador. Você não tem mais inferno, não tem mais preocupações mundanas, não vai nunca mais se colocar nessas sinucas de bico. Você está morto. E uma vez morto, adeus a todas essas questões.

Seria essa uma solução para mim? A morte?! Afinal o único inferno que acabaria para mim é o inferno das dúvidas. O inferno das certezas, da condenação, do enclausuramento estaria prestes a começar. Será que meu lugar não é mais nesse mundo? No plano dos vivos? Seria essa a única saída? Não, não, não, não! Eu preciso me entregar! Tudo vai dar certo, tudo vai dar certo, tudo vai dar certo.

Eu me apresso. Tenho que dar o fora daqui. Pego minha carteira e minhas chaves em cima da mesa da sala. O celular já estava no meu bolso. Todos esses bens, completamente supérfluos, com certeza, seriam confiscados pela polícia no momento que derem entrada a minha prisão.

Ao sair de meu prédio de três andares, eu caminho em direção ao portão da vila por seu chão de paralelepípedos. Iluminado com seus postes em estilo europeu e luzes incandescentes, o lugar todo tem um ar confortável de fantasia, de irreal. Eu observo os prédios e casas vizinhas, tomado por um saudosismo precoce. Eu nunca mais pisaria aqui.

Já na rua, eu volto ao mundo real, à cidade grande, à avenida que não dorme. Já passa da meia-noite, mas o movimento continua agitado, sufocante. Carros passam em alta velocidade, às vezes até cruzando o farol vermelho. Grupos de pedestres variados ocupam as ruas. Alguns voltam cansados do trabalho, outros procuram botecos e diversões baratas pelo bairro. Eu passo por essas pessoas, eu esbarro nessas pessoas. Elas, coitadas, completamente alheias ao fato de que tem um assassino bem aqui, a solta, ao lado delas.

Caminho pela avenida iluminada por luzes brancas fluorescentes e tento evitar qualquer suspeita. Estou extremamente consciente dos meus movimentos e gestos. Minha expressão está sinistra? Meu andar parece sórdido? Ainda exalo morte pelo meu corpo? Não interessa. Ninguém parece me notar. Ninguém nota ninguém por aqui. A cidade destrói qualquer tipo de intimidade, ela força a instauração de um anonimato perpétuo, generalizado. Essas, por sinal, são as únicas características urbanas que eu prezo: estar sozinho e ser desconhecido. Será que eu, antes de adotar o rótulo de homicida qualificado já havia caminhado lado a lado com um assassino inescrupuloso? Será que eu já sentei no ônibus ao lado de alguém que também tinha sangue nas mãos? Provavelmente. E eu, afundado em minha própria vidinha e futilidades, nunca havia parado para notar tais aflições escondidas no outro. Aflições que, às vezes, escapam em um gesto, em um tique ou em um olhar. Mas é assim na cidade dos egoístas. Ninguém nota ninguém. Ninguém conhece ninguém.

Falta pouco para chegar até a delegacia. Mais duas ruas e estou lá, prestes a encarar o fim desta vida que construí pela metade e o início de uma nova, triste e desesperançosa realidade. Meu coração começa a bater forte, minhas pernas tremem, uma fraqueza me abate e eu preciso parar.

O que eu estou fazendo?! É isso mesmo?! É esse o fim?! Será que estou sendo precipitado?! Será que realmente não existe outra saída?! Será que peço a ajuda de alguém?! Tudo vai ficar bem?! Não! Não vai!

Com as mãos trêmulas, eu pego meu celular no bolso da calça. Eu preciso falar com alguém antes de me entregar. Eu preciso desabafar. Na minha lista de contatos, leio primeiro o nome de Joana. Vagarosamente, posiciono o meu dedo para realizar a ligação, mas travo, desisto. Será que tento Gustavo novamente?! Quem sabe ele me indica algum outro advogado que possa me auxiliar na prisão? Eu não posso simplesmente chegar na delegacia sem um advogado, isso não é racional! Calma, controle, concentração!

Eu seleciono o número de Gustavo no celular e faço a ligação. Um toque... Dois toques... Três toques... E uma voz surge. Mas não é do telefone e sim da rua, de algum lugar próximo. Uma voz rouca, embriagada e familiar:

— Luquinhas?! Ei!!! Luquinhas!!!

Eu desligo o celular antes que Gustavo atenda. Olho para trás e encontro, do outro lado da rua, um boteco de esquina bastante capenga com paredes de azulejos amarelados e uma iluminação fraca. Na calçada à sua frente, sentado a uma mesa de plástico com publicidade de uma marca de cerveja, está ele. Seu cabelo é preto e desgrenhado. A camisa branca, amarrotada e com os botões superiores abertos, revelando os pelos grisalhos no peito. Seu rosto está inchado, mais que o normal, e tomado por sua expressão frequente de deboche. Ele, Antônio Ribas, alegremente me chama.

Será que finjo que não o vi? Não. É tarde demais. Já está mais do que claro que nós nos notamos. Eu continuo paralisado e o observo à distância. Ele, por sua vez, parece notar a minha hesitação, intensifica os gestos e me chama com uma nova expressão severa, quase ditatorial. Não tem escapatória. Eu abro um sorriso apavorado e trêmulo e atravesso a rua. Me jogo em meio aos carros em alta velocidade. Sonoras buzinas e xingamentos vindos dos motoristas marcam nossa aproximação. Por que esses bêbados não passam logo por cima de mim e levam as minhas preocupações embora? Não precisa frear, não! Não precisa me dar passagem! Minha vida não tem mais valor nenhum mesmo...

— Não morre não, Luquinhas! – Ribas fala quando eu chego ao seu lado da calçada. Ele me dá um abraço torto e me faz sentir o seu cheiro etílico e defumado.

— Tudo bem, Ribas? – pergunto. Já me arrependo profundamente de ter me aproximado.

Ribas está tão bêbado que nunca iria se lembrar no dia seguinte de ter me encontrado.

— Vem cá! Vem cá! – ele me pega pelo braço e me arrasta para sua mesa com uma força desmedida. – Estamos afogando nossas mágoas e você tem mais do que direito de participar disso, tem a obrigação profissional!

Nos aproximamos da mesa de plástico amarela. Noto, pela primeira vez, que Ribas não está sozinho e eu sei quem são esses dois. São os estagiários de criação de conteúdo lá da produtora.

Ambos são extremamente parecidos, magros e pálidos, com cabelos bem penteados e roupas que buscam certo estilo e rebeldia, mas que foram impecavelmente passadas pelas mamães. Eles observam as redondezas, os movimentos de Ribas e a minha chegada com profundo interesse e postura, olhos arregalados e sorrisos fascinados no rosto.

Ribas gostava da atenção que recebia dos estagiários. Ele sempre passava pelos corredores da produtora batendo papos casuais com seus inferiores, contando histórias inacreditáveis nas quais ele era o personagem principal. Com elas, arrancava suspiros e olhares. Aqueles pobres coitados o endeusavam, admiravam sua aparente genialidade. Eles almejavam se tornar Ribas e isso ofuscava seus sensos críticos, dificultava enxergar a canastrice do diretor.

— Vocês já conhecem o Lucas, o editor, não é? – Ribas me direciona aos maravilhados estagiários como se estivesse apresentando alguém da nobreza.

Os dois apertam a minha mão de forma calorosa. Talvez também me admirassem. Eles falam os seus nomes, mas não os ouço. Ainda estou atordoado com esse encontro. Um dos estagiários puxa uma cadeira de plástico para mim. Demoro a percebê-la. Do nada, estou sentado com os três colegas de trabalho.

— Você não vai perguntar por que estamos afogando as mágoas? - Ribas enche seu copo com as últimas gotas da garrafa de cerveja e, em seguida, se vira para o carrancudo dono do bar. – Ô campeão! Traz mais duas, um copo e uma porção de fritas!

Permaneço mudo, mas tento expressar um mínimo interesse na história por vir.

— Ela ganhou... - Ribas continua. - Flora ganhou... A cena do mamilo vai ser cortada.

— Sério?

— Pode acreditar... Fiquei sabendo hoje no fim do dia. Giuliano me ligou. Parece que a vac... – Ribas respira fundo. – Ela mexeu seus pauzinhos rápido, organizou um motim feminino na produtora e na emissora, e Giuliano saiu cagando de medo de uma explosão de estrogênio, de ser acusado de ser machista e incentivar o sexismo em seus trabalhos. "Isso pode arruinar uma série hoje em dia" - Ribas parafraseia Giuliano imitando alguém com sérios problemas mentais.

As cervejas chegam. Ribas enche o meu copo e completa o seu. Nem se preocupa com os copos dos estagiários, que observam a conversa de seus superiores com crescente fascínio. Estão radiantes por fazerem parte daquela noite.

— Pra ser sincero, - eu falo por falar, por sentir que tinha que preencher o silêncio – acho que falta o fator choque na série... Talvez essa cena fosse boa pra...

Ribas me interrompe com um grito eufórico e um tapa nas minhas costas, o que me faz derrubar um pouco da cerveja que estava prestes a engolir.

— Exato! Exato, Luquinhas! Sabia que você era dos meus! Por isso que te chamei pra editar esse trabalho!

Eu não sei se me sinto lisonjeado ou levemente ofendido por aquela afirmação. O que significava ser um dos de Ribas? Era ser desequilibrado? Pouco profissional? Egocêntrico? Genial? E mais, não sei se aquela era uma fala honesta. Afinal, há nove meses, ele não parecia ter problema nenhum em me substituir pelo mais experiente e puxa-saco Juca, só porque não fui com a cara de seu amigo de infância.

— Da próxima vez, quero ver ação, Luquinhas! – Ribas me dá novos e fortes tapas nas costas a cada palavra que pronuncia. Novamente sou impedido de tomar a cerveja de meu copo americano. – Da próxima vez, trate de falar alguma coisa durante a reunião!

— Sim... Eu sei... – falo, ainda me recuperando dos tapas e da dor pulsante em minhas costas. – Eu não estava em um dia bom hoje de manhã. Ainda não estou em um dia bom, pra ser bem sincero.

— Então esse encontro veio na hora perfeita, né não?! – Ribas levanta seu copo alegremente e olha para frente, ao lembrar que os dois estagiários estavam à mesa. Eles também levantam seus copos. – À transgressão! À insubordinação! Ao quebrar a barreira do politicamente correto! À cena do mamilo!

Eu levanto o meu copo em um lento movimento e completo o brinde com os três.

— À transgressão... – eu falo bem menos animado que Ribas e, em seguida, entorno o copo de cerveja. O líquido me hidrata por dentro. O álcool faz eu me sentir melhor, a agonia de sempre parece ter me dado um descanso.

E as cervejas não paravam de chegar. Enquanto viro copo atrás de copo, ouço (não tão interessado quanto os estagiários) as histórias de Ribas. Este só parava de falar para dar tragadas em seus cigarros e goles de suas cervejas. De vez ou outra ele ia ao banheiro e voltava ainda mais animado e elétrico, o que provava que o nojento e sombrio fundo do bar era também seu ponto de encontro com sua velha amiga cocaína.

— É um desrespeito! – Ribas esbraveja, ainda desabafando sobre os rumos de sua série "A Sangue Frio". – A gente vive em um mundo chato, um mundo padrão! As pessoas não querem mais ser desafiadas! Elas querem ficar seguras, na zona de conforto! Ninguém quer mais ter medo, ninguém mais quer sentir a voz da loucura cochichando no ouvido. Elas querem ser normais... Mas eu não vou parar! A loucura é uma dádiva!

Depois de incontáveis odes à loucura e à perversão artística, Ribas muda um pouco de direção e passa a focar na sua vida pessoal, mais especificamente nas mulheres que comeu nos últimos meses.

— Juliana Feitosa... Que delícia! – ele fala, fechando os olhos e mordendo os lábios.

— A atriz do "A Sangue Frio"? – pergunta um dos estagiários.

— Ela mesma! Gostosa e desvairada! Algumas coisas que ela fazia chegavam até a me assustar! – ele gargalha e tosse a fumaça do cigarro ao mesmo tempo. – Mas nunca é tarde demais pra aprender umas técnicas novas, né não?

Após praticamente afirmar que tinha transado com noventa por cento da presença feminina em nossa produtora, Ribas dá início a mais um relato traumático e excessivamente dramatizado sobre a cidade natal de Caraí e sua população.

— Zumbis! É isso que eles são. Cegos! Não conseguem e nem querem ver atrás do muro que cerca aquele buraco. Sabe... Uma das únicas pessoas sãs que tive contato durante minha infância em Caraí foi meu vô Geraldo. Ainda vou fazer um filme sobre ele! Que figura! Escondia a carequinha com um chapéu de palha, usava sempre um terno surrado branco e uma gravata borboleta vermelha. Filho de John Ford com Wes Anderson. Ficava andando pra lá e pra cá com um revólver velho e enferrujado na cintura, cigarro de palha na boca e atormentando os moradores com verdades inconvenientes. Acabou preso em um manicômio por alguns meses... Sua própria existência acabou levando ele pra lá. Ficou quase um ano enclausurado e quando foi liberado já era tarde. Ele virou outra pessoa. Sem vida. Parecia que tinham feito uma lobotomia no homem. É... São as pressões para se adaptar a normalidade. Mas ele não aguentou. Um dia pegou aquela pistola velha e... Puff! Algo bem frequente em Caraí, por sinal. Até o inferno, o submundo dos suicidas é mais agradável que aquela cidade.

Enchendo mais uma vez os copos, Ribas agora faz uma volta de 360 graus em seu falatório e esbarra em Flora e no seu disparate em barrar sua criatividade daquele jeito.

— É isso que dá ficar dando poder pra gente que só sabe lidar com cronograma! A menina não pensa em arte, ela pensa em aprovação, ela pensa em números, em audiência. Ainda por cima grávida! Fica toda emotiva, não tem estômago pra lidar com a obra em que ficamos tanto tempo trabalhando. Mas que ela é uma delicinha, ela é... Hm... Apesar de chatas pra caralho, tenho uma tara por grávidas que não consigo nem expressar em palavras!

Agora, aproximadamente 15 garrafas vazias se acumulam ao nosso redor. Alguns pratos de porcelana branca e barata com míseros restos de batatas fritas e guardanapos engordurados também decoram nossa mesa. Um dos estagiários, o com mais cara de criança, foi ao banheiro há uns 30 minutos e ainda não voltou. O outro dorme profundamente com a testa apoiada na quina da mesa. Ribas continua animado, sem mostrar sinal nenhum de que estava prestes a pedir a conta. Eu, que, desde que havia sido arrastado para esse bar, mais ouvia do que me pronunciava, começo a sentir que o álcool que se acumula dentro de mim me atiça, faz cócegas em minhas cordas vocais. A necessidade de externar alguma coisa, seja lá o que for, se torna, a cada segundo, mais latente. É esse segredo dentro de mim... Ele está suplicando para ser liberto!

— A Flora ficou puta comigo hoje... – eu falo, com a voz enrolada. Estou bêbado, completamente bêbado. – Ela falou que amanhã vamos conversar sobre... mim... Eu acho...

— É. Ela não gosta de você... – Ribas dá mais um gole de sua cerveja. – Fez de tudo para colocar o Juca como editor-chefe da série...

Eu levanto a cabeça rápido demais em direção a Ribas. Fico tonto com o movimento, mas tento focalizar em seu rosto. O que eu ia falar mesmo? Isso! Agora é a hora! Hora de botar em pratos limpos as questões não resolvidas do passado e minha disputa não oficializada com Juca era uma delas. Foda-se que é o álcool me forçando a mostrar meu lado mais sórdido. Isso é coragem! Coragem! ...O que eu ia falar mesmo?

Ribas aproveita o silêncio para continuar sua fala:

— Tive que cortar as asinhas dela cedo... – ele se exalta, orgulhoso. – O Juca é careta. Não ia fazer a série desafiadora que a gente quer fazer!

— Ah... tá bom, Ribas – uma pequena e inesperada explosão raivosa e alcoólica suja de cinismo e ironia a minha fala.

— O que é? Tô falando sério! – Ribas retruca.

— Quer dizer que você nunca cogitou colocar Juca no meu lugar?! – me despeço dos meus filtros e indago de forma acusatória.

— Claro que não!

— Caralho, Ribas!

— O que foi?!

Agora eu entrei em uma caminho sem volta. Se começar a desabafar sobre meus medos e inseguranças do passado, minhas neuroses, minha submissão a uma chantagem que ameaçava minha vida profissional, acabarei entrando em um tema tabu, algo que nunca ousei comentar com Ribas nesses nove meses: minha tortuosa relação com Fabrício.

Foda-se. Chega de pudores! Chega de me policiar!

— Eu sei qual era o seu jogo, Ribas... O seu e o do Fabrício.

— Do que você tá falando, Luquinhas?! O que o Fabrício tem a ver com isso?

— Ele... O Fabrício... – um arrepio sobe pela minha nuca. – ...Ele me chantageou para conseguir morar no meu apartamento... Praticamente falou que ia colocar você contra mim caso não o aceitasse.

Ribas fica em silêncio. Se recosta em sua cadeira e dá um longo gole de sua cerveja. De repente, desata a gargalhar de forma maníaca.

— Não conhecia esse seu lado neurótico, Luquinhas – ele fala entre suas risada. – Se bem que uma atitude como essa é bem típica do Fabrício. Calculista do jeito que é!

— Sim! Calculista! É isso que ele é! – eu me exalto, mas não devo me exaltar tanto. É sobre o amigo de infância de Ribas que estou falando, afinal de contas. – Eu sei que o cara é seu amigo... Mas...

Não consigo terminar meu pensamento. Ribas me pega no braço e aproxima seu rosto do meu, talvez um pouco demais. Seu bafo é tóxico, o que faz eu instintivamente me retrair na cadeira.

— Eu sabia que você era dos meus! – ele fala novamente, agora com mais intenção e honestidade. – O Fabrício é um merda!

Sim! Sim! Ele é um merda! É isso que ele é! Finalmente alguém o vê como ele realmente é! Um merda! Um calor preenche meu peito. Como é boa a sensação de achar um cúmplice nos desgostos da vida. A liberdade de poder odiar sem ser julgado, poder ser entendido, poder achar finalmente uma identificação.

Após praticamente grudar o seu rosto no meu, Ribas adota em sua expressão a mesma escuridão e o drama de quando dá início a seus malditos relatos sobre Caraí. Sua voz também fica mais sombria e profunda.

— Tenho pesadelos até hoje com o que Fabrício me fez passar durante minha infância. Seus jogos psicológicos, sua crueldade não eram características humanas, eram demoníacas! Foi principalmente por conta dele que minha história em Caraí terminou do jeito que terminou... Carregada de ódio e traumas.

Ribas nunca pareceu tão fragilizado, tão humano e ferido. Aqui está Antônio Ribas em seu estado mais puro, coberto de cicatrizes ainda abertas de seu passado cruel. E o causador de toda aquela dor foi a minha vítima, Fabrício.

O diretor, agora cabisbaixo, continua sua fala em um leve suspiro, como que falando para si mesmo:

— "Brincadeiras de criança", todo mundo me falava, "Meninos são assim!", "Fabrício é um bom rapaz", "ele nunca seria capaz de fazer uma coisa dessas!"... Mas eu sabia, eu vi tudo com meus próprios olhos e sofri as consequências de saber quem ele realmente era... – após um breve segundo de silêncio, Ribas volta a me olhar nos olhos.

Seu suspiro se transforma em um grito transtornado. – E aí, dez anos depois, sou forçado a dar um lar pra esse filho da puta?!

Me sinto um completo ridículo. Minha história nesses últimos nove meses parece insignificante comparada com essa dor tão honesta! Eu sofri com a presença de Fabrício em minha vida, mas, pelo que parece, Ribas tem muito mais motivos para odiá-lo. Motivos que parecem tão sombrios que tenho até medo de abordá-los na conversa. Ribas, diferentemente de mim, conseguiu viver anos aguentando esse sofrimento. Eu, no primeiro surto que tive, arranquei a vida do desgraçado.

Justiça é o nome disso! Eu fiz justiça com as próprias mãos! Agora, Fabrício não poderia fazer com mais ninguém os terríveis atos que haviam manchado a infância de Antônio Ribas em Caraí. Eu havia dado fim a um verdadeiro monstro.

— Mas chega! – Ribas grita e dá um forte tapa na mesa de plástico, fazendo com que a cabeça do estagiário adormecido desse um salto e batesse novamente na quina da mesa. – Pode expulsar o filho da puta do seu apartamento. Luquinhas, eu nunca deveria ter te colocado nessa enrascada, mas você tem que entender, eu precisava me livrar dele. Não conseguia suportar olhar para a cara do imbecil se passando por bom moço, sonhador, reformado, ansioso por um novo começo na cidade grande, na *minha* cidade. Ele sempre faz o mesmo joguinho! No passado ele fazia a mesma coisa! Colocava a máscara de bom garoto, mas por trás era o diabo encarnado! O tempo não muda tanto uma pessoa assim. Eu já sabia que ainda ia acabar me fodendo nas mãos dele se não o tirasse de meu apartamento de uma vez por todas – Ribas levanta seu copo novamente para um brinde. – Foda-se esse merdinha! Que vá morar debaixo da ponte! Com a gente, ele não mora mais!

Eu não levanto meu copo. Me sinto paralisado. Tenho tanta coisa para dizer que sinto até uma dor no fundo da garganta. As palavras acumuladas estão tomando impulso, estão juntando força para explodir para fora de mim.

— Você deveria ter me falado tudo isso muito antes, Ribas... – eu balbucio e, em seguida, escondo meu rosto com minhas próprias mãos. A imagem do defunto de Fabrício impregna a minha mente. – Caralho... O que eu fiz?! O que eu fiz?!

— Desencana disso, Lucas! – Ribas pousa o copo em cima da mesa e, ao perceber o meu desespero fora de proporção, coloca a mão sobre o meu ombro.

— Não dá pra desencanar! Não dá! Já era! Já era! – eu grito. Ribas se assusta. Meu corpo treme por inteiro. Eu esfrego meus olhos, tentando apagar aquela imagem da minha cabeça, apagar o que eu havia feito.

— Ihhh... Não tô conseguindo te acompanhar, Luquinhas... Acho que chega de cerveja pra nós.

A imagem de Fabrício morto flutua pela minha mente. Seus olhos abertos, envidraçados e mirando o nada, sua pele fria, sua boca entreaberta formando um sorriso frágil e sem vida. O nó em minha garganta fica mais apertado e dolorido. Meus pensamentos voltam ao momento de meu ato, o momento decisivo, o momento em que testemunhei a vida fugir daquele corpo. Por quê? Por que eu fiz isso? No que eu estava me transformando?

— Ribas... – eu tiro as mãos do meu rosto e com os olhos marejados, encaro o diretor e meu futuro cúmplice. – Eu... Eu fiz merda... Eu fiz uma merda colossal... E eu preciso de ajuda.

capítulo 7.

a ponte dos suicidas.

Consegui a proeza de deixar Ribas quieto por mais de cinco minutos. Quieto e sério. Tomado por uma repentina sobriedade, ele se levanta e se encaminha para a parte interna do bar onde paga a conta da mesa inteira. Em seguida, vai novamente aos fundos do local para dar a última urinada da noite ou mais uma cheirada no seu elixir da vida. Minutos depois, ele surge carregando o estagiário desaparecido, o qual, com roupas úmidas e rosto pálido e suado, mal consegue andar de tão alcoolizado. O diretor o posiciona à mesa junto com o seu outro colega adormecido e em um rápido movimento de mãos chama um táxi que passa pela rua. Pela primeira vez depois que fiz aquele terrível desabafo, ele se direciona a mim e fala em tom grave:

— Me ajuda a colocar esses dois no táxi. São quase duas crianças, não merecem ficar jogados aqui.

Eu, que já achava que Ribas ia pegar aquele táxi e correr para a primeira estação policial para me denunciar, me apresso surpreso em direção a um dos estagiários jogados sobre a mesa de plástico do bar. Suprimo o meu próprio grau de alcoolismo, coloco seu braço sobre meu ombro e arrasto seu corpo mirrado para dentro do táxi. Ribas faz o mesmo com o outro, mas com muito mais facilidade do que eu.

— Eles não vão vomitar no meu carro, né? – grita o taxista, um velho desdentado, que exala um leve aroma de cachaça e ostenta profundas olheiras debaixo dos olhos aguados.

Ribas tira uma nota de cem reais da sua carteira e entrega ao homem.

— Se vomitar, vomitou, amigo. Pega esse dinheiro e manda lavar o carro depois. Eles vão aqui perto. Deixa eles na Produtora FocoCine,

Avenida dos Suricates, número 275. Fala para o porteiro que Antônio Ribas deixou eles dormirem lá dentro... Guardou tudo?

— FocoCine, Avenida dos Suricates, 275, Antônio Ribas – repetiu o taxista ao alcançar a nota e a guardar cuidadosamente em seu bolso.

O táxi arranca e nos deixa sozinhos na rua quase deserta. Ribas finalmente olha nos meus olhos e fala:

— Vamos... Me leva até ele.

***

Caminhamos em silêncio. Ribas e eu. As sombras da madrugada, os insones entristecidos pelas ruas e os barulhos hostis e ameaçadores típicos da vida urbana conseguem deixar ainda mais carregada a atmosfera de tensão que nos envolve. Eu compartilhei o meu segredo, dividi minhas angústias, trouxe mais alguém para essa prisão. Deveria estar me sentindo um pouco mais leve... Mas será que confiei na pessoa certa para transformar em meu cúmplice?

O percurso parece ser mais longo do que o normal. Nossa caminhada é desconfortável. Ribas emite um som. Espero que seja o prenúncio de palavras dotadas de esperança e apoio, mas me decepciono. São apenas risadas abafadas e descrentes, algo que se repete por todo o caminho.

Finalmente avistamos o portão de ferro da vilinha onde moro. Um alívio incongruente arrebata o meu peito. Achei que nunca mais iria pôr os pés aqui, admirar os prédios rosados de três andares e as minúsculas e cinematográficas casinhas que decoravam o local, mas aqui estou. Eu voltei, mas pelo motivo errado. Volto a me afundar em meu poço de desespero.

— Bonita vila... – Ribas fala, ao passarmos pelo portão, em uma tentativa fracassada de trazer normalidade à situação.

— Obrigado... – eu respondo com a mesma doçura falsa em meu tom.

Entramos no prédio e subimos as escadas para o meu andar. Meu coração acelera a cada degrau. Ribas também parece ficar gradualmente apreensivo. Noto isso pelas gotas incontroláveis de suor que descem por sua testa. Antes de virar a maçaneta da porta do meu apartamento, ele segura meu braço ainda mais forte do que quando me arrastou para o boteco naquela noite.

— Escuta aqui, Lucas – ele fala com fogo no olhar. Sua expressão é dominada por uma espécie de ira misturada com medo e curiosidade extrema. – Se isso for uma piadinha sua... Um complozinho entre você e o Fabrício para me humilhar, fique sabendo que eu não sou mais criança e se... – ele abaixa o tom de voz – ... se não tiver um cadáver aí dentro, eu não tenho problema nenhum em fazer *você* virar um e ele virar outro...

Eu não respondo. Não preciso responder. Apenas abro a porta do apartamento. Ribas entra hesitante, como se esperasse ser pego pela armadilha, pelo bote de um cobra venenosa.

— Ele está naquele quarto ali – eu jogo a chave em cima da mesa de centro da sala e aponto para a porta do quarto de Fabrício. – Olha debaixo da cama. Eu tive que o esconder lá.

— Você não vem?! – Ribas tenta camuflar seu crescente pavor.

— Não sei se consigo olhar pra ele de novo... Ainda não...

Ribas se vira para a porta do quarto de Fabrício. Ele não dá nenhum passo, apenas observa seu destino por alguns instantes. Após respirar fundo, se direciona lentamente para o quarto ao lado. Antes de abrir a porta, porém, ele me lança um último olhar apavorado. Eu permaneço parado em frente à porta de entrada do apartamento e balanço a cabeça afirmativamente, tento transmitir a coragem necessária para ele completar essa missão. Parece funcionar. O diretor se vira novamente à porta de madeira, a abre cuidadosamente e some dentro do quarto de Fabrício.

Silêncio. Apenas silêncio. Nesses míseros segundos parece que o tempo congelou. Ouço apenas meu coração batendo e reverberando por todo o meu corpo. Do quarto de Fabrício, nenhum pio. Agora não tinha mais volta. Não tinha mais dúvida. Ribas sabia de tudo. Ribas via tudo com seus próprios olhos. E o silêncio que perdura por esses poucos segundos é atormentador.

— PUTA QUE PARIU! – finalmente a voz do diretor se alastra por todo o apartamento.

Eu me assusto com a quebra repentina do vácuo que havíamos construído e vou apressado em direção à porta do quarto de Fabrício. Ao chegar lá, encontro Ribas ajoelhado no chão mirando fixamente o vão debaixo da cama.

— PUTA QUE PARIU! – ele repete.

— Mais baixo, Ribas! Pelo amor de Deus!

— É real! É real! – com os olhos arregalados e a boca arregaçada, ele se levanta cambaleante e avança em minha direção. Sua expressão beira o indecifrável: eufórica, apavorada, aliviada, desesperada. – Você realmente matou o desgraçado! Caralho! Ca-ra-lho! Você! Lucas! O Luquinhas! MEU DEUS! Você *matou* uma pessoa! Você... matou... o Fabrício...

Ribas perde o equilíbrio. Ele coloca sua mão sobre a testa. Olha para os lados desnorteado. Parece estar prestes a desmaiar.

— Tá tudo bem, Ribas? Senta aqui! – eu guio o moribundo diretor para a cama de Fabrício. Só me faltava Ribas ter um treco aqui! Já basta ter *um* defunto para lidar, dois já fugiriam do meu pouco controle.

Ribas me obedece e se acomoda sobre os lençóis bagunçados, seu olhar fixo no nada, sua respiração ainda ofegante. Lentamente ele coloca a mão no bolso e de lá tira um saquinho de plástico transparente com o restante de um pó branco. Ele despeja com cuidado um pouco da cocaína em seu dedo e a cheira. A vida parece retornar ao seu corpo. Ele dá duas fungadas, limpa as bordas das narinas e sacode a cabeça rapidamente para assentar a droga ou, talvez, colocar os pensamentos finalmente em ordem.

— Eu até te ofereceria um tiro, Luquinhas, mas tô com a impressão que vou precisar bastante disso pelas próximas horas – ele fala, guardando o saquinho e levantando-se da cama em um pulo. – Vamos, me ajuda a tirar ele daqui de baixo. Preciso ver esse merda mais de perto.

— Espera um pouco... – eu falo, ao me retirar rapidamente do quarto, para pegar as luvas de borracha na cozinha.

Assim que volto, percebo que minhas precauções foram em vão. Ribas já puxa os tornozelos pelados de Fabrício para fora do vão da cama, sem nem se preocupar em não deixar rastros pelo corpo.

— Que porra é essa? – ele pergunta ao me ver segurando o par de luvas.

— É pra não deixar digitais, DNA, sei lá – eu respondo, enquanto as coloco em minhas mãos. *Eu*, pelo menos, seria precavido.

— Desencana disso, Luquinhas. Nessa altura do campeonato, isso não vai fazer a mínima diferença – Ribas volta a se esforçar para puxar o corpo para fora. – Vem logo! Me ajuda aqui!

Eu vou. Coloco minhas mãos emborrachadas no tornozelo direito do defunto e Ribas fica responsável pelo esquerdo. Após algumas tentativas frustradas, finalmente achamos o ritmo certo e a quantidade de força necessária para tirar o cadáver de seu esconderijo.

Assim que o rosto sorridente de Fabrício sai do escuro vão debaixo da cama, Ribas joga a perna pela qual era responsável no chão de forma violenta.

— É frio pra caralho! – ele limpa as mãos na camisa amarrotada. – Que bizarro!

— Você nunca tocou em um cadáver antes? – pergunto surpreso.

— Claro que não, Lucas! Quem você acha que eu sou?

— O cara da *transgressão*, do *gore*, do *hardcore*! – eu tento imitá-lo, ao proferir aquelas palavras utilizadas por ele tão frequentemente.

— Eu escrevo sobre esses temas, Luquinhas! Tem um negócio que chama imaginação.

— Então fique grato por eu te proporcionar essa vivência. Quem sabe agora seus textos fiquem mais verdadeiros? E não se faz de pudico, Ribas! Vai falar que você nunca desejou ver o Fabrício morto?

Ribas é pego de surpresa por aquela pergunta e hesita alguns instantes para respondê-la. Parece perceber que não precisa esconder mais seus desejos sombrios.

— Lucas, eu já matei muitos Fabrícios na minha vida. Mas foi tudo nos meus trabalhos, nos meus filmes! Não na vida real! A gente cresceu junto, eu conheço a família inteira dele! – Ribas põe a mão na testa e avança em direção à porta do quarto. – Ai caralho! O que eu tô fazendo aqui?!

Eu corro para bloquear sua saída, o seguro forte pelos braços e tento encontrar seu olhar.

— Ribas... Ribas!

— Me solta, Lucas!

— Ribas... – eu tento diminuir meu tom. Preciso manter o meu cúmplice sob controle, afinal ele não seria de nenhuma utilidade se continuasse tendo esses surtos de consciência. Tento a sorte e, me baseando nas técnicas de convencimento do próprio diretor, adoto uma profundidade cínica em minha voz e começo a venda do meu peixe. – Pensa em tudo que o Fabrício já te fez passar... Você carrega traumas até hoje... Anos depois! O Fabrício nunca mais vai poder fazer com nenhuma outra pessoa o que ele fez com você... – eu aperto seus braços com ainda mais força. Ribas finamente parava de resistir e me ouvia com atenção. – Por favor... Me ajuda a apagar esse trauma da sua vida... Da *nossa* vida!

O diretor consegue se soltar dos meus braços. Parece estar mais calmo. Ele respira fundo e, em seguida, se aproxima novamente do corpo de Fabrício jogado ao chão. No ouvido do cadáver, ele fala:

— Acabou pra você, seu merdinha... Acabou!

Eu me coloco do lado de Ribas e dou dois tapinhas carinhosos em suas costas:

— Esse é o espírito, Ribas!

— Vai se foder, Lucas... – ele se esquiva de meu toque. – E então... Qual é o plano?

— Você que me diz. Quem tem as boas ideias aqui é você.

— Ah... – Ribas lança um olhar sombrio para mim. Parece ter entendido apenas agora como nossa dinâmica funcionaria, e, pela sua expressão, está bastante satisfeito com o rótulo de diretor criativo do nosso futuro plano.

Ribas se levanta e caminha de um lado para o outro do quarto. A mão acariciando a barba mal feita, olhar perdido no nada. Está pensativo, como se estivesse desenvolvendo o argumento de seu próximo filme ou criando um plano diabólico.

— Você tem cachorro? – ele pergunta, sem parar sua caminhada.

Eu demoro para responder. A imagem de Norman vem à minha mente.

— Não mais... – eu me viro para Fabrício, realimentando o ódio que sinto por ele.

— Então cortar ele em pedaços e servir como ração está fora de cogitação...

— Você tá falando sério?

Ele para sua caminhada e me lança um olhar confuso.

— Ué! Claro! Acho essa ideia até um pouco clichê.

— Você realmente teria coragem de cortar... cortar ele em pedaços?

— Obvio que não! – ele responde com uma bufada indignada. – Eu sou só o cérebro dessa operação. Quem põe a mão na massa é você.

— Você tá louco?! – eu me levanto em um pulo e me coloco a um palmo de seu rosto. – Eu nunca conseguiria fazer isso! Eu não sou um monstro!

— Não é um monstro?! – Ribas abre um riso cínico. – Tá bom...

Ele volta à sua caminhada e à maquinação silenciosa. Eu também caminho pelo quarto tentando não esbarrar no corpo, na mesa de supino e no próprio Ribas andando de lá pra cá. Finjo querer auxiliar na construção daquele plano, mas a solução me parece tão longínqua, tão impossível! Eu sabia que meu cérebro não chegaria até ela, até a ideia definitiva do que fazer com o defunto. A presença de alguém como Antônio Ribas nesse meu pesadelo particular é essencial e um verdadeiro golpe de mestre, modéstia à parte. Ribas é uma pessoa criativa, um criador de conteúdo cuja sanidade é bastante duvidosa. E, para melhorar, alguém que nutria o mesmo ódio por minha vítima, senão maior! Tudo se encaixava perfeitamente, e meu tortuoso trajeto começava, aos poucos, a receber toques de harmonia. No início da noite, durante a minha caminhada para a estação policial, eu rezava por uma intervenção divina, a abertura de um caminho iluminado. Ribas era esse caminho, um verdadeiro presente do acaso. Mas o acaso não era o único responsável pela minha salvação. Eu também era! Afinal, quem fez o convite para participar do crime, fui eu. No ápice de meu egoísmo, fui eu, e não o acaso, quem arrastou Ribas para esse buraco.

De repente, o diretor cessa sua caminhada repetitiva. Ele procura algo em seu bolso e logo retira seu maço de cigarros. Ainda com o semblante pensativo, ele coloca um dos cigarros entre seus lábios e alcança seu isqueiro no bolso traseiro da calça.

— Eu prefiro que você não fume aqui dentro – eu falo.

Ribas nem se preocupa em fingir que não me escutou e com uma expressão desafiadora, acende o cigarro e dá uma profunda primeira tragada.

— A gente mora em uma megalópole. Tem câmeras em toda esquina, pessoas brotando pelos bueiros, fofoqueiros, *voyeurs*, vagabundos. Existe aqui uma sensibilidade maior ao crime, afinal ele é corriqueiro. A cidade se alimenta de violência, o cheiro de sangue e de morte é chamativo, atrai atenções – ele volta a fixar seu olhar em um dos cantos do quarto e constrói suspense com tragadas e baforadas de seu cigarro. Parece, aos poucos, bolar o plano em sua cabeça. Ele sabe que eu estou curioso e que sou dependente dessa sua epifania e, por conta disso, se aproveita plenamente da atenção que recebe. – É muito difícil ter um segredo em uma cidade grande como essa. Na megalópole não existe crime perfeito. Não importa o que você faça, você vai ser pego.

— Caralho, Ribas. Não foi pra isso que eu te chamei aqui!

— Pssst... – ele me interrompe, ainda sem desviar o olhar do canto que observa com tanto afinco. – O que eu tô querendo falar é que esconder o corpo não é uma opção. O defunto precisa ser encontrado!

— Você não tá pensando em me denunciar, né?!

— Pssst! – ele me interrompe mais uma vez, gradualmente mais nervoso com a minha participação no monólogo. – Bendita a hora que você me encontrou, Luquinhas... – ele abre um sorriso que beira ao sádico.

Resolvo não falar nada e apenas apreciar o suspense que Ribas gostava tanto de construir.

— Caraí! – ele fala com feições cada vez mais maníacas. – Caraí é a solução.

Eu o observo, em silêncio, por mais alguns poucos instantes. Eu entendi direito o que ele acabou de falar?

— Alguém já te disse que você é um tanto monotemático? – finalmente pergunto, irritado. Luto contra a minha própria curiosidade de saber qual foi a solução que Ribas havia encontrado para o *nosso* problema.

— Luquinhas! É o plano perfeito! – seu sorriso se abre de orelha a orelha. Ele apaga a brasa de sua bituca com os próprios dedos e volta a caminhar pelo quarto, dessa vez mais agitado, eufórico. – Você provavelmente já ouviu falar da família Andrada de Caraí, certo?!

Enquanto caminha, ele me encara. Seus olhos, tão arregalados quanto de um rato lemuriano. Sua feição é tomada por uma aura de loucura que chega a me assustar. Ele espera ansioso a minha resposta, apesar de provavelmente saber que não tenho a mínima ideia sobre quem ele falava. Ribas, no entanto, aprecia essa sensação de saber o que os outros não sabem, de conseguir provar a ignorância daqueles que o rodeiam.

— Não me soa familiar... – respondo, sem paciência.

— Você nunca ouviu falar dos Andrada de Caraí? – ele pergunta novamente. Que exacerbar a minha burrice sobre um conhecimento que, teoricamente, era óbvio e obrigatório.

— Por que eu saberia quem são essas pessoas?! – esbravejo. – Ninguém sabe nada sobre Caraí, Ribas!

— Você é realmente um playboyzinho egocêntrico da cidade grande, né, Luquinhas?! - Ribas diz sem modificar seu tom de voz, o que dificulta a identificação daquela fala como uma ofensa ou uma constatação óbvia sobre a minha pessoa. Em seguida, ele me pega pelos braços, me guia para a cama bagunçada de Fabrício, me força a sentar e prestar atenção no *pitching* de seu sórdido e recente plano. – A história da família Andrada se funde com a própria história de Caraí – ele continua, agora adotando o usual tom misterioso de quando apresenta os casos e personagens de sua cidade de origem. – Voltamos no tempo, uns oitenta, noventa anos. Caraí é a mesma, como sempre, isolada e insignificante. A economia da cidade gira basicamente em torno da tradicional fábrica de sabonetes Andrada, criada e comandada pelo visionário empreendedor Juvenal Andrada. O homem, um dos mais poderosos e influentes não só de Caraí, mas de toda uma extensa região circundante. A fábrica de sabonetes empregava quase a metade da população de Caraí e seus produtos eram comercializados em um número considerável de cidades vizinhas. Juvenal era adorado pela maioria esmagadora da população e considerado um exemplo de homem de sucesso, de pai de família e de marido fiel. Sim, Juvenal era casado com a estonteante Maribel, originária de Vale Dourado, uma cidade vizinha de Caraí. Os dois representavam o casal perfeito, elevados quase a realeza na região. Dessa união gerou-se cinco filhos: o mais velho, Mário Andrada, os gêmeos Américo e Aloísio Andrada, em seguida Felisberto Andrada e por último Antonieta Andrada, a única garota.

— Ribas! – eu interrompo o relato. Ele já está se estendendo mais do que eu posso suportar. – O que isso tem a ver com o meu problema?! Você vai ou não vai me ajudar?!

— Meu Cristo! – Ribas foge momentaneamente de sua persona narradora enigmática. – Esse é o problema do público hoje em dia. Ninguém tem paciência para um bom *background*! Querem tudo na lata! Sem mistérios, sem suspense, sem justificativa, sem sentido!

— Tá bom, tá bom! Continua! – eu falo rapidamente. Prefiro sua versão narrativa enigmática do que a descontrolada e crítica à sociedade contemporânea.

Ribas fecha os olhos e respira fundo. Parece buscar de volta aquele personagem que se perdera em algum local de sua mente desvairada. Uma leveza toma gradualmente conta de seu corpo. Ele me encara, traz de volta o seu profundo e misterioso tom e continua a sua história:

— Juvenal era alucinado por seus filhos. Inclusive, construiu uma creche dentro de sua fábrica para ficar mais próximo das crianças e para os filhos de seus funcionários terem também um lugar seguro para ficar enquanto os pais trabalhavam. Não tinha um dia em que Juvenal não tirava alguns minutos para descer até a creche, encontrar seus filhos e se divertir com eles e com as outras crianças. O homem perfeito. A família perfeita... Até aquela noite.

"Era hora do jantar. Todos os Andrada estavam reunidos à mesa, tradição diária e sagrada da família. Enquanto a pequena Antonieta e Felisberto se chutavam de baixo da mesa e riam brincando com suas comidas, Mário contava animado o que havia aprendido em sua primeira semana trabalhando na fábrica de seu pai. Os gêmeos ouviam com atenção, sabiam que em breve seriam eles os próximos a seguir aquele caminho. Maribel, sorridente, não se aguentava de tanto orgulho do filho mais velho e de admiração por seu marido que lutava tanto para garantir um futuro digno para sua família.

"A normalidade daquela noite é interrompida repentinamente pelo som de batidas na porta. Algo muito estranho para aquele horário. Será alguma emergência na Fábrica? — Juvenal se pergunta. Sem conseguir esconder sua preocupação, ele corre para atender o inesperado visitante.

"Os filhos, escapando de todas as tentativas de Maribel de mantê-los a mesa, são guiados pela curiosidade e seguem o pai até a porta.

"Atrás da porta, a polícia de Caraí, mais especificamente, dois guardas extremamente acanhados por estarem incomodando um dos homens mais poderosos da região. Com nervosismo palpável em sua voz, um dos guardas pede para que Juvenal os acompanhe até a delegacia. Ele, sem hesitar por um instante qualquer, obedece às ordens, apesar de não conseguir imaginar o porquê daquela estranha visita.

"Ao chegar lá, ele descobre que quem estava em apuros, e dos grandes, era ele mesmo. Juvenal Andrada estava sendo acusado de ter abusado sexualmente de uma garota de 7 anos, filha de um dos antigos funcionários da fábrica. Todas as acusações foram negadas com veemência. Juvenal nunca encostaria em uma criança! A menina tinha a mesma idade de sua filha! O depoimento da pequena, no entanto, foi claro e detalhado. Segundo ela, em uma das visitas de Juvenal a sua própria creche, enquanto brincava de esconde-esconde com as crianças, ele e a garotinha correram para um mesmo esconderijo, um armário escuro e esquecido do depósito ao lado. Foi lá que ele a tocou e roubou sua inocência. Não havia nada que Juvenal pudesse fazer para desmentir a história. Ali, seu imenso poder também era insignificante. Sua prisão imediata foi inevitável.

"Como não podia ser diferente, a notícia se espalhou rápido. A fábrica de sabonetes fechou por tempo indeterminado no dia seguinte à prisão. Demorou pouquíssimo tempo para que a casa de Juvenal fosse completamente depredada pela população polvorosa e vingativa. 'Como um homem tão respeitado e tão amado foi capaz de fazer isso com uma criança?', 'Que tipo de monstro é esse?', 'Que família demoníaca é essa que vive em nossa cidade?'.

"Maribel entrou em uma profunda depressão. Seu perfeito mundo desabou de uma hora para a outra. Além disso, ela não sabia em quem acreditar: nos gritos raivosos da população ou nas palavras de seu próprio marido, que ainda negava todo o ocorrido... Foi ela a primeira a visitar o local que se transformaria no ponto mais temido de Caraí.

"A então Ponte das Esmeraldas ficava no meio das matas que circundam a região. É uma construção que data de anos antes da própria fundação da cidade. Na luz do luar, as pedras que a compõem adotam uma coloração esverdeada, daí o seu nome. Dez metros abaixo dela, se encontra um conjunto de afiados pedregulhos e um fino e insignificante filete de água que, teoricamente, se junta a outros tão insignificantes filetes em seu percurso e se transforma no imponente Rio das Almas a noventa quilômetros dali.

"Em uma noite de desespero, tristeza e desistência, Maribel saiu pelas ruelas desertas da cidade. Ela queria fugir de Caraí e da sua terrível realidade. O destino acabou a guiando por aquelas escuras matas. Perdida e desconsolada, ela finalmente a encontra brilhando em um tom esverdeado hipnótico a apenas alguns poucos metros de distância. A Ponte a chamava. Não existiu nenhum pingo de hesitação na atitude da mulher. Sua vida não valia mais nada e, decidida, ela se jogou em direção às pedras, ao filete de água e aos braços calorosos da morte.

"Alguns dias depois do suicídio de sua mãe, Mário Andrada se viu seduzido pelo mesmo caminho. Pressionado em tomar conta da fábrica e da família na ausência dos pais, e ainda sofrendo com o julgamento impiedoso de toda a sociedade, Mário também não via nenhuma outra saída a não ser a morte. Igualmente a sua mãe, ele escolheu a ponte para tirar sua vida. Seu corpo, no entanto, não foi encontrado no mesmo lugar que o de Maribel. O riacho insignificante teve força suficiente de levar seu defunto por alguns quilômetros, o que dificultou imensamente o trabalho da polícia na busca pelo desaparecido.

"A vez dos gêmeos não demorou a chegar. Américo e Aloísio saltaram de mãos dadas. Do nascimento à morte, sempre juntos. Felisberto, com apenas 9 anos, terminou sua vida abraçado com seu urso de pelúcia (muitos acreditam que a sua morte foi, na verdade, um acidente gerado pela curiosidade em saber qual era a ponte que tirava a vida de seus familiares). A pequena Antonieta foi a última a preencher o seu temoroso destino. Ela passou seis anos em um orfanato, onde dia após dia, deixava para trás sua alegria, curiosidade e inocência características e se transformava em uma jovem solitária, depressiva, introvertida e inerte ao mundo e aos que a rodeavam. Durante todo esse período, ela tentou inúmeras fugas, mas sempre era encontrada, vagando pela floresta próxima a cidade. Finalmente, aos 13 anos, ela alcançou o sucesso em sua missão. Novamente a encontraram nas matas limítrofes de Caraí. Mas era tarde demais. Ela havia se juntado a toda a sua família nas impiedosas pedras que decoravam o fino riacho debaixo da ponte.

"A fama do local também se alastrou rapidamente por toda a cidade. Ninguém ousava se aproximar da ponte amaldiçoada, justiceira, que tirava a vida dos cidadãos de má-fé. Aqueles que se arriscavam e se aproximavam daquelas bandas o faziam para também encarar seu próprio fim. A maldita ponte, afinal, não foi último destino exclusivo dos Andrada. Pelos anos seguintes, muitos caraienses se encontraram com a morte no mesmo local. Desde funcionários da fábrica de sabonetes que, desempregados e abandonados, não viam nenhuma alternativa a não ser a morte, até aqueles que estavam saturados com a pequenez e insignificância do lugar onde viviam. Todos escolhiam a ponte para morrer. E assim nasceu e se estabeleceu uma das maiores lendas de Caraí, a Ponte dos Suicidas."

Ribas termina o seu relato e abaixa a cabeça, como se agradecesse a aplausos que nunca vieram. Eu o observo, ainda fascinado pela história que acabo de ouvir. Já até esqueci o motivo de estarmos aqui e o porquê de Ribas ter contado esse novo caso de sua cidade natal. Fui, mais uma vez, seduzido por sua narração e mergulhei profundamente em suas palavras.

— E o que aconteceu com Juvenal? – eu pergunto, com a voz rouca, sem tirar os olhos do contador de histórias e permanecendo com a boca entreaberta.

— Dez anos preso... Até que foi inocentado.

— Como assim?!

— O irmão de Maribel, um dos advogados mais promissores do Vale Dourado, superou todo o ressentimento que tinha de Juvenal e veio ao seu resgate. Não queria que a memória de sua irmã fosse manchada por um episódio tão sórdido quanto aquele. Ao fim, ele conseguiu desvalidar as palavras da garota que tinha feito as acusações. Inventou uma história de que tudo fora um plano do pai da menina, que, buscando vingança por ser demitido da fábrica de sabonetes meses antes, fez a pequena acreditar naquela história e contar aos policiais. Ninguém nunca soube o que realmente aconteceu, mas em lugares como Caraí, a voz da justiça, da autoridade e dos poderosos é a voz de Deus. Todos se forçaram a acreditar que Juvenal era inocente e a pobre garota, uma mentirosa. Juvenal foi solto, mas para que se tudo que havia construído em sua vida não existia mais?

— Ele também se suicidou?!

— De jeito nenhum! Ele não podia dar esse gostinho aos caraienses. Assim que saiu da prisão, Juvenal criou um novo objetivo para seu tempo restante na terra dos vivos: atormentar a consciência de todos aqueles que julgaram precipitadamente ele e sua família. Ele queria mostrar a toda a cidade o que a falta de empatia e a inveja são capazes de fazer. A sua imagem, manchada pelo abandono, pela derrota e pelo trauma, tinha que ser dolorosamente percebida como lição por seus conterrâneos. Afinal, o sangue de todos os membros de sua família estava nas mãos deles, dos próprios caraienses pelos quais Juvenal tanto se dedicou anos atrás... – Ribas dá uma breve pausa em sua narração, sacode a cabeça e volta a se transformar no diretor desbocado de sempre. – Juvenal era um filho da puta vingativo, pra falar bem a verdade. Tenho certeza que o velho era culpado de todos os crimes que foi acusado. Mas, como sempre acontece, acabou sendo elevado a santo por todos os caraienses.

— Uau... – eu suspiro, deito por completo na cama de Fabrício e deixo aquela história reverberar na minha cabeça.

— E então? Brilhante, não é? – Ribas me pergunta, novamente com o seu sorriso doentio no rosto.

— Ahn? – eu levanto apenas a minha cabeça e olho curioso para o diretor.

— O plano, Luquinhas! O plano! – Ribas se exalta, aponta para o cadáver de Fabrício jogado no chão e, inevitavelmente, me puxa de volta para minha terrível realidade.

— Isso tinha a ver com Fabrício?! – eu me levanto da cama. Ainda não consigo entender qual é o recado escondido por trás da história que Ribas acabou de contar.

— Porra, Lucas... O quanto alucinado você acha que eu sou?! Acha que eu contaria essa história toda por nada?! Fabrício é meu conterrâneo! Ele, assim como todos os moradores de Caraí, conhece muito bem a lenda da Ponte dos Suicidas.

Com a sobrancelha franzida, tento fingir que acompanho o pensamento de Ribas, mas ainda não faço ideia do caminho que aquela conversa está tomando.

— Pense em Fabrício... – Ribas chega perto de mim e me pega suavemente pelos braços – ... garoto inocente, originário de uma cidade tão pequena que as pessoas até duvidam se ela realmente existe. Fabrício tem um sonho: se tornar um grande ator na megalópole. Depois de anos alimentando esse desejo, ele toma coragem e finalmente resolve se arriscar. Confiante, decidido, tem certeza que é talentoso e que logo vai conseguir o papel de sua vida. No início, essa mudança drástica de realidades nem é sentida por ele. O jovem é bonito, simpático e persuasivo. Logo consegue riscar da sua lista as necessidades básicas de morar na cidade grande. Tem um apartamento, tem paqueras, alguns poucos amigos. Porém, os trabalhos não surgem com tanta facilidade quanto ele imaginava. Fabrício já não é tão jovem quanto seus concorrentes e, aos poucos, ele percebe que o mundo da atuação, seja em cinema ou televisão, é hostil, selvagem e a seleção, desumana. Os meses passam e a realidade começa a ficar cada vez mais macabra, mais tomada por uma desesperança colossal. A vida na cidade grande perde seu fascínio e passa a ser dominada por sombras, por desejos despedaçados. Ele logo percebe que a força necessária para se manter de pé e de cabeça erguida na cidade grande é muito maior do que a que ele possui, e as ganas restantes em sua alma são sugadas progressivamente pelos demônios dessa realidade doentia. Nove meses se passam e a depressão o atinge em cheio. Para os outros, ele permanece o mesmo, sorridente e feliz. Ele, afinal, havia aprendido desde cedo que a imagem que se propaga é um dos bens mais valiosos que se pode ter. A máscara de felicidade, no entanto, estava ficando cada vez mais pesada, insuportável. Chega! Ele não aguentava mais aquela dor que sentia e era proibido de exteriorizar. Voltar a Caraí e continuar a mesma vida que tinha não era uma opção. O que seus pais pensariam? O que a sociedade inteira pensaria de um desistente como ele? Era hora de acabar com tudo. Mas como? Uma pessoa tão apaixonada pelo drama como Fabrício precisava terminar a sua vida de forma simbólica. E nada mais simbólico e clássico para um caraiense do que encontrar o fim na...

— ... Ponte dos Suicidas! – eu completo, ainda fascinado pela habilidade de Ribas em construir uma história.

— Exatamente, Luquinhas... Exatamente! – ele abre ainda mais o seu sorriso doentio. Eu não sabia se era efeito das drogas ou apenas excitação pelo nascimento de seu mais novo projeto criativo, mas o diretor estava completamente alucinado. – Levamos de alguma forma o corpo de Fabrício até Caraí, nos adentramos pela mata e encontramos a Ponte dos Suicidas. Lá, nós nos livramos do corpo. A queda não vai ser nada piedosa. Quem sabe o riacho o leve por alguns quilômetros como fez com Mário Andrada?! Pode levar dias, semanas até que o encontrem. Até lá, não vai haver médico legista nesse país que consiga descobrir a real *causa mortis*. E fim... Mais um suicida de Caraí, menos um cadáver em nossas mãos.

Não reajo. Estou cansado, bêbado e atordoado. Em qualquer outra situação, conseguiria apontar milhares de falhas, buracos e incertezas no plano de Ribas. Mas ainda estou, em partes, hipnotizado por todas as suas palavras e pelo seu próprio poder de persuasão. Pela primeira vez nessas últimas horas desesperadoras, uma clara solução surge no meu caminho. Talvez não seja o plano perfeito, mas é o único que temos.

Eu tento me recompor. Ribas espera uma reação e parece estar prestes a perder novamente a paciência comigo. Eu engulo seco e finalmente falo:

— Nós vamos para Caraí.

capítulo 8.

um traje para morrer.

Uma água morna e acolhedora cai sobre meu corpo nu. Eu respiro um vapor quente que toma conta do cubículo onde me encontro. Como é bom tomar esse banho. Eu me ensaboo, mas o contato entre o sabonete e minha pele não gera espuma alguma. O sabonete também não desliza suavemente pelo meu corpo. Ele é áspero, frio, pesado, e o movimento de passá-lo por meus braços, minhas pernas e meu peito fica, a cada segundo, mais difícil. O que tem de errado com esse sabonete? Eu o observo confuso. Isso não é um sabonete, é um disco de musculação! Porque fui para o banho com um peso de 10 quilos? Com o peso de 10 quilos de Fabrício, ainda por cima?

Fabrício! Que fim teve Fabrício afinal?!

Eu jogo o peso de musculação no chão e um intenso e metálico barulho ecoa pelo ambiente. Aos poucos, a gostosa água morna que cai sobre mim se torna gelada e cortante, intensificando o desconforto que, aos poucos, me atinge.

As nuvens de vapor que me rodeiam começam a desaparecer e, assim que se foram por inteiro, me percebo sozinho em uma floresta escura. Está frio. Eu continuo molhado e completamente nu. Onde estou?!

Caminho por uma terra úmida. Afundo nela meus pés descalços. Não sei para onde ir, mas continuo caminhando. Espero que o acaso me guie para o lugar certo. Finalmente, vejo algo brilhando em um bonito tom esverdeado à minha frente. É uma bonita construção de pedra, uma ponte com ar medieval. Me sinto atraído por ela. Aquele é o meu destino.

Eu piso em seu chão duro e gelado, caminho com passos lentos até seu centro. O único som que escuto é originado pelo vento que sacode os galhos úmidos das muitas árvores ao meu redor. Com atenção, é possível, também, ouvir o fino riacho que corre a baixo da ponte, dançando em volta de grandes e escuras pedras, seguindo um caminho desconhecido pela mata. Me admiro com a altura da ponte, com a distância que me separa das pedras abaixo. Uma queda, de fato, impiedosa. Mas eu estou pronto para ela.

O percurso até lá não dura nem um segundo. Uma fração temporal mínima, mas traz uma paz e uma liberdade nunca por mim sentidas. Um sentimento indescritível me preenche. Aquele é o abraço caloroso da morte e eu voo ao seu encontro. De repente, o baque. E mais nada.

Eu me vejo. Jogado sobre as pedras. Meu corpo deformado, deslocado. Meus olhos abertos miram o céu. Da minha cabeça, o sangue escorre e se funde com a água cristalina do riacho. A imagem da solidão e da morte.

Um novo som se junta ao farfalhar dos galhos e o suave correr do riacho. Arbustos próximos se sacodem como prestes a revelar um terrível animal selvagem. Mas não é nenhum monstro. É apenas um pequeno e magricela vira-lata, com pelos amarronzados e molhados e um olhar negro profundo e piedoso. É Norman! Ele se aproxima com cautela do meu corpo sem vida. Parece não me reconhecer. Ele passa seu focinho pelo meu rosto, tenta me identificar pelo cheiro, mas logo desiste. O sangue que escorre pela minha nuca parece chamar mais sua atenção. Ele começa a cheirar o odor abundante de ferro, e logo passa lamber e devorar os meus miolos estourados nas pedras. Ele mata uma sede desenfreada com meu próprio sangue. Eu não significo nada mais para Norman, apenas uma carcaça morta, um banquete selvagem encontrado ao acaso na floresta.

***

Eu acordo assustado. Estou deitado, ainda com as roupas que vestia na noite anterior, por cima dos lençóis de minha cama. Minha cabeça dói, pulsa. Minha boca está novamente seca. Essa é a nova forma natural do meu corpo despertar. Eu não preciso de tempo algum para me recordar da minha situação, dos meus atos do passado e de meus afazeres futuros. Tudo está fresco em minha memória.

O barulho de uma porta se abrindo chega até os meus ouvidos. Vem do quarto ao lado. Eu recebo aquele som com uma leve surpresa, mas sei que só poderia ter uma origem: a única pessoa que estava viva além de mim naquele apartamento. Com movimentos cansados, porém decididos, eu me levanto e vou em direção ao quarto de Fabrício. Ao chegar lá, me deparo com Ribas parado em frente à porta. Ele veste apenas sua camisa amarrotada e uma cueca branca e observa o interior do quarto com uma neutralidade incompatível com o fato de um cadáver estar estendido ao chão a poucos metros de distância.

— Bom dia... – ele fala ao notar a minha chegada. – Eu achei que tinha exagerado um pouco na dose ontem e entrado em um estado de alucinação... Sabe, quando você tem uma daquelas noites?! Elas acontecem com frequência comigo. Mas não... Foi tudo real.

— Uma hora você começa a se acostumar... – eu respondo com a voz rouca. – Quer café? Os olhos de Ribas brilham.

— *Preciso* de café! – ele dá as costas para mim e para o cadáver.

Já na cozinha, Ribas fuça, de forma invasiva e desastrada os armários a procura dos aparatos para fazer o café. Normalmente, aquela visão me incomodaria, mas agora que Ribas é meu cúmplice, passamos a estabelecer um laço de tolerância e liberdade, o que me faz apenas observar passivamente os seus movimentos afobados e o caos ainda maior que ele traz à minha cozinha.

— Está no armário debaixo da pia – eu falo ao me aproximar.

— Ótimo! – Ribas pega o bule térmico, os filtros e o pó de café, coloca tudo em cima do balcão da cozinha e se afasta. Despreocupado, ele se senta em uma cadeira de plástico próxima a uma pequena janela e acende um cigarro sem dar qualquer sinal que está prestes a fazer o café.

Dou uma bufada impaciente, mas lembro do nosso laço de tolerância e começo a preparar o café mais forte que já havia feito na vida. Durante a preparação, ficamos em silêncio. Um silêncio que não é desconfortável, e sim necessário, natural. Um silêncio que só é aceito após a construção de uma grande intimidade. Sim. O compartilhamento do meu maior segredo com Ribas solidificou em definitivo essa intimidade entre nós.

Eu entrego uma caneca cheia de café ao diretor. Ele a pega sem desviar o olhar do ponto que mirava, ou sequer agradecer e toma dois fartos goles.

— Como é? Como você se sentiu? – Ribas pergunta, finalmente quebrando a quietude que pairava no ar.

— Me senti com o quê?

— Matar alguém... Como é?!

Eu assopro o meu café e tomo um pequeno gole. Ainda não respondo.

— O que você sentiu? – Ribas continua. – No momento da ação. No momento em que você deu na cabeça dele com aquele peso de musculação?

Demoro para responder. Tomo pequenos goles do meu café e penso, relembro daquele momento fatídico. Ribas parece ter toda a paciência do mundo e espera curioso a minha resposta.

— É difícil... É difícil lembrar do momento em si – eu penso muito bem em minhas palavras. – Tudo ainda está meio embaralhado aqui dentro, mas... de todas as sensações que se misturam, a que eu mais me recordo é de ter poder, o maior poder que já tive, o poder de controlar o que acontecia na minha própria vida, o poder de controlar vidas...

Me arrepio com minhas próprias palavras e interrompo minha linha de pensamento bruscamente. Reviver aquelas memórias, externá-las e detalhá-las a outra pessoa é insuportável demais. Isso só contribui para a construção da minha imagem como psicopata. Eu recuso essa imagem. Eu vou fazer de tudo para fugir desse rótulo!

Um vibrar distante de um celular me salva da conversa. Ribas se levanta aflito e corre para a sala. Eu o sigo. Quando chegamos lá, o celular para de tocar. Ribas pega o aparelho de cima da mesa de centro, olha a sua tela e dá uma risada arranhada.

— Quinze chamadas não atendidas! – ele fala sorrindo. – Três de Giuliano e *doze* de Flora.

— Puta merda! Flora! – meu coração se acelera no peito. – Que horas são, Ribas?! – eu avanço no diretor e roubo o celular de suas mãos. Meu desespero dobra quando olho a tela. São onze e meia da manhã e eu já deveria ter chegado na produtora há mais de duas horas. – Caralho! A gente tá atrasado!

— Você tá de brincadeira, né? – Ribas me lança um olhar confuso. – A gente tem muita coisa pra fazer, Luquinhas!

— Mas eu vou perder meu emprego!

— Provavelmente... Mas acha outro! Sabe quem não costuma achar emprego com muita facilidade? Ex-presidiário. Então foco, porque o dia vai ser longo!

O celular começa a tocar de novo. Ribas pega o aparelho com rapidez das minhas mãos e coloca no viva-voz.

— Bom dia, Florinha! – ele fala sorridente, dominado por um bom humor exagerado e fora de contexto.

— Ribas... – a voz de Flora sai do celular de forma seca. O controle sendo paulatinamente perdido é possível de se ouvir. – Você pode me explicar por que o Felipe e o Júnior dormiram essa noite na minha ilha de edição?!

— Quem? – Ribas não faz a mínima ideia sobre quem ela está falando.

— Felipe e Júnior! Seus companheirinhos de bar! OS ESTAGIÁRIOS DE CONTEÚDO!

— Ahhhh! – Ribas olha para mim e tenta me acalmar com um sorriso torto nos lábios. – Divertidos esses dois garotos! Muita sorte de termos eles no time!

— Você tá tirando uma com a minha cara, Ribas? Isso vai além de qualquer limite!

— Calma, Florinha! Não quero ser responsável por você parir seu filho antes do tempo! E nada pior do que uma criança vir ao mundo rodeada por tanto estresse...

Do outro lado da linha, um silêncio profundo. Eu imagino a expressão de fúria impotente no rosto de Flora.

— Nós saímos sim ontem à noite, – Ribas continua – achei de bom tom autorizá-los a dormir aí na produtora, já que a gente não tava tão longe! Já fiz isso milhares de vezes, querida, e nunca foi um problema. Achei que os dois seriam espertos e iriam direto para a minha sala... Bom, no final das contas não dá pra esperar muita coisa de estagiários... Que sirva de lição pra mim!

— O Giuliano já está sabendo disso tudo, Ribas – Flora adota um tom ameaçador em sua voz, algo que era frequente, mas nunca naquela intensidade e nem direcionado ao diretor. – Você age como se fosse invencível aqui dentro dessa produtora, mas o mundo tá cheio de diretorzinho metido a gênio pra te substituir, fácil, fácil. Então talvez fosse uma boa ideia respeitar mais as regras do seu local de trabalho.

— Florinha, Florinha... Que feio fazer ameaças por telefone – Ribas goza ao máximo daquela troca de farpas. Ele adorava quando Flora perdia o controle. – Já que, pelo jeito, fazer relatórios constantes ao Giuliano sobre a minha pessoa faz parte da sua lista de atividades, avisa que eu e o Luquinhas vamos trabalhar hoje nas alterações do "A Sangue Frio" fora da produtora. Precisamos debater algumas decisões artísticas longe da caretice que impregna essa ilha de edição.

— Você tá com o Lucas?! – Flora pergunta furiosa. Ribas dá uma risada abafada e em seguida suspira:

— Dá oi, Luquinhas.

Estou afundado no sofá e com o rosto enterrado nas palmas das minhas mãos desde que aquela conversa começou. Ribas insiste e chacoalha o celular energeticamente a minha frente. Me levanto e, com a mesma velocidade de um condenado a caminho da forca, me aproximo do celular pousado na mão de Ribas.

— Oi... oi, Flora – eu gaguejo. – Espero que não tenha problema... O Ribas deu essa ideia... E achei que seria uma boa... Mudarmos um pouco os ares...

Fico na expectativa da explosão raivosa de Flora, mas nada vem do celular. Esperamos em silêncio por mais alguns instantes para finalmente nos darmos conta de que a ligação já havia sido desligada.

— Pronto – Ribas joga o celular em cima da mesa de centro novamente. – Uma coisa resolvida! Agora a gente gasta nossa energia com o que *realmente* importa – ele fala e aponta para o quarto de Fabrício.

***

Seguimos para o quarto ao lado e observamos o defunto estatelado ao chão por alguns momentos. Nossos silêncios são radicalmente distintos um do outro. Ribas tem um silêncio pensativo, está maquinando todos os nossos seguintes passos. Eu apenas permaneço a espera da próxima ordem.

— Figurino – Ribas solta do nada, quebrando nossa observação silenciosa.

— Como?

— Olha para ele, Luquinhas. Fabrício nunca se mataria sem camisa e vestindo apenas essa bermuda! Precisamos escolher um figurino de acordo com a ocasião!

Eu concordo afoito com a cabeça. Ribas está definitivamente melhor preparado do que eu para nossa missão criminosa. Sem falar uma palavra, vou em direção ao guarda-roupa de Fabrício e começo a caça pelo traje mais apropriado para um suicídio.

— Podemos ir para um caminho mais clássico – eu sugiro e mostro a Ribas uma de suas camisetas cinzas e uma calça jeans. – Fabrício não era muito criativo se tratando de moda.

— Hmmm, – Ribas espreme os olhos ao analisar a minha escolha. – acho que precisamos de mais drama! Mais impacto! Esse é o momento do Fabrício. Seu ato final. Ele não escolheria o comum. Lembra que temos uma história para construir com essa morte!

Eu respiro fundo e encaro novamente o guarda-roupa, como se estivesse me preparando para um profundo mergulho em águas desconhecidas. Começo desmanchando a pilha de camisetas brancas, todas lisas, impecavelmente passadas e dobradas. Como são perfeitas, simétricas. A organização extrema me dá asco e, por conta disso, eu jogo com pouco cuidado peça por peça de roupa sobre o chão acarpetado.

Destruo uma pilha de roupas por vez, primeiro as brancas, depois as beges, depois as cinzas claras e, por último, as cinzas escuras. Enquanto a montanha de camisetas cresce sobre o chão, frestas de um novo mundo começam a se abrir no guarda-roupa. O que tem aqui atrás? O que o Fabrício está escondendo aqui no fundo? Avanço para os cabides, onde estão penduradas algumas camisas lisas que seguem os mesmos padrões de cores claras e sem graça do guarda-roupa. Jogo também a maioria das peças de roupa no chão. Finalmente, encontro o tesouro escondido.

Nos fundos escuros do armário amadeirado, uma nova camada finalmente respira livre. Ali, outras roupas se acumulam sem qualquer tipo de ordem ou o mesmo capricho das pilhas de camisetas e calças recém-desconstruídas por mim. São peças de cores diversas, algumas desbotadas, velhas e rasgadas, trapos amontoados, esquecidos ou escondidos por trás da aparente perfeição.

Por entre essa mistura caótica de tecidos, um traje em específico chama a minha atenção. O tecido é branco, de um cetim brilhante, fino e extremamente vagabundo. Conforme puxo o pedaço de pano para fora do amontoado de roupas, novos acessórios se revelam e atiçam minha curiosidade. Finalmente consigo liberar por inteiro o trapo branco, o qual é basicamente um vestido mal acabado com os dizeres "GraSafe" em lantejoulas prateadas bem em seu centro. Os estranhos acessórios são duas asas de arame decoradas com penas artificiais e uma auréola dourada, também de arame, que permanecem presas ao tecido de forma improvisada e descuidada. Uma fantasia de anjo!

Eu seguro a bizarra roupa no ar por um instante e observo o traje sem saber muito bem o que pensar. Que porra de roupa é essa?

— Também não é pra exagerar no drama, né Luquinhas! – Ribas fala ao se juntar a mim na análise confusa daquele traje.

— Imagina o Fabrício vestindo essa fantasia vagabunda – solto um riso cheio de desprezo. – De onde veio isso?

— Sei lá. O cara queria ser ator. Às vezes é de alguma peça. E pela qualidade dessa bosta deve ser de um teatrinho de baixíssimo orçamento.

— Fabrício atuando em algum lugar? Acho difícil... – devolvo a fantasia ao amontoado de roupas do fundo do armário. Ribas se desinteressa por completo pelo meu achado e volta a caçar uma roupa pelos cabides que eu havia jogado ao chão.

— Pronto. Isso já está ótimo! – de um dos cabides, Ribas pega um terno completo acinzentado bastante sóbrio. Ele completa o traje com uma das camisas brancas e, na montanha de trapos escondida na segunda misteriosa camada do guarda-roupa, acha uma gravata vinho. – Terno e gravata! Não vai ter erro! – ele segura a vestimenta no ar e admira sua escolha. – Simples, clássico e marca a importância da ocasião sem exageros!

Enquanto Ribas se vangloria pelo seu dom impecável nas escolhas estéticas de seu atual projeto, aproveito para dar mais uma fuçada por aquele novo mundo que se abria no fundo do guarda-roupas. Minha atenção segue para uma caixa de sapatos bem ao fundo do armário ocupada por diversos objetos. Encontro frascos de diferentes tamanhos e cores, algumas caixas de remédios vazias ou só contendo bulas abandonadas e cartelas de plástico e alumínio preenchidas por variadas pílulas. Isso sim é interessante, isso sim atiça a minha curiosidade. Como o caos é reconfortante! Nada mais revelador e instigante que a desordem escondida de um ser humano. Todos a possuem. Basta só ter a oportunidade certa, o faro aguçado e a bisbilhotice despudorada para encontrá-la.

Com alguma dificuldade, eu retiro a caixa de seu esconderijo e analiso seu conteúdo mais de perto. O que mais encontro são frascos de produtos para cabelos, mais especificamente contra a queda de cabelos. Xampus, tônicos, cremes, pomadas. Eram de diversas marcas, alguns vazios, alguns pela metade, alguns ainda lacrados. Eu olho novamente para a cabeça morta de Fabrício apoiada no chão de carpete, admiro sua farta e insuportavelmente bonita cabeleira encaracolada e fico confuso. Fabrício estava ficando careca? Estaria ele, um homem que não era ninguém sem sua aparente perfeição, desesperada e secretamente tentando postergar os efeitos do tempo sobre seu couro cabeludo?

Largo um dos frascos de tônico capilar e passo a observar as cartelas de remédios espalhadas pela caixa de sapatos.

— Alguma coisa boa pra nós? – Ribas fala ao me pegar no flagra fuçando os segredos de Fabrício. – Um Prozac? Daforin? Cipramil? Algo que nos ajude a superar essa dolorosa perda?

— Nada disso por aqui... – eu respondo, ao largar uma das muitas cartelas de Finasterida de volta na caixa.

— Bom, já que não tem nada de bom, larga essa merda e deixa de ser folgado!

Eu jogo a caixa de volta no guarda-roupa e me viro rapidamente para Ribas. O diretor, com alguma dificuldade, tenta arrancar a bermuda de Fabrício, levantando as pernas inertes do defunto no ar.

— Quem deveria tirar as calças do cadáver é você! – ele protesta. – Já falei que sou só o cérebro desse plano e, mesmo assim, tô aqui fazendo o trabalho braçal!

Tomo rapidamente o lugar de Ribas no processo da troca de figurinos. Tenho que me mostrar alerta, de prontidão para ajudar o meu diretor. Tenho que tomar muito cuidado para não perder seu aconselhamento. Em um movimento ligeiro, portanto, eu arranco a bermuda de moletom que Fabrício vestia, revelo suas nádegas brancas e derrubo as pesadas pernas novamente no chão de carpete cinza.

Meus movimentos ao vestir o defunto são extremamente desastrados e beiram o pastelão. Ribas se aproveitava disso e, deitado na cama com um riso debochado nos lábios, se delicia com a cena cômica, marcada por um humor extremamente sombrio e duvidoso.

Vestir o corpo sem vida de Fabrício é muito mais difícil do que eu imagino. Seus membros são pesados demais e, sem saber o porquê, eu os manuseio com extremo cuidado, como se fossem feitos de um material delicado, quebrável ou altamente inflamável. A falta de ajuda de Ribas também afeta radicalmente meu desempenho. O diretor só interrompe a sua admiração passiva da cena e se levanta da cama quando é para dar o nó da gravata, algo que vai muito além das minhas habilidades.

Pronto. Fabrício está finalmente vestido para seu suicídio, esse traje social completo caiu perfeitamente em seu corpo. Insuportavelmente bem. Tão bem que ele se passaria facilmente por garoto-propaganda de um desses Ermenegildo Zegna, Hugo Boss e Giorgio Armani da vida... Ou de uma casa funerária que não economiza nem um centavo na contratação de seus modelos.

— Agora podemos passar para o próximo passo – Ribas fala, enquanto observamos o chique cadáver estatelado no chão.

Antes que ele possa me elucidar sobre a continuação de nosso plano, no entanto, o som da campainha invade o apartamento. O barulho me pega de surpresa, me desconcerta e retarda o tempo da minha reação.

— Estamos esperando mais alguém? – Ribas pergunta com certa neutralidade. Não sei se sua indagação foi irônica ou simplesmente inocente.

— Claro que não! – respondo sem paciência.

— Fica quieto, então, que logo a pessoa vai embora.

— Beleza – eu cochicho.

Com passos lentos e cuidadosos, nos aproximamos da porta do quarto de Fabrício, de onde conseguimos ter uma visão privilegiada da entrada do apartamento. Apreensivos, miramos a sala e esperamos essa repentina intervenção ao andamento do nosso plano desaparecer. A cada novo toque da estridente campainha, meu coração se acelera no peito. O barulho cessa. Passaram-se segundos, mas a espera parece ter durado uma eternidade. Nós nos olhamos e respiramos aliviados. Imediatamente, Ribas volta as suas atenções para dentro do quarto de Fabrício, mas um novo som, mais suave e discreto, volta a atingir meus ouvidos. Eram chaves! Chaves indo ao encontro da fechadura daquela porta! Alguém está prestes a invadir o meu apartamento!

Sem tempo de explicar a minha sagaz percepção a Ribas, eu fecho rapidamente a porta do quarto de Fabrício e deixo o diretor e o cadáver para trás. Quase em um único salto, me apresso em direção a entrada do meu apartamento. Meus movimentos, no entanto, não são rápidos o suficiente, e o invasor consegue abrir a porta antes que chegue até ela.

A testa franzida, os passos silenciosos, os movimentos hesitantes e o ar sorrateiro se desmontam e são substituídos imediatamente por um susto quase descontrolado quando cruzamos olhares.

— O que você tá fazendo aqui?! – Joana me pergunta, com a mão no peito, depois de um grito involuntário e imediatamente bloqueado por ela mesma.

— Oi?! – eu respondo. Tento compassar a voz com a minha respiração ofegante. – Eu moro aqui!

— Mas você não deveria estar no trabalho? – ela joga sua bolsa em cima da mesa de centro.

— O que você tá fazendo com a chave da minha casa?! O que você tá fazendo aqui?! E o seu trabalho? Foi demitida?! Eu acho que quem tá em posição de fazer perguntas sou eu, não é não?

— Calma, menino! Respira! Tá tudo bem? Te peguei no flagra de alguma coisa? Tava vendo pornografia? A Leda tá aí? – Joana abre mais o seu riso debochado a cada nova pergunta descabida que me faz. – Pode voltar lá pro quarto pra o que você estiver fazendo! Só preciso falar com o Fabrício rapidinho e já vou embora.

— O Fabrício não tá aqui! – eu respondo com dureza em meu tom.

— Faz tempo que ele saiu? – o riso de Joana desaparece de seus lábios vagarosamente.

— Desde quando você tem a chave da minha casa? – eu tento mudar de assunto e mando Fabrício para longe da nossa conversa.

Joana revira os olhos e tenta se encaminhar para a cozinha. Eu, no entanto, me coloco rapidamente a sua frente.

— Afff... Bem que o Fabrício me disse que você ia ficar todo putinho se descobrisse – ela fala, ainda tentando ultrapassar a barreira que eu fazia com o meu próprio corpo. – O Fabrício me deu uma cópia. E, por sinal, demorou pra eu ter uma cópia dessa chave. A gente já é amigo há mais de dez anos, eu venho aqui dia sim, dia não, já perdi a conta de quantas vezes fiquei trancada pra fora esperando você ou o Gustavo chegarem do trabalho. Mas se for pra ficar assim, eu te devolvo, toma! – Joana coloca a chave violentamente sobre a minha mão trêmula. – Agora me dá licença que eu tô morrendo de sede!

Eu tenho que me acalmar. Esse Lucas agressivo, intimador e agitado não é a minha melhor nem usual versão. Eu não posso ser esse Lucas para Joana. Eu tenho que ser o Lucas de sempre, o Lucas que não levanta suspeitas. Nossa história é muito longa. Nós nos conhecemos realmente muito bem. Ela talvez me conhecesse melhor do que eu a mim mesmo! Ela sabe dos meus defeitos mais profundos, tão intrínsecos que acabam permanecendo invisíveis para mim, mas não pra ela... Nada passa despercebido por ela... E eu já consigo notar a faísca de desconfiança nascendo no seu olhar.

Após eu liberar seu caminho, Joana segue com movimentos cautelosos e controlados em direção à cozinha. Eu vou atrás, bem próximo a ela, a uma distância que me possibilita frear qualquer novo direcionamento que ela possa tomar, qualquer passo em falso que possa arruinar o andamento do meu plano macabro. Lembro de Ribas, que, ainda, permanece escondido atrás da porta do quarto de Fabrício e torço para que ele não tenha nenhum de seus usuais surtos sociais e venha ao nosso encontro à procura de um novo contato feminino.

Na cozinha, Joana analisa o espaço com o canto dos olhos. A faísca de desconfiança já começa a tomar forma de uma pequena, porém resistente chama.

— Vocês ainda não limparam essa cozinha? – ela pergunta, inconformada.

— Tô meio sem tempo... – eu forjo cansaço com um suspiro.

— E o Fabrício não tá incomodado com essa zona?

— Acho que a sujeira é o menor dos seus problemas... – as palavras saem em um impulso incontrolável pela minha boca.

— O que isso quer dizer? O Fabrício tá com algum problema?

— Não... Não sei! Eu lá sei da vida do Fabrício!

Joana vira em um gole só o copo de água que bebia, lava-o rapidamente e o guarda no armário. Tudo isso sem tirar o olhar desconfiado de mim. Em seguida, abre um sorriso irritado, cínico e fala:

— Bem, você pelo jeito não tá muito feliz com a minha visita...

— Foi mais uma invasão do que uma visita.

— ... Eu realmente preciso falar com o Fabrício – ela finge não ouvir minha interrupção. – Eu já tentei ligar no celular dele, mandei mensagem e nada. Você não sabe mesmo onde ele pode ter ido?

— Não faço ideia.

— Você sabe que horas ele chegou ontem?

— Não vi... Eu não vejo o Fabrício desde a festa – eu respondo e, ao mesmo tempo, sinto que dei a resposta errada à pergunta.

— Ele não apareceu aqui desde a festa?! – o semblante de Joana é tomado instantaneamente por uma urgência afobada, algo que não ocorria com frequência, afinal, Joana sempre foi um exemplo de controle e racionalidade.

— O que é que você quer tanto conversar com o Fabrício?

— Não é nada... Nada que te envolva.

— Uhhh. Quantos segredinhos!

— Lucas, é sério! – ela me dá um soco no braço, o que faz eu calar a boca na hora. – Você não sabe mesmo onde ele está? Não ouviu ele chegando? Saindo? Alguma coisa? Qualquer coisa?

— Já falei que não!

Joana me olha fundo nos olhos, a testa franzida, olhos espremidos e boca entreaberta. Conheço aquela expressão. Posso quase ouvir as engrenagens em seu cérebro funcionando a mil, tentando achar sentido naquilo, tentando encaixar as peças, entender o porquê daquele sumiço repentino.

— Eu sei muito bem o que está acontecendo... – Joana fala quase em um suspiro, ainda me mirando profundamente nos olhos. – Você tá escondendo ele de mim!

— O quê?!

Com uma força desconhecida por mim, Joana me empurra com seu corpo e me faz cair em cima de algumas taças sujas empilhadas em cima da pia. Seu movimento repentino me pega de surpresa e, quando me dou conta, ela já está longe do meu alcance, descontrolada pelo apartamento.

Eu me recomponho o mais rápido que consigo e corro em sua direção.

— Homem é foda! – Joana grita do corredor. – Era só o que faltava vocês ficarem de cúmplices bem agora! Eu não tô puta, Fabrício! Relaxa!

Eu não faço ideia do que ela está falando e nem tenho condição mental para decifrar seu ataque raivoso. Só sei que preciso alcançá-la, eu preciso tirar ela daqui! Mas Joana está a um palmo da porta do quarto de Fabrício, e eu, longe demais para bloquear a sua entrada.

— Joana! – eu grito inutilmente.

Ela coloca a mão na maçaneta e abre a porta em um brusco movimento. Meu percurso até ela é rápido, porém naqueles míseros segundos consigo ver sua expressão de horror se formando em câmera lenta.

É isso. Tudo acaba aqui. A morte descoberta. O plano arruinado.

— Fica calma... – eu exaspero ao finalmente alcançá-la. – Eu... Eu posso explicar... De repente, a voz rouca de Ribas surge de dentro do quarto:

— Hei! Não se tem privacidade alguma por aqui?!

Eu finalmente acompanho o olhar confuso e surpreso de Joana. Dentro do quarto vemos Ribas, ainda apenas de cueca e com sua camisa amarrotada, deitado na mesa de supino de Fabrício. A invasão ao quarto interrompe seu levantamento de uma barra de ferro com cinco quilos em cada extremidade. Sua desconcentração é tanta que ele larga a barra sem qualquer cuidado no chão de carpete. Ali, não há mais cadáver nem todas as suas opções de figurino. Tudo estava limpo, e nós salvos... Pelo menos por enquanto.

— Quem... é... você? – Joana indaga, visivelmente perturbada por aquele encontro.

— Um momento, por favor – Ribas levanta-se da mesa de supino, se encaminha até nós e fecha a porta do quarto na nossa cara.

— Quem é essa pessoa?! – Joana se vira para mim, mais nervosa a cada segundo que passa.

— Ele é...

A porta é escancarada novamente por Ribas. Com uma mão, ele tenta abotoar uma calça jeans dois números menores que o dele, a outra, ele estende para Joana.

— Antônio Ribas, – ele fala sorridente – diretor, roteirista e coordenador criativo da FocoCine!

Joana, hesitante, muda e ainda extremamente confusa, estende a sua mão.

— Ele é meu chefe... – eu tento recuperar o ritmo correto da minha respiração.

— Você é o cara da cidade do Fabrício? – Joana pergunta e puxa com alguma dificuldade sua mão para fora das garras de Ribas depois do longo cumprimento.

— Caraí... O berço sórdido de nossa existência, uma cidade que com suas garras deixou marcas profundas em...

— Chega, Ribas! – eu interrompo seu batido discurso. Já conheço todo o seu potencial de extensão. – Nós saímos ontem para tomar uma cerveja para comemorar meu aniversário... – eu falo.

— Ontem foi seu aniversário? – Ribas pergunta instantaneamente.

— Foi, Ribas. Você achou que estávamos comemorando o que? – eu reviro os olhos. – ...Bem, depois do jantar aqui em casa, eu encontrei o Ribas e uns colegas da produtora lá no bar...

— ...Aí eu tomei mais do que devia... – ele me completa, como se estivéssemos fazendo um jogral. – Eu não costumo beber tanto assim! Não sou disso... Mas ontem acabei exagerando na dose. O Luquinhas aqui foi um completo *gentleman*! Me trouxe para cá, tentou me alimentar, tirou até as minhas calças para eu ficar mais confortável! Como o Fabrício não estava, ele me ofereceu a cama... Mas não conta pra ele, hein! Não sei se ele vai gostar muito de saber que dormi no seu quarto!

Joana olha de Ribas para mim e novamente para Ribas, a boca ainda entreaberta, semblante de intensa desorientação.

— Com licença – ela pronuncia as palavras com calma, uma calma construída e exagerada.

Passa por Ribas e entra no quarto de Fabrício. Vagarosamente, ela analisa todos os cantos.

— Esqueceu outra peça de roupa aqui dentro? – eu pergunto. Minha apreensão transforma meu tom em irritadiço e acusatório.

Joana não me dá atenção. Ela segue diretamente para a escrivaninha de Fabrício e começa a revirá-la.

— O que você está procurando? – eu me aproximo dela e também observo o ambiente, tento enxergar mais que o visível. Onde que o Ribas enfiou o defunto?

Joana demora para me responder:

— Sei lá... – ela diz. – Tô procurando algo... alguma dica de onde ele possa ter ido...

— Jô, para de fazer isso...

— Me deixa, Lucas!

— Jô...

— Eu já vou embora, me deixa um pouquinho...

— Joana, para! – eu pego ela pelos braços sem medir a minha força e a encaro. – Para de fazer isso! Que desespero! Não é à toa que você tá sempre sozinha...

— Do que você tá falando?

— Você é grudenta... O Fabrício deve estar é fugindo de você! É sempre a mesma coisa. Você dá uns beijinhos em alguém e fica aí desesperada atrás de qualquer peguete, imaginando o lindo futuro que vocês têm pela frente. Isso assusta qualquer um... E com certeza assustou o Fabrício.

Bem... Isso bastaria para afastar Joana do meu apartamento... E consequentemente de mim... Nunca vi olhar tão triste e chocado como o que ela me lança nesse momento. Ficamos nos encarando por alguns segundos. O silêncio é dolorido. Quando definitivamente não há mais nada a ser dito ou feito, ela se solta das minhas mãos e sem falar uma palavra sequer, vai embora. Primeiro, ela esbarra em Ribas, o qual permanecia parado na porta do quarto observando a cena com gozo no olhar, em seguida vai em direção a sala. O som da porta do apartamento batendo forte chega aos nossos ouvidos segundos depois.

— Uow... – Ribas fala com os olhos arregalados ao se aproximar de mim, bastante cauteloso. – Duras palavras, Luquinhas... Duras palavras.

— Precisava fazer ela sair daqui, só isso – eu tento agir com normalidade. Ribas não pode ver o quanto me fere perder a minha amiga.

— O Fabrício tava pegando ela?

— Tenho certeza... Eles ficavam tentando esconder de mim... Mas eu sei... Era patético.

— Ah... Tudo faz sentido agora. Um crime passional!

— Não tem nada disso, Ribas. Foda-se que eles estavam se pegavam – falo mais uma mentira, cada vez com mais facilidade.

— Luquinhas, você sabe o que pessoas como nós costumam fazer com pessoas como a Joana, não é? Com empecilhos? – Ribas suspira de forma dissimulada. Em seguida, em uma imitação barata de algum mafioso, responde sua pergunta passando o dedo indicador pelo próprio pescoço.

— Você tá louco?! Eu nunca encostaria um dedo na Joana!

— Ah, meu caro... Você não tá mais sozinho nesse percurso... – Ribas se encaminha ao guarda-roupas e abre suas portas. O cadáver em trajes sociais desaba de dentro dele e se estatela novamente no chão de carpete do quarto. – Se a Joana continuar empacando o nosso plano, algo vai ter que ser feito. E se não for por você, vai ser por mim...

capítulo 9.

joana.

Fabrício disse que chegaria às 10 horas da manhã. Eu já estava acordado desde as 6. Aconteceu naturalmente, acordar tão cedo assim. Também, depois de uma noite maldormida daquelas... A real é que eu estava nervoso com a chegada de meu novo companheiro de apartamento. Talvez um pouco nervoso demais. Lembrava muito bem de quando Gustavo havia se mudado para o quarto ao lado, cinco anos atrás. O nervosismo existia, mas parecia mais uma excitação pelo novo. Gustavo foi a primeira pessoa com quem eu dividi um apartamento, e eu estava animado para aquele passo. Nós, afinal, já havíamos nos conhecido, nos dado razoavelmente bem e quem fora responsável pela palavra final, a autorização definitiva para a ocupação daquele quarto vago, havia sido eu! Com Fabrício foi diferente. Radicalmente diferente. A primeira impressão já havia sido péssima e a autorização definitiva foi impulsionada por um sentimento desconfortável de ser chantageado. Aquela não era a minha vontade. Nunca foi a minha vontade.

Norman, meio dormindo, meio acordado, me observava enquanto eu caminhava nervosamente pelos quatro cantos do apartamento. Seu olhar era de confusão, como se perguntasse o que tinha acontecido com o mundo para eu ter acordado antes das onze horas da manhã naquele sábado. Mas ele não via obrigação alguma de me acompanhar naquele caminhar nervoso. Talvez ainda não tivesse percebido completamente o que aconteceria em breve, não tinha assimilado o fato de que ele também começaria a dividir o seu espaço com mais uma pessoa. Eu, afinal, ainda não havia tido a oportunidade de contar as novidades para ele.

Olhei novamente no relógio de meu celular. Eram 7:30. Caminhava descalço pela sala. Dei algumas voltas pela mesa de centro, sentei no sofá por alguns segundos, levantei novamente, liguei e desliguei a TV. Depois fui para a cozinha. Alcancei um copo de vidro no armário em cima da pia, o enchi de água da torneira, bebi o conteúdo em um único gole e o guardei novamente em seu lar, sem sequer passar mais água por ele e retirar os resquícios de minha própria saliva. Fui para a geladeira e abri sua porta em um movimento quase robótico. Vi um prato de vidro com três pedaços da pizza amanhecida de muçarela, uma garrafa de vinho quase ao fim, uma caixa de leite, provavelmente já azedo, e um pacote de manteiga pela metade. Rearrumei esse solitário interior. Consegui colocar tudo em uma única prateleira, mas a imagem ficou ainda mais deprimente. Depois, rearranjei os alimentos e tentei fazer com que passassem a ilusão de que a geladeira estava farta. Impossível. Fechei a porta e me encaminhei para o banheiro. Foi nesse instante que Norman começou a me seguir. Abaixei minhas calças e sentei na privada fria. Não estava com vontade de fazer nada, então apenas observei o ambiente, meus produtos de higiene espalhados pelo box e por cima da pia, o padrão dos azulejos brancos e azuis pelas paredes e chão, a mancha da infiltração ainda não resolvida em um dos cantos superiores. Eu observava meu redor, e Norman me observava tomado por uma curiosidade crescente. Levantei, dei descarga, apesar de não ter nada para a água levar embora e me encaminhei para o quarto vago. Admirei a sua neutralidade causada pela falta de ocupação e personalidade. Depois que Gustavo havia se mudado, aquele espaço se tornara meu. Era filosoficamente meu. Assim como todo aquele apartamento. Meu e de Norman. Já fazia quase duas semanas que morávamos só nós dois ali. Tempo suficiente para que meu sentimento de posse por todo o espaço se intensificasse a extremos nunca antes atingidos. Posse exclusiva ilusória. Posse exclusiva prestes a acabar em algumas poucas horas. Meu caminhar solitário pelo apartamento naquela manhã foi uma tentativa de marcar o território. Algo meio animalesco, selvagem, mas no meu caso, sem qualquer resultado prático. Nem se eu saísse mijando por todos os lados do apartamento, teria sucesso naquela missão escondida no fundo da minha mente. Fabrício ainda se mudaria, mesmo com fedor de urina por todos os cômodos.

Lembrei da noite em que conheci o meu futuro companheiro de apartamento. Lembrei de como nossos santos não bateram já de imediato. Lembrei de seus primeiros passos dentro do meu lar. Lembrei do olhar dominador que ele lançava para todo e qualquer centímetro dos aposentos. Lembrei de seu tom de certeza que seria ele o escolhido para morar ali. Lembrei de seu elogio sobre o carpete que cobria todo o meu assoalho. Lembrei de não saber se aquele era um comentário honesto ou uma crítica passivo-agressiva.

Lembrei de tudo e me descontrolei. Fui empurrado para o lado de lá da linha entre sanidade e loucura. Fabrício já me dava asco. Fabrício e aquele carpete.

Fui impulsionado à cozinha. Não pensava em mais nada, apenas o quanto odiava aquele tecido sufocando o meu chão. Da gaveta, retirei a maior e mais afiada faca que encontrei e a empunhando como um assassino desvairado, apunhalei o chão entre o sofá e a mesa de centro e originei um considerável rasgo no tecido. Com fogo no olhar, enfiei a minha mão pela abertura desfiada e puxei. Puxei com força. Muita força. O rasgo se abriu, e o tecido se descolou do chão.

Me levantei, puxei ainda mais o odiado carpete. O arranquei em movimentos bruscos e, consequentemente, arrastei os móveis que permaneciam sobre ele, inanimados e impotentes perante minha raivosa ação. De vez ou outra, pedaços do tecido se rasgavam por completo do assoalho, o que me fazia apunhalar mais uma vez o chão e originar um novo rasgo. E ia, nesse movimento ensandecido, por todo o apartamento, despedaçando o ambiente inteiro, arrancando carpete dos cantos escondidos, de baixo de todos os móveis e dos meus pés.

Fiz isso na sala, no corredor e em meu quarto. Sempre alucinado, em um estado de completo descontrole, mas um descontrole prazeroso. Era como se esse meu simbólico ato já legitimasse o senso de posse que eu tanto almejava. O apartamento era meu e eu podia fazer o que eu bem entendesse com ele.

Assim que estava prestes a iniciar a destruição do carpete do quarto vago, o interfone tocou e me tirou de meu surto momentâneo.

Eu parei. Me senti. Me observei e me assustei. Era como se tivesse, só naquele momento, tomado controle do meu próprio corpo. Permaneci com o facão na mão de forma extremamente ameaçadora. Por toda minha volta, pedaços de carpete, de diversos tamanhos se acumulavam. Tudo era caos. Quase um cenário pós-apocalíptico. Eu, um psicopata. O carpete, minha primeira vítima.

Olhei no relógio do meu celular novamente. 9:05. Será que já era Fabrício? Chegando uma hora adiantado?! Inaceitável!

Pulei desastradamente os montes de carpete jogados pelo chão da sala, alcancei o interfone ao lado da porta e o atendi. Norman não me acompanhou. Continuou parado no corredor, olhando para os escombros de tecido ainda sem entender o que acabara de acontecer.

— Alô? – eu falei. Estava ofegante.

— Abre aí! – uma voz feminina surgiu do outro lado com leveza. Era Joana.

Eu apertei o botão, para abrir as portas, e voltei a olhar para o meu apartamento virado do avesso. O arrependimento me contaminou no mesmo instante, mas precisava fingir que estava tudo bem, que aquilo havia sido programado, que aquilo não era fruto da minha paranoia, do meu isolacionismo, da minha crescente e inexplicável aversão ao meu futuro companheiro de apartamento.

Joana não entenderia. Ficaria preocupada. Falaria mais uma vez que eu deveria fazer terapia.

Corri pela sala catando os pedaços soltos de carpete e os acumulando em meus braços. Tentava inutilmente trazer de volta ordem ao local, nos poucos minutos que tinha antes de Joana subir as escadas. Norman caminhava pelo apartamento cauteloso, farejava os tecidos ainda não alcançados por mim. Tentava não prestar atenção nele. Ele aparentava estar assustado por minha causa, e eu não conseguia lidar com a consciência de que meus atos ensandecidos tinham causado tamanho assombro no meu fiel companheiro.

Os sons dos passos de Joana ficavam cada vez mais próximos. Ela subia as escadas sem pressa, acompanhando o ritmo usual do amanhecer. Eu, em outro ritmo, continuava catando os pedaços de carpete pelo ambiente e me esforçava para colocar uma máscara de sanidade minimamente convincente.

— Lu? – ela falou. Deu três batidinhas discretas na porta e a abriu ao mesmo tempo.

— Oi! Pode entrar! – respondi com um sorriso quase enlouquecido. Nos braços, eu equilibrava grande parte daqueles pesados tecidos.

Joana freou qualquer possível movimento e analisou o ambiente. Seus olhos arregalados já diziam tudo.

— O que aconteceu aqui?! – ela perguntou em um tom de profunda preocupação.

Norman também foi recebê-la na porta. Ele estava animado em vê-la, talvez até um pouco aliviado. Joana abaixou-se para fazer carinho no cachorro e, em um tom doce e abobalhado, daqueles propícios para a comunicação com animais de estimação, ela falou:

— Norminho... Foi você que fez isso?

— Não... não... – eu sorri. Tentava aparentar que tinha tudo sob controle. – Dessa vez, eu sou o culpado! Do nada me deu uma vontade louca de dar uma mudada no apartamento... É uma nova fase, né? Queria simbolizar isso!

— Mas não é hoje que o cara se muda pra cá?

— Deve estar chegando logo logo...

— E você escolheu logo agora pra "simbolizar essa nova fase"?!

— Você não me conhece não? – eu disse. Quase perdi a falsa paciência com a qual me fantasiava. – Quando coloco uma coisa na minha cabeça, é impossível tirar... Mas talvez tenha subestimado a dificuldade do projeto...

— Isso tá uma zona, Lu! – Joana também tentava disfarçar a urgência em seu olhar e se juntou a mim na organização dos pedaços rasgados de carpete pelo apartamento.

Em silêncio, começamos uma força-tarefa e juntamos todos os pedaços, grandes e pequenos, do tecido acinzentado.

— Pode colocar tudo aqui – eu falo jogando dentro de meu quarto os últimos retalhos que coletei. – Depois eu dou um jeito nisso.

— Você não quer já levar lá pra baixo? – Joana perguntou. Ela quase desaparecia atrás dos montes de carpete dobrado sobre seus braços. – Sei que você nunca vai se livrar disso tudo se você deixar aí...

— Posso precisar disso ainda um dia. Joga tudo aí dentro mesmo... Obrigado!

Joana me obedeceu, em silêncio, e largou os tecidos em meu quarto. Era extremamente claro, por sua expressão, seu estranhamento ao meu repentino e afobado ato daquela manhã, mas ela decidiu não abordar o assunto bem ali. Estava guardando munições para a próxima discussão, até sua próxima conversa sobre minhas recentes atitudes.

Assim que fechei a porta do meu quarto para esconder e tentar esquecer todo aquele estrago, o interfone tocou novamente. Olhei para o relógio de meu celular e testemunhei a mudança de 09:59 para 10:00. Agora sim. Só podia ser ele.

Me encaminhei preguiçoso para o interfone, enquanto Joana tentava, pela última vez, trazer uma aparente arrumação aos aposentos. Do outro lado da linha, a voz molenga, anasalada e constantemente alegre de Fabrício surgiu:

— Luquinhas? É o Lucas? Eu cheguei!

Sem falar nada, apertei o botão para abrir as portas lá de baixo. Desliguei o interfone e me sentei no sofá despreocupado. Norman subiu no meu colo e ficamos lá, a espera do novo morador de nosso apartamento.

— Quem era? – Joana perguntou ao sair da cozinha.

— O morador novo chegou.

— E você vai ficar aí sentado?!

— O que você quer que eu faça?

— Caralho, Lu! Vai ajudar o cara!

Joana saiu do apartamento e desceu as escadas correndo. Eu me levantei, não na mesma velocidade, e segui seus passos. Conforme me aproximava do térreo, ouvia os sons abafados do primeiro contato entre Joana e Fabrício. Não conseguia entender o que falavam, mas pareciam estar alegres, solícitos, fingiam o imenso prazer em se conhecerem. Como detesto essa simpatia forjada e sempre esperada em certos momentos sociais!

Finalmente, alcancei a porta para o pátio e os encontrei ao lado de um pequeno carro vinho estacionado em frente ao meu prédio e atulhado de caixas de papelão, um colchão, e peças de madeira desmontadas. Assim que dei as caras, os dois pararam a agradável conversa viraram seus olhares para mim. Joana de forma julgadora e Fabrício receptivo.

— Que pontual! – eu abri o sorriso que era esperado de mim e estendi minha mão a Fabrício. – Você precisa de ajuda?

— Nem tenho muita coisa, cara! – ele falou, ao abrir a porta traseira do carro. – Tem umas caixas que nem estão muito pesadas. Se quiserem levar essas, eu agradeceria!

— Beleza – falei pouco animado. – Terceiro andar. Você lembra, né?

— Claro! – ele respondeu e pegou uma pesada caixa de dentro do carro. Parecia querer segurá-la de forma estratégica, provavelmente para mostrar seus músculos para Joana. Em seguida, ele desapareceu dentro do prédio.

Joana, sorridente, olhou da porta do prédio para mim e falou:

— Uau! Que cara gato!

— Não começa, Joana... – revirei os olhos e, em seguida, fucei dentro do carro por uma caixa pesada o suficiente pra provar a minha força.

— Como é fácil te tirar do sério! – Joana riu e enfiou sua cabeça dentro do carro pela porta oposta àquela que eu me encontrava. – Lu, sério... Sabe por que eu vim aqui hoje?

— Dar em cima do Fabrício?

— Eu vim aqui porque sabia que você ia agir dessa forma, que nem um homem das cavernas, sem habilidade alguma de recepcionar a pessoa que vai dividir o apartamento com você. Você é assim com TODO MUNDO! Isso te faz mal. Te torna uma pessoa desagradável.

— Talvez eu queira ser uma pessoa desagradável.

— Eu sei que você não é assim, Lu. Você é divertido, carinhoso, engraçado. Dá uma chance para ele! Eu não tenho como ficar sendo sua consultora social pra sempre...

— Ok... - falei a contragosto.

Foram os latidos altos e raivosos de Norman que interromperam aquela última usual sessão de terapia que Joana oferecia. Pelo jeito, o cachorro descobrira, da pior forma, as novidades que mudariam sua rotina. Fabrício desceu as escadas correndo. No seu rosto, seu constante sorriso, mas agora com toques de pavor.

— Acho que ele não está muito feliz com a minha chegada. - ele tentava disfarçar o embaraço.

E, de fato, Norman não estava nada feliz. O cachorro, diferentemente de mim, apenas por ser um animal, tinha autorização de mostrar, sem qualquer tipo de pudor, seu desgosto em relação ao novo morador de nosso apartamento. Seus latidos e rosnados se tornaram frequentes quando Fabrício estava por perto. Assim como as surpresas que ele deixava semanalmente no carpete e na cama do quarto ao lado. Suas poças de mijo se tornaram tradição. Mas Fabrício não se incomodava, não perdia a paciência, não tinha surtos raivosos como os meus. A única coisa que ele fazia era repetir como um mantra enquanto tentava tirar as manchas fétidas do carpete acinzentado ou de seus lençóis:

— É uma questão de tempo... Um dia ele se adapta com a minha presença...

Mas Norman não parecia dar sinais de desistir de sua missão em tirar Fabrício do sério. Engraçado como o cachorro pegou, tão rápido quanto eu, o desgosto em relação ao novo morador de nosso apartamento. Isso só provava que existia, de fato, algo de errado com aquela nova presença. Cachorros são sensíveis, eles farejam de longe a índole das pessoas. Ou eles, simplesmente, detectam rapidamente a energia negativa que seus donos propagam pelo ambiente. De qualquer forma, Norman estava do meu lado. No meu time. E Fabrício perdia.

O jogo começou a virar um mês depois de sua chegada. De forma sutil, Fabrício passou a mostrar a que veio, a abrir suas asinhas e se mostrar ativo na batalha pela aceitação e adaptação ao novo lar.

Eu cheguei mais tarde do que o esperado naquela noite. As reuniões criativas na produtora estavam se prolongando muito mais do que o necessário e o aceitável. Culpa de Ribas, Flora e de suas discussões intermináveis que se iniciavam na edição de "A Sangue Frio" e rapidamente se transformavam em guerras quase políticas e ideológicas.

Assim que abri a porta de casa, Norman veio me recepcionar como sempre fazia. A animação do cachorro durou pouco, no entanto. Logo, seu abanar de rabo e pulos afoitos se transformaram em um andar cauteloso. Ele também me lançava olhares misteriosos, instigantes, como de alguém que guarda um segredo e está prestes a revelá-lo. Resolvi não prestar muita atenção a esses sinais. Joguei a chave em cima da mesa de centro, a mochila no sofá e aproveitei o fato de estar sozinho novamente em meu apartamento, algo que raramente acontecia. Geralmente, Fabrício estava ali, na sala, espalhado no sofá, com seus pés cheios de veias sobre a mesa de centro, lendo livros prepotentes sobre estudiosos da arte da atuação, cujos nomes eu nunca tive o interesse de perguntar.

Peguei uma cerveja na cozinha para relaxar. Tentei não me irritar com a nova ocupação da geladeira. Esta, antes quase desértica, estava cheia de novos e saudáveis alimentos trazidos por Fabrício, o que dificultava o alcance das minhas latas, agora escondidas no fundo, atrás de um saco de espinafre orgânico. Respirei fundo, para afastar o estresse do dia e a ponta de irritação ao ver as pequenas mudanças pelas quais o meu apartamento passava, mas em meio ao ato, acabei sentindo o cheiro de Hugo Boss se impregnando pelas paredes. Bebi quase metade da cerveja em um gole só e fui para o sofá. Em cima da mesa, três novos livros. Todos de Fabrício. *Crime e Castigo,* de Dostoyevski, *A Construção do Personagem,* de Stanislavski, e *Franny e Zoey,* de J.D. Salinger. Não havia lido nenhum daqueles, e algo em mim duvidava que o próprio Fabrício os havia terminado. Ele deixava ali, bem a mostra, só para afirmar a imagem de intelectual que tanto queria passar. Afinal, quem tem Coldplay como toque de celular, não faz aquele tipo de leitura.

Eu abri um dos livros, o único norte-americano da pilha, e dei uma folheada. Em uma página qualquer, encontrei um trecho onde algum dos personagens, Franny, Zooey, ou algum outro, reclamava sobre o ego. O seu e dos outros. Reclamava de pessoas se esforçando ao máximo para chegar a lugares, serem interessantes, serem lembrados, serem notados. Me identifiquei com a fala e decidi abrir o livro na primeira página e abraçar a leitura. Antes que conseguisse sair da contracapa, no entanto, ouvi um barulho de risadas abafadas vindo de algum lugar perto de mim. Eu não estava sozinho em casa, no final das contas. Olhei ao redor e notei, pela primeira vez, que Norman não estava sentado no sofá ao meu lado como de costume, e sim em frente a porta fechada do quarto de Fabrício. É de lá que as risadas vieram e continuavam vindo.

Eu pousei o livro em cima da mesa de centro e me aproximei sorrateiramente da porta. A cada passo, escutava mais claramente as vozes abafadas vindas dali. Uma era claramente de Fabrício e a outra... Não... Não podia ser...

Sem pensar, escancarei a porta do quarto e encontrei um ambiente escuro. A única fonte de iluminação vinha da tela do notebook pousado no colo de Fabrício. Este permanecia sentado em sua cama e, ao seu lado, bem ao seu lado, extremamente próxima, estava Joana.

— O que vocês estão fazendo? – foram as palavras que saíram automaticamente de minha boca em um tom inquisitório.

— O que *você* está fazendo?! – Joana se impôs, visivelmente mais irritada que Fabrício. De fato... O que eu estava fazendo? Que descontrole era esse?

— Desculpa. Achei que eu tava sozinho em casa – meu rosto queimava e meu corpo formigava de vergonha. – Levei um susto... Só isso... Acho que não estou acostumado a ter um novo morador aqui.

— Relaxa, Lucas! – Fabrício me lançou aquele riso leve que tanto me tirava do sério. – Um dia você se adapta com a minha presença... É só uma questão de tempo...

E foi assim que suas garras começaram a aprisionar Joana e a afastá-la de mim. Aquela mesma cena e algumas variações dela ocorreram inúmeras vezes nos meses que se seguiram. Joana e Fabrício no quarto vendo filme, Joana e Fabrício cozinhando o jantar risonhos e abobalhados, Joana e Fabrício saindo de fim de semana, Joana e Fabrício planejando viagens nos feriados... Aquela amizade se solidificou rápido demais, e Fabrício não demorou a notar que essa consciência era um dos meus maiores pontos fracos. Ele se aproveitava disso, sabia que aquela era fonte inesgotável de formas para atiçar o pior, mais obscuro, ciumento e escondido lado da minha personalidade.

***

— Eu falei que dava medo! – ele falou ao celular poucos dias depois da minha invasão inesperada em seu quarto. – É claro que é violento! Era só ter visto o trailer que já dava pra saber... Falei que era pra gente assistir juntos!

Nós estávamos na cozinha, e eu preparava um sanduíche de queijo para jantar. Fabrício, então, abriu a porta da geladeira sem dar muita atenção a minha presença. Sua conversa era animada, regada de risadinhas e comentários sagazes. A altura e a euforia em sua voz me incomodavam.

Incomodavam tanto que desisti de pegar a mostarda na geladeira e fui direto para a sala, fugindo momentaneamente da voz anasalada que furava meus tímpanos e perturbava a minha mente. Minha tentativa de fuga não adiantou e Fabrício veio na minha cola. Ele se sentou no sofá, bem ao meu lado. Da cozinha, não trouxe nada.

— E você já falou com ela? – Fabrício continuou sua conversa, variando para um tom mais sério. Não demorou para ele colocar os seus pés descalços em cima da mesa de centro, o que fez meu apetite começar a desaparecer instantemente. – Se eu puder fazer algo pra ajudar, você me avisa, né?

Eu nem prestava atenção no que acontecia na tela da TV. A presença de Fabrício não deixava. Tive sorte, no entanto, de ligar bem em um filme de ação dos anos noventa, daqueles quase sem diálogo, mas com muitas e exageradas explosões. Eu aumentei o volume e torci para que o som espantasse o parasita do meu lado. Mais uma tentativa falha. Fabrício mostrava que estava longe de abandonar a luta contra a TV e apenas aumentou seu tom de voz.

— Beleza – ele continuou. – Vai lá! Sei que não é bom deixar ela esperando! Me liga quando sair? Tá bom. Beijo!

Fabrício finalmente desligou o celular. Eu continuava mirando as bolas de fogo que surgiam na tela de televisão e fingia um interesse profundo na trama inexistente daquele filme protagonizado por Stallone.

— Não sei como você consegue gostar desse tipo de filme... – ele falou ao se levantar do sofá e, no caminho para seu quarto, completou em tom despreocupado. – Ah... A Joana mandou um beijo...

Pois é. Os dois não precisavam nem estar fisicamente juntos para que meus demônios internos fossem atiçados. Fato logo notado por Fabrício, que magicamente surgia do meu lado todas as vezes que tinha suas usuais e despretensiosas conversas no telefone com a *minha* Joana.

***

— Você ainda não está pronto? – ele me perguntou certa noite saindo de seu quarto usando uma camisa branca bem passada e uma calça jeans escura.

Eu, pego de surpresa no corredor, recém-saído do banho, enrolado em uma toalha e animado para me jogar debaixo dos cobertores, lancei um olhar confuso para ele.

— O jantar de hoje! – ele falou com seu perpétuo sorriso cortando o rosto. – Pensei em irmos juntos.

— O jantar...? – falei pausadamente.

— O jantar com a Joana... Pra comemorar a promoção!

Eu permaneci quieto. Tentava me lembrar quando fui informado daquilo. Nem sabia que Joana tinha sido promovida!

— Ela não te avisou? – ele perguntou com naturalidade. Queria disfarçar as alfinetadas que me dava.

— Claro que avisou! – menti descarada e inutilmente, já que nem de longe consegui convencer Fabrício que tinha alguma ideia do que ele estava falando. Mesmo assim continuei: – Não sabia que você ia também. Me dá 5 minutos que fico pronto.

Me apressei para meu quarto e tentei achar uma roupa decente. Não tinha pista alguma de qual era o nosso destino, mas tudo indicava que deveria me vestir para alguma ocasião especial. Perguntar para Fabrício o quão sofisticado era o local ao qual iríamos não era uma opção. Apenas deixaria ainda mais evidente o fato de que estava indo a esse evento como total penetra.

Nós fomos para o restaurante de táxi. O percurso inteiro foi preenchido pelos comentários orgulhosos de Fabrício em relação a Joana e sua promoção, algo aparentemente almejado há meses. Ele também me mantinha informado de algumas fofocas do escritório onde Joana trabalhava, contando casos bastante específicos sobre a Fátima do quinto andar, o Gouveia, e a Amanda Solateno, pessoas cujo nome eu nunca tinha ouvido e que, aparentemente, tentaram ser empecilhos naquela inevitável escalada profissional. Pelo menos, com todo o falatório de Fabrício, eu descobria algo sobre a vida profissional da minha melhor amiga, assunto surpreendentemente nunca antes conversado entre nós dois.

Quando eu já estava prestes a me jogar do carro em movimento, para fugir da voz insuportável que entrava pelo meu ouvido e da consciência de que Fabrício sabia muito mais da vida de Joana do que eu, o veículo parou. Chegamos em um espaço com paredes todas de vidro e iluminação discreta de neons arroxeados. Eu conhecia aquele lugar, mas nunca tinha ousado entrar. Era um daqueles restaurantes badalados da cidade, onde aspirantes a ator e modelo trabalham como garçons para sobreviver enquanto buscam desesperadamente o estrelato em "Malhação". Um lugar, por sinal, que Joana nunca escolheria para fazer uma comemoração. Um restaurante tão prepotente como esse tinha cheiro forte de Fabrício.

Joana já havia chegado e, aparentando estar extremamente deslocada, esperava por seus acompanhantes do lado de fora, próxima a um gigantesco segurança de trajes sociais. Assim que ela nos viu, abriu um sorriso aliviada.

Fabrício apertou os passos para alcançar Joana mais rápido do que eu. Um verdadeiro desesperado por afeto. Eles se abraçaram, e eu fiquei alguns centímetros para trás, desconfortável, tímido, como que esperando para ser apresentado a uma personalidade famosa em uma noite de autógrafos. Mas era só Joana. A *minha* Joana.

— Parabéns de novo! – Fabrício exclamou enquanto sacudia o corpo de minha amiga em seus braços.

— Obrigada de novo!

— Trouxe um presente... – ele completou ao retirar um pequeno objeto metálico e retangular de seu bolso. – Pra você colocar seus novos cartões de visita!

— Não precisa de nada disso, Fá!

— É só uma bobagenzinha! – ele respondeu sorridente.

Finalmente Joana notou a minha presença. Ela arregalou os olhos e abriu um sorriso surpreso.

— Você veio?!

— Não era pra vir? – perguntei metade ofendido, metade fazendo charme. Nos observamos por um instante, sem saber qual seria o próximo passo naquela interação. Resolvi abraçá-la também. Me parecia o mais apropriado a se fazer. – Parabéns pela promoção, Jo...

— Obrigada... Mas nem é tão importante assim...

— Claro que é importante! – Fabrício se intrometeu – Ah... O presente é meu e do Lucas, viu?

Joana me lançou um sorriso agradecido, e eu neguei com a cabeça sem que Fabrício conseguisse ver. Naquele momento, ele falava com o segurança como se fossem velhos amigos. Depois de alguns cumprimentos, risadas, cochichos e comentários indecifráveis entre os dois, o homem gigantesco abriu caminho e nós adentramos aquele cubo de vidro futurístico, mal iluminado e ostentativo.

Logo na entrada, fomos recebidos por uma mulher extremamente simpática e de uma beleza estonteante. Negra, alta, com cabelos cacheados e volumosos. Ela trajava um vestido de veludo preto que abraça perfeitamente as suas curvas.

— Bem-vindos ao Wash, queridos. Mesa para três? – ela falou em um tom tão suave que parecia cantar.

Seguimos a *hostess* pelo restaurante. Uma música lounge se fundia com as vozes dos clientes — uma mistura de homens de negócio, jovens ricos empreendedores, artistas estilosos e bem-nascidos, mulheres e homens ricos, belos e despreocupados... Eles e nós. Fabrício até que se encaixava bem com aquele público, honrando a fachada que tanto se empenhava em construir. Joana também não ficava para trás no quesito beleza, mas a sua expressão de desconforto e seus movimentos tímidos provavam que aquele não era seu lugar costumeiro para jantares e comemorações. Já eu chamava atenção pelos piores motivos. Nem me esforçando conseguia me adequar àquele *dress code*. Me faltava beleza, pose, segurança e vontade de estar ali.

O jantar estava insuportavelmente delicioso. Cada prato era terminado em uma única mordida, mas aquela mordida era o paraíso. Joana e eu dividimos quase uma garrafa inteira de champagne, já que

Fabrício só havia tomado um gole "para brindar". Depois de taças e mais taças, Joana já se sentia encaixada naquele estranho e classudo ambiente. Eu continuava desconfortável, mas o álcool me fez, pelo menos, perder o pudor ao me divertir com a competição não dita entre Fabrício e o nosso garçom, um homem nos seus 22 anos que parecia ter saído diretamente de uma passarela em Paris e batido cartão no seu segundo e menos glamouroso emprego.

Já estávamos terminando a sobremesa quando Fabrício finalmente nos deixou sozinhos. Ele havia dito que iria ao banheiro, mas vi que no caminho ele parou para conversar com um homem parrudo, mais velho e com cara de poucos amigos atrás do bar.

— Que lugar é esse? – eu perguntei depois que um breve silêncio incômodo se despediu de nossa mesa.

Joana soltou uma risadinha, mas logo a suprimiu:

— Ideia do Fabrício... Achei bonitinho ele ter organizado tudo isso – ela virou o resto de seu champagne em um movimento brusco e nada adequado ao local em que estávamos.

— Vocês tão se pegando? – perguntei de supetão, o que fez Joana se engasgar com o resto de sua bebida.

— Deixa de ser ridículo, Lucas!

— Acho uma pergunta justa...

— De onde você tirou isso?

— Eu moro com o cara, Joana... Difícil ter segredos quando se divide um apartamento. Ainda mais quando o segredo envolve sua melhor amiga.

— Você tá viajando...

— Conversinhas no telefone, piadinhas internas, filminho... Pode falar a verdade!

— Não tem nada disso...

— Em menos de três meses ele sabe de toda a sua vida, de coisas que você nunca contou pra mim! Eu tive que ser informado da sua promoção por ele! Eu nem estaria aqui se ele não tivesse me chamado. Qual foi a última vez que você me falou alguma coisa do seu trabalho?

— E qual foi a última vez que você perguntou?! – Joana aumentou o tom de voz, chamando a minha atenção e a do casal que sentava do nosso lado, uma senhora inteirona e um bombado rapaz que ou era seu filho, ou seu gigolô. – Esses seus ciúmes já estão ficando um saco, Lucas! O Fabrício se mudou para uma cidade nova, para uma realidade nova, ele está tentando uma carreira superdifícil. As pessoas são frágeis, às vezes precisam de apoio e é isso que eu estou fazendo com ele... Estou ajudando ele! E quer saber por que ele sabe do que acontece na minha vida? Porque ele pergunta! É isso que se faz quando se é amigo de alguém, Lucas. Você se importa com a vida do outro, tem vontade de saber quais são as novidades, as merdas, as vitórias. Olha... Nós somos amigos há muito tempo, e eu valorizo isso. Mas tenho medo que só seja esse tempo que mantém a nossa amizade. Eu estou cansada de te dar chances. Eu aguento seu mau humor, sua falta de paciência com os outros, esse seu jeito antissocial. Eu te defendo pra todo mundo! Vivo falando para quem quiser ouvir que se precisa de tempo até você mostrar quem você realmente é, seu lado bom, para que mostre aos outros o porquê de nós sermos amigos tão próximos e há tanto tempo. Mas tá cada dia mais difícil, Lucas. Às vezes eu tenho que repetir esse discursinho pra mim mesma. Eu fiquei amiga do Fabrício porque ele se importa, porque ele está se mostrando ser o amigo que você não é mais!

Fabrício voltou à mesa. Joana, talvez por ter visto ele se aproximando, encerrou o seu discurso bem a tempo. Algo, no entanto, me dizia que ela tinha muito mais o que falar. Uma nuvem negra, quase visível, parecia pairar sobre nós. Fabrício, por algum motivo, compartilhava daquele nosso repentino mau humor. A conversa com o homem carrancudo de trás do bar parecia não ter ido muito bem. Mesmo assim, ele forçou um sorriso.

— Posso pedir a conta? – ele perguntou, sem ligar para a notável atmosfera desagradável entre mim e Joana.

— Por favor... – Joana respondeu enquanto tentava encontrar sua carteira.

— Nem se incomode. Hoje é por nossa conta, né Lucas?

Enfurecido, eu só levantei os olhos para Fabrício e torci ao máximo para que ele se engasgasse com último gole da água com pepino que tomava. Talvez aquele fosse o único motivo dele ter me chamado para o jantar. Só queria que eu ajudasse na vaquinha.

Foi aquela noite que selou o início do declínio de minha amizade com Joana. Nos meses que se seguiram, no entanto, nós continuamos a nos ver. A frequência não era a mesma, as ocasiões não eram festivas e Fabrício estava sempre incluso. A conversa que tivemos durante aquele jantar foi aparentemente esquecida. Nós tentamos esconder de nós mesmos o fato de que progressivamente nos afastávamos, mas era claro, inegável. Aquela amizade, a amizade pré-Fabrício, nunca mais voltou e nunca mais voltaria.

capítulo 10.

a morte dos outros.

Cadê esse bosta? Cadê esse bosta?!

Já faz mais de cinco horas que Ribas saiu do meu apartamento alegando que ia fazer os últimos preparativos para a continuidade de nosso plano e até agora nada dele voltar! Era só o que me faltava, ele amarelar logo agora. Por mais desvairado que o homem fosse, ele parecia ser alguém que honrava a sua própria palavra. E se ele se dispôs a se livrar de um defunto e de ajudar a apagar o crime que seu subalterno cometeu, ele iria até o final! Ou será que não?!

Eu devo ter enlouquecido... Só pode ser isso. Como que, em algum momento, eu achei que fazer o que eu estava fazendo, da forma que eu estava fazendo, seria o caminho mais inteligente?! Eu nem sei como eu cheguei até aqui! Eu, em questão de dias, perdi todo o controle que achava ter sobre minha vida. Talvez eu nunca tive controle algum, talvez ninguém tenha controle de nada, talvez vivemos todos em uma ilusão de equilíbrio, nos agarrado em finos fios de sanidade e torcendo para que eles não arrebentem de vez.

O corpo de Fabrício ainda está ali, deitado no carpete, e eu aqui, o observando de forma obcecada. Não sei se gozo ao ver aquela carcaça sem vida originada por mim, ou se torço para que Fabrício me surpreenda com um suspiro repentino, volte a vida e revele que o golpe que dei em sua cabeça só foi responsável por um desses desmaios de longo prazo. Já ouvi casos assim. Pessoas que ficavam desacordadas, funções vitais pausadas. Eram tidos como mortos, às vezes chegavam quase a enterrar os pobres coitados para, no último momento, levantarem de um longo e profundo sono. Vamos, Fabrício... Acorda... Acorda! Quem eu estou querendo enganar? Esse suspiro nunca vai vir.

Se não fosse por sua expressão surpresa e atormentada e a falta de flores sufocantes ao seu redor, Fabrício parece estar em seu próprio velório. Um velório solitário, digno dos piores pesadelos de alguém tão sociável e louco por atenções como ele, onde o único a comparecer para velar o corpo foi o responsável por sua morte.

Eu nunca soube qual é a real função de um velório, de celebrar os mortos. Celebrar pra quê? Celebrar o quê? Um corpo em decomposição que apodrece mais e mais, a cada instante que derrubamos lágrimas por suas vidas interrompidas? Não há celebração. Há apenas a tristeza. A visão de um defunto é só *triste*. E por que famílias gastam montanhas de dinheiro, se perdem em papeladas burocráticas para organizar esse tipo de evento? Porque é bonito! Porque faz parte da cartilha social mostrar que você está de luto, mostrar que você é capaz de mover mundos e fundos para ficar horas vendo um corpo inconsciente, mergulhado em formol para retardar a decomposição, com algodão enfiado em todos os buracos, para evitar vazamentos de líquidos desagradáveis, e rodeado de flores, para disfarçar o cheiro de carniça podre. Mas acima de tudo, se faz um velório porque se *deve* fazer um velório. Porque é o normal. É o tradicional. É o esperado. Esse nosso velório particular é espontâneo, escondido, criminoso e sem qualquer tipo de pompa, mas, pelo menos, ele é honesto.

Conhecendo o que eu conhecia de Fabrício, no entanto, sabia que ele adoraria ter um velório desses tradicionais, com um monte de gente prestando homenagens a seu corpo em putrefação, todos a sua volta, chorando pela perda de uma alma tão bonita! Essa chance, pelo menos, eu ainda não roubei dele. O velório ainda aconteceria assim que achassem seu corpo morto de baixo da Ponte dos Suicidas. E, mesmo que tudo ocorra bem e eu consiga me livrar desse bizarro episódio da minha vida, provavelmente não estarei presente no evento. Não acho de bom tom.

Uma buzina. Ela é alta, estridente e tem a quantidade de decibéis mais que suficiente para quebrar a pacatez da vila e atrair a atenção de todos os seus isolados moradores. Eu corro para a janela do quarto de

Fabrício e olho para o pátio lá embaixo a procura da fonte daquele som. A noite já havia chegado há algumas horas e as luzes incandescentes dos charmosos postes espalhados pela vila davam o ar de fantasia característico do local. Aquela iluminação idílica é, no entanto, quebrada por duras luzes do farol de uma van, as quais avançam no local pelas grades do portão de ferro. De primeira, eu não consigo identificar o carro, nem o motorista, mas sei que aquilo é pra mim, faz parte da minha urgente e não usual situação. Espremo ainda mais os olhos para enxergar melhor por trás da forte luz que emana do carro. Ribas finalmente voltou.

Afobado, eu pulo o cadáver de Fabrício e desço os degraus da escada do prédio. A buzina, por sorte, não atraiu as atenções de quase ninguém, a não ser de Dona Arminda que, como sempre, é a única a espiar todo e qualquer acontecimento da janela de seu apartamento no primeiro andar. O bom da velha intriguenta é que, por mais que ela seja viciada em espionar os movimentos dos moradores, ela tem pavor dos olhos alheios. Assim que seu esconderijo é descoberto, sua invisibilidade desbancada e sua presença reconhecida, a velha recua, finge que nunca esteve ali à espreita. Nós sabíamos muito bem disso. Essa era única arma dos moradores contra a velha futriqueira. Me aproveito desse conhecimento e, enquanto me apresso até o portão, lanço um sorriso simpático à curiosa vizinha. Ao notar meu olhar, a mulher pula de susto e é engolida por seu apartamento novamente. O monstro volta a se esconder em sua caverna.

— Aprovado o possante? – Ribas pergunta sorridente enquanto abro o portão de ferro.

Eu observo o carro adentrando a vila. Suas rodas passam vagarosamente pelo chão de paralelepípedos do pátio. Agora mais de perto, a van me é extremamente familiar. Em suas laterais, é possível ler: “FocoCine Produções”.

Ribas estaciona em frente ao meu prédio e salta da van, orgulhoso de sua aquisição.

— Você acha que usar uma van com o nome da produtora onde a gente trabalha é a melhor ideia? – eu pergunto com cuidado, sem querer menosprezar seu esforço e destruir seu ar de satisfação com o andamento do plano. Eu, afinal, não sei se conseguiria algo melhor ou mais apropriado do que aquilo.

— O Josias da garagem tava me devendo um favor. Achei que era a hora certa de cobrá-lo – Ribas fala ao se encaminhar para a entrada do meu prédio. – E relaxa, Luquinhas. Essa van é ótima, super espaçosa! Além de que, ninguém nunca suspeita do carro de uma produtora de vídeo. Nós temos o benefício do glamour ilusório do cinema e da TV. Quando as pessoas veem um carro desses passando pela rua, elas, de cara, imaginam produções de nível hollywoodiano, grandes sets de filmagem, celebridades, luz, câmera e ação. Ninguém pensa que um carro desses vai ser usado pra fazer o que a gente precisa fazer. Comece a tirar proveito do privilégio de estar dentro de uma área profissional tão mentirosa e hipócrita como a nossa, amiguinho.

Não compro muito bem as palavras de Ribas, mas não vou rebater. Ter o carro para fazer o transporte do corpo de Fabrício já é bom o suficiente para mim.

Enquanto subimos as escadas de volta ao apartamento, reparo que Ribas havia utilizado esse tempo longe de mim para trocar o seu próprio figurino. Sua camisa branca amarrotada e a calça jeans larga e gasta tinham ido embora. Agora, seu traje era todo negro composto por uma calça mais justa e um pulôver de gola rolê. Cobrindo seus cabelos desgrenhados, uma toca de lã também escura.

— Está planejando roubar um banco? – pergunto ao entrarmos no apartamento. Talvez uma piadinha sem graça como essa ajude a deixar o momento mais leve.

Ribas me lança um olhar confuso, o que me faz apontar para suas novas e sóbrias vestimentas.

— Ah! O que você achou? – ele faz uma orgulhosa pose para exibir seu figurino. Em seguida, puxa as bordas da toca de lã preta que veste e faz o tecido se desenrolar por todo o seu rosto, o escondendo por completo com exceção dos olhos. Ele ainda tira grandes óculos escuros do bolso e tapa a única fresta aberta de seu rosto.

Eu não sei muito bem o que responder, então permaneço o encarando confuso.

— É... Talvez eu tenha exagerado um pouco – ele fala ao desmontar sua pose de modelo do catálogo outono/inverno do crime organizado. – Mas, mesmo assim, precisamos nos camuflar com a noite, nos tornar invisíveis! Você não pensa em ir vestido assim, né?

— Não tinha parado para pensar nisso, Ribas.

— Pois pense! Que tal uma estampa de camuflagem? Vai cair bem quando chegarmos na floresta de Caraí.

— Ótimo. A dupla perfeita: Um assaltante de banco e um atirador terrorista. Ninguém vai desconfiar de nós.

— Esse seu cinismo não me apetece nem um pouco, Luquinhas.

— Vou procurar alguma roupa escura... – eu suspiro contrariado. – Por que você demorou tanto?! Achei que você tinha abandonado o barco!

— Acabei fazendo muito mais coisas do que eu planejava. Primeiro encontrei um parceiro pra recarregar meu estoque que estava prestes a acabar – ele balança no ar um saquinho de plástico cheio de cocaína. – Aí fui pegar a van com o Josias. Não sei se você conhece a figura, mas o bicho fala... E ainda por cima não queria me liberar se eu não tomasse uma pinguinha com ele no seu escritório. Olha, o dia que descobrirem que o responsável por todos os carros da produtora é um alcoólatra inveterado como Josias, a casa cai! Aí passei em casa para tomar um banho e colocar uma roupa mais apropriada. Ah! E o melhor de tudo... – Ribas desacelera seus movimentos para construir o suspense tão apreciado por ele e levanta a barra do seu pulôver. Preso na cintura de sua calça, um objeto acobreado se revela. Ainda tenho dificuldade de identificar do que aquilo se trata e passo a observá-lo com mais afinco... Isso é... Um revólver?!

Ribas saca a arma escondida rapidamente e a aponta incisivo em minha direção. Parecia simular ser um personagem em um filme no velho oeste. Eu pulo para trás assustado. Tem um homem enlouquecido segurando uma arma de fogo! E eu estou na sua mira!

— Pra que isso, Ribas?! – pergunto assustado.

— É a antiga pistola do meu avô! – ele fala orgulhoso e despreocupado. O cano de ferro envelhecido do revólver dança bem em frente do meu rosto. – Tentei conseguir alguma coisa mais moderna com meu *dealer*, mas o cara é radicalmente contra o porte de armas... Pelo jeito não se fazem mais criminosos como antigamente. Mas acho que esta daqui dá pro gasto, não é!?

— Você pode abaixar esse negócio? – sugiro com a voz trêmula.

— Eita, Luquinhas... Tá achando que eu vou fazer alguma coisa com você? – Ribas adota um tom igualmente sarcástico e ameaçador. – Você é meu comparsa, amigão... Isso aqui é para garantir a *nossa* proteção! Inclusive ainda nem testei pra ver se essa beleza tá funcionando – ele puxa o gatilho. Se diverte com o meu crescente pavor.

— Ribas... É... Não acho que aqui é o melhor lugar pra fazer esse teste... – eu me afasto vagarosamente.

O divertimento sádico de Ribas ganha tons maníacos, alucinados. Ele não fala mais nada, apenas aponta a arma engatilhada em minha direção. O sorriso de deboche, do nada se transforma em ímpeto ensandecido. Qual é o plano de Ribas?! De que lado ele está afinal?!

Para o meu alívio, ele finalmente abaixa a arma e, como se o espírito maligno que o dominava tivesse acabado de ser exorcizado, deixa seu corpo amolecer.

— Você fica com um tique no olho esquerdo quando fica assustado – ele fala. Desengatilha o revólver e o guarda novamente em sua cintura. – Alguém já te falou isso?

— Você é o primeiro – eu suspiro aliviado.

Ribas dá uma olhada rápida em seu relógio de pulso e fala:

— São exatamente vinte horas e trinta e sete minutos... Demoramos aproximadamente seis horas para chegar em Caraí. Passaremos pelo portão da cidade em um bom horário. Duas, três da manhã mais ou menos. Os caraienses costumam dormir bem cedo. Quanto mais tempo dormindo, menos consciência eles têm do buraco onde vivem e de suas realidades depressivas. Isso é ótimo. Menos gente para notar a nossa chegada.

Ribas se encaminha novamente ao quarto de Fabrício e eu o sigo.

— Como levaremos o corpo lá para baixo? – pergunto.

— Hmmm... – Ribas, pensativo, analisa o defunto. Em seguida coloca seus óculos escuros no rosto endurecido de Fabrício. - E se a gente levasse ele lá para baixo num estilo *Um morto muito louco*? É só fingirmos que estamos carregando nosso amigo bêbado para a próxima festa!

— Boa! – eu rio instintivamente do que *achava* ser uma piada de Ribas. Sua expressão inalterada, no entanto, prova o contrário. – Acho melhor escolhermos um caminho mais discreto... – eu falo e retiro os óculos escuros da face do defunto.

— Você, como sempre, bloqueando meus impulsos criativos – ele rebate impaciente. – O que você sugere, então?

Eu me abaixo e fico mais perto do cadáver. Preciso urgentemente de uma ideia melhor do que esse absurdo que Ribas sugeriu. Para não perder o equilíbrio, me encosto no chão e sinto o tecido felpudo do velho carpete cinza do quarto, o único cômodo da casa ainda coberto por aquele tecido.

— Já sei! – eu levanto em um pulo, tão rápido que chego a ficar tonto. Finjo que estou bem, e sigo em direção ao meu quarto. Ribas vem atrás.

— Algo dentro de mim dizia que eu ainda ia usar isso para alguma coisa... E Joana sempre falando que eu era um acumulador doentio – eu me ajoelho e espio pelo vão escuro debaixo da minha cama. De lá, puxo com alguma dificuldade um colossal amontoado de um tecido endurecido, empoeirado e acinzentado.

— O que é isso? – Ribas observa a minha movimentação excitada com certa desconfiança no olhar.

— Carpete... Metros e metros de carpete... – respondo ofegante. O esforço de puxar tudo aquilo para fora havia sido maior do que eu calculara. – Tem carpete suficiente pra enrolar até cinco corpos! Caso alguém nos encontre no caminho até lá embaixo, digo que finalmente decidi dar uma renovada no meu apartamento.

— Hmmm... Estou gostando de ver, Luquinhas... – Ribas abre um sorriso de aprovação e se apressa para me ajudar a levar todo aquele tecido para o quarto ao lado.

O manuseio do monte de tecido endurecido em um ambiente pequeno como o quarto de Fabricio é difícil e desastrado. Porém, logo acertamos o ritmo e a divisão das atividades. Enquanto eu abro o carpete empoeirado pelo chão, Ribas rola o cadáver pelo tecido repetidamente. Nossos movimentos logo ficam harmônicos e funcionamos com a precisão de uma máquina. Em poucos minutos, o cadáver, cada vez mais se parecendo com um saco de frutas podres, é inteiramente embrulhado.

A descida pelas escadas acontece sem grandes emoções. Nenhuma chegada inesperada e inconveniente, ninguém saindo de seu apartamento para ver que movimentação estranha era aquela ou para oferecer ajuda para levar o enrolado de carpete escada a baixo. Tudo silencioso e solitário como de costume. Os únicos olhos que pairavam sobre nós eram os de dona Arminda, que foi só ouvir a porta do meu prédio se abrir para voltar a seu posto.

Tentamos colocar o corpo dentro da van com cuidado, mas o alívio de ter conseguido descer os três lances de escada sem derrubar o pesado embrulho de carpete foi tanto, que assim que atingimos a linha de chegada, o jogamos sem muitos pudores no chão frio e duro do porta-malas.

— Você dirige! – Ribas fala para mim e se encaminha para a porta do passageiro.

— Ribas... – eu me apresso sem jeito, ainda parado em frente ao porta-malas. – Eu posso até dirigir... Mas não tenho carteira de motorista não...

— Você tá de brincadeira! – ele arregala os olhos em revolta.

A contragosto, Ribas muda de lugar e senta atrás do volante. Sem dizer uma palavra, ele guia o carro em marcha ré para fora do portão da vila. Eu tranco o portão de ferro, entro no carro, sento no banco do passageiro e ponho o sinto de segurança. Meu coração a mil. Parece que estou embarcando para a maior aventura de minha vida. E de certo modo, eu realmente estou!

Finalmente, Ribas pisa no acelerador e partimos. A minha vila fica para traz, suas luzes incandescentes, cada vez menores e longínquas no espelho retrovisor. Novamente, aquele sentimento de nostalgia precoce toma conta de mim. Esta é a minha vida agora. Uma vida que já foi tão rotineira, agora é dominada por vulnerabilidades constantes. Tudo é um risco, cada passo, qualquer caminho. E cada vez que vou embora do meu lar, não tenho ideia se um dia voltarei.

São pouco mais de nove horas da noite e o trânsito da cidade está apenas começando a se dispersar. Cada carro que passa ao meu lado é uma ameaça. Os motoristas vizinhos olham para a nossa van, nos analisam desconfiados. Eles sabem que tem algo de errado, percebem nossa aura criminosa. Deixa disso, Lucas! Isso é apenas minha paranoia querendo tomar o centro do palco, me dominando e manchando minha percepção. Está tudo bem! Somos anônimos, como todos os outros. Ninguém está olhando... Ninguém!

Nada do meu nervosismo, no entanto, reflete em Ribas. O diretor está super-relaxado, tem ar leve e curte o percurso fumando um cigarro atrás do outro e cantando animado todas as músicas que tocam na rádio. Ribas não parece estar prestes a se livrar de um defunto e sim a caminho de uma aguardada viagem de férias.

Assim que pegamos a estrada, começo a ficar mais calmo. Poucos carros passam pelas pistas vizinhas. De vez ou outra, luzes de faróis vindos na direção contrária iluminam nossos rostos e o interior do carro, mas a escuridão ainda é protagonista. Deslizamos livremente pelo asfalto e a velocidade traz a esperança por libertação. A cada quilômetro corrido, mais próximo estamos do final de nosso plano. O único plano e, se Deus quiser, o plano perfeito.

Eu abro a janela para respirar um pouco de ar puro e me livrar da fumaça acumulada dos cigarros de Ribas, o qual não queria abrir o vidro enquanto estávamos na cidade. Segundo ele, o barulho do tráfego o estressa e atrapalha a curtição da trilha sonora.

Eu sempre gostei de viajar. Principalmente de carro. Me sentia em um *road movie*. Independente, desbravador, prestes a mudar e ter minha vida mudada por novos personagens e novos lugares. Quando criança, costumava me perder ao observar os campos verdes voando em alta velocidade pela janela. Criava histórias em minha cabeça sobre as fazendas e seus casarões ostentativos, restaurantes capengas e construções abandonadas e decrépitas na beira da estrada.

Deixar a cidade para trás sempre me fez bem. Na infância, eu sentia que fugia das garras de um monstro sedento por minha humanidade. Lembro de me sentir heroico ao ver os prédios, os concretos, a fumaça e os zumbis se tornarem longínquos, minúsculos pela janela do carro. Mais uma fuga de sucesso, sem cicatrizes, sem sequelas. Hoje, adulto, não posso dizer o mesmo. Ainda sinto a mesma leveza ao percorrer a estrada a caminho do desconhecido, mas sem aquela inocência sadia. As cicatrizes estão aqui. Parte de minha humanidade foi, de fato, devorada.

A escuridão que nos envolve é novamente quebrada. Dessa vez não pelos faróis brilhantes ansiando pela cidade grande, e sim por um remexer de luzes azuis e vermelhas. Elas começam longínquas, mas conforme avançamos, se tornam mais presentes, potentes, e pintam nossos rostos curiosos e todo o interior da van.

— É *blitz*?! – pergunto a Ribas. Meu pavor precoce se transforma em uma dor real, física dentro do meu peito.

— Tá de boa – ele responde com uma calma desconcertante. – Já devo ter mijado toda a cachacinha que bebi com o Josias.

— Ótimo! – tento me controlar ao máximo para não levantar a voz. – Agora... Você acha que tem algum problema estarmos com UMA PESSOA MORTA NO PORTA-MALAS?

Ribas não responde de imediato. Em algum momento de nossa viagem, o motivo de estarmos ali, pegando a estrada em direção a Caraí, havia fugido de sua mente. Minha apreensão é automaticamente transmitida para seu semblante. Mesmo assim, ele tenta manter a compostura. Diferente de mim, que me agito no desconfortável banco da van e olho afoito em direção às luzes. Meu corpo inteiro treme e as palmas das minhas mãos jorram suor.

— Relaxa... Não vai acontecer nada – Ribas fala, com os olhos fixos na pista e nas viaturas a alguns metros de nós.

E, de fato, nada aconteceu, mas o percurso até nada acontecer foi excruciante. As três pistas com esparsos carros se transformaram repentinamente em apenas uma única fila quilométrica de veículos acumulados e quase parando. Cones laranjas estavam espalhados pela pista e delimitavam a nova área de passagem autorizada. Nossos olhos, despreparados e acostumados com o breu que se estendia pelas redondezas, doíam com o contato cada vez mais próximo com as luzes das sirenes. Ribas não precisava nem pisar no acelerador e guiava apenas com a embreagem de tão lento que o tráfego estava. No momento em que atingimos o centro de todo aquele escarcéu, nos assustamos com a quantidade exagerada de policiais. Poucos deles, no entanto, prestavam atenção na movimentação dos carros que passavam a menos de 10 km/h a sua frente. Eles estavam mais interessados no amontoado mecânico na beira da estrada. Eram vidros estraçalhados, metais saltados e afiados e carcaças amassadas, fundidas umas com as outras e banhadas por fumaça e sangue. Um acidente, um terrível acidente. Mais morte. Um, dois, três, sabe lá quantos corpos tiveram a vida interrompida debaixo daqueles escombros de carros desafortunados. Mais mortes ajudavam a escrever a história da minha vida.

Finalmente damos as costas ao acidente e a todo aquele circo catastrófico e, no mesmo momento, "Psycho Killer" do Talking Heads começa a tocar na rádio. Ribas, ao ouvir as primeiras notas da música, solta uma alta e maníaca risada. Deve ser a forma que encontra de mostrar seu alívio em passar ileso por aquele breve momento de tensão. Ele me dá seus tradicionais fortes tabefes no ombro e começa a cantar animado, pausando apenas para dar suas gargalhadas roucas. Ribas está em êxtase!

Eu ainda tenho que recuperar desse encontro inesperado com os policiais. Claro que estou aliviado, mas ainda não me sinto no direito de gritar a plenos pulmões o meu êxito nessa missão. Nós ainda vamos chegar lá, no ponto final de nosso plano. E quando chegarmos, eu grito, eu choro, eu esperneio, eu rio. Mas ainda não, ainda não é hora de comemorações.

Através do espelho retrovisor, ainda observo os últimos *flashes* das luzes das viaturas e ambulâncias. Volto a pensar nos carros, na batida, no instante do choque, no momento final. Eu, que quando criança, criava inocentes histórias em minha cabeça sobre campos, restaurantes e construções de beira de estrada, agora teço contos mórbidos sobre aquelas vítimas. Quem eram? Para onde iam? Por que os veículos se chocaram? De quem era a culpa? Tinha crianças no carro? Será que alguém sobreviveu? Será que os corpos se desintegraram? Será que alguém foi decepado? Qual foi o último pensamento que passou pela cabeça dos envolvidos?

Estou obcecado pelo conceito da morte. Estranho, pois nunca fui desses... Desses que mantêm a ideia do fim definitivo no fundo da cabeça, deixando-a intoxicar os pensamentos, as relações sociais, as rotinas, o bem-estar. As pessoas têm medo da morte ao mesmo tempo que são hipnotizadas e seduzidas por ela. As pessoas têm certeza da morte, mas vivem tentando postergá-la, evitá-la, enganá-la.

Quando era criança, nunca tive um peixe-beta, um gato, um cachorro, uma tartaruga, algum animal de estimação que repentinamente morreu e me fez aprender, desde cedo, o que aquele fim significava. Tenho quatro avós, tenho dois pais e nunca ponderei sobre essas inevitáveis futuras perdas. A minha relação com a morte sempre foi superficial, nunca direta. Esse conceito, mesmo sempre próximo e sorrateiro, nunca conseguiu me abocanhar.... Até agora... Foi a partir da morte de Fabrício que esses pensamentos mórbidos começaram a me atormentar. Eu penso não só na sua morte, mas também na morte das vítimas daquele acidente de carro, na morte de meus avós, na morte de meus pais, na morte de Joana, de Gustavo, de Leda, de Flora, de Ribas, do porteiro matutino da produtora que não lembrava o nome, de todo mundo que eu já vi, já toquei, já esbarrei, já ignorei... Penso na minha morte... Quem choraria pela minha morte!?

— Luquinhas... – a voz de Ribas surge abafada e me resgata do meu fluxo de pensamentos fúnebres.

Desvio meu preguiçoso olhar para ele. Ribas tenta retirar algo de seus bolsos com alguma dificuldade. Por um momento, acho que é seu revólver enferrujado que ele tenta alcançar e um calafrio sobe pela minha nuca. Mas não é a arma que ele procura, é só seu celular.

— Esqueci de te mostrar... – ele me passa o aparelho. – Vai nos vídeos e dá uma olhada no último gravado... Aconselho você a não ver os anteriores porque pode se assustar com o que encontrar.

Eu sigo suas instruções e aperto o *play* do primeiro vídeo da lista. Pelas informações na tela, ele havia sido gravado hoje às 16:32. A imagem começa tremida, irreconhecível. O áudio é composto por uma mistura de caóticos sons. Buzinas, tráfego, vozes, uma música abafada tocando na rádio. Vejo um pedaço de um rosto. Narinas. As de Ribas. De repente um clarão. A câmera do celular ajusta seu diafragma e, aos poucos, começo a reconhecer novas formas. Vejo uma rua, alguns pedestres, alguns carros passando e algumas pessoas acumuladas em uma esquina. Também percebo que há um reflexo. O reflexo de Ribas no vidro. Ele filmava aquela cena de dentro da nossa Van.

— O que é isso, Ribas? – pergunto confuso e com pouca paciência.

— Calma, Luquinhas... – ele olha para o celular em minhas mãos com o canto do olho. – Sei que não é meu melhor trabalho, mas já, já aparece... Aí! Aí! Presta atenção!

Volto a olhar a tela do celular. Um zoom é dado no acumulado de pessoas na esquina. Devem ser esses os protagonistas do vídeo. São três pessoas. Dois homens e uma mulher. Jovens, provavelmente de 25 a 30 anos. Todos eles com a mesma roupa, ou melhor, fantasia, ou melhor, figurino, ou melhor, uniforme. Um trapo branco de cetim brilhante que forma uma espécie de vestido até os joelhos. Preso a ele, alguns acessórios: duas asas de arame decoradas com penas artificiais e uma aureola dourada, também de arame. No peito, os dizeres "GraSafe" em lantejoulas douradas.

— Tá reconhecendo? – Ribas pergunta.

— Aquela roupa vagabunda que encontramos no armário do Fabrício?

— Bingo! – Ribas fala por cima de uma risadinha prazerosa porém contida, daquelas de quem acaba de descobrir uma fofoca quente. – Sabe o que é GraSafe?

— Não faço ideia.

— Uma seguradora com uma péssima equipe de marketing. Esses anjos mulambentos fazem panfletagem dessa bosta lá no centro.

— Não pode ser...

Eu observo fascinado aqueles anjos que entregam panfletos para os pedestres, saltitam pela calçada de concreto como se flutuassem e interrompem o fluxo frenético de pessoas em suas rotinas. Claramente, todos aqueles anjos estavam extremamente envergonhados, mas eram obrigados a se prestarem àquele papelão, como tristes bonecos controlados por invisíveis fios.

— Você acha que o Fabrício trabalhava fazendo isso aqui? – eu pergunto sem tirar os olhos da tela do celular.

— Acho não, amiguinho, tenho certeza! – Ribas estende o braço em direção ao porta-luvas, o abre e de lá retira um dos panfletos da seguradora GraSafe, tão brega e malfeito quanto aquela ação de marketing gravada no celular. – Assim que achei um lugarzinho pra estacionar, eu fui lá descobrir o que significava toda essa bizarrice! E sim, Fabrício fez parte dessa gloriosa performance... Inclusive deveria ter ido trabalhar hoje à tarde. Esse anjinho meio loirinho da esquerda, o mais desmotivado de todos, tava puto por ter que dobrar o turno já que Fabrício não deu as caras.

— Até parece! O Fabrício é muito metido a besta, orgulhoso e vaidoso pra fazer um negócio tosco desses! – eu devolvo o celular a Ribas em um incisivo movimento. Quero distância dessas imagens e da possibilidade de Fabrício ter sido um daqueles depressivos anjos promocionais.

— Também pensei isso, Luquinhas. Mas pelo jeito o garoto precisava de dinheiro!

— Ele já tinha dinheiro! Dinheiro do papai! Você mesmo disse! - estou agitado. Algo nessa descoberta me incomoda, mas eu não sei muito bem o quê.

— O estilo de vida aqui na cidade é caro. Às vezes ele subestimou os valores... - Ribas me olha com a sobrancelha franzida. Minha reação definitivamente não foi a que ele esperava que eu teria. - Tá tudo bem, Luquinhas?

— Tá! - eu grito energeticamente e assusto meu cúmplice. Tento me acalmar. Preciso me adaptar às expectativas de Ribas sobre sua mais nova descoberta. Preciso ser quem ele espera que eu seja. - Tá tudo bem... É engraçado, só isso... O Fabrício, sempre esnobe, proclamava a quem quisesse ou não quisesse ouvir que estava procurando o papel ideal, algo que realmente o preenchesse, algo que fizesse diferença para o mundo artístico, e aí vem isso, esse papelzinho como garoto-propaganda de uma seguradora de quinta categoria... Isso só é mais uma prova de como ele era ridículo!

Mas é isso mesmo que o vídeo prova? Que Fabrício era ridículo por tentar sobreviver na cidade? Por aceitar um emprego de merda para continuar perseguindo seu sonho de ser ator? Eu nunca tive um desses empregos. Eu nunca tive que ter um desses empregos. Desses que são subjugados pela sociedade, subjugados por pessoas como eu. Tive meus desafios, mas as coisas sempre foram razoavelmente fáceis para mim. Da faculdade para estágios, de estágios para a efetivação na produtora. Talvez seja isso que me incomode, a noção de que Fabrício tinha dificuldades, que Fabrício tinha suas questões, que sua vida não era só cheia de vitórias como ele gostava de aparentar. Antes, isso me tirava do sério, essa aparência de perfeição, mas no final, não estamos todos tentando destacar apenas nossas vitórias? É isso que fazemos! Escondemos problemas, tristezas, empecilhos debaixo de tapetes e sorrimos para a vida que não cansa de nos destruir. Imaginar Fabrício junto daquele grupo de aspirantes a atores, jogados em uma esquina suja do centro da cidade, fantasiados com aqueles trapos brilhantes e vagabundos traz algo de diferente para a imagem de minha tão odiada vítima: a sua humanidade.

capítulo 11.

norman.

Ele bateu a porta. Ele sempre batia a porta. Como se quisesse quebrá-la. Como se quisesse arrancar ela da parede. Provavelmente estava com fones de ouvido, em um estado de animação fora de hora, fora de contexto, fora do aceitável para a minha pouca paciência. Era Fabrício, voltando de suas usuais corridas matinais. A porta batia toda manhã, trinta minutos antes do meu despertador tocar.

Ele chegava no meu apartamento, batia a porta, me acordava e fazia Norman também se levantar e iniciar a sua usual sessão de rosnados raivosos. E toda manhã eu lançava meu olhar sonolento ao meu companheiro canino e suplicava para que ele me poupasse de seus latidos. Ele me respeitava. Pelo menos pelos próximos poucos minutos. Os próximos minutos sempre eram silenciosos. E eu sempre abraçava a ilusão de que conseguiria voltar a dormir naquele mísero espaço de tempo que me faltava para me levantar e começar a minha rotina. Mas não. Eu nunca conseguia retornar aos meus sonos e sonhos interrompidos.

Eu sentia sua presença no quarto ao lado. Seus passos pelo chão de carpete. Norman acompanhava os ruídos próximos com olhar atento, como se o som fosse visível e estivesse na sua mira constante.

Os sons que atravessavam a parede iam além de apenas sua presença. Havia um toque metálico que contribuía para aquela mistura sonora. Um toque metálico que passou a ser prevalecente e logo se transformou em barulhos fortes e incômodos. Eu já sabia o que viria em seguida. Era uma questão de segundos até que seus gritos irrompessem pelo apartamento. Aqueles gritos que me davam calafrios.

Uma exaltação de dor ou de prazer? Era quase um gozo arrebatador, um descarrego, um urro aliviado, um berro sofrido.

Norman se levantou assustado novamente. A cada grito que Fabrício dava, mais excitado o cachorro ficava. O rosnado tomava força em sua garganta, se acumulava, se preparava para ser extravasado em seus latidos arranhados. Ele pulou da cama, encarou a parede que dividíamos com o quarto de Fabrício e, finalmente, começou a participar da sinfonia desafinada e perturbadora que se expandia pelos cômodos do apartamento.

Os dois revezavam, em uma competição velada do mais alto e insuportável brado. E eu, que ainda me segurava na ilusão de que conseguiria voltar a dormir, tapei inutilmente minha cabeça com dois travesseiros, tentando abafar como podia aquele barulho todo.

Já deveria estar acostumado com aquela tradição matinal. Afinal, já fazia mais de sete meses que eu dividia o apartamento com a incômoda presença de Fabrício. E, desde o primeiro dia, porta batida e suas exclamações insuportáveis enquanto levantava peso em sua mesa de supino faziam parte de nossa convivência.

Eu chamei meu cachorro, uma, duas vezes. Tentava fazer minha voz rouca e sonolenta ser ouvida em meio a tantas vociferações. Sem resultados, me levantei desastradamente, tropecei no cobertor que se enrolara em meus pés durante a noite e caí ao chão, bem próximo a Norman. Comecei, então, a fazer carinho em seu corpo magrelo e trêmulo com naturalidade, como se aquela queda tivesse sido programada. Supliquei em seu ouvido para que parasse, pedi para que se controlasse, que desse o melhor exemplo em nosso lar. Mas nada adiantava, e a minha própria parcimônia começou a se tornar uma antiga conhecida, um conceito frágil, insignificante. O controle não iria me levar a lugar nenhum naquele lar de descontrolados. Assim que minha última gota de paciência se esvaiu, eu gritei. A cada latido, a cada berro de Fabrício, eu acompanhava com um grito libertador. Um latido, um berro, um grito. Um latido, um berro, um grito. Um latido, um berro, um grito.

E silêncio. Estava cedo demais para Fabrício terminar a sua sequência de exercícios e de consequentes vociferações. Será que ganhamos? Será que meu descontrole e minha união com os latidos de Norman passaram o recado? Deram um fim para aquele ciclo de caos sonoro?

Encostei meu ouvido na parede. De início não ouvi nada, não senti nem a sua presença. De repente, ouvi seus pés no carpete. Passos que se afastavam de um lado e se aproximavam de outro. Ele estava saindo de seu quarto e... vindo em direção ao meu?

— Lucas...? – Fabrício falou ao bater à porta de forma delicada, como se quisesse respeitar meu sono já há tempos foragido.

— ... Oi... – eu respondi. Minha garganta doía e minha voz era falha.

Fabrício abriu a porta. Seu rosto estava vermelho, gotas de suor escorriam pela testa e molhavam a raiz de seus cabelos encaracolados. A camiseta branca, completamente molhada e com dois fones de ouvido pendurados na gola. Ele estranhou me ver jogado no chão ao lado de Norman, o qual imediatamente armou sua posição de ataque.

— Tá tudo bem? – ele perguntou.

Me senti envergonhado, paralisado, sem conseguir explicar o porquê, há poucos segundos, eu gritava igual a um desvairado junto com um cachorro.

— Tudo em ordem... – respondi.

— Ouvi uns barulhos. Acho que o Norman tava latindo de novo.

— É?

— É. Ele late assim toda manhã, cara... Você não acorda com ele?

— E *como* acordo, na verdade.

— Ele deve estar com vontade de mijar, dar uma passeada.

— Pode ser.

— Cachorros, principalmente os de rua como o Norman, costumam ser muito expressivos, comunicativos. Eles te falam exatamente o que sentem, é só prestar atenção.

— Eu tenho certeza disso.

— Não é bom aprisionar ele aqui dentro... Ele pode estar passando um recado pra você. Dê umas voltas com o pobre coitado. Vai fazer um bem danado pra ele.

Em resposta, Norman rosnou e mostrou seus caninos afiados e sujos de tártaro. Fabrício automaticamente recuou o corpo e falou por apenas uma fresta da porta:

— Às vezes ele fica até mais calmo... Mais receptivo...

Em seguida, fechou a porta e foi embora. Eu não sabia se eu ainda existia. Se minha ira acumulada não tinha feito meu corpo entrar em combustão, deixando apenas meus miolos e fumaça espalhados pelo meu quarto. Respirei fundo e olhei para Norman, agora mais calmo.

— Amanhã a gente late ainda mais alto... – eu cochichei para ele ao fazer carinho em sua cabecinha ossuda. – Mas só rosnado não assusta ninguém, viu... Você precisa começar a exercitar esses dentes!

Ninguém entendia Norman melhor do que eu. Nossa conexão era profunda, sólida e se iniciou de forma imediata. Me lembro perfeitamente do dia que ele entrou na minha vida. Quatro anos atrás, mais ou menos. Lembro que era a minha primeira semana trabalhando na produtora. Era tudo muito novo para mim e, por conta disso, ainda não estava nada confortável na companhia dos outros funcionários e sem nenhuma vontade de me engajar em papos furados para construir novas amizades. Era hora do almoço, e, como de costume, eu saí do prédio, andei cinco quadras para não correr o risco de ser encontrado por alguém, comprei um *hot dog* e uma coca em uma barraca suja, mas com o seu charme, e sentei no banco de uma praça abandonada, *point* popular entre os mendigos da região.

Eu não sou essa pessoa. Alguém que prefere a companhia de mendigos a de colegas de trabalho. Eu não sou um excluído, autossuficiente, esquisitão, solitário. Eu não era, pelo menos. Demorou alguns meses, mas eu cheguei a fazer amigos... Colegas, na verdade. Eu fui nos aniversários, participei de *happy hours*, troquei ideia nas pausas do café, marquei presença nos churrascos da firma. Eu fiz tudo isso. Demorou, mas eu fiz. Naquele começo, no entanto, eu ainda não estava pronto. Ainda não conseguia ultrapassar as primeiras impressões e julgamentos. E sabia que os outros tão pouco estavam prontos para me conhecer e me aceitar. Eu precisava de tempo. E eles também. Enquanto isso, preferia ficar rodeado pelos mendigos da zona oeste.

Estava quase no fim do meu *hot dog*. Fazia malabarismo com o excesso de ketchup, mostarda, batata palha e vinagrete que teimavam em escorrer pelo guardanapo vagabundo que enrolava o pão e pela minha mão e meu braço. Eu parecia uma criança ao devorar aquela nojeira. A sorte é que meus amigos mendigos não me julgavam nem um pouco ao se depararem com aquela cena. Eles nem se importavam que eu estava ali. Minha presença era indiferente para eles, e essa invisibilidade era o que mais me atraía dia após dia para aquele local. Um local onde posso ser quem eu quiser. Sem fachadas, sem máscaras, sem risadas falsas e comentários cordeais.

O caos em minhas mãos tinha tomado proporções tão grandes, que desisti de comer o resto do *hot dog*. Eu perco o apetite quando a comida dá tanto trabalho para ser comida. Fui levemente abatido por asco e arrependimento de ter mais um dia me alimentado com um sanduíche de procedência duvidosa. Suspirei e apoiei momentaneamente o resto de pão e salsicha enrolados no papel gorduroso e multicolorido no banco em que sentava. Estendi minhas mãos sujas para frente, tomando muito cuidado para que não me sujasse mais com os resquícios de meu almoço espalhados por ela. Ainda estava cedo para voltar à produtora e, para matar o tempo, resolvi perder meu olhar pelos passantes, pelos mendigos, pelas árvores secas e pelos campos malcuidados daquela depressiva praça onde me encontrava.

Foi aí que ele chegou. Demorou alguns segundo para eu perceber que minha mão estava sendo lambida. Em um susto, olhei para baixo e vi um cachorrinho, pelos dourados e curtos, corpinho magro, e, em volta do olho esquerdo, um adorável círculo de pelos brancos. Em pouco tempo minha mão já estava completamente limpa. Após devorar os restos escorridos em minhas mãos, o cãozinho olhou para mim, abanou o rabo em agradecimento e encostou sua cabecinha em meu joelho. Ele queria carinho. Eu nunca fui muito fã de cachorros, ou animais em geral. Mas aquele tinha algo de diferente. Ou a ocasião tinha algo de diferente. Aquele era um momento meu, um momento de isolamento, um momento de invisibilidade. Mas, mesmo invisível, ele me notou, se aproximou, se conectou. Sem preparos, sem pudores, sem obrigatoriedade, sem fachadas, sem máscaras, sem risadas falsas ou comentários cordeais.

Continuei acariciando seu corpo magricela enquanto ele devorava o *hot dog* abandonado ao meu lado. Naquele momento, tive uma certeza: aquele cachorro era para ser meu. O fato dele já vestir uma coleira de couro vermelha com identificação, número de telefone e endereço não trouxe nenhuma hesitação ao meu ato. Ele que havia me procurado, estava com fome, provavelmente fora abandonado por seus antigos donos negligentes. Movido por uma excitação incomum, joguei no lixo o papel do *hot dog*, a lata de coca-cola vazia e aquela coleira de couro vermelha, inventei uma mentira qualquer para fugir do trabalho e levei o cachorro direto para casa.

Resolvi também rebatizá-lo. Meu novo animal de estimação não tinha cara nenhuma de Tobias, como sua coleira sugeria. Além de que sempre achei desnecessária a obrigatoriedade de nomear cachorros com "nomes de cachorro". Fodam-se os Tobias, os Snoopys, os Pingos, os Totós, os Bidus, os Toys, os Thors, as Cacaus e os Scoobys. Meu cachorro se chamaria Norman (tinha adormecido assistindo *Psicose* na noite anterior). E assim se iniciou a nossa forte e inquebrável parceria.

Aí, anos depois, entra um Fabrício em nossas vidas e se sente no direito de dizer que, durante todo esse tempo de convívio, eu tenho cuidado do meu cachorro da forma errada; se sente no direito de sugerir que Norman está me dando dicas de seus desejos escondidos e que eu simplesmente os ignoro; me acusa de negligente, de egoísta; minimiza a nossa incrível conexão homem-animal; se julga sabido, superior, entendedor mor do reino canino. E essa não foi a única nem a última vez que ele tentou meter o bedelho no meu trato com Norman.

"Você sabia que ração é basicamente veneno ensacado? Os casos de câncer entre cachorros têm aumentado exponencialmente nos últimos anos e muito está relacionado com a alimentação" — Fabrício me disse enquanto eu enchia o pote de comida de Norman com a mais cara ração de cachorro que vendia no mercado.

"Pra quê tudo isso!?" — ele exclamou enquanto eu vestia Norman com uma roupinha em um dia gelado e nada usual. "Cachorros não sentem tanto frio como a gente. O sangue deles é mais quente que o nosso, eles têm uma camada de gordura que protege bem em caso de baixas temperaturas, e o Norman tá até com o pelo bastante comprido! Essa roupa ainda pode dar uma alergia nele, hein..."

"Já está na hora de castrar o Norman..." — ele me sugeriu enquanto esfregava o carpete de seu quarto após mais uma mijada surpresa do cachorro. "Isso só vai trazer benefícios pra ele, cara... Ele pode ficar mais dócil, seu tempo de vida pode aumentar, diminui o risco dele fugir pra dar uma trepadinha e criar mais cachorros de rua como ele... Além do que, pode fazer ele parar de mijar no meu quarto pra marcar território."

Tudo era motivo de um comentário, de uma correção, de uma alfinetada disfarçada de preocupação com o bem-estar de meu cachorro. E, se não bastassem as opiniões sobre a vida de Norman, não demorou muito para elas fossem estendidas à minha vida.

Lembro que era um sábado. E desde cedo já havia decidido que seria um daqueles sábados meio parecidos com domingos. Um dia em que prazerosamente não faria nada além de ficar no meu quarto, debaixo dos cobertores, sem me preocupar em trocar o pijama e assistindo ao máximo possível de episódios de alguma série que estava postergando infinitamente para começar. Eu, afinal, não teria domingo, um domingo de verdade. No dia seguinte, deveria ir cedo até a produtora para receber novos materiais de "A Sangue Frio". Passaria o dia inteiro analisando, limpando e organizando todo o material bruto em busca de uma montagem decente para um primeiro rascunho. Um verdadeiro trabalho braçal, chato, coisa que meu assistente deveria fazer. Isso, obviamente, se eu tivesse um assistente.

E assim o fiz. Me afoguei em meus cobertores e perdi qualquer noção de tempo, hipnotizado pela luz sendo emitida da tela de meu computador. Em certo momento do dia ou da noite, meu estômago finalmente roncou. Na verdade ele rugiu! Tão forte que até assustou Norman, deitado com a cabeça bem em cima de minha barriga. Procurei por algo comestível pelos pratos e pacotes de comida rápida que havia desde cedo trazido para meu forte, mas nada encontrei. Havia chegado a hora de uma breve pausa.

Após ter que, literalmente, me equilibrar sobre meus chinelos e reaprender o ato de caminhar, eu abri a porta do quarto e avancei feito um zumbi em direção à cozinha. Meu isolamento havia sido tanto, que nem tinha sentido a presença de Fabrício na maior parte do dia, com exceção de sua malhação matinal, obviamente. Parecia que eu havia voltado a morar sozinho e lembrar de tal gloriosa fase da minha vida me trouxe um saudoso calor no coração.

Ao passar pela porta da cozinha, todo meu sossego e preguiça foram substituídos pelo susto ao dar de cara com Joana, que saía de lá com uma taça de vinho branco na mão.

— Oi! – ela disse em um solavanco. Também havia se assustado e, por conta disso, derrubado um pouco de vinho no chão e nos meus pés.

— Oi... – eu respondi de imediato, tomado pelo embaraço e pelo desconforto usual de nossos atuais encontros.

— Ai... Derrubei tudo! – ela me puxou para a cozinha e me entregou um rolo de papel toalha para que eu limpasse os respingos de vinho. – Eu nem sabia que você estava em casa...

— Estou fazendo dia de preguiça! – falei. – E você? Tá fazendo o que aqui?

Nem sabia porque havia feito aquela pergunta. A resposta chegou naquele mesmo instante na cozinha, fedia a *Hugo Boss* e estava tão bem-vestido quanto Joana.

— Eu já tô pronto, Jo. Quer tomar mais um vinho, ou já podemos ir? – Fabrício falou com olhos focados nos botões das mangas de sua camisa, o que o fez demorar para notar a minha presença no ambiente. – Hey, cara! Nem sabia que você tava aqui!

— Ele tá fazendo um dia de preguiça... – Joana respondeu por mim.

— Mais um? – Fabrício riu.

— Bom... Eu já derrubei todo o vinho que ia tomar mesmo... – Joana falou ao lançar um sorriso educado para mim e para Fabrício. – Acho que podemos ir...

— Onde vocês vão? – perguntei, me esforçando para demonstrar completo desinteresse e não correr o risco de instigar dó pela minha solidão voluntária.

— Para um bar com uns amigos do escritório – Joana disse. – Você não quer vir com a gente?

— Não... não... Tenho planos com meu *Netflix*.

— Vamos, Lu. Vai ser divertido! – ela insistiu. Seu convite parecia ser honesto. Era como se Joana quisesse virar a página dos nossos estranhamentos recentes. – Faz tanto tempo que a gente não sai junto!

— Relaxa, Jo. A gente combina outro dia... Amanhã eu trabalho, tenho que acordar cedo.

— Tem certeza, cara? – Fabrício disse ao resolver se intrometer na nossa conversa. – Vai te fazer bem sair um pouco de casa, ver gente...

— Também acho... – Joana completou.

— Eu tenho certeza. Vou ficar em casa mesmo.

— Tudo bem você não querer sair com a gente, – Fabrício continuou – mas hoje é sábado à noite! Não tem ninguém com quem você queira dar uma volta, assistir um filminho, tomar uma cervejinha? Nenhuma gata? Ou, sei lá, um cara?! Eu não tenho preconceitos, cara... Sou ator, no final das contas.

Joana tentou reprimir inevitáveis risadas, e eu não sabia como continuar aquela conversa. Fazia anos que não ouvia comentários como aquele, típicos de tia chata e intrometida na ceia de Natal.

— Não... não tem ninguém – respondi sem jeito. Em seguida, avancei em direção a geladeira e afundei meu rosto em suas prateleiras. Tentava esconder minha falta de paciência crescente com aquele encontro inesperado na cozinha.

— Por que você não liga pra Leda? – Fabrício soltou a pergunta no ar com naturalidade forçada.

Um arrepio frio e cortante subiu pela minha espinha ao ouvir o nome de Leda depois de tanto tempo. E pior foi ouvir aquele nome saindo da boca de Fabrício! Algo que era tão descontextualizado e estranho que até me fez levar alguns segundo para assimilar o que me estava sendo perguntado. Retirei meu rosto da geladeira em câmera lenta e me virei para os outros dois.

— Ligar pra quem? – eu perguntei.

— Pra Leda! – ele disse. A naturalidade em sua voz atingira um nível tão falso e proposital que soava como deboche.

Eu olhava de Fabrício para Joana, a qual abaixou sua cabeça envergonhada. Parecia querer camuflar com sombras a vermelhidão em seu rosto.

— Como você sabe da Leda? – voltei a lançar um afiado olhar a Fabrício. Sentia minha pálpebra esquerda tremer por conta da tensão em mim reprimida e, aos poucos, extravasada.

— Eu que devo ter contado pra ele... – Joana se apressou para responder primeiro.

— Vocês estavam falando de mim?! – meu coração martelava em meu peito.

— Não... O assunto deve ter surgido um dia... – a voz de Joana tremia.

— Ih... Falei merda? – Fabrício contorceu o rosto, fingindo arrependimento pela gafe. – Não sabia que era segredo...

— Não é segredo nenhum – Joana se vestiu de uma segurança improvisada para suprimir o embaraço anterior. – Tudo bem de eu ter comentado sobre ela, né Lu?

Obviamente não estava tudo bem! O que mais Fabrício sabia da minha vida? O que mais Joana havia compartilhado com ele sem meu conhecimento ou autorização? Joana era uma das pessoas em quem eu mais confiava. Na verdade, Joana era A pessoa em quem eu confiava. Até então, os segredos que eu escolhia dividir com alguém, era com ela que eu dividia. Das vergonhas da infância aos podres da vida adulta. Os arrependimentos, esquecimentos, saudades, maldades, choros, risos, porres, brigas, amores, transas. Tudo. Ela sabia de tudo. E era uma questão de tempo até Fabrício também me conhecer tão intimamente quanto ela. Bastava uma conversa regada a álcool em um de seus muitos encontros de sábado à noite para Joana despejar todos os meus segredos a ele, dar de bandeja a Fabrício as munições mais poderosas para ele me metralhar em nossas sutis, porém efetivas, batalhas.

— Tudo bem... – as palavras escaparam da minha boca sem meu aval. Minha vontade era de gritar, de dar um fim naquela relação, de deixar bem claro que não queria ser protagonista das conversinhas entre os dois, mas mais uma vez, eu falhei... Falhei em me expressar, em transparecer os sentimentos mais óbvios, aqueles que mancham meus olhares, expressões e sorrisos vazios mas não conseguiam, por eles, transbordar. Eu me reprimia, eu me anulava. Era cada vez mais fácil sofrer em silêncio.

— Vamos, Fá? – Joana saiu da cozinha sem mais me olhar nos olhos, claramente com a consciência pesada por ter aberto a boca quando não devia e ainda para a pessoa errada.

Os dois me deixaram sozinho na cozinha. Eu ainda me remoía por dentro. Já havia até perdido o apetite, mas continuava fingindo que buscava algo comestível pelas prateleiras da geladeira. Na realidade, eu matava o tempo enquanto esperava o barulho da porta da sala se fechar e a confirmação de que, finalmente, estava só em minha casa. Não foi esse tão almejado som, no entanto, que chegou aos meus ouvidos. No lugar dele, veio o rosnado de Norman, um rosnado daqueles raivosos, arranhados, ameaçadores, daqueles que o cachorro costumava dedicar a apenas uma pessoa.

Eu segui o rosnado e encontrei Norman em posição de ataque em cima do sofá da sala. Ele encarava Fabrício, que permanecia parado em frente à porta do apartamento. Joana estava ao seu lado e estranhava aquela reação do cachorro. Ela nunca tinha presenciado os usuais surtos caninos direcionados a Fabrício, ela nunca sequer tinha visto Norman rosnar! Com ela, afinal, o cão sempre foi dócil, animado e extremamente bobalhão.

— Norminho... O que você quer? – Joana perguntou carinhosamente, com aquela voz fina e abobalhada que humanos tendem a falar com cachorros e com bebês.

O cachorro não se afetou pela voz de Joana e nem sequer desviou o olhar irado de Fabrício. O rosnado continuava forte. Norman estava se expressando por mim. Meus mais acobertados ressentimentos estavam refletidos em seus rosnados, latidos e ferocidade.

— Eu te falei que ele tá estranho... – Fabrício forjou um cochicho a Joana.

— Tá tudo bem com ele, Lucas? – Joana me lançou seu olhar inquisitório.

— Tá tudo ótimo. Tudo como sempre foi...

— Você tem passeado com ele?

Fabrício responde por mim e balança sua cabeça negativamente.

— Estou meio sem tempo... – falei tenso. Rangia os meus próprios dentes.

— Faz quanto tempo que você não sai com ele? – o tom de Joana ficava a cada sílaba mais incisivo. Ela estava decidida em esmiuçar minha relação com Norman e achar as falhas. Queria ter algo a mais para sanar, para apontar como abusivo e egoísta em meu comportamento.

— Não sei, Joana – tentei fugir daquele interrogatório e recuei o corpo de volta ao meu quarto, meu refúgio.

— Deve fazer alguns meses – Fabrício voltou a falar em um cochicho nada discreto.

— Meses?! – Joana exclamou. – Lucas, isso não tá certo! Tá na cara que é por isso que ele está tão agressivo. Aproveita que vai ficar em casa e dá uma voltinha com ele.

— Eu nunca vi ele saindo da vila – Fabrício continuou, sem disfarçar seu tom de caguete. Eu respirei fundo e falei:

— Primeiro, não faz *meses* que eu não saio com ele... Segundo, Norman gosta de passear na vila, ele se cansa em sair pelas ruas e terceiro, já falei que não quero sair de casa... E Norman também não quer.

— Não é o que ele está dizendo para nós, cara – Fabrício arqueou as sobrancelhas e falou como se sua última intenção fosse se intrometer mais ainda naquela relação.

— Beleza, Lucas... – Joana suspirou sem paciência. – Se você não quiser passear com ele, deixa que a gente passeia. A gente tem tempo, né Fá? Podemos dar uma voltinha no quarteirão...

— Não! – quase gritei. Sentia minhas mãos tremerem. – Não precisa...

— Claro que podemos! – Fabrício sorriu. – Inclusive, tenho até um presente que ia dar para o Norman esses dias... Podemos estrear hoje.

Fabrício se encaminhou ao seu quarto, atravessando a sala de forma cuidadosa. Durante todo o percurso, era encarado por Norman. Nos segundos de sua ausência, a sala foi tomada por um silêncio amargo. Joana, quieta, me mirava duramente. Ela não precisava abrir a boca para mostrar sua insatisfação perante a pessoa em quem me tornei, a pessoa que escolhi ser. Seu olhar já passava todo o recado.

— Vamos passear, Norman? – Fabrício voltou à sala segurando uma coleira de couro vermelha com um pingente prata em formato de osso.

Quase que de imediato, Norman começou a latir. Todos nós fomos tomados por um grande susto, mas foi Fabrício quem claramente mais se acuou. Os latidos eram ensurdecedores, ritmados e ininterruptos. E, por mais que eu não quisesse aceitar, eram diferentes dos latidos raivosos de nossas manhãs, era um latido ansioso, excitado. Seu rabo também acompanhava aquela animação e iam de um lado para o outro em velocidade tão alta que ficava quase invisível.

— Viu? – Joana aumentou o volume de sua voz, competindo com os latidos do cachorro. – Ele tá louco pra dar uma volta.

— Não se preocupem – eu avancei meu corpo e me coloquei entre Fabrício e Norman. – Daqui a pouco eu saio com ele. Não quero atrapalhar a noite de vocês.

— Não está atrapalhando nada – Fabrício falou sorridente. Ao mesmo tempo, tentava se esquivar do meu corpo e se aproximar do animado cachorro em cima do sofá.

Fazia tempo que não via Norman tão eufórico. Seus movimentos, no entanto, eram dúbios. Por mais que parecesse tentado a aceitar a proposta de seu inimigo, ele também me lançava olhares duvidosos, como que sem saber se, ao aceitar o passeio, trairia a minha lealdade.

— Não sei se é uma boa ideia... – eu falei, ainda tentando acabar com aqueles planos. Quanto mais eu impedia o alcance de Fabrício a Norman, mais o cachorro ficava confuso.

— Deixa de ser bobo, Lucas – Joana falou. – A gente dá só uma voltinha aqui no quarteirão, né Norminho?

O cachorro não latia mais, apenas virava sua cabecinha em êxtase e confusão a cada um dos humanos presentes na sala. Primeiro ele se virava a Joana, a qual batia em suas próprias coxas tentando fazer com que o som o animasse ainda mais. Depois a Fabrício, o qual estendia e balançava no ar a coleira de couro vermelha. E em seguida para mim, que continuava tentando passar o desgosto por aquele momento com o olhar caído e aflito. Novamente a Joana, depois a Fabrício e por último a mim. A Joana, a Fabrício e a mim. A Joana, a Fabrício e a mim.

Não tinha mais como evitar a aproximação de Fabrício a Norman. Se continuasse me colocando entre os dois, daria início a um tão almejado, mas evitado, confronto corporal com o meu companheiro de apartamento. Hesitante, eu liberei o caminho. Norman, com o olhar triste, acompanhou meu movimento desistente. Sua animação cessou repentinamente, o rabo parou de balançar. Fabrício estava a meros centímetros do corpinho do animal.

E aí ouvimos um grito. Alto e dolorido. Demorei para me situar e entender o que acontecia.

Joana foi mais rápida que eu e se juntou de imediato à sinfonia desesperada que nos envolvia.

— Norman! Não! Não! – ela exclamava abismada.

Eu olhei para meu cachorro e descobri o motivo do recente pandemônio. Norman finalmente agiu e afundou seus afiados caninos no antebraço de Fabrício. Seu olhar era explosivo, irado, vingativo e em busca de aprovação. Fabrício, por sua vez, gritava e balançava todo o seu corpo, ao tentar afugentar seu predador. A manga de sua camisa branca mostrava os primeiros sinais de sangue, uma mancha vermelha que crescia, se expandia como a metástase de um câncer. E, na mesma velocidade que o sangue se espalhava pelo braço de Fabrício, uma estranha satisfação percorria o meu corpo.

— LUCAS! – eu ouvi a voz de Joana ao longe.

Eu estava hipnotizado, fascinado. A dor de meu inimigo me dava prazer.

— LUCAS! FAZ ALGUMA COISA! – Joana gritou novamente.

Eu acordei do meu transe sádico. A urgência da ocasião finalmente me atingiu. Avancei rapidamente em direção a Norman. Assim que encostei em seu corpo magricela, ele relaxou o maxilar e desencravou os dentes ensanguentados de Fabrício. Em seguida, pulou assustado em meu colo. Seus movimentos e porte tinham uma mistura de satisfação, confusão e arrependimento. Fabrício estava pálido. A expressão de dor foi substituída por um sorriso embaraçado e apavorado. Ele estava, finalmente, sem palavras, sem ações. Ficou sentado no sofá, ofegante, com a mão em cima da ferida profunda, tentando estancar o sangue que não desistia em transbordar pelo braço.

— Deixa eu ver isso! – Joana, também ofegante e aflita, falseava doçura em sua voz para tentar não aumentar o desespero da vítima da noite. Ela retirou a mão do Fabrício de cima da ferida e contorceu o rosto ao ver o resultado da mordida de Norman. – Tá feio, Fá... Vamos ter que ir para o pronto-socorro.

— Tá tão ruim assim? – perguntei acariciando o corpo de meu cachorro, meu defensor.

Nenhum dos dois me respondeu. Joana apenas colocou seu braço sobre o ombro de um silencioso Fabrício, oferecendo um suporte físico desnecessário, e o guiou para fora do apartamento.

A porta bateu. Ficamos sozinhos novamente. Norman, eu e uma coleira vermelha jogada ao chão respingada por aquele sangue quente e ainda úmido. Aqueles foram os primeiros sinais visíveis da guerra que eu me forçava a continuar travando. Os sinais da minha primeira e única vitória.

Não passeei com Norman aquela noite. Voltamos para meu quarto escuro, deitamos na cama despreocupados e continuamos a assistir séries na tela do computador. Tentava não me lembrar do ocorrido há pouco na sala. Tentava não pensar no estrago feito por meu cachorro no braço e na camisa impecavelmente passada de Fabrício. Tentava não pensar no pavor que manchava o rosto de Joana ao ver a cena e perceber meu gozo com aquela tragédia.

Caí no sono sem ouvir o retorno de Fabrício. Na manhã do domingo seguinte, nenhum dos atormentadores sons de sua rotina de exercícios matinais foram ouvidos. Acordei com o tocar repetitivo e estridente do despertador de meu celular, bem mais agradável que os gritos de Fabrício levantando peso, por sinal.

Ao sair do meu escuro refúgio e caminhar pelo restante do apartamento, percebi que o local parecia intocado, estático e sem vida. A porta do quarto de Fabrício permanecia fechada. Não sabia nem se ele tinha voltado para casa depois de sua visita ao pronto-socorro. Quem sabe ele não foi direto para a casa de Joana? Quem sabe o ataque de Norman foi a ignição que faltava para aquela relação finalmente começar?

Na sala, a coleira de couro vermelha continuava jogada no chão. O sangue ainda estava ali, agora duro, coagulado, permanente. Na cozinha, uma taça de vinho ainda manchada com o batom que Joana usava na noite anterior.

Eu tomei uma xícara de café solúvel em poucos e rápidos goles, amortecendo meu céu da boca, garganta e esôfago. Precisava daquele susto e daquela dor para acordar em definitivo. Segui para o banheiro e escovei os dentes, mais por convenção social do que por vontade própria. De volta à sala, peguei minha carteira e minha chave jogadas na mesa de centro e, antes de ir embora, fiz um carinho rápido na cabeça de Norman. Se soubesse que aquele carinho seria o último, teria me dedicado um pouco mais.

Só consegui pisar em meu apartamento por volta das oito horas da noite. O dia tinha sido longo, o material recebido, trabalhoso, e só pelo fato de ser um domingo, meu desempenho estava longe do normal ou sequer do aceitável. Havia tomado tantas xícaras de café durante o dia em busca de concentração, de modo que não conseguia nem pensar na possibilidade de dormir durante a noite. Eu estava fisicamente cansado, mas a minha mente não acompanhava. Eu era um verdadeiro zumbi em um limbo ansiando pelo sono eterno mas desgraçadamente preso no mundano, no consciente.

A sua ausência não foi a primeira coisa que notei. De início, eu nem havia sentido falta da recepção sempre calorosa de Norman. Talvez ele ainda aproveitava o domingo como se devia, deitado em minha cama, debaixo dos cobertores quentes. No entanto, tive a estranha impressão de que o apartamento não era o mesmo que havia deixado naquela manhã. Havia uma ordem incongruente, uma sensação de limpeza forçada, daquelas que, nos filmes, se faz para apagar a cena de um crime.

Passei os olhos atentos pelo aposento. A coleira de couro vermelha não estava mais jogada no chão. Não estava em lugar nenhum, na verdade. As gotas de sangue coagulado no chão de taco eram também história. Pela sala, nenhum vestígio do acontecimento da noite anterior. Me encaminhei, então, para a cozinha. A taça usada por Joana estava lavada e secando no escorredor.

— Norman? – resolvi chamá-lo pela primeira vez. Não ouvi nenhuma resposta. Nem de Fabrício, nem do cachorro.

Do corredor, notei que a porta do quarto de Fabrício estava entreaberta. Pela fresta, enxerguei a usual arrumação de seus aposentos. A cama permanecia arrumada, a mesa organizada, os pesos de musculação empilhados e enfileirados, nenhuma roupa no chão, nenhuma louça suja. O meu quarto, o completo oposto.

Foi aí que um inexplicável frio na barriga me abateu. Onde estava Norman?

— Norman?! – chamei um pouco mais alto. Nenhum retorno. – NORMAN?!

Revirei o meu quarto, joguei lençóis e cobertor para o ar, olhei debaixo da cama, dentro do guarda-roupa, entre frestas e sombras. Nada. Fui ao banheiro, chequei todos os cantos, cantos que nem sabia que existiam. Nada. Passei pela sala e cozinha, toquei em tudo, desloquei tudo, olhei por tudo. Nada. Entrei no quarto de Fabrício, com delicadeza e certo cuidado fiz sua organização aparente desmoronar. Nada.

Onde estava Norman?

Saí do apartamento. Corri pelas escadas, do último ao primeiro andar. Nada. Saí pela vila, procurei nos jardins, nos vãos, nos locais inacessíveis. Nada. Toquei em todas as campainhas, perguntei se alguém tinha sinais de meu cachorro. Nada. Nem dona Arminda sabia ou queria me falar do paradeiro de Norman.

Onde estava Norman?

Eu voltei para o apartamento. Caminhava de um lado para o outro. Sem saber o que fazer. Sem saber quem poderia me ajudar. O desespero latente, prestes a escapar em uma explosão incontrolável.

Fabrício! Só podia ser Fabrício! Ele devia ter se aproveitado da minha ausência, me contrariado e levado Norman para passear! Será? Mesmo depois do incidente de ontem? Estaria ele ainda preocupado com o bem-estar do seu próprio agressor?

Eu peguei meu celular e disquei nervoso para o seu número. Tocou uma vez. Tocou duas vezes. Tocou três vezes. Caixa postal. Tentei novamente. Tocou uma vez. Tocou duas vezes. Tocou três vezes. Caixa postal. Tentei mais uma vez. Mas nem tocava mais. Caixa postal direto.

Será que ligo para Joana? Eu pensei. Ela provavelmente foi cúmplice de Fabrício no sequestro. Somente com sua presença, afinal, Norman se sentiria confortável para sair de casa. Fabrício nunca conseguiria fazer isso sozinho.

— Oi... – a voz doce de Joana se tornara afiada, sem paciência.

— Jo? É o Lucas!

— Eu sei.

— Você... você... O Fabrício está com você? – perguntei sem jeito. Não queria ampliar mais o estranhamento entre nós. Nossa relação já estava mais do que manchada e, por conta disso, resolvi não extravasar minhas acusações logo de cara.

— Não – ela respondeu monossilábica e ácida.

— Você falou com ele hoje?

— Não...

— Você... Você vai se encontrar com ele?

— Não...

Eu conhecia aquele jogo. Joana estava prestes a explodir, pronta para a discussão, para o embate. Apenas esperava a minha deixa, uma inocente pergunta: "Tá tudo bem?", "Por que tanta frieza?", e aí desandaria a falar, a apontar meus defeitos, minha insensibilidade, meus gostos e desgostos, minhas reações ou a falta delas. Eu não estava disposto. E sabia que independente do caminho que aquela conversa tomasse, acabaríamos chegando nisso.

Um breve silêncio bastou para que sua revolta, tanto suprimida, viesse à tona:

— Você não vai nem perguntar como foi ontem no hospital? Se está tudo bem?

— Eu tô pouco me fodendo como foi no hospital. O que vocês fizeram com o Norman?

— O quê? – Joana respondeu, completamente sem pistas do que eu falava.

— Foi ele então! Foi o Fabrício! Ele fez alguma coisa com meu cachorro!

— Lucas, do que você tá falando?

Desliguei o celular. Não tinha paciência para lidar com a ignorância de Joana. Só queria saber onde estava meu cachorro, meu Norman.

Resolvi esperar. Se os dois tivessem realmente saído para um passeio, logo estariam de volta. E eu estaria lá, a postos, sem medo de demonstrar toda a minha insatisfação, impaciência e revolta. Sem medo de explodir. Afinal, eu estava coberto de razão! Pela primeira vez eu tinha um bom motivo, um motivo incontestável para acabar com aquela guerra fria e partir para o ataque.

Mas eles não voltaram. Passou-se uma, duas, três, seis horas e nada de Fabrício entrar pela porta com um satisfeito ou irritadiço Norman nas mãos. Durante todo esse tempo, tentei inúmeras vezes ligar para ele, mas todas as tentativas foram falhas. A luz do amanhecer já pintava o apartamento de um laranja vivo. A claridade me incomodava como se eu fosse um vampiro prestes a virar pó. Não havia pregado o olho durante a noite inteira e em poucas horas já devia estar de volta na produtora.

Acho que eram sete da manhã quando ouvi um suave barulho de chaves. Me levantei rápido demais. Por ter ficado tanto tempo na mesma posição, senti meus ossos se estalarem e meus músculos se alongarem com o movimento brusco, tudo acompanhado por muita dor. Eu encarei a porta. Ansiava por aquela chegada há horas. Meu coração batia forte. Não sabia o que fazia primeiro: se abraçava meu cachorro ou se espancava Fabrício.

Ele entrou pela porta. Parecia estar cansado, abatido. Vestia sua usual camiseta branca e calça jeans. No braço esquerdo, um grande curativo. De início, não notou a minha presença e fechou a porta despreocupado.

— E o Norman? – minha voz saiu rouca, preguiçosa, precisava de aquecimento, igual aos meus músculos.

Fabrício arregalou os olhos em uma surpresa lenta e matutina. Em seguida, levantou o braço para mim e falou:

— Sete pontos, acredita?

— Onde está o Norman?

— Não sei... - ele disse. Seu sorriso leve nos lábios. – O médico falou que podia ser bem pior. Por sorte não pegou nenhum nervo ou artéria.

— O que você fez com o Norman?! – perguntei mais uma vez. Sentia violência, sentia um espírito maligno e vingativo se apossando de mim, mas ainda não conseguia agir. A inércia da madrugada ainda me abatia.

— Não fiz nada com o Norman, Lucas...

Eu estava desconcertado, cansado, impotente. Precisava ultrapassar aquela barreira, precisava agir, precisava arrancar a verdade daquele filho da puta, mas não conseguia.

— Ele não está aqui – eu balbuciei.

— Sério? – Fabrício suspirou ao encostar no batente da porta de seu quarto. – Bom, ele deve ter cansado de ficar preso no apartamento. Mas não se preocupa não... O Norman é um cachorro forte, selvagem. Meu braço é uma prova disso. Ele vai se dar bem pelo mundo aí fora. Daqui a pouco ele volta. Se não, a gente espalha uns panfletos pelo bairro.

Queria espernear, queria pular em seu pescoço. Mas não tinha forças. Será que Fabrício sabia que não era tão simples assim? Que eu não podia simplesmente espalhar fotos de Norman pelas ruas? Afinal, anos atrás, fui eu que cacei e destruí os cartazes com a foto do Tobias espalhados pelas redondezas.

— Agora preciso de um descanso – ele finalmente falou abrindo a boca em um bocejo quase cinematográfico. – Foram longos esses últimos dias.

Fabrício fechou a porta de seu quarto, já eu, novamente, fui deixado sozinho na sala. Dessa vez, realmente sozinho.

Aquela foi a sua tacada, a sua ofensiva. Fabrício mostrava que não estava pronto para dar trégua em nossa guerra. Não havia dúvidas de que ele tinha culpa, de que ele era o único responsável pelo sumiço de Norman, mas eu não conseguia imaginar o que ele de fato havia feito com o meu cachorro. Teria ele encontrado seus antigos donos? Feito Norman voltar a sua vida de Tobias? Teria ele, simplesmente, largado meu pequeno em uma avenida qualquer, com esperanças de que algum carro em alta velocidade o transformasse em estatística, em mais um cachorro de rua atropelado? Teria ele mesmo arrancado a vida de Norman, revidando de forma sádica a mordida em seu antebraço? Eu não sabia. Talvez eu nunca soubesse. Talvez eu nem desejasse descobrir.

Dentro de mim, sentia um doloroso vazio causado pela falta de meu cachorro. Mas havia algo a mais. Uma espécie de energia, um poder negro, maligno e doentio que crescia dentro de mim. Eu podia sentir que aquela dor, aquela angústia e aquela dúvida se transformavam em mais munições para o meu arsenal. Minha vingança ainda viria, e o meu ataque seria definitivo.

capítulo 12.

caraí.

Já faz horas que nenhum carro passa por nós. A escuridão lá de fora mostra, orgulhosa, suas imensas proporções e nos engole. Os faróis da van não iluminam nada a não ser as faixas brancas no asfalto dividindo as pistas da rodovia. Estamos solitários — Ribas, eu e o cadáver de Fabrício —, perdidos em um breu vasto e aparentemente infinito.

Não sei se é algo apenas da minha cabeça, mas tem um cheiro desagradável vindo do porta-malas da van. É a putrefação do corpo morto, só pode ser. Ela finalmente se iniciou e seu cheiro já está conseguindo ultrapassar as inúmeras camadas de carpete que o enclausura. A fumaça do cigarro de Ribas às vezes camufla o mau cheiro. Talvez ele também sentia o fedor e, por conta disso, aumentava a velocidade, a intensidade e a frequência de seus tragos a cada quilômetro percorrido.

Começo a ficar enjoado, talvez pela mistura de odores e a movimentação do carro. Abro a janela, mas as rajadas frias do lado de fora me incomodam. E incomodam Ribas que apenas me lança um olhar cortante e me obriga telepaticamente a repensar de imediato tal atitude.

Ao longe, uma placa verde é iluminada pelos faróis de nosso carro. Nela, uma lista de cinco ou seis cidades próximas, algumas cidades que ainda ultrapassaremos e outras que nem chegaremos a alcançar. Nosso destino também está ali, no meio de todos aqueles nomes típicos de municípios interioranos, "Caraí - 80 km".

Já fazia algumas horas que Ribas estava quieto, tomado por uma deslocada introspecção. De início, achei que estava sendo abatido pelo cansaço devido à alta concentração atrás do volante, mas havia algo a mais, e percebi assim que passamos por aquela placa. Quanto mais nos aproximávamos de sua cidade natal, mais apreensivo ele ficava. Ele estava prestes a mergulhar nos grandes traumas de sua vida, e tudo por minha culpa.

— Você quer fazer uma pausa, Ribas? – pergunto. – Posso dirigir esses quilômetros finais, acho que agora ninguém para a gente.

— Não precisa – ele responde, após acender o mais novo cigarro nas brasas da bituca antiga. – Não quero parar. Quero chegar logo e acabar com isso o mais rápido possível.

Eu balanço a cabeça e volto a olhar para a escuridão do lado de fora. Isso fazia meu enjoo melhorar um pouco. No rádio, os sons de Talking Heads, Queen, Rolling Stones e Ramones foram substituídos por uma estática constante com breves interrupções de uma programação evangélica ou músicas sertanejas. O volume também não era o mesmo que no começo da viagem. Agora é tão baixo que é quase imperceptível. Nem eu, nem Ribas temos a iniciativa de desligá-lo, no entanto. O som, por mais irritante que fosse, passava a impressão de sermos acompanhados por algo novo, algo vivo, algo que não fosse apenas um inerte defunto.

— Faz quinze anos que fui embora – Ribas suspira sem tirar os olhos da estrada. – E faz quinze anos que não volto...

Eu viro minha cabeça lentamente para o lado do motorista. Logo percebo que mais um de seus relatos está prestes a se iniciar.

— Eu piquei a mula assim que meu pai morreu – ele continua.

— Vocês eram próximos?

Ribas ri por um segundo e, de imediato, volta à seriedade espantosa que o dominava.

— Nem um pouco – ele fala. – Eu nunca entendi meu pai e acho que ele nunca me entendeu também. Se faço uma regressão e penso em minha primeira memória com ele, lembro que já o odiava e era odiado por ele. Meu pai era turrão, distante, infeliz. E, sempre que sentia a necessidade de revidar essa infelicidade, era na gente que ele fazia. Em mim e em minha mãe.

— Ele... batia em vocês?

— Ô se batia! Mas em minha mãe muito mais do que em mim... Comigo ele usava a negligência e a cegueira como formas de me afetar. Agia como se eu fosse um nada, um insignificante, um acidente qualquer e sem importância no percurso de uma vida já desgraçada desde o início. Aí ele morreu de infarto, daqueles fulminantes, em pleno café da manhã de domingo. E sabe o que eu fiz?

— O quê?

— Eu ri! Eu tive um ataque de riso incontrolável enquanto o via caído no chão agarrando o peito em dor. Ri enquanto minha mãe, desesperada, tentava revivê-lo, tentava puxá-lo do reino dos mortos... Do inferno, devia ser – Ribas dá mais um longo trago de seu cigarro, quase chegando no filtro. Em seguida, fala soltando uma fumaça disforme no ar da van. – Como que alguém consegue rir da morte do próprio pai?

— Pelo jeito você tinha motivos.

— Foi a primeira vez que percebi que tinha perdido uma parte da minha humanidade. Mas não me senti mal não... A culpa era dele, afinal. Dezessete anos vivendo sob o mesmo teto que a maldade encarnada, em algo ele deve ter me influenciado, não é mesmo?

— E você nunca pensou em fugir antes? Ou... sei lá... em se vingar, acabar com ele de vez?

— Você é um psicopata mesmo, hein Luquinhas! – ele dá uma breve risada novamente. – Eu nunca conseguiria matar meu próprio pai... Agora, em fugir eu pensei muitas vezes.

— E o que te impedia?

— Eu costumava acreditar que permanecia em Caraí por conta da minha mãe. Achava que não conseguiria abandoná-la, deixar essa vulnerável mulher, sozinha e indefesa, na companhia de um descontrolado e frustrado como meu pai. Mas, na verdade, acho que eu enxergava aquilo como uma prova de resistência. Em algum momento coloquei na minha cabeça que deveria ter um motivo para eu sofrer tanto. Eu *tinha* que sofrer – ele olha para mim com um sorriso torto. – Uma grande babaquice. Deveria ter vazado enquanto restava um pouco de sanidade dentro de mim. Mas foi o que foi e é o que é.

Eu observo Ribas. Tenho certeza que ele está enganado sobre sua humanidade e sanidade. Ainda resta muito delas dentro daquela carcaça, mas ele escolhia não mostrá-las, ele escolhia se esconder atrás do clichê do diretor genial, insensível, misógino e excêntrico. Aqui, eu consigo enxergar quem ele é, e talvez ele também consiga. Talvez fosse exatamente isso que o incomodava. O reencontro com sua cidade natal será o reencontro com ele mesmo, com ele de verdade.

A exposição das fraquezas e dos segredos de Ribas aguçam a minha curiosidade. Por mais que, durante os últimos nove meses, tivesse ouvido as mais variadas histórias sobre Caraí e seus moradores, Ribas nunca tinha entrado no íntimo, no pessoal. Seus usuais relatos tinham sempre um quê de fantasia, de narração fictícia. Agora era dele que ele falava, da vida real, sem filtros, sem belas e pensadas palavras, sem dramas e suspense.

— E sua mãe? – eu pergunto. – Como é a relação de vocês?

— Boa... Não sei... Meio inexistente hoje em dia. Logo que eu me mudei, ela veio me visitar algumas vezes. Mas a vida na cidade grande a atormenta demais. E ela guarda rancor... Por eu ter abandonado ela. Eu nem fiquei para o velório do meu pai, no final das contas.

— Ela deve ter ficado bastante aliviada depois da morte de seu pai, não?

— Aliviada? A mulher era perdidamente apaixonada por aquele bosta. Ela se conformava com aquela realidade, aceitava a violência com a mesma normalidade que se aceita um dia de chuva. É ruim, é frio, é úmido, mas é natureza, é maior que todos nós. Quando o pai morreu, o mundo dela se despedaçou e eu deixei ela sozinha para catar os pedaços... Sabe, a minha mãe representa muito do estilo de vida de Caraí. Representa essa resignação vazia. Ela sempre foi assim, e ainda é. Então, ela fica lá e eu fico aqui.

A noção de que o aqui seria lá, em alguns instantes, volta a abater Ribas, que fica em silêncio novamente. Agora ele só abre a boca para soltar a fumaça de seus cigarros. Eu volto à minha observação da estrada em tons negros lá fora. Em poucos minutos, estaríamos em Caraí.

Em algum momento do restante da viagem, eu caí no sono. Algo na assustadora e ampla escuridão lá de fora a deixava acolhedora e hipnótica, e conseguiu, por fim, me levar ao inconsciente. Não devo ter dormido muito, apenas trinta minutos, mas o suficiente para me sentir descansado e pronto para o que viríamos a fazer logo mais.

Acordei bem em tempo de passarmos pela entrada da cidade, uma placa antiga e enferrujada, quase imperceptível na encosta da rodovia. Com algum esforço, consigo ler os dizeres "Bem-vindo a Caraí – A Capital do S...", depois disso, rabiscos e letras descascadas tornavam o texto completamente ilegível.

— A capital do quê? – pergunto a Ribas.

— A capital do sabonete – ele responde sem nem precisar olhar pela placa que, aos poucos, ficava para trás. – Você não lembra da história que eu te contei? É por causa da antiga fábrica de sabonetes dos Andrada. Mesmo anos depois do local ter sido obrigado a fechar as portas, os caraienses continuam se orgulhando desse título vazio e ultrapassado.

Poucos metros depois da placa, fazemos uma brusca curva à direita, e a rodovia em que estávamos se torna, de repente, uma pista única e esburacada. Por mais que fizesse anos que Ribas não voltava para a sua cidade, ele parecia ainda conhecê-la bem, e, portanto, freou o carro bem a tempo, antes que capotássemos naquela via acidentada.

O carro chacoalha em baixa velocidade. Nas beiradas da pista, uma densa floresta nos envolve. Postes singelos e decrépitos iluminam o nosso caminho com uma luz alaranjada, fraca e trepidante que pouco nos ajuda. De vez ou outra, vemos medonhos pontos brilhantes na floresta. Parece que nossa chegada está sendo meticulosamente observada por seres da escuridão. Não demora para descobrirmos que são apenas olhos, iluminados pelo nosso farol, de gatos selvagens assustados.

Ribas para o carro.

— Chegamos? – pergunto, aflito.

— Ainda não – ele suspira e passa os olhos da estrada a sua frente para a mata aos lados. – Talvez dê para chegar na ponte entrando por essa floresta, mas eu sou cavalo de carroça, conheço um só caminho e é pela cidade. Eu tenho uma função aqui, Luquinhas, sou o motorista. Você vai ficar responsável pela segurança... – ele alcança seu revólver enferrujado na cintura e estende em minha direção. – Sabe como usa isso?

— Claro que não! – falo assustado com a visão. Nunca gostei de armas de fogo.

— Caralho, Luquinhas. O que você sabe fazer? Não pode dirigir, não sabe atirar... Só sabe editar vídeo?

Eu não respondo. Tem algo de verdadeiro em suas palavras.

— É simples. Faz que nem nos filmes. Mira, engatilha e atira. Mas cuidado ao atirar que o negócio é velho pra caralho. Quer testar? – Ribas abre a janela do meu lado e aponta a arma lá para fora.

— Não precisa, não! – eu me apresso. Tento arrancar a arma de sua mão.

— Tem certeza? É bom você saber bem como faz isso e tem que estar preparado! Temos que ser certeiros, econômicos... Não temos muitas balas e qualquer...

POW! Um disparo ensurdecedor. Por sorte, em direção à mata escura do lado de fora que instantaneamente começa a se balançar. Talvez algum azarado animal fora atingido, ou eram apenas pássaros sonolentos fugindo com o susto originado pelo estouro. Eu permaneço em completo choque e momentaneamente surdo. A arma estava a um palmo da minha cara quando foi acidentalmente disparada por Ribas. Os suaves barulhos da mata, da noite e do motor do carro somem por completo e são substituídas por um zumbido alto, agudo. O tiro reverbera em minha cabeça. Ribas permanece estático, atônito, ainda mirando seu velho revólver para fora de minha janela. Sua boca entreaberta, aos poucos, se deforma em um riso, seguido por uma risada maníaca. De início, não consigo escutar sua típica gargalhada rouca e desvairada, mas logo volto a ser abençoado pelo sentido da audição e consigo novamente reagir aos acontecimentos do meu lado.

— Pelo menos sabemos que ela funciona! – Ribas consegue dificilmente falar no meio de seu ataque de riso.

— Você fez isso de propósito!? – eu exclamo, não sei se por raiva ou por ainda estar parcialmente surdo. – Eu podia ter morrido!

— Ih! Relaxa, Luquinhas... Minha mira e destreza são impecáveis. Esse revólver que é sentimental, tem que tratar ele com carinho. E, como disse, maneirar nos tiros porque temos pouquíssimas balas!

— E o que eu devo fazer com isso?

— A vida noturna de Caraí é inexistente. As ruas vão estar, provavelmente, vazias. Mas segurança nunca é demais, não é mesmo? Se alguém aparecer no nosso caminho e colocar nosso plano ou a nossa inocência em risco, você entra em cena.

— Não sei não, Ribas...

— Você provavelmente não vai precisar fazer nada! Só fica atento!

Eu pego com cuidado a arma da mão de Ribas. Tento imitá-lo e a mantenho enfiada na cintura da minha calça jeans. Por cada buraco pelo qual a van passa, imagino de imediato que teria minha perna explodida por mais um disparo acidental do revólver. Por sorte, nada aconteceu.

Balançamos dentro do carro por mais alguns minutos. Aos poucos, a mata densa e medonha a nossa volta fica mais rala e esparsa. As luzes dos postes parecem mais potentes e constantes, e a estrada menos acidentada. Olhando bem a frente, consigo enxergar algumas vias cimentadas, uma grande rotatória e semáforos que piscam do vermelho ao verde inutilmente, visto que nenhum carro passava pelas redondezas. Parece que estamos prestes a passar por um portal entre o selvagem e o urbano, entre minhas expectativas e a realidade. Se aquilo a frente é mesmo Caraí, minha imaginação, esse tempo todo, esteve vagando a quilômetros e quilômetros de distância do que de fato é a cidade.

Finalmente atingimos um dos semáforos quase cenográficos. A luz vermelha está acesa e Ribas a obedece. É o tempo necessário para eu olhar pelas redondezas e tentar entender a cidade onde estamos entrando. De fato, ela é mais moderna do que eu imaginava. Eu, afinal, só possuía os relatos de Ribas como fonte para minha imaginação, e suas memórias, além de contaminadas por seus traumas do passado, eram apenas memórias, imagens de quinze anos atrás. Ele, inclusive, parece bastante confuso com a cidade que encontra.

O semáforo fica verde. Ribas diminui a intensidade das luzes de nosso farol e acelera suavemente, tentando fazer com que o som de nosso motor não interrompesse a noite de sono dos caraienses em suas casas. Eu continuo observando atento a cidade que passa pela janela da van. Aos poucos, começo a notar que a aparente modernidade de Caraí tinha um quê de artificial, de mentiroso. É como se a cidade quisesse desesperadamente se adaptar aos novos tempos, mas a sua própria essência a traía. A mistura do antiquado, do rural e da terra com o concreto, com os fios elétricos aparentes e com o cinza forma uma combinação desconfortável, deprimente, sem vida e sem personalidade. Ela parece se esforçar para reunir um conjunto de características copiadas de outras cidades mais conhecidas, mas que ali, definitivamente, não funcionam.

Basta alguns metros percorridos para a memória de Ribas começar a se refrescar. Apesar das novidades, das mudanças originadas pelo tempo e pelas tentativas frustradas de se atualizar, os caminhos parecem se abrir ao motorista, que agora faz precisas curvas à esquerda, à direita, na rua depois da padaria, na terceira à direita depois da praça central, como se nunca tivesse abandonado sua cidade natal.

Seu olhar decidido só escapa do caminho à frente em dois momentos. O primeiro é quando passamos por uma grande e horrenda estátua de pedra em uma esquina. O gigante de pedra era um homem com o peito estufado, olhar para o horizonte e um sorriso leve no rosto. A percepção de todas essas características, no entanto, precisa de esforço, visto que a estátua estava um tanto quando danificada pelo tempo e descaso.

— Sabe quem é esse aí? – Ribas me pergunta com um sorriso no rosto e já sabendo que eu não fazia ideia da resposta. – Juvenal Andrada.

— O rei do sabonete?

— Ele mesmo. O desgraçado de Caraí. Mais uma tentativa desesperada dos moradores da cidade de se redimir pelo mal que causaram a ele e a sua família – Ribas pende a cabeça para o lado esquerdo e se esforça para ter uma melhor visão da estátua pelo para-brisa. – Não é engraçado que é sempre o estuprador pedófilo que ganha as estátuas e homenagens?

Depois daquela pausa turística, avançamos um pouco mais pelas ruas desérticas de Caraí. Paramos novamente alguns minutos depois. Na segunda vez que o olhar de Ribas se desvia do nosso percurso, não há explicação, não há fala, não há uma história. Há apenas um olhar melancólico em direção a uma casa rosada bem pequena entre uma autopeças e uma farmácia. Ribas não precisa falar nada, sua expressão triste e saudosa já passa a mensagem. Aquele deve ser o lugar onde ele cresceu, onde sua mãe dorme sem nem imaginar que seu único e desertor filho está há poucos metros de distância, com planos de se livrar de um defunto e sem qualquer intenção de passar para uma visitinha, um café ou um abraço.

— Estamos bem próximos da entrada da floresta – ele sacode a cabeça para afastar qualquer resquício de saudade ou remorso por suas decisões de quinze anos atrás. – Já te alerto que o carro não chega até a ponte. Ele chega bem perto, mas vamos ter que carregar o bostinha por alguns metros.

Eu balanço a cabeça atento às instruções. Me preparo psicologicamente para o *grand finale* de nosso plano. Tudo está prestes a acabar. O meu pesadelo vai encontrar um fim em alguns minutos.

Ribas guia a van por uma ruela à direita de sua casa. Faz curvas meticulosas por caminhos cada vez mais estreitos, mais abandonados, mais esburacados e, novamente, mais selvagens. O concreto fica para trás, e a mata densa e escura volta a dar as caras.

O carro desacelera no meio da estradinha de terra deserta em que nos encontramos. Ribas olha para a direita. De início, acho que ele está me encarando, prestes a dar as instruções finais ao nosso plano, mas seu olhar se desvia de mim e mira para dentro da floresta ao meu lado. Iluminada apenas pela luz da lua e de nosso farol, a mata é um grande borrão negro e assustador. Eu acompanho o olhar incisivo de Ribas e percebo que, bem ali à direita de onde estamos, existe um pequeno caminho de terra improvisado que leva da estrada para o misterioso. Um caminho originado pelos pés dos invasores daquela natureza selvagem, pelos pés dos muitos suicidas e curiosos de Caraí.

Em uma curva aberta, pisando firme no acelerador para forçar a entrada da van por aquela estreita e nada convidativa passagem, Ribas nos guia com maestria para dentro da floresta. O carro sacode enquanto suas rodas passam por buracos na terra, raízes expostas, arbustos espinhentos e pedras dos mais variados tamanhos. A floresta não nos quer lá dentro. Seus caminhos são para pedestres, para desbravadores, para os indivíduos hipnotizados pela esperança do fim definitivo de suas tormentas. Esse não é o lugar de um carro. Ainda mais de um carro tão grande como o nosso.

Ribas, no entanto, segue em frente, devagar e sempre, concentrado no minúsculo caminho de terra a nossa frente, respirando fundo cada vez que o carro morre e o ligando novamente com uma paciência exemplar. Todos nós chacoalhamos ali dentro, Ribas, eu e o rolo de carpete no porta-malas. Chacoalhamos tanto que precisamos nos segurar em nossos próprios assentos. O carro faz barulhos inéditos e parece estar prestes a se desmontar, se desencaixar, se desintegrar.

O motor morre novamente. A quinta vez para ser mais preciso. Ribas respira fundo. A paciência que o acompanhou durante todo nosso tortuoso caminho parece ter se esvaído por completo. Eu olho ansioso ao motorista e indago silenciosamente quanto tempo ele precisaria para dar partida ao carro novamente. Ele, no entanto, não vira a chave na ignição e nem demonstra sinal que está prestes a fazê-lo. A lanterna do carro em descanso não faz um bom trabalho iluminando a mata escura ao nosso redor. Mesmo assim, Ribas parece ter finalmente encontrado o que estava procurando por aquele breu.

— Chegamos – ele fala espremendo os olhos para a mata a frente. Há um resquício de um sorriso em seus lábios.

Eu, novamente, acompanho o seu olhar e vejo pontos de uma luz esverdeada que antes não havia sequer percebido. É uma luz potente, quase mágica, e esteve esse tempo todo a nossa frente, a menos de cem metros de nosso carro. Ela é bela, hipnótica e impossível de não ser notada. Foi necessário o aviso de Ribas, porém, para que eu conseguisse vê-la. Antes disso, estava distraído com as chacoalhadas, com a escuridão e com o medo do desconhecido. Mas agora eu enxergo tudo. A solução dos nossos problemas está bem ali.

Escondida atrás de alguns galhos secos e afiados, há uma estrutura de pedras aparentemente úmidas, brilhantes, tomadas por esparsas camadas de lodo e refletindo a luz do luar em tons verdes acolhedores. O conto de Ribas não poderia ter sido mais preciso. Nós chegamos na Ponte dos Suicidas.

Meu coração explode em meu peito. Estou ansioso, estou radiante, estou alucinado pela beleza daquela ponte no meio da floresta de Caraí. Eu sorrio, mas o que quero mesmo é chorar de alívio por conseguirmos chegar aqui sem sermos descobertos, por nosso plano estar prestes a encontrar um fim de sucesso.

— Ainda não acabou não, Luquinhas – Ribas fala, também satisfeito por estarmos lá, satisfeito por testemunhar a minha própria satisfação. – Guarda essa felicidade pra quando o corpo se estatelar nas pedras lá de baixo.

Eu me controlo. Respiro fundo. Tento apagar o sorriso bobo dos meus lábios e o substituo por ímpeto, controle e decisão. Meu olhar, no entanto, não consegue fugir da luz verde que emana da ponte. Como é bela! Como é destoante da cidade que a envolve. Ao finalmente encontrá-la, começo a entender porque é aqui o lugar escolhido por tantos caraienses para se desligarem do mundo terreno. A ponte já fazia parte da experiência, era o portal de entrada para o sossego eterno da morte.

— Vamos? – Ribas tira seu cinto de segurança em um movimento rápido e se vira para abrir a sua porta.

— Espera! – eu seguro seu braço de forma brusca e desastrada

Algo está errado. Uma interferência misteriosa surge em minha observação distante da ponte. Uma sombra? Um animal?

— O que foi, Lucas? – Ribas retira seu braço de minhas garras. – Se você avacalhar logo agora, eu te arrasto até aquela ponte e te jogo lá pra baixo também!

Eu não respondo. Apenas espremo ainda mais meus olhos para tentar identificar o que havia tanto me incomodado, me arrancado da minha hipnose pela luz esverdeada da ponte. Seria apenas meu medo e apreensão pregando peças em minha mente? Seria uma alucinação? Apenas os movimentos ilusórios da escuridão? Ou aquilo era real?

— Ribas... – eu suspiro. – Eu acho que a gente não tá sozinho.

capítulo 13.

o suicida.

— Olha lá... É mesmo! Tem alguém ali! – com a testa franzida, Ribas acompanha o meu olhar. Ele também enxerga algo, algo ainda distorcido, não identificado. Conforme estreitamos mais os nossos olhos, fica mais fácil de entender as formas do que observamos, de seguir seus passos. O corpo de uma pessoa toma foco sob nossos olhares.

Eu me despeço do alívio momentâneo por termos atingido o ponto final de nosso plano e volto a me afogar no conhecido mar de incertezas e apreensão. Ribas, ao contrário de mim, é a calma em pessoa. Ele volta a se recostar em sua poltrona. Com movimentos suaves, coloca mais um cigarro entre seus lábios e o acende. Ele não presta mais atenção no estranho em cima da ponte. Apenas observa, bastante relaxado, os desenhos que a fumaça forma ao se espalhar pelo ar da van.

— O que a gente faz agora?! – eu pergunto em desespero.

— A gente espera – ele responde como se fosse a coisa mais óbvia a se fazer. – Só existe um motivo para aquela pessoa estar ali, na Ponte dos Suicidas. Então nós esperamos ele fazer o que veio fazer e quando aquele corpo tiver nas pedras lá de baixo, nós completamos nosso plano!

— Você acha que ele vai se jogar da ponte?

— Você tem alguma dúvida? – uma excitação doentia se agrega a seu tom. – Eu não te falei que esse era o plano perfeito? A Ponte dos Suicidas de Caraí continua fazendo suas vítimas!

Eu volto a observar aquela figura parada na ponte. Não consigo acreditar que ela está prestes a acabar com a sua vida e eu ainda vou presenciar de camarote um momento tão íntimo como esse! Não sei se me sinto muito confortável com isso...

Agora que meus olhos conseguiram se adaptar a escuridão e ao nosso novo cenário, eu leio as redondezas, a desmistifico, tento transformar em amigos próximos as árvores, as pedras, os animais escondidos e as sombras ao nosso redor. Com ajuda da iluminação quase surrealista da ponte, consigo identificar até onde vai o solo que nos suporta e onde começa a íngreme ribanceira em direção às pedras assassinas e ao frágil riacho que as umedece. Minha visão não é tão potente para enxergar o que há do outro lado da ponte, mas imagino que seja quase uma cópia daqui. A ribanceira, o mato selvagem, a escuridão e os mistérios. Se ignorar os sons de Ribas inalando e soltando a fumaça de seus cigarros, consigo ouvir a água correndo lá embaixo, fraca, leve, quase inexistente, apenas um assobio de fundo na sinfonia da noite e da natureza.

Passam-se dez minutos e o homem ainda não entrou para a lista dos suicidas de sua cidade. Eu não consigo tirar os olhos dele, acompanho todos os seus movimentos. É como se tudo ao redor houvesse sumido e um único foco de luz o iluminasse, o suicida, um ator solitário em um palco distante. E eu sou o único espectador que presta atenção, já que Ribas achou um livreto embaixo de seu banco — o manual de instruções do rádio da van — e o lia com profundo interesse, como se esperasse ansiosamente por uma grande virada narrativa.

Lá na ponte, o homem anda de um lado para o outro, pensativo, excitado, moribundo. Uma mistura de ritmos e intenções. De vez ou outra ele dá olhadelas desconfiadas lá para baixo, aprecia a distância que o separa do chão de pedras. Depois recua o corpo, ajoelha, chora e repete os mesmos movimentos. Inúmeras vezes. Eu o observo, compartilhando de sua hesitação e impaciência. Estamos conectados, eu e um completo estranho prestes a se suicidar.

— Você tem certeza que é o melhor a se fazer? Esperar o homem se jogar? Esperar aqui? – eu indago. O nervosismo faz minha garganta doer enquanto falo.

Ribas nem levanta os olhos do manual que lia com afinco. Já um sinal prévio de que sua resposta não seria de nenhuma utilidade.

— Quer fazer uma caminhada inspiradora pela mata? Respirar o ar puro de Caraí? Eu te convidaria para tomar umas cachaças no Boteco do Amaro, mas acho que ele já expulsou o último bêbado inconveniente e fechou as portas há algumas horas.

— É sério, Ribas. Você não acha que vai levantar suspeitas se encontrarem o cadáver de Fabrício junto com o corpo fresco do homem lá da ponte?

— Claro que vai levantar suspeitas, mas não para nós! – Ribas finalmente fecha o livreto e o arremessa em minha direção. – Você ainda não percebeu o golpe de sorte que tivemos, Luquinhas? Assim que encontrarem esses dois corpos estatelados nas pedras lá de baixo, lendas vão começar a se espalhar pela cidade! Por que aqueles dois homens escolheram se suicidar juntos? Um romance homossexual proibido na cidade do interior? Uma aventura inocente e embriagada pela mata com final trágico? Sei lá... isso a gente deixa para as mentes e bocas dos caraienses. O importante é que as fofocas vão se espalhar e, acredite, nessa cidade, fofocas são muito mais valiosas que fatos... Deixe que se disseminem falácias, deixe que fiquem presos em mentiras. E nós, longe daqui, inocentes...

Ribas recolhe seu livreto, que após quicar no meu peito pousara sobre o painel do carro, e volta à sua leitura. Com os olhos novamente fixos no manual, ele fala:

— Se você quiser acabar logo com essa espera, você tem como. Falei que podia eliminar qualquer empecilho que surgisse no nosso caminho... Você, afinal é o protagonista dessa história, toma as decisões finais... – ele lança seu olhar para o volume em minha cintura, exatamente onde o revólver permanece escondido. – Eu quero que isso acabe tão rápido quanto você, Luquinhas, mas ainda acho que devemos esperar... Ainda acho que o destino está nos ajudando...

O destino está nos ajudando...

Eu nunca, por um momento sequer na minha vida, imaginei que meu destino me guiaria até aqui, até uma cidade da qual nunca ouvira falar e que nunca chegaria a conhecer, acompanhado por um diretor desequilibrado, drogado, cínico e traumatizado, transportando um cadáver cuja vida eu havia tirado com as próprias mãos e esperando um ser atormentado se jogar de uma ponte. Esse, no entanto, é o meu destino. Os meus próprios atos me trouxeram até aqui. O fato de eu ter tirado a vida de Fabrício me colocou onde eu estou, nessa espera penosa e nessa observação privilegiada de um homem prestes a tirar a própria vida. Existe uma ironia sádica em tudo isso.... E será que existe um porquê disso tudo estar acontecendo? Existe uma razão para minha vida ter tomado esse rumo? O que é esse laço invisível que eu sinto com o suicida da ponte? Apenas minha curiosidade doentia pela morte? A raiva por ele ter surgido em meu caminho? A satisfação por ter encontrado a possível próxima vítima de minha monstruosidade? Ou é o vislumbre de uma redenção? A tão almejada redenção... A chance de provar a mim, a Ribas, a Deus, ao cosmos, a sei lá quem mais que eu não sou um assassino inescrupuloso, que eu não sou um psicopata, que eu ainda dou valor à vida, à minha e à dos outros... Será que essa é a minha oportunidade de, finalmente, ser o herói dessa história?

Em um impulso involuntário, me viro para a porta do carro. Estou desconectado do meu corpo. Deixo ser levado pelo turbilhão de pensamentos, dúvidas, arrependimentos e esperanças dentro de mim. Eu abro a porta e piso no chão de terra da floresta. Ribas é arrancado de supetão de sua leitura.

— Luquinhas! Lucas, volta aqui! – ele me chama em um suspiro arranhado, cuidadoso para não chamar atenção.

Já estou longe para ouvir a sua voz. Estou mergulhado na escuridão da floresta. Piso pela terra, pelos galhos secos. Desvio das pedras e dos arbustos. Me apoio pelos troncos do caminho que me impulsionam para frente. O terreno é íngreme e a chegada até a ponte, mais difícil do que imaginava enquanto aproveitava o conforto e segurança da van.

Estou chegando. Cada vez mais próximo da ribanceira, da luz esverdeada, das pedras tomadas por lodo, da ponte e do suicida.

Da distância em que estou, consigo ter uma leitura mais clara de seus traços e suas expressões. O homem aparenta ser um pouco mais velho que eu. O rosto é pálido e magro, cabelos ralos, quase careca. A barriga grande destoa da fraqueza de seu corpo. Em seu rosto, a imagem da desistência, da confusão e do fascínio. Ele observa mais uma vez o fundo daquele vale. Admira seu último destino. Enquanto me aproximo, não o tiro dos meus olhos. Sinto que seu ímpeto e intenção se transformam a cada passo que eu dou. Sua hesitação esmaece e o deslumbramento pela morte inevitável e certeira passa a ditar as regras.

Eu aperto os meus passos. Preciso alcançá-lo. Preciso salvá-lo. Preciso salvar alguém! Ele se apoia no parapeito da ponte. Se esforça para ficar mais próximo de seu fim.

Eu tropeço em uma raiz, passos antes de subir na superfície empedrada da ponte.

Ele sobe por inteiro no parapeito, em um estado de hipnose tão profundo que nem percebe a minha presença afoita.

Eu chego na ponte. Ele prestes a saltar.

Eu grito:

— Não! Não pula!

Minha voz assusta o homem, que se desequilibra brevemente. Por sorte, não o suficiente para que caísse em direção às pedras. Ele me encara e, naquele mesmo instante, eu testemunho em seus olhos a enxurrada repentina de consciência que o abate. Vagarosamente, porém, decidido, eu subo na ponte e começo a caminhar em direção a minha perplexa nova companhia, parada bem na metade do caminho entre as duas ribanceiras que a ponte ligava.

— Pode ficar parado! – ele grita. Seu semblante trai a intenção de sua voz. Ele parece duvidar de suas palavras, como se uma força estranha e maligna fosse responsável pelas falas, e sua essência covarde e consciente, pelas expressões.

— Tá tudo bem, amigo... Desce daí e vamos conversar...

Ele olha para mim, para o abismo a sua frente e novamente para mim. Nessa última volta, um pavor desmedido o domina.

— Puta que pariu! – ele grita. Sua voz é fina, acovardada e honesta. – Puta que pariu!

— Me dá a mão... – eu suspiro, agora bem próximo dele. Quero ajudá-lo, mas sei que, caso tome a iniciativa de encostar em seu corpo sem sua autorização, é bem capaz que meu toque o assuste e o desequilibre em direção à morte. Eu definitivamente não podia ser responsável por mais esse trágico fim.

Ele me lança mais uma vez seu olhar desconfiado. Eu consigo ver todo o seu corpo tremer e, por algum motivo, sua inquietude ensandecida é transmitida para mim.

— Vem... Tudo vai ficar bem – eu falo abrindo um sorriso que mais parecia um choro.

E ele pula. Mas não em direção às pedras, e sim para trás, para a ponte, para cima de mim, para a vida. Nós dois somos lançados ao chão duro e frio da passarela, e meu corpo magro amortece a sua queda. Preciso de alguns segundos para me situar no tempo e espaço. É isso? Eu salvei o homem?

Assim que me recupero do baque, sou tomado por uma espécie de asco pelo contato tão próximo com este suicida anônimo. Instintivamente, o empurro para longe de mim e me levanto. Sem saber o que fazer em seguida, apenas o observo. O homem continua sentado no chão de pedra, costas apoiadas no parapeito, respiração ofegante e olhar fixo no nada.

E agora? Já havia provado meu heroísmo? Já fiz minha boa ação da noite? Algo suficientemente nobre para apagar meus erros do passado e meu macabro plano futuro? Até onde devia ir minha ajuda a esse pobre coitado? Posso voltar para o conforto da van e deixá-lo por conta própria?

— Eu posso te ajudar em mais alguma coisa? – pergunto sem jeito, como se fosse um atendente de *telemarketing*, movido pela completa falta de ideia do que se falar em um momento como esse.

Como resposta, o suicida desata a chorar. Um choro preso e ofegante. Um choro de criança abandonada pelos pais no primeiro dia de aula, um choro desesperador e necessário. Ele está um caco.

— Vamos... Levanta – eu falo sem que minhas palavras passem por qualquer tipo de filtro. – A gente te leva de volta até a cidade.

Após mais alguns segundos de seu esperneio desenfreado, o homem finalmente se acalma, toma coragem para se levantar e se apoia em meu ombro. Ele não está ferido nem nada, mas o trauma do momento o abate fisicamente e o acomete com intensa fraqueza. Damos passos lentos e cuidadosos pela mata. O caminho de volta até a van parece mais longo e tortuoso, ainda mais arrastando o pesado suicida. Por fim, consigo enxergar Ribas pelo para-brisa da van, seu rosto sendo iluminado suavemente pela luz alaranjada e insignificante do carro. Minha aproximação é notada por ele, que levanta o olhar de seu manual para mim e, assim que nota que estou acompanhado, deixa uma ira descomunal manchar o seu semblante.

— Que porra é essa?! – Ribas exalta ao sair cambaleante do carro.

— Depois, Ribas... Depois a gente discute... – eu falo sem paciência. Metade derrotado e metade orgulhoso.

— Depois é um caralho! O que você tá fazendo?!

Tentando trazer o máximo de delicadeza a meus movimentos, guio o homem que se apoiava em meu corpo em direção à porta da van. Apenas com o olhar, peço para que ele se acomode e aguarde por nossa volta. Em seguida, puxo Ribas para dentro da floresta. Assim que atingimos um ponto seguro, longe da observação e dos ouvidos do suicida, eu falo:

— Eu não espero que você entenda, Ribas....

— Você é um imbecil, inconsequente, burro, egoísta! – ele grita. – É claro que eu não entendo, seu bosta! Como você põe tudo a perder desse jeito?! Eu achava que você ia dar uns pipoco no homem, agilizar nossa tarefa, e aí você me volta com o cara nos braços?!

— Não ia conseguir viver comigo mesmo sabendo que podia evitar uma morte e não fiz nada.

Ribas ri.

— Para, Lucas! Para de fingir que você é esse bom moço, que você cometeu um simples deslize! Eu preciso te lembrar do que temos no porta-malas do carro?! – ele abaixa o tom de voz. – Você é um assassino e você vai ser pra sempre um assassino. Salvar um imbecil qualquer não vai tirar esse rótulo de você. Abrace a sua sina de vez!

Eu fico sem responder. Talvez ele tenha razão, mas eu ainda não estou pronto para enxergar essa verdade sobre mim.

— Quer saber... – ele continua – Pra mim chega. Você se vira. Quer que eu dê carona para seu mais novo amigo? Tudo bem, eu dou... Mas você fica... Você e o Fabrício.

Ele me dá as costas e se encaminha em direção a van.

— Ribas... – eu falo e ele finge que não me ouve. – Ribas! – falo um pouco mais alto.

Não importa. Posso continuar o chamando e ele não vai virar. Preciso de algo mais incisivo.

Algo que ele não tenha como ignorar.

É nesse momento que sinto o metal frio e bruto ainda preso em minha cintura. A ação é automática, natural. Como se tivesse uma experiência de anos naquele manuseio, eu saco o revólver, em um rápido movimento, e o aponto em direção ao meu cúmplice. O sutil som do engatilhar da arma é suficiente para fazê-lo virar novamente para mim.

— Eu não queria ter que fazer isso... – falo sem piscar, sem hesitar, sem trepidar. – Mas essa é a minha história, eu sou o protagonista, eu tomo as decisões. Não foi isso que você disse?! Nós vamos deixar aquele cara na cidade, voltamos para cá e jogamos o corpo do Fabrício da ponte. Entendidos?

Ribas avança vagarosamente em minha direção. A visão da arma apontada para o seu rosto não o assusta nem um pouco. No lugar de apreensão e apreço por sua vida, há satisfação, orgulho e um sorriso torto e impressionado.

— Muito bem – ele fala. – Mas vamos ser rápidos que daqui a pouco amanhece.

A reação de Ribas à minha ameaça me surpreende, mas não ouso deixar isso transparecer. Apenas desengatilho a arma, a guardo em seu esconderijo novamente e caminho ao encontro do diretor. Voltamos juntos à van, tomados por uma calmaria suspeita. Assim que alcançamos o carro, no entanto, temos uma nova surpresa. O suicida não está mais apoiado no carro como o havia deixado, ele não está em lugar nenhum!

— Perfeito! – Ribas fala aliviado. – Que isso sirva de lição para você, Luquinhas. Não dá pra prender passarinho selvagem. O homem queria voar, então deixa ele descobrir sozinho que não tem asas...

Sem nem se preocupar em esconder a satisfação com o sumiço, Ribas saltita em direção ao porta-malas para, de uma vez por todas, dar término ao nosso perverso plano. Toda sua leveza e alegria momentânea, porém, cessam no momento em que ele abre as portas traseiras da van. Ali está ele, afinal, o suicida, dentro do porta-malas, sentado bem em cima do rolo de carpetes, esperando pacientemente por sua carona e sem ter ideia de que seu assento confortável é, na verdade, um cadáver.

Ribas resmunga os mais obscenos palavrões, fecha o porta-malas e toma novamente seu posto de motorista. Eu também entro no carro sem saber se o que sinto é alívio ou arrependimento em reencontrar o suicida anônimo. Mas lá está ele. A cabeça brotando entre nós dois a partir da escuridão do porta-malas, os olhos lacrimejados miram o nada a frente, a expressão é apagada, atônita e os pensamentos, indecifráveis, talvez inexistentes, talvez acumulados, embaralhados, em excesso e em caos.

— Tem que voltar de ré – sua voz fraca é ouvida pela primeira vez. – Manobrar aqui é complicado.

Ribas lança um afiado olhar por cima do ombro, mas obedece ao conselho. A van volta a se balançar ao passar por toda aquela natureza sob as rodas. Dentro do carro, o silêncio prevalece até passarmos de marcha ré pela estreita entrada da floresta e atingirmos a estradinha de terra em um baque violento.

Talvez pelo caminho ter se tornado menos tortuoso, ou por já estarmos mais longe da fascinante Ponte dos Suicidas, o homem no porta-malas se sente à vontade para desembestar a falar:

— Vocês não são daqui, né não?

Eu olho para Ribas, que extremamente irritadiço e sem nenhuma intenção de responder ao moço, permanece com o olhar fixo na estrada a sua frente.

— Somos da capital – eu respondo.

— E vocês trabalham com esses negócios de filmagem? De TV?

— É... – Eu hesito. Estranho a expansividade repentina do suicida, mas encaro como uma reação involuntária ao choque de encarar a morte de frente. – Somos motoristas na verdade... Viemos trazer uns equipamentos... Para uma filmagem na cidade...

— E tavam fazendo o que lá na floresta?

Ribas me observa com o canto do olho. Está ansioso para saber como vou me livrar desse interrogatório e se esforça para não mostrar nenhuma pretensão de vir ao meu resgate.

— A gente se perdeu procurando o caminho da volta – eu falo. O fio de arrependimento por ter salvado o homem já se transformou em uma corda que me enforca.

— Engraçado. Não tava sabendo de filmagem nenhuma aqui na cidade não.

— Talvez você até ficou sabendo, mas tinha outras coisas na cabeça – Ribas resmunga. Em seguida, respira fundo e encara o suicida pelo espelho retrovisor. – Me diz, amigo: por que você tava pensando em se atirar lá da ponte? A mulher te chifrou? Te abandonou? Levou os filhos embora?

— Que filhos? Que mulher? – o suicida responde sem parecer se incomodar com a petulância da pergunta. – Não tenho ninguém não, moço.

— Então foi a solidão – Ribas suspira em um tom profundo, construindo uma pesada e depressiva atmosfera com sua voz. – A solidão é amarga. Acordar e não ter ninguém do nosso lado, alguém para compartilhar os bons e maus momentos, alguém que nos complete, que dê propósito de continuar o martírio que é acordar um dia após o outro... Eu estouraria os meus miolos!

— Foi – o suicida retruca, ainda inerte àquela tentativa descarada de aprisioná-lo novamente ao desejo pelo próprio fim. – Foi isso, foi tudo... Sabe, começou quando mamãe morreu faz quatro meses...

— Nada mais doloroso que a morte de nossos progenitores – Ribas o interrompe. – O suficiente pra tirar a razão do existir, né amigo?

Eu arregalo os olhos para Ribas e suplico em silêncio para que ele pare de atormentar aquela fragilizada alma em nosso porta-malas.

— Por muito tempo foi só a gente, sabe? – o suicida continua. – De uns anos pra cá ela adoeceu e ficou dependente de mim. Tirei até licença do trabalho para cuidar dela de perto, atender todas as suas necessidades. E que dolorido que era, ver minha mãezinha sumindo bem ali na minha frente. Mas por outro lado, eu gostava de ser responsável por ela. A mulher cuidou tanto tempo de mim... Agora era a minha vez de dar de volta todo aquele carinho. E isso me deu propósito, sabe?

— Claro! – eu me apresso para falar algo antes que Ribas continue sua campanha pró-suicídio.

— Aí minha velhinha me deixou...

— E você quer reencontrá-la, ficar do seu lado por toda a eternidade! – Ribas exalta em um tom pomposo. – Muito nobre de sua parte.

— Fiquei mal por muito tempo, sabe amigo? Mas era um mal diferente, difícil de entender. Era um mal aqui dentro, quase secreto. Talvez fosse tão escondido que nem aparecia no meu rosto... Ninguém percebeu, ninguém perguntou... E eu fiquei quieto, continuei a viver a vida, um dia depois do outro. Me foquei no serviço, né – o homem suspira cansado. – Se não podia cuidar mais de mamãe, ia me esforçar para cuidar dos meus conterrâneos, da segurança e ordem de Caraí!

Ao ouvir aquelas palavras, Ribas e eu nos entreolhamos, ambos temendo pela continuidade da conversa. Me esforço para fazer com que a apreensão não refletisse em minha voz e pergunto:

— Segurança e ordem? Posso saber com o que você trabalha?

— Sou da polícia aqui da cidade – ele responde despreocupado e sem qualquer gota de orgulho por sua profissão.

Ribas fecha os olhos e suspira derrotado. Meu coração bate forte, tão forte que temo que suas batidas possam ser ouvidas pelos outros dois.

O que eu tinha feito?! Meu ato heroico, impulsivo e irresponsável foi o empurrãozinho que bastava para botar todo o nosso plano em risco. Ribas estava certo. Sempre esteve certo. Aquele homem devia estar morto! De todas as pessoas que eu podia ter salvo, escolhi justo um representante da lei, um policial decidido em defender os habitantes de Caraí e que, agora, permanecia a meras camadas de carpete separado de um de seus conterrâneos, vítima de um homicídio frio e personagem principal de um plano macabro.

— Mas aqui em Caraí fica difícil ter paixão por essa profissão, sabe? – o homem continua. Ribas e eu permanecemos em um silêncio sepulcral. – Quero defender os habitantes da cidade, mas defender de quem? Fiquei cansado de dar bronca em adolescente bêbado festejando nas praças da cidade. Deixa os meninos serem felizes, não é mesmo?

Ainda não respondemos. Quase não fazemos um movimento sequer em nossos assentos.

— Eu culpo vocês... – ele fala um pouco mais exaltado. – Vocês da TV. A gente vê na TV que é bom ser polícia, defender os cidadão de bem... Mas isso quando você tá lá na capital, rodeado de bandido. Aqui não tem bandido não. E os bandido que tem não pode pegar que é tudo poderoso demais.

Começo a tremer com a crescente consciência da merda que eu tinha feito. Além de ser o herói, o salvador do suicida, eu também podia ser a solução de todas suas decepções profissionais. Era um bandido que ele queria? Um assassino de filme, de TV? Pois estamos aqui, a poucos centímetros das garras da lei.

E será que ele sabia disso?

— Aí pra piorar, sabe qual foi a minha função no último mês? – o suicida indaga. - Ficar fazendo ronda ali pela mata... Certificando que não tivesse ninguém em perigo pela ponte... Vocês não são daqui, então não sabem, mas aquela ponte tem história. Um monte de caraiense já perdeu a vida por lá.

— É mesmo? – Ribas se faz de desentendido. Deve ter percebido que estávamos há muito tempo quietos e podíamos levantar suspeitas.

— Pois é... Passei noites e mais noites me metendo por aquela floresta, atravessando a ponte e olhando lá pra baixo, pras pedras e pro riozinho. É um lugar fascinante, aquele... Parece que te prende. É como se os espíritos infelizes que habitam o lugar ficassem te chamando, te seduzindo... Até que me convenceram a me juntar a eles.

O homem passa as mãos pelo rosto, esfrega os olhos com força, como que acordando de um sono profundo. Assim que abaixa novamente suas mãos, percebe que falou mais do que devia, mais do que havia falado nos últimos quatro meses e, de repente, se transforma em outra pessoa. Um sorriso mole toma conta de seu rosto e seu olhar fica mais vívido, um sinal que havia colocado novamente a sua máscara de caraiense feliz.

— E você fica onde? – eu pergunto enquanto passamos novamente pela horrível estátua de Juvenal Andrada.

— Não sei se quero voltar pra casa hoje não – ele responde, a voz mais alta e clara. – Daqui a pouco o batente começa de novo. Se puderem me deixar ali na estação policial, eu agradeceria. É só virar ali a esquerda. E se quiserem entrar também, tomar um café...

Ou esse homem é muito tapado, ou o policial mais sagaz que Caraí já empregou. Isso faz parte de seu plano? Será que nesses minutos dentro do porta-malas seu instinto investigativo o fez encontrar o corpo no qual ele estava sentado? Fez seus dedos tocarem o chumaço de cabelo encaracolado escondido pelo rolo de carpetes? Será que ele está simplesmente nos guiando, sem que percebêssemos, diretamente para trás das grades de Caraí?

Por fim, chegamos em frente a um prédio de três andares de um tom bege desbotado que mais parece uma caixa de sapatos com janelas. Há dois *Monza* velhos transformados em viaturas policiais parados bem à frente da entrada principal — uma porta de ferro imponente e intimidadora, a única característica da instalação que realmente passa um senso de lei, ordem e segurança. Estacionamos atrás de um dos *Monza*, Ribas desliga o carro, e o silêncio volta a dominar o veículo. Uma mistura de embaraço, gratidão, apreensão e dúvida paira na atmosfera. O suicida olha para seu local de trabalho com o peso da rotina que o aprisiona e, em seguida, se vira à frente da van novamente. Em um pesado movimento, ele coloca as mãos sobre nossos ombros. Pulamos de susto em nossos assentos, assim que percebemos o toque. Ele é severo, mas basta alguns segundos para percebermos que a intenção é doce. Sem trocar uma palavra sequer, eu saio do carro e abro o porta-malas. O suicida pula para fora cabisbaixo, parece não conseguir ou querer olhar nos olhos daquele a quem deve sua vida. Ele se encaminha para a porta de ferro. Antes de entrar, no entanto, se vira para nós em um vagaroso movimento e diz:

— Têm certeza que não querem descansar um pouco aqui? As celas estão vazias e as camas não são tão desconfortáveis, não...

Sinto vontade de rir, mas me controlo.

— Temos um longo caminho pela frente – eu respondo. – Melhor já tomarmos nosso rumo.

Ele assente com a cabeça, mas ainda não entra no prédio. Fica apenas parado em frente a porta e nos observa. Parece querer testemunhar a nossa partida, se certificar de que seus heróis tomariam um caminho seguro.

Eu entro no carro.

— Pronto – exalo aliviado.

Ribas permanece mudo. Morde o próprio maxilar, tenta controlar a impaciência prestes a transbordar por seus poros. Ele respira fundo e vira as chaves na ignição para finalmente partirmos, mas o carro não liga. Cruzamos olhares. Ribas sorri nervoso. Ele vira as chaves novamente. O motor solta seus gritos fracos, mas não pega no tranco. O sorriso nervoso de Ribas some. Ele vira as chaves mais uma vez. Nada.

— CARALHO! – Ribas grita.

— O que aconteceu?

— CARALHO! CARALHO! CARALHO! – a ira de Ribas alcança seu ápice e está totalmente direcionada para mim.

Em meio ao vociferar colérico do diretor, uma voz suave, inocente, quase um zunido, entra abafada pelas janelas fechadas da van. É o suicida, novamente muito próximo, nos espiando pela janela ao meu lado.

— Acho que vocês tão sem gasolina – ele fala.

Ribas sai do carro tão afoito que quase cai de cara no asfalto. Se ficasse mais algum segundo ao meu lado, me estrangularia, quebraria o vidro da janela com a minha cabeça, arrancaria o revólver de minha cintura e estouraria meus miolos. A forma que encontra de extravasar sua fúria acumulada, no entanto, é chutando a roda dianteira da van. Uma péssima ideia. A dor que sente no dedão é visível em seu rosto e arranca seu fôlego junto com o resto de sua paciência. Mancando, ele se afasta do carro e tira seu maço de cigarro do bolso. Um traguinho, com certeza, o deixaria mais calmo, mas para nosso azar, seu estoque de nicotina chegara ao fim. O maço está vazio.

— Que merda! – ele solta um grunhido sofrido. Sua voz ecoa pela deserta Caraí.

O suicida se aproxima com movimentos decididos. Parece querer aproveitar a oportunidade para ajudar os forasteiros em apuros e dar finalmente propósito a sua função como guardião da ordem da cidade.

— Faz tempo que vocês não abastecem? – ele pergunta, dando uns tapas na lataria do carro como se fosse um cavalo.

Ribas não responde e se prontifica a dar as costas para o suicida. Eu corro ao encontro dos dois. Tenho que normalizar essa situação. A última coisa que precisamos agora é que Ribas, em mais um de seus usuais momentos explosivos, desacate o policial que só quer nos ajudar.

— Seu amigo tá estressado – o suicida cochicha.

— Foi uma longa noite – eu respondo com um sorriso amarelo.

Ribas chuta o ar a poucos passos de nós, provavelmente procurando a calma e o controle perdidos. O suicida o observa por alguns instantes e com passos lentos se aproxima dele.

— Não tem problema não, moço – ele fala mais alto. – O posto abre daqui a alguns minutos. Posso levar vocês lá. Não é longe não!

Ribas ainda dá as costas ao homem e não mostra sinal algum de resposta. O suicida não desiste e continua sua aproximação.

— Você deve tá cansado, com fome – ele volta a falar quase alcançando o diretor. – Depois que abastecermos, levo vocês pra tomar um café da Padaria do Gê. Por minha conta!

Ribas ainda não fala nada e continua resmungando para o vazio. O suicida se aproxima ainda mais. Cansado de ser ignorado, ele encosta no ombro de Ribas e o vira para si. É a primeira vez que os dois ficam cara a cara, sem as sombras seguras da mata ou da van, sem as lágrimas do recente trauma ou a ira pelo plano falho embaçando seus olhares.

— Ei... – o suicida franze a sobrancelha ao mirar profundamente os olhos de Ribas. – Ei!

— Toninho! Toninho Ribas! – ele exclama.

Eu corro ao encontro dos dois. A expressão de Ribas me assusta. Ao ser finalmente identificado, sua ira é instantaneamente transformada em uma culpa inocente de criança, como se tivesse sido pego no flagra depois de alguma travessura. Ele fora descoberto, colocado de volta na caixa de onde tanto tentava fugir. Ali, estático na rua deserta de asfalto remendado, eu o vejo não como Antônio Ribas, diretor excêntrico da capital, e sim como o caraiense de 17 anos, infeliz, medroso e desesperançoso.

— Tá tudo bem aqui? – eu chego ofegante.

— Esse cara é o Toninho Ribas! – o suicida fala, mostrando um sorriso satisfeito. O primeiro sorriso verdadeiro que dava no dia e talvez em um bom tempo. – É daqui da cidade!

Ribas permanece mudo, com a boca entreaberta.

— Foi pra cidade grande e quer esconder as origens, né Toninho?! – o policial bate forte nos ombros do diretor.

— Desculpa... – Ribas finalmente consegue balbuciar algumas palavras. – Faz tanto tempo... Acho que eu não tô me lembrando de você...

— Lourenço! – o policial aponta para si mesmo. – Lourenço Valentim! Estudamos juntos! Eu sou dois anos mais velho, na verdade, mas lembro de ti... Toninho Ribas, o menino da Fátima! – ele completa extasiado.

Ribas ainda não responde.

— Você fez noticia quando foi embora... "O menino que fugiu pra capital!" – Lourenço fala, como se narrasse o título de um conto épico. – Na verdade você sempre fez notícia por aqui, né Toninho? Falando nisso, sabe quem foi recentemente lá pra cidade grande?

— Não... – Ribas mente.

— Fabrício Gattardi! Lembra dele? Vocês eram da mesma sala!

— Vagamente.

— Ele foi trabalhar com a mesma coisa que vocês! Com essas coisas de TV.

— É mesmo?

— Mas ele foi ser ator! Ouvi dizer que ele conseguiu um papel numa novela da Globo!

Eu solto uma risada involuntária. Lourenço olha para mim sem entender.

— Pois é – ele continua. – É o que a mãe dele tem falado pela cidade. Mas o menino é talentoso mesmo. Vai deixar Caraí conhecida no país inteiro!

— Que bom... – Ribas deixa sua boca trabalhar por inércia.

— Quem sabe um dia vocês se encontram, não é? Vai que você vira motorista pessoal dele! Imagina a coincidência?

Lourenço ri e dá novos tapas no ombro de Ribas que a nada reage.

— Acho que vamos indo para o posto, então – eu me intrometo na conversa, já que, sozinho, Ribas não conseguiria se livrar do inconveniente caraiense.

— Eu ajudo vocês! – Lourenço mostra-se de prontidão mais uma vez.

— Não precisa... – eu falo.

— Mas eu insisto!

— Olha... Lourenço, né? – eu falo. – Você precisa descansar, pensar no que estava prestes a fazer ali na ponte. Você teve sorte que te encontramos, ganhou uma segunda chance. Agora é hora de decidir o que vai fazer com ela...

O sorriso excitado de Lourenço se apaga conforme me ouve. Eu o arrasto para longe da lembrança de um passado um pouco menos doloroso. Com minhas palavras, Lourenço toma consciência de sua atual realidade e se fecha em si novamente. A ele só resta continuar remoendo as desgraças que vive, ou finalmente procurar por ajuda. Mas está muito cedo para decidir os próximos passos de sua vida torta. Por hora, ele resolve voltar à sua rotina e deixar seus salvadores em paz. Cabisbaixo, o homem se afasta e passa pelo pesado portão de ferro da delegacia.

Um empecilho a menos, nenhuma bala perdida.

Ribas ainda permanece estático. Parece tentar assimilar o turbilhão de sentimentos que acabara de o afligir. Em seus olhos, eu consigo ler o arrependimento de ter aceitado me ajudar, a dor pelo plano quase perfeito que parecia próximo de encontrar um fim fracassado, a nostalgia incômoda de estar em sua cidade natal e a dor por relembrar de sua versão quinze anos atrás.

Eu me aproximo. Forço um sorriso apaziguador.

— Me explica onde é o posto. Vou lá rapidinho pegar gasolina.

— Eu vou – ele responde sem me olhar nos olhos. – Preciso comprar cigarro.

— Tem certeza?

Ribas não diz mais nada, apenas me dá as costas e começa a caminhar lentamente por aquela deserta e decrépita ruela. Poucos passos depois, ele para, se vira para trás em um lento movimento e, junto com um suspiro aliviado, fala:

— Acabou, Lucas. Acabou...

Em silêncio, eu o observo se afastar. Quando ele some de minha visão, volto para a van e sento no banco do motorista. Olho de relance para o fundo do porta-malas. O rolo de carpete e seu conteúdo ainda estão lá, aguardando o seu fim. Lá fora, os tons do crepúsculo começam a pintar o céu. A cada raio de sol que escapa do horizonte, maior a certeza de que nosso mirabolante plano havia falhado.

A espera por Ribas é longa. Será que fui abandonado de vez por meu cúmplice? Será que aquela havia sido a despedida de Ribas? Será que a ida ao posto era apenas um disfarce para conseguir uma carona e voltar para a capital sem mim?

Resolvo continuar ali esperando. O tempo me traria alguma resposta.

Amanhece rápido em Caraí e os raios do sol nascente são fortes e quentes demais para o horário. Aos poucos, a van se transforma em uma verdadeira estufa e começo a sentir as gotas de suor que se formam na minha testa e nuca. O calor extremo ainda consegue realçar o cheiro de podridão que exala de Fabrício. A morte nunca esteve tão presente e palpável quanto neste momento.

Eu abro a janela para tentar afugentar o enjoo que volta a me abater e observo as ruas. A vida de Caraí desperta aos poucos, se torna visível. Alguns passantes brotam nas ruas paralelas. Dois conterrâneos se encontram em uma esquina e desejam-se um bom dia. As janelas das casas se escancaram, uma após a outra, em um barulho quase ritmado. As trancas das lojas se abrem, e o burburinho do comércio local entrando em funcionamento se estabelece. Crianças sonolentas e uniformizadas se encaminham em grupos à escola. A vida começa cedo na cidade do interior!

Nem com a janela aberta, o cheiro repulsivo de carne em decomposição se dissipa pelo ar. O odor finalmente me expulsa do carro e faz com que eu me junte aos caraienses que tomam as ruas. Tento passar despercebido, mas obviamente falho nessa missão. Está estampado em todos os centímetros de meu corpo que eu sou um forasteiro. Em nada ajuda o fato de que minhas olheiras se parecem com dois buracos negros, meu rosto parece ter sido mergulhado em óleo velho, minha magreza atingiu níveis doentios e a van de uma produtora cinematográfica descansa às minhas costas.

Dou mais uma olhada para a esquina onde Ribas desapareceu. Já faz quase quarenta e cinco minutos que ele saiu em busca de gasolina para a nossa van e até agora, nada.

Ele me abandonou... Ele só pode ter me abandonado...

Meu olhar não encontra Ribas, mas cruza com uma outra figura. Um senhor. Poucos e finos fios de cabelos acaju disfarçam uma inevitável e indesejada careca. Seu sorriso é leve e o olhar, despreocupado. É velho, mas tem porte, elegância e parece ter sido muito bonito em seus dias de juventude. Suas feições chamam inexplicavelmente a minha atenção e, ao observá-lo caminhando pela rua, um nó surge de forma repentina em minha garganta. É, no entanto, o que o homem traz em suas mãos que faz meu coração acelerar, meu estômago embrulhar e um tremor nervoso se espalhar por todo o meu corpo. Em uma das mãos, o homem carrega um saco de pães frescos e na outra, segura a guia de uma coleira de couro vermelho. Preso a ela, há um cachorro magricela de pelos curtos e amarronzados, olhar excitado, dentinhos afiados e tortos e, enfeitando as bordas de seu olho esquerdo, um adorável círculo de pelugem branca.

capítulo 14.

famílias.

É o Norman... Eu tenho certeza que é o Norman.

A velocidade dos meus passos, pela ruela esburacada de Caraí, aumenta de pouco em pouco. A cada centímetro mais próximo do homem, maior é a certeza de que é o meu Norman preso àquela coleira. A van quente, o cadáver, o cheiro de decomposição e de três maços de cigarros fumados ficam para trás. Minha mente se esvazia. Não há mais Fabrício, não há mais Ponte dos Suicidas, não há mais Ribas, não há plano fracassado. Nada disso importa. Apenas Norman.

Agora eu corro, rápido o suficiente para alcançar o senhor em posse do meu cachorro antes que ele vire a esquina e se perca pelas vias desconhecidas dessa maldita cidade. Por sorte, o senhor é repentinamente parado por um de seus conterrâneos. Ainda de longe, vejo que uma despretensiosa, matinal e obrigatória conversa se inicia. Tempo suficiente para eu alcançá-los.

— Norman! – eu grito. Pelo menos acho que grito. Talvez fora apenas um suspiro aliviado, um choro entalado.

E o cachorro finalmente me encontra. Seu rabinho começa a balançar freneticamente, a linguinha cai para fora, a respiração é ofegante, excitada. Não há nenhuma dúvida em seu olhar. Ele sabe quem sou eu, ele se lembra de mim, e a minha aproximação só contribui para a sua euforia. Norman tenta correr em minha direção, mas é bloqueado pela coleira que o prende. Seus puxões chamam finalmente a atenção do senhor que segura a guia, o qual, sem entender a animação exacerbada daquele encontro entre homem e animal, se despede do vizinho com quem trocava palavras vazias e se aproxima de mim.

A distância entre nós desaparece. Eu me abaixo e Norman pula esfuziante em meu colo. Não consigo soltar nenhuma palavra, nenhum choro, nenhum riso. Apenas aproveito o tão sonhado reencontro com o meu pequeno companheiro.

— O Figo gostou de você! – o senhor fala com uma mistura de simpatia e estranhamento. Figo?! Que merda de nome é esse?! É Norman! O meu Norman!

Deixo de notar tudo que se passa ao meu redor, inclusive a chegada de Ribas que, no mesmo instante, vira a esquina com dois galões cheios de gasolina nas mãos e observa a cena com profunda descrença e espanto.

— Lucas! – ele suspira ríspido. – O que você tá fazendo?!

Levanto meu rosto e encontro o olhar atônito de Ribas pousado sobre mim. Ver o meu cúmplice novamente traz de volta toda a consciência do porquê de estarmos ali, em Caraí, naquela ruela, em pleno amanhecer. Igual a uma criança contrariada, eu controlo minha excitação, me afasto de Norman e subo ao nível de Ribas e do senhor, o qual continua testemunhando a cena com um sorriso perplexo. Ele definitivamente nunca havia encontrado alguém que tenha ficado tão extasiado com o seu feioso cachorrinho.

— Desculpa – eu falo, não sei se direcionado para o senhor ou para Ribas. – Eu gosto muito de cachorros...

— Vamos?! Agora! – Ribas ordena com a intensidade de seu tom disfarçada por um sorriso forçado.

O senhor que, até então deslocava confuso seu olhar entre mim, Ribas e o cachorro, agora foca apenas no diretor. Após estreitar seus olhos e contorcer seu rosto em uma expressão de intenso esforço mental, ele finalmente fala em um alegre tom:

— Toninho? Não tá lembrado de mim?

Ribas, que já havia dado as costas e alguns passos, se vira lentamente em direção ao senhor. Por sua hesitação no movimento e pelo sorriso falso que abre, já percebo que o diretor lembrava muito bem daquele homem. Devia acreditar e esperar, no entanto, que conseguiria passar despercebido por ele. Pelo jeito, os quinze anos que se passaram, sua barba mal feita, as novas rugas, a barriga protuberante e os poucos e recentes cabelos grisalhos não eram o suficiente para disfarçá-lo e afastá-lo de seu antigo eu.

— Sr. Gattardi? – Ribas finge surpresa.

Esse nome também me soa familiar. Eu olho pensativo para o rosto do senhor. Gattardi... Gattardi... Gattardi... Tem algo de conhecido não só nesse nome, mas no olhar profundo, no sorriso molenga e despreocupado e na beleza escondida atrás das rugas profundas e da pele envelhecida do homem. Gattardi! Ah não...

— Me chama de Eugênio, rapaz! – o senhor rompe uma barreira invisível e dá um inesperado e desencaixado abraço em Ribas, o qual não reage.

— Bom ver o senhor... – Ribas responde alguns instantes depois de se recuperar da repentina aproximação. – Bora?! – ele se direciona a mim com o mesmo olhar irado e impaciente de antes.

— Pra que a pressa, garoto?! – Eugênio Gattardi sorri e, se direcionando agora para mim, fala: – Esse menino tem alergia a Caraí. Foge daqui igual eu fujo das amigas tagarelas da Vânia! Tirando sua mãe, né Toninho... Sua mãe é uma mulher e tanto! Amiga próxima da família!

O diretor solta uma risada sofrida. O Toninho Ribas de 17 anos toma forma mais uma vez sob meus olhos.

— Falando nisso, sua mãe é um anjo por ter falado com você sobre o Fabinho – Eugênio continua. – E nós nunca te agradecemos direito por toda a ajuda que você deu pro nosso menino.

— Não... não ajudei em nada... – Ribas gagueja.

— Mas é claro que ajudou! – Eugênio se vira para mim novamente. – Nosso filho, o Fabinho, deu na telha de querer ser ator lá na capital. Vê se pode? E ainda foi na cara e na coragem, sem aceitar qualquer ajuda financeira nossa, acredita? Bem, ele sempre foi muito batalhador, né? Imagina, a mãe ficou louca. Se dependesse dela, o menino não tiraria as fraldas, nem sairia do colo. O eterno bebezinho!

Eu também não fiquei feliz não. Criei meu filho pra tomar conta do meu negócio quando eu batesse as botas. Além do que sempre achei que ser ator é coisa de frutinha – o homem cochicha essa última frase seguido por uma risadinha maliciosa. Ao olhar de relance para Ribas, ele bloqueia a risada e forja uma expressão de profunda seriedade. – Não que eu tenha problemas com isso... Nem com atores, muito menos com os homossexuais – o homem faz uma breve pausa, como esperando algum elogio por seu aparente comportamento progressista. – Bom, mas o que podemos fazer, né? Se ficássemos prendendo ele aqui era capaz que o menino sumisse pra capital e nunca mais nos visitasse. Igual o Toninho aqui!

Por algum motivo, ouvir tudo aquilo é prazeroso. Pensar em Fabrício como Fabinho, o mimado filhinho da mamãe, destrói um pouco da pose de superioridade e independência que o aspirante a ator escolhia exibir. Seu pai o ridicularizava sem nem ter ideia (uma especialidade universal de pais, por sinal). Mas não é só gozo que sinto ao ouvir aquele relato. Há também um certo incômodo na boca do meu estômago, os prenúncios de um enjoo, de uma angústia tóxica. O protagonista das histórias de Eugênio, afinal, está a poucos passos de nós, morto, em estado constante de putrefação, e seu orgulhoso pai, completamente alheio sobre o fim macabro de seu filho. Eugênio nunca conseguiria imaginar que está cara a cara com um assassino, com o assassino de seu filho, com a pessoa responsável por arruinar toda sua família.

— E o que te traz para essas bandas, Toninho? Só veio visitar a Fátima? – Eugênio aproveita a pergunta para analisar Ribas dos pés à cabeça e fazer uma depreciação silenciosa da sua imagem.

Ribas parece estar em uma busca implacável por palavras. Algo raro para o eloquente diretor.

— Não vi minha mãe ainda... – ele titubeia. – Eu... eu ainda não a encontrei. Viemos fazer umas... é...

— Pesquisas de roteiro – eu me intrometo, tentando acudir o comparsa em apuros. – Estamos em fase de pré-produção de um filme escrito e dirigido pelo Ribas aqui... – sorridente, dou uns tapas edificantes nas costas de meu cúmplice. – Uma superprodução! Bem, Antônio Ribas não sairia da cama se não fosse por uma superprodução, não é? – dou uma risada alta, exagerada, grave e extremamente falsa, daquelas típicas de *businessmen* após fechar um negócio multimilionário e, provavelmente, ilegal.

— Muito bem, muito bem! – Eugênio fala e analisa Ribas mais uma vez. Parece tentar encaixar a imagem de genialidade e sucesso que eu acabei de pintar com o porte repentinamente acanhado e visual cansado e maltrapilho que Ribas traz no momento. – Quer saber? Vamos aproveitar essa coincidência? Que tal um almoço lá em casa hoje? Uma forma de agradecermos por toda a ajuda e preocupação com nosso filho!

— Não! – Ribas fala de imediato. – ...Infelizmente não vai ser possível, sr. Gattardi... A gente tá meio atolado de trabalho e logo precisamos voltar pra capital...

— Um cafezinho, então! Tenho pão fresquinho aqui. – Eugênio arregala os olhos ao mostrar o pacote que traz em suas mãos. – Aposto que você sente falta dos pãezinhos da dona Tamara, não?

— Claro que sinto falta! – Ribas mente e tenta parecer consternado por negar o convite. Provavelmente nem lembrava do gosto daqueles pães nem do porquê de serem tão especiais. – Mas acho que não vai dar mesmo... Fica pra próxima... Vamos, Lucas?

Eu sei que tenho que ir embora. Tenho que ajudar Ribas a se livrar de todos esses reencontros com seu passado. Mas, ao mesmo tempo, é o Norman! Aqui, do meu lado, sedento por carinho, tentando chamar minha atenção com seus rosnados chorosos! Como posso deixá-lo? Abandoná-lo depois de tanto tempo imaginando onde ele estaria? Imaginando as atrocidades que Fabrício poderia ter feito com ele?

Eu não resisto, me ajoelho novamente e volto a matar a saudade de meu cachorro. Norman pula, lambe meu rosto, abana o rabo em uma excitação descompensada. Eu me porto igualmente bobo, igualmente afoito. Feliz, apenas feliz.

— Lucas?! – Ribas repete, agora mais direto e seco. – Chega!

Eu encaro Norman mais uma vez, admiro aquela carinha feia, seus dentinhos tortos e a língua para fora. Estar perto de meu cachorro me lembra de uma época mais simples, uma época em que dar um sumiço em um cadáver não chegava perto de ser uma preocupação em minha vida, um item de minha *checklist*. Eu não quero dar as costas a esse sentimento, a essa lembrança de uma vida que eu nunca mais terei. Eu não quero abandonar o *meu* cachorro. Eu não posso ir embora sem nem ao menos descobrir como ele veio parar aqui!

Levanto meus olhos a Ribas. As palavras que saem da minha boca vêm acompanhadas da conhecida dor de ter, mais uma vez, plena consciência de meu egoísmo e nenhuma intenção de evitá-lo.

— Eu tomaria um café, na verdade – falo com um sorriso piedoso.

Ribas engole em seco. As palavras somem mais uma vez de sua boca. Se seu olhar fosse capaz de matar, seria eu a próxima vítima, e a morte seria sanguinolenta, vingativa e prazerosa.

— Maravilha! Vou avisar a Vânia! – Eugênio se vira para mim. – Amigo, segura o Figuinho aqui enquanto dou uma ligadinha pra minha esposa?

Sinto, mais uma vez, um arrepio frio ao ouvir o novo nome tosco que meu cachorro recebera. Eugênio me passa a coleira, mas eu decido carregar meu Norman no colo. O pai de Fabrício nos lança um novo olhar regado de estranheza, mas sorri agradecido. Ele se afasta alguns passos e começa uma conversa no celular. De vez ou outra conseguimos ouvir sua voz distante:

— O Toninho Ribas! – ele suspira ao telefone. – O menino da Fátima... Sim... Mas agora eu já convidei, Vânia. É só para um café da manhã. Sim... Sim... Não... Não tinha croissant. Comprei pão... Vânia, já falei que não tinha croissant!

Enquanto isso, brinco com Norman e tento não encarar Ribas nos olhos. Sei que, assim que o fizer, sua ira acumulada vai jorrar sobre mim como a lava mortal de um vulcão há anos adormecido, mas ansioso em mostrar seu poder de destruição.

Ribas acende um cigarro. Por mais que eu não olhe diretamente para ele, sei que ele me encara sério e bufa fumaça como um touro furioso de desenho animado. Não sei se consigo ignorar por muito tempo a tensão que nos envolve. Além do que, não é justo com meu cúmplice deixá-lo sem explicações sobre minhas aparentes inconsequentes atitudes.

— Esse cachorro é meu, Ribas – eu cochicho tomando cuidado para que Eugênio não nos escute.

Ribas solta a fumaça de seu cigarro e me encara ainda sem dizer uma palavra sequer. Ele tenta me decifrar, descobrir em qual caixinha de insanidade ele pode me enfiar, como classificar a minha loucura, mas parece não ter ideia. O meu estado mental debilitado não possui rótulo pré-definido.

— Do que você tá falando, Lucas?

— Esse cachorro é meu! É o Norman! Meu Norman! – eu me exalto. Ao ouvir minhas próprias palavras, também sinto o tom de insanidade que Ribas parecia ouvir e tento me acalmar. Decido explicar a história inteira nos poucos instantes que nos restam a sós. Tento ser o mais didático possível, mas tomo cuidado para não parecer condescendente, algo que sabia que Ribas detestava. Conto dos latidos matinais, das mijadas constantes no quarto de Fabrício, das acusações de manter meu cachorro em cárcere privado, da mordida no braço de nosso inimigo e de seu consequente e misterioso sumiço. Ribas me escuta, pouco impressionado e extremamente descrente. Eu não ligo. Na minha cabeça tudo faz sentido.

— Você não acha bizarro como tudo tá se conectando? – eu indago com os olhos arregalados e o sorriso manchado por um fascínio doentio. – Tá tudo se encaixando! Nós viemos para Caraí, encontramos o cara lá na ponte, trazemos ele pra cá e no final eu reencontro o meu cachorro! Não é bizarro como... como o destino tá se alinhando perfeitamente?!

Ribas balança a cabeça incrédulo. Ele continua me observando como se eu delirasse, como se estivesse perdendo os últimos resquícios de sanidade que possuo. E eu o entendo! Se fosse eu que estivesse na sua posição, tendo que ouvir todas as asneiras que falo, já teria saído correndo, me livrado do estorvo ensandecido filosofando sobre as conexões do destino e todas essas baboseiras. Ao mesmo tempo, sinto a necessidade de me agarrar à fé de que existe algum significado maior para essa nossa trajetória desastrada e criminosa. Preciso ter algo a mais que justifique os meus atos até aqui. São essas bobagens de "estava escrito nas estrelas" que vão sossegar a minha angustia? Então é exatamente nisso que vou acreditar.

— Lucas... Eu... Eu não sei mais o que fazer com você – Ribas suspira. Um sorriso também surge em seu rosto, mas sei que é um sorriso nervoso, causado pela desistência, pela falta de qualquer outro jeito melhor de expressar sua indignação. – Você me cansa. Você consome todas as minhas energias. E olha... Não sei se te detesto por conta disso, ou te admiro. Afinal, foram poucos que conseguiram essa proeza – ele abaixa a cabeça e mira seus próprios pés. Parece tentar organizar seus pensamentos, ter mais alguma ideia, criar mais um caminho, mas não consegue. Seu cérebro parece estar morto. Ele me encara mais uma vez, dá uma bufada e fala: – Qual é o plano agora?

Antes que possa responder qualquer mentira e deixar claro que não faço ideia de qual seriam os próximos passos, Eugênio se aproxima com o sorriso molenga igual ao de seu filho.

— Já falei com Vânia – ele diz. – Ela está superanimada para te ver novamente, Toninho, e já está passando nosso café.

Ribas abre mais uma vez seu sorriso amarelo e assente com a cabeça. As palavras ainda não saem de sua boca, mas está claro, apenas por seu olhar vazio que ele renuncia ali mesmo seu poder decisório sobre nosso plano. Ele está conscientemente se jogando no incerto, deixando-se ser levado, abrindo caminho para que eu, e apenas eu, nos guie, nos salve, traga soluções criativas para a nossa trama. Agora, é ele que me segue, é ele que acata às minhas decisões. Eu, afinal, sou o protagonista dessa história e devo começar a agir como um.

***

Eu me senti um tanto aliviado quando Eugênio Gattardi insistiu que o acompanhássemos durante todo o percurso até a sua casa. Tinha medo de que se o homem nos abandonasse e sugerisse que o encontrássemos em alguns minutos, Ribas entraria na van e me levaria embora de Caraí me obrigando a deixar meu cachorro para trás. Por sorte, o pai de Fabrício estava gostando de nossa companhia, de apresentar todos os cantos da cidade para mim — inclusive a horrível estátua de Juvenal Andrada novamente — e assinalar as modernizações e investimentos *top* de linha que o local recebeu nos últimos anos. Além disso, depois de certa insistência inconveniente de minha parte, Eugênio havia deixado que eu mesmo guiasse Norman pelo caminho. Com a posse (temporária) de meu cachorro, eu era um homem leve, sem passado, sem plano macabro, sem cadáver no porta-malas! Era alegria pura... Ribas, por outro lado, nos acompanhava silencioso, ainda segurando dois galões de gasolina e afundado em melancolia.

A caminhada não deve ter durado mais de dez minutos, mas o calor insuportável daquela manhã fazia ela parecer interminável. A cada passo que dávamos, o sol ficava mais forte. Seus raios pareciam competir para saber qual penetrava mais profundamente e causava mais danos em nossas peles. Eu tentava não me incomodar com isso, afinal, estava reunido com meu cachorro e prestes a recuperá-lo para sempre. Como, ainda não havia sido decidido por mim.

Por fim, entramos em uma rua bem mais agradável do que todas as outras que eu havia conhecido nas últimas horas. Mesmo assim, o quê de artificial predominante em Caraí também era gritante por ali. A rua era arborizada e ampla, lotada de casas de dois andares e jardins floridos. As calçadas eram limpas, geométricas, niveladas. Uma análise superficial já bastava para perceber que aquela era uma imitação barata de uma arquitetura norte-americana estereotipada, o reflexo de uma classe emergente de mau gosto, de uma burguesia decadente. A casa dos Gattardi ficava no final dessa rua e era uma das mais imponentes. Suas paredes eram de um branco de doer os olhos, as janelas eram espelhadas lembrando uma casa de praia, e o jardim coberto de rosas vermelhas e amarelas sobre um gramado verde, tão verde que parecia radioativo (e devia ser, já que foi provavelmente tingido artificialmente com alguma tinta nada benéfica ao meio ambiente).

— Chegamos! – Eugênio fala sorridente. Em seguida, pausa brevemente em frente a sua mansão e abre os braços como se estivesse nos presenteando com a visão de sua própria casa. Ele claramente espera uma chuva de elogios por seu bom gosto arquitetônico, porém para a sua clara decepção, nada dizemos mais uma vez. – Reformamos todo o segundo andar depois que Fabinho se mudou – ele fala para cobrir o silêncio sem graça que havia se originado. – Não preciso nem dizer que custou uma fortuna!

Antes de passarmos pelo jardim, Eugênio arranca a guia de Norman das minhas mãos. A ação tem uma suavidade improvisada, talvez para disfarçar os ciúmes por nossa repentina e estranha conexão. Sem muita resistência, o cachorro vai para as mãos de seu novo dono. Sinto uma pontada de ciúmes. O *meu* Norman não costumava ir com tanta facilidade para braços alheios... Mas tudo bem... É por pouco tempo. Norman logo vai voltar para os meus cuidados.

Eugênio abre a porta de sua casa cauteloso e olha afoito para os lados como se adentrasse terreno proibido, invadisse o lar de um de seus vizinhos à procura de seus bens preciosos.

— Vânia? – ele chama com um tom suave antes de entrarmos completamente no ambiente. – Amorzinho?

Ninguém responde. Ele suspira. Parece estar aliviado. Entramos.

A parte interna da casa é tão ostentativa quanto a fachada. Ambientes amplos e claros. O chão é de um mármore lustroso. Por todos os cantos, memorabilia dos mais variados estilos e tamanhos. Elefantes indianos de pedra, vasos egípcios ornamentados com mosaicos coloridos, araras chamativas entalhadas em madeira, tapetes persas longos e felpudos e sofás de couro sem nenhum arranhão, mancha ou amassado. Tudo em sua versão paraguaia, obviamente, contribuindo para o brilho bolorento do local. A casa parece o lar de uma vilã de novela mexicana, igualmente artificial àqueles cenários da TV.

— Podem se sentar – Eugênio aponta para a sala e para os sofás, onde ninguém parecia ter se sentado antes. – Vou organizar as coisas e achar a Vânia – ele volta a olhar para os lados apreensivo ao falar o nome de sua mulher e vai embora levando o saco de pães e Norman.

Ribas se encaminha sem cerimônia para os sofás, como um velho conhecido do ambiente ou, então, sem paciência para fingir timidez ou bons modos. Ele larga os galões de gasolina em cima do tapete persa e se afunda no sofá de couro, o que gera um barulho de flatulência cômico e interminável enquanto o ar acumulado sai do estofado.

Eu ainda faço o reconhecimento do local. Tudo é muito novo e curioso para que eu consiga apenas me sentar e esperar os anfitriões chegarem. Primeiramente, sigo Eugênio com os olhos e noto que ele levara Norman para um bonito quintal atrás da casa. De onde eu estou, consigo ver apenas partes do local por uma porta de vidro no cômodo vizinho, provavelmente a cozinha. O gramado é amplo e bem verde, tão artificial quanto o da frente da casa. Consigo reconhecer também o azul de uma piscina e os reflexos malemolentes da luz do sol refletidos na água. O mais curioso que identifico, a partir do meu restrito campo de visão é uma construção de madeira envernizada que muito lembra uma casa alpina em miniatura. Assim que é trancado na área externa da casa, Norman se encaminha imediatamente para dentro da estranha estrutura. Aquele é o seu lar, uma casa de cachorros típica de filme. Algo, inclusive, que nem sabia que existia na vida real. É lá dentro que Norman descansa, deitado, confortável e fresco na sombra de seus aposentos, curtindo o sossego da cidade do interior. O seu conforto, a sua calma, a aceitação passiva de seu cativeiro me incomoda profundamente. Norman deveria rosnar, latir, com o focinho grudado naquela porta de vidro, ansiando pelos meus braços, arranhando incessantemente aquela barreira até quebrá-la com as próprias patas. Mas não. Para o meu desgosto, ele parece estar bem até demais com todos esses novos mimos.

Eu paro de observá-lo. Não quero ter que lidar logo agora com a síndrome de Estocolmo de meu cachorro. Meu olhar, então, passa para a lareira de mármore em uma das extremidades da sala onde nos encontramos. O porquê de alguém ter uma lareira em uma terra tão quente como essas é um grande mistério para mim. Mas o que mais me chama a atenção não é a lareira em si, e sim uma série de porta-retratos enfileirados em sua cornija também de mármore.

Lá estava ele. Fabrício Gattardi. A minha vítima.

Em todas as mais de vinte fotos que se acumulam na superfície, Fabrício é o foco. Essa é uma verdadeira linha do tempo do herdeiro da família Gattardi, e começa como se deveria começar, com a foto de seus progenitores se preparando para a chegada do único filho que teriam. Abraçados em frente a uma paisagem montanhosa, está um bem mais jovem e charmoso Eugênio (ainda sem precisar disfarçar a gritante careca), e Vânia, uma bela, porém aparentemente severa, mulher de longos cabelos loiros, com a mão pousada sobre sua barriga quase explodindo para fora do justo vestido rosa que cobre seu corpo. Em seu rosto, nenhum resquício sequer de um sorriso. Logo em seguida, vem a foto de Fabrício versão bebê. Sem ser bonito nem feio, apenas igual a todos os outros bebês da face da terra, um pacote enrugado e frágil que lembra um rato pelado. Depois vem uma foto de Fabrício banguela, com 6 ou 8 anos, sorrindo radiante, acompanhado de dois amigos do time de futebol. Em seguida, algumas fotos registram a entrada na adolescência e evolução para o início da vida adulta: Fabrício de 12 anos, com sorriso envergonhado abraçando o Mickey Mouse; Fabrício aos 15 vestindo terno e gravata borboleta de braços dados com uma garota de rosto esnobe; Fabrício pescando com o pai; Fabrício e Vânia com roupas coloridas de inverno em uma montanha coberta por neve; Fabrício solitário no quintal de sua casa, com os pés dentro da piscina admirando o movimento da água; e assim por diante, dos 0 aos 30 anos, a cada foto se transformando mais na versão que eu matei.

Observar seu crescimento registrado naqueles porta-retratos é igualmente fascinante e atormentador. Tanta história presente em uma vida. Tanta história que escapa dessas fotos. Momentos não registrados, vivências não compartilhadas, sentimentos impossíveis de se ver, de se revelar em um papel fotográfico. Como era afinal a relação entre Fabrício e seus pais? Eram próximos? O que contavam um para o outro? Brigavam com frequência? Demonstravam seu amor? O que aquela versão de Fabrício aos 18 anos olhando fixamente para a piscina pensava? Que tipo de tormentas Fabrício viveu e sobreviveu enquanto crescia? Que tipo de tormentas Fabrício vivia enquanto dividia o teto comigo? O que pensava ele quando aquele peso de musculação atingiu sua cabeça e levou embora toda essas vivências, todas essas memórias?

Aqui, nesta cornija da lareira, nenhuma outra foto seria colocada. Nenhuma nova memória seria criada além da memória do fim definitivo, da morte.

Eu olho para Ribas afundado no sofá a alguns passos de mim. O rosto cansado, o olhar vagando nos padrões coloridos do tapete sob seus pés. Qual desses Fabrícios das fotos havia contribuído para os traumas de Ribas? Qual deles alimentara um ódio tão grande em meu cúmplice que o fizera me acompanhar nesse interminável e mórbido percurso?

Volto a observar as fotos. Em específico a foto de Fabrício acompanhado dos seus dois amigos do time de futebol. Observo seu sorriso infantil, a boca aberta sem vergonha de mostrar as lacunas no meio dos dentes, a forma calorosa como passava o braço pelos ombros das outras duas crianças. Começo a reparar no rosto dos amigos também. Um deles, o da direita, me chama a atenção. Seus olhos são bem escuros, fundos, meio caídos e tristonhos. Olhos, inclusive, que me lembram aqueles de um diretor famoso da capital. Seria essa a versão de 8 anos de Ribas? Seria esse o tão falado Toninho Ribas de Caraí, o menino de Fátima. Teria ele finalmente ganhado um rosto para alimentar a minha imaginação?

— Toninho Ribas! – uma voz feminina rouca e com pinceladas de sedução surge na sala. – Que bom te ver novamente!

Olhamos em direção à escada também de mármore e em espiral que leva ao segundo andar do ambiente. De lá, desce uma mulher em seus quase 60 anos, trajando roupas de ginástica de tons roxos e rosados. Sua pele é bem bronzeada de sol e quase não tem rugas. O cabelo é longo e loiro acobreado, e descem fartos abaixo dos ombros. É uma mulher bem cuidada, muito bela. Daquelas belezas, no entanto, que se percebe que é construída, mantida com empenho, exercício e uma ou outra cirurgia plástica. Deve ser Vânia, a mãe de Fabrício, quase idêntica a versão fotográfica que eu acabei de observar.

Ribas se levanta do sofá com pouca vontade, mas encontra forças para forjar um sorriso receptivo. O sofá respira aliviado ao se livrar do corpo pesado do diretor. Eu coloco o porta-retrato que segurava de volta com seus companheiros e também me aproximo da anfitriã.

Vânia desce as escadas de forma doce, suave, quase flutuando. Seus movimentos, no entanto, parecem ter sido incansavelmente treinados para causar o devido impacto em sua chegada. Em seu rosto, ela também traz um sorriso. Esse, mais falso que o de Ribas, não sei se pela quantidade de puxadas cirúrgicas pelas quais sua face já passou, ou pela simples inabilidade de sorrir. Ao chegar no primeiro andar, ela estende os braços a contragosto para abraçar o sumido caraiense. Antes que conseguisse encontrar com os braços de Ribas, porém, ela percorre os olhos pela sala e pousa com espanto sobre os dois galões de gasolina em cima do seu tapete persa falsificado. Estática, com os braços no ar e estupefata, a mulher mira aquela peça desencaixada em sua sala.

— É um presente bastante peculiar – ela fala, tentando fazer com que o sorriso falso voltasse a seu rosto.

— Infelizmente não é um presente – Ribas fala com a calma de quem já está acostumado a lidar com esses tipos de reações. – Se soubéssemos que viríamos aqui, com certeza traríamos algo – ele mente. – Mas foi tudo tão rápido! O encontro com sr. Gattardi, o convite para o café. Nos pegou um pouco desprevenidos!

Vânia revira os olhos ao ouvir a menção ao seu marido, mas tenta ser discreta. Logo em seguida, grita:

— Eugênio!!!

Em menos de cinco segundos, o marido surge na sala com um pano de prato pendurado no ombro e os olhos arregalados em pavor.

— Amor? – Vânia agora fala com suavidade. – Tem como você colocar esses galões em algum outro lugar?

— Claro, amor! – ele responde. Em um movimento quase robótico, ele pega os dois galões e os leva para o quintal dos fundos, o que chama brevemente a atenção de Norman.

— Vocês me desculpem – Vânia volta a falar com a simpatia obrigatória de antes. – Eugênio é meio atrapalhado e esquecido. Você conhece a figura, né Toninho? – ela finalmente dá o abraço mais desmotivado do mundo em Ribas e nos guia aos sofás de couro barulhentos novamente. – Pedi para ele comprar croissants hoje na Tamara, afinal quarta-feira é dia de croissant. E acredita que ele esqueceu?

— Não tinha croissant!!! – Eugênio grita da cozinha. Se esforça para não soar agressivo.

— Eu sei, amor! – Vânia fala mais alto, balança a cabeça negativamente e torce o rosto em descrença. – Mas me fale sobre você, Toninho! O que está fazendo por Caraí depois de tantos anos?!

— Viemos fazer umas pesquisas! Pesquisa de roteiro! – Ribas se aproveita da mentira elaborada por mim. – É para um filme. Um filmão! Aí viemos para cá, eu... e o Lucas.

Ribas aponta para mim, e minha invisibilidade naquela conversa encontra seu fim.

— Este é o Lucas – Ribas fala. – Meu assistente.

Eu estranho meu novo título, mas deixo rolar. Ribas precisa dessa vitória frente aos pais de Fabrício, precisa provar seu poder e seu sucesso na cidade grande através da posse de um assistente, de um subalterno.

— Muito prazer – eu estendo minha mão e abro um fraco sorriso, porém o mais sincero que surgiu naquela residência até então.

— Você estava dando uma olhada nas fotos, não? – ela fala ao apertar minha mão como uma dama francesa e provavelmente esperando que eu a beijasse.

— Pois é – respondo, com a culpa manchando o meu tom.

— É meu filho, o Fabinho – ela sorri, saudosa. – Amigo de infância do seu chefe!

— É mesmo? – eu falo, lançando um olhar inquisidor a Ribas.

Vânia se levanta do sofá graciosamente sem originar o desconfortável barulho de pum e se encaminha a lareira. Ela pega a foto de Fabrício banguela abraçado com os dois amigos.

— Você lembra dessa foto, Toninho?

Ribas não olha para o retrato, mas afirma com a cabeça.

— Esse é o Fabinho – Vânia percebe que foi ignorada e decide me mostrar a foto. – O Toninho é esse daqui com a camiseta furada e esse outro... – ela se vira ao diretor. – Qual era o nome dele mesmo?

— Paulo – ele responde, ainda sem olhar para a foto.

— Paulo Valinhos! Claro! – Vânia diz, com entusiasmo. Algo em seu tom, no entanto, parece indicar que ela já sabia a resposta daquela pergunta antes de lançá-la. – Você ainda tem contato com ele?

— Não. Nenhum. Há anos – Ribas responde seco.

— É mesmo? – Vânia coloca a foto de volta com as outras. – Eram tão próximos, vocês dois. Estranho...

— O que é estranho? – Ribas pergunta, ríspido.

— Como às vezes a vida é impiedosa e afasta amigos *tão* próximos, não é?

Ribas bufa e abre um meio sorriso.

A campainha toca e me vejo salvo de um repentino e misterioso desconforto. Vânia arregala os olhos. Não consegue conter sua animação.

— Agora estamos completos! – ela exalta e se encaminha até a porta.

Ribas e eu cruzamos olhares. Quem mais havia sido convidado para aquele aparentemente despretensioso café da manhã?

Ao ouvir os primeiros segundos do diálogo abafado e distante vindo da porta, Ribas parece desvendar o mistério e automaticamente afunda a face nas palmas das mãos em desespero. Eu continuo completamente sem pistas.

— Bom dia, querida! – Vânia fala. – Você trouxe os croissants?

— Fresquinhos – uma voz feminina bastante doce, quase chorosa responde. – Ele está aí?

— Sim! Entre, entre!

Um instante depois, Vânia chega acompanhada de uma outra mulher. Essa, baixinha e gorda, um adorável botijão trajando um vestido branco com flores vermelhas. Em suas mãos, um saco da padaria de dona Tamara, provavelmente com os tão desejados croissants. Vânia a guia para a sala com um sorriso radiante, como se estivesse prestes a lhe dar um valioso presente.

Ribas se levanta com a chegada das duas. O olhar da senhora dança um pouco pela sala até pousar no diretor. Assim que ela o vê, leva as mãos a boca, os olhos se enchem de lágrimas. Desajeitada, ela larga o saco de croissants nas mãos de Vânia, corre ao encontro de um desconcertado Ribas e o abraça forte, quase arrancando seu ar.

— Filho! – ela chora com a voz abafada pela roupa de Ribas. – Meu filho!

Vânia sente prazer ao observar a cena, não sei se pela emoção de sua amiga, ou pelo desconcerto e susto de Ribas.

— Eugênio havia me falado que você ainda não tinha passado para ver a Fátima – Vânia fala. – Aí resolvi convidá-la para nosso café da manhã! Afinal, Deus não queira que você fuja da cidade antes de dar um abraço na sua mãezinha!

Fátima, finalmente, quebra o abraço que dá em Ribas e o observa pensativa. Ela nota as rugas, o cabelo desgrenhado, os olhos tristes. Tenta, nesse mesmo instante, listar todas as mudanças pelas quais o filho passou durante aquele tempo em que não se viam.

— Você anda bebendo – ela fala severa. A emoção inicial parece ter fugido sem deixar rastros.

— Só socialmente – Ribas responde com um sorrido desafiador.

— Essa barrigona não mente, Toni – ela revida dando tapas no estômago do filho. – Isso é barriga de cerveja e cachaça!

— Você sabe bem, não é? – Ribas retruca.

Vânia sente a necessidade de se intrometer. Ela parece gostar da discussão que se iniciava mas, pelo jeito, ainda é cedo demais para chegar no ápice. Ela quer dividir os momentos de tensão pelo decorrer do café da manhã e se deliciar com os atritos entre mãe e filho. Eu sei que esse é o seu tipinho, igual ao filho.

— Você já conhece o assistente do seu filho? – ela fala. – Lucas, certo?

— Sim! Prazer, sra. Ribas – eu a cumprimento. Só de apertar sua mão e olhar seus olhos, já sinto o afago e a preocupação materna que tanto se fala, mas que senti raramente durante minha vida. Minha mãe nunca foi a pessoa mais afetiva do mundo, afinal.

— Prazer, querido – ela responde. Em seguida, vira-se para Ribas. – É só assistente mesmo?

— Sim, mãe! – Ribas responde como uma criança birrenta.

Eu fico sem entender a última pergunta e resolvo continuar sem entendê-la. Um silêncio paira sobre nós. Todos se olham. Fátima para Ribas, depois para mim, depois para Ribas novamente. Vânia para Fátima, para Ribas, para Fátima e para mim. Eu para Fátima, para Vânia e, depois, para o saco de croissants (estava com fome). Por sorte, Eugênio chega naquele instante na sala.

— A mesa está posta! – ele fala empolgado. Ao notar a recente chegada, continua. – Fátima! Que bom que conseguiu vir!

— E eu trouxe croissants – Fátima fala, limpando as lágrimas.

— Ela trouxe croissants – Vânia repete, com um sorriso no rosto, mas olhar afiado em direção ao marido.

Eugênio nos guia para o cômodo vizinho, a cozinha. O local é amplo, talvez tão grande quanto a sala. Todos os eletrodomésticos brilham, como se fossem recém-comprados ou nunca antes utilizados. Há uma infinidade de frutas e legumes espalhados na fruteira, no balcão e em cima de uma grande mesa de madeira. Eles trazem cor e charme ao ambiente e contribuem ainda mais para que a cozinha se parecesse com a de alguma capa de revista de decoração. Em frente à pia, uma mulher com uniforme branco dá as costas para nós. Não consigo ver o que ela faz ali, mas logo que termina sua tarefa, deixa seus patrões a sós com os convidados, sem dizer uma palavra.

Sentamos à mesa decorada com as coloridas frutas e mais pães, frios, café fumegante, sucos diversos e tudo que a imagem de um bom café da manhã pede. Tudo, menos os croissants da Dona Tamara, problema rapidamente solucionado por Eugênio que se prontificou a dispô-los de forma geométrica em um bonito prato de cerâmica.

Da minha cadeira, eu tenho uma visão privilegiada de Norman pela porta de vidro que leva ao quintal. O cachorro também reparou a minha chegada, abanou o rabo brevemente, mas logo voltou ao descanso e conforto de sua casa alpina de madeira brilhante.

— Bem, sirvam-se! – Eugênio fala ao apresentar orgulhoso a sua mesa.

O pudor e o desajeito típicos do início de uma refeição em casa de desconhecidos se dissipa pela mesa. Todos hesitam ao dar o pontapé inicial na comilança matinal. O buraco no meu estômago, no entanto, me impossibilita de acompanhar os outros na apreciação silenciosa e tímida da comida. Resolvo avançar e vou direto aos croissants. Já comi melhores, no final das contas.

Lentamente, os outros começam a se servir de suco, café, um pãozinho com manteiga, uma fruta, e o tilintar dos talheres e pratos se intensificam.

— Toninho, – Vânia fala enquanto passa geleia em metade de um croissant – me conte mais sobre essa pesquisa que veio fazer aqui na cidade! É para o que mesmo?

— Um filme... – ele hesita. – Um novo projeto...

Fátima lança olhares orgulhosos ao filho.

— Um filme, Toni?! Que maravilha!

Ribas assente com a cabeça e abre um sorriso pesado e mentiroso.

— Mas por que tanto espanto, Fátima? – Vânia se surpreende. – É o primeiro filme que você faz?

— Sim... – Ribas responde sem graça.

— É daqueles pequenininhos? – Eugênio pergunta.

— Curta-metragens, amor... – Vânia o corrige impaciente.

Ribas se serve de café. Parece não querer continuar mentindo, mas não tem muita escolha.

— Não. É dos grandes mesmo – ele fala.

Fátima, tomada por uma animação repentina, vira-se ao seu filho e fala:

— Querido, você sabe que o Fabinho está tentando ser ator lá na capital, não é? Talvez você possa ajudá-lo em alguma coisa, falar dele lá na sua produtora!

— As coisas não funcionam assim, mãe – Ribas responde com seriedade e rispidez.

— Mas você já tem um nome lá dentro, Toni! Aposto que consegue mexer uns pauzinhos e, pelo menos, conseguir uns testes para ele!

Ribas continua balançando a cabeça negativamente. Vânia nota sua má vontade e volta a se intrometer na conversa:

— Não se preocupe com isso, Toninho! – ela fala enquanto segura a mão de Fátima de forma aparentemente carinhosa, mas originando uma leve expressão de dor na mulher. – Essas coisas não são tão simples assim, Fátima! Não é qualquer trabalhador que pode chegar ao chefe e apresentar um amigo antigo da cidade natal mendigando trabalho. Ainda por cima, aposto que Toninho ainda tem muito que crescer lá dentro. O trabalho começou agora, afinal! *Um* filme só no currículo não impressiona muita gente, não é?

Fátima concorda cabisbaixa e volta suas atenções ao bolo de chocolate que devorava.

Mais uma vez, percebo o quanto é difícil para Ribas ter toda a sua trajetória de sucesso menosprezada pelos fantasmas de seu passado e não reconhecida pela sua própria mãe. O diretor, afinal, orgulhava-se tanto de seu trabalho que quando costumava falar dele, beirava o pedantismo e a arrogância. Ser diminuído daquela forma, destruía lentamente a sua essência. Pelo que eu conheço de Ribas, não há nada mais importante para ele do que seu próprio ego.

— Mas o Ribas já fez muito mais lá na produtora – eu venho em resgate do diretor. – Já está prestes a estrear o terceiro seriado!

Eu espero um olhar agradecido de Ribas, mas recebo exatamente o oposto, apenas uma bufada de reprovação.

— Mas que maravilha, Toninho! – Eugênio fala e levanta seu copo de suco em um brinde solitário.

— Seriado? Em que canal passa? – Vânia finge interesse.

— *Vista* – Ribas responde, já prevendo onde aquela conversa ia dar.

— *Vista*? É o 9? 10? – Eugênio franze o cenho.

— É um canal a cabo.

— Ah... TV a cabo... – Vânia fala sem disfarçar o desdém. – Vou ver se encontro...

Após um breve silêncio, chega a vez de Eugênio mostrar que é formado por algo maior que apenas inocência e submissão. Ele e sua mulher são parceiros, afinal. Exaltar a própria família e menosprezar os outros com comentários passivo-agressivos também fazia parte de seu rol de especialidades.

— Você já contou a novidade para Fátima, amor? – ele dá a deixa à mulher.

— Ainda não! – Vânia bate palmas no ar. – Fabinho conseguiu um papel em uma novela!

Sinto uma vontade instintiva de rir e me engasgo com o suco de laranja que tomava. Se eles soubessem o tipo de trabalho que Fabrício realmente tinha na capital, não ficariam tão orgulhosos assim...

Vânia finge que não repara em mim e continua a falar:

— Parece que os diretores amaram ele!

— Que ótimo, Vânia! Sabia que esse menino ia longe! – Fátima fala sem nenhum pingo de inveja ou falsidade.

— Pois é, menina! Ficamos sabendo faz pouquíssimo tempo!

— E a novela ainda é da Globo! – Eugênio fala e lança um olhar de superioridade a Ribas.

O diretor, que se preparava para cortar seu croissant no meio, larga sua faca em cima do prato sem muito cuidado e origina um desconfortável barulho que traduz perfeitamente sua impaciência crescente. Todos à mesa lançam olhares assustados em sua direção e esperam ansiosos pelo que viria em seguida, se preparam para a explosão. Como resposta, Ribas apenas sorri e fala:

— Com licença, preciso ir ao banheiro...

— É na terceira porta do corredor à esquerda – Eugênio grita enquanto Ribas se afasta.

O diretor some da cozinha sem responder. O silêncio volta a pairar sobre a mesa.

Enquanto comemos, nos observamos sorridentes, tentando encontrar o momento certo de iniciar um novo assunto. Decido abraçar eu mesmo essa missão.

— O cachorro não fica com calor lá fora? – pergunto tentando exalar desinteresse. – Deve estar... quanto? Uns 35 graus?

— O Figo já se acostumou com as temperaturas de Caraí – Eugênio responde paciente.

— Figo? – pergunto, sentindo a massa de croissants digeridos voltar ao fundo da garganta. – De onde vem esse nome?

— É a fruta favorita do Fabinho – Vânia responde sem parecer estar muito interessada no assunto. – Como foi um presente dele, escolhemos esse nome.

— Hm... – eu belisco minha própria perna para tentar me acalmar. Sinto o relance de Fátima. Ela percebe meu autoflagelo. – Olha... Eu acho que o... Figo... está muito cabisbaixo lá fora. Talvez esteja muito quente pra ele embaixo daquela casa de madeira. Será que ele não pode ficar aqui dentro? Está tão fresquinho!

— O Figo não entra em casa... – Eugênio lança um olhar desgostoso para a esposa.

— Lugar de cachorro é ao ar livre! – Vânia fala defensiva. – Ainda mais Figo que sofria tanto no seu antigo lar!

— Como assim? – pergunto e belisco ainda mais forte a minha perna.

— Fabrício o resgatou – Vânia fala orgulhosa. – Parece que o coitadinho ficava preso em um apartamento minúsculo, quase em cárcere privado. Isso não é vida digna! Muito menos para um cachorro!

Eu nem sinto mais a área da minha coxa onde belisco tamanha a força já aplicada. Minha outra mão, a que segura a faca brilhosa dos Gattardi, inicia um tremor nervoso e incontrolável. Os pais de Fabrício continuam comendo seus croissants sem perceber minha estranha reação à história de Figo, já Fátima me nota e pousa a sua mão sobre a minha. Ela tenta, apenas com o toque, me acalmar.

— Fabrício tem um coração de ouro – Vânia fala sem retirar os olhos de seu prato. – Ainda mais quando se trata de animais! Sempre amou os bichinhos.

Uma risada maníaca surge do corredor. É Ribas anunciando a sua volta. Assim que ele pisa novamente na cozinha, noto que há algo de diferente em sua expressão e porte. Os olhos estão arregalados e vivos, os movimentos mais rápidos e espasmódicos. Enquanto todos os outros permaneciam alheios aos sinais, eu já sabia muito bem o que Ribas havia feito no banheiro. Aquele, afinal, fora o tempo certinho de jogar uma água no rosto, respirar fundo, e logo em seguida, dar uma cheiradinha. Só assim para conseguir as forças necessárias para continuar aquele indesejado encontro de famílias.

— O que foi, filho? – Fátima pergunta com um sorriso inocente no rosto.

— A piada! – Ribas fala.

— Qual piada? – indaga Vânia.

— Ahhh! – Ribas tapa a boca em um movimento dramático. – Não era para ser uma piada? Mil perdões! Esqueçam a risada!

— Acho que perdi alguma coisa... – Eugênio olha para os lados e procura desesperadamente o fio da meada.

— Devo ter dito alguma coisa engraçada – Vânia fala. O sorriso nos lábios permanece pendurado por um fio.

— Muito engraçada! – Ribas bate na mesa e faz todos os pratos, facas, garfos e travessas flutuarem por um milésimo de segundo.

— Sente-se aqui, filho! – Fátima puxa Ribas pelo braço e o direciona a cadeira.

Ribas se senta, alcança um croissant mas não o come, apenas o despedaça sobre seu prato até transformá-lo em migalhas. Vânia o observa incrédula. Impotente frente àquela ação, ela respira fundo, abre o já usual sorriso falso e continua sua fala:

— Bem, como dizia... Fabinho tem uma sensibilidade apurada quando o assunto é animal de estimação.

Ribas ri novamente.

— Vânia! Assim você me mata! – ele fala.

— Do que você está falando? – a mulher pergunta. Começa a mostrar a severidade que tanto tentava encobrir com o sorriso.

Ribas cessa a risada abruptamente e exalta:

— Estou falando do meu gato! O gato que o seu filhinho matou!

— Ahhh! De novo essa história?! – Vânia larga os talheres, se recosta em sua cadeira e olha aos céus como buscando forças antes de entrar naquela antiga e conhecida discussão.

— Filho, pare com isso... – Fátima cochicha.

— Parar com o quê?! Tô falando a verdade!

— O Fabrício matou seu gato? – eu pergunto, quase tão perdido quanto Eugênio.

— O *Fabinho* tinha as formas mais sádicas de chamar atenção, Lucas – Ribas fala de forma didática e com saudosismo fajuto. – A que ele achou para chamar a minha foi matando meu gato a paulada!

— Não seja ridículo, Toninho! – Eugênio volta a participar da conversa. – Nosso filho nunca faria uma coisa dessas.

— Nós já deixamos isso bem claro há quase 20 anos! – os olhos de Vânia piscam freneticamente, sua forma particular de expressar o próprio nervosismo. – E Fátima está aqui para confirmar! O gato foi morto, isso é um fato... Mas não por Fabinho, não é? Todos olham para a mãe de Ribas que permanece calada e acuada durante toda a conversa.

— Sim... – Fátima gagueja. – Fabinho nunca seria capaz...

Ribas lança um olhar furioso a mãe.

— Você não consegue ficar do meu lado uma vezinha sequer? – ele fala.

— Antônio! – ela retruca também perdendo a paciência. – Isso faz parte do passado! Por que precisamos voltar a falar disso?!

— Relembre o seu filho, Fátima! – Vânia fala. – A memória dele parece ter sofrido com o tempo...

Fátima suspira. Novamente com lágrimas nos olhos, ela continua:

— Foi uma época difícil para você, Toni. Sua relação com seu pai não era das melhores... Era muita coisa acontecendo na sua vida! Você era tão infeliz, meu filho... E olha, está tudo esquecido e perdoado. Você não lembra que levamos você em um psicólogo logo depois do... Acidente com o gato? Ele certificou que aquela era uma reação normal de crianças em trauma... Uma forma para você se livrar das suas dores!

Ribas balança a cabeça incrédulo. Os olhos arregalados, a boca entreaberta. Anos se passaram e as pessoas continuavam sem acreditar em suas palavras. A consciência disso parece ter saltado a sua cabeça.

Ele relaxa o corpo, joga seu maço de cigarros na mesa e, de forma desafiadora, acende um deles.

— Aqui dentro não, Toninho – Eugênio alerta, pisando em cascas de ovos.

— Você realmente acha que eu matei o meu próprio gato a pauladas? – Ribas pergunta pausadamente à mãe. Ele também ignora as palavras do dono da casa, e a fumaça do seu cigarro se expande pela cozinha.

— Antônio, você poderia apagar o cigarro? – Vânia tenta parecer calma.

— Você prefere acreditar nos Gattardi, no bêbado do meu pai, num psicólogo cujo escritório era no andar de cima do Boteco do Amiro! Até no louco da Praça 13 você acredita, menos no seu próprio filho!

— Toni... Depois falamos disso... – Fátima busca fôlego enquanto se afunda em um mar de desespero e embaraço. – Por favor, querido... Apague esse cigarro.

— Como que alguém pode ser tão cega! – Ribas dá uma longa tragada e solta a fumaça na direção de Vânia. – Você escolhe se cegar, mãe! Sempre foi assim e continua sendo!

— Antônio! O cigarro! – Vânia finalmente grita.

Ribas vira o rosto tão bruscamente em direção à mãe de Fabrício que poderia ter quebrado o próprio pescoço. Eles trocam olhares furiosos entre si. As faíscas são quase visíveis. Os dois parecem estar em um ringue, mantendo uma distância segura um do outro, apenas se observando, descobrindo os pontos fracos do oponente, se preparando para o próximo ataque. Ribas inicia a ofensiva e, em um movimento rápido e cheio de intenção e de drama, afunda seu cigarro no próprio prato de porcelana cheio de migalhas de croissant. Vânia engole em seco.

— Você sabia que foi o Fabinho que me deu meu primeiro cigarro? – Ribas sorri cinicamente. – Lembro dele todo orgulhoso por ter conseguido afanar um maço do Mercadinho da Jurema. Aprendemos a tragar juntos lá no matagal atrás do ferro velho. Eu, ele e Paulo.

— Eu duvido muito... – Vânia bufa e revira os olhos.

A brasa do cigarro mal apagado de Ribas continua incandescente sobre o prato de porcelana. A fumaça se espalha pelo ambiente e dá o tom amargo àquela discussão.

— Mas Fabrício nunca gostou de fumar, não... – o diretor continua. – O coitado não conseguia dar nem um trago sem engasgar. Ele só queria provar seu valor, ser o malandrão do grupo... Coisa de criança, sabe?

Lá fora, a empregada da família Gattardi serve uma cumbuca de água a Norman, o qual imediatamente sai da sombra de sua casa de madeira e afunda seu focinho no líquido para se refrescar.

— Vocês nunca tiverem muito a ver mesmo, não é? – Vânia suspira irritadiça. – Tanto é que se separaram quase que naturalmente... Você e o Paulo para um lado e Fabinho para outro...

A fumaça do cigarro de Ribas ainda sobe no ar e entra pelas minhas narinas, sem autorização. Eu, cada vez mais deslocado da discussão ali estabelecida, só tenho olhos para Norman, que, com o focinho pingando de água, volta para o conforto de seus aposentos internos.

— Você nunca mais teve notícias do Paulo? – Vânia pergunta.

— Já disse que não – Ribas responde seco, sem o cinismo que regava a conversa até então.

— Desde que eles se mudaram para Araraquara?

— Desde que Fabrício espalhou aquele monte de merda sobre nós dois pela cidade.

Um celular começa a tocar. O tema é "Tequila" de The Champs. As animadas notas digitais de um saxofone rompem a tensão que tomava forma em volta da bonita mesa de café da manhã. Pela expressão de culpa e embaraço de Eugênio, está mais claro que é o seu celular que toca. O homem, no entanto, não ousa se levantar da mesa para atendê-lo. Num ambiente tão cheio de regras ditas e não ditas como aquele, atender ligações durante as refeições estava provavelmente na lista de restrições absolutas.

Sem mover um músculo sequer, nós cinco esperamos aquele inoportuno som cessar por completo. O toque pareceu eterno, o desconforto crescendo a cada sopro do saxofone. Para mim, aquela pausa vem junto com uma epifania. Vejo Norman, sua luxuosa casa de madeira, o cigarro mal apagado de Ribas junto com as migalhas de croissant, a fumaça se espalhando no ar, o sol gritante, os galões de gasolina. Tudo isso se junta em um perfeito quebra-cabeça e forma um plano. Um plano absurdo, ensandecido, mas o único que eu tenho para recuperar o meu cachorro.

Finalmente, o celular para de tocar. Antes que a discussão entre Ribas e Vânia entrasse para o segundo *round*, eu alcanço discretamente o maço de cigarros pousado em cima da mesa e o coloco em meu bolso. Fingindo presar pelo bem-estar dos anfitriões e respeito pelas regras da casa, eu pesco a bituca ainda fumegante no prato de Ribas. Me direciono a todos ou a ninguém e falo:

— Vou dar um jeito nisso aqui...

Ninguém se importa comigo, com o que eu faço ou deixo de fazer. Estão todos mais interessados em remoer feridas do passado e manchar as ilusões alheias com suas verdades particulares.

Eu me levanto da mesa sem ser percebido. Minha invisibilidade veio no momento mais apropriado possível e vou me aproveitar plenamente dela para dar continuidade ao meu mais recente plano.

No segundo em que toco a maçaneta da porta de vidro que leva ao quintal, ouço a voz de Vânia dando continuidade à discussão com o antigo amigo de seu filho:

— Fabinho falou apenas o que presenciou com os próprios olhos!

A resposta de Ribas àquele comentário, no entanto, é abafada pela porta que se fecha às minhas costas. Agora estou do lado de fora, novamente debaixo do sol quente e avassalador de Caraí.

Ao meu lado, os dois galões de gasolina descansam à sombra de uma pequena tenda de lona que começa acima da porta de vidro e se estende alguns centímetros em direção ao gramado artificial. Alguns poucos metros à frente, está a casa de madeira em moldes alpinos em todo seu esplendor. Norman, quase desaparecido pelas sombras de seu gigantesco lar, ainda não nota a minha presença ali fora. Sua casa está construída sobre uma espécie de *deck* de pedra fria, dividindo o espaço com duas espreguiçadeiras e uma churrasqueira de tijolos. Desse *deck* sai uma passarela também de pedra que faz a conexão com a piscina, um caminho bege que corta o verde radioativo do gramado artificial.

A bituca do cigarro de Ribas finalmente se apaga. Eu a arremesso para frente, e ela some dentro de alguns arbustos floridos e bem podados que beiram a piscina.

Ao olhar por trás de meus ombros, percebo que a discussão continua ainda mais calorosa. Não ouço quase mais nada que acontece dentro da cozinha, mas vejo que Eugênio e uma chorosa Fátima entraram para a briga. Todos com muito mais o que fazer do que prestar atenção em mim.

Eu flexiono meus joelhos para, discretamente, abaixar alguns centímetros e alcançar um dos galões de gasolina. Com ele em mãos, eu piso no gramado verde e sinto um calor úmido vindo do solo e subindo pelas minhas pernas. Meros passos depois, eu chego até a passarela de pedra fria que liga a piscina ao *deck* onde a casa de Norman se encontra. Estamos em extremos opostos, Norman e eu. A passarela de pedra nos separa.

— Norman! – eu suspiro, e o cachorro finalmente nota a minha presença.

Seu acordar é lento. Ele primeiro assanha as orelhas ao receptar o som, depois, levanta sua cabeça para se certificar de onde vinha aquela voz e, por último, espreguiça o corpo se preparando para ir ao meu encontro. Apesar de continuar feliz em me ver, sua animação não é igual à de momentos atrás, durante nosso reencontro emocionante nas ruas de Caraí. Com movimentos pesados, preguiçosos e com um quê de obrigatoriedade, ele sai da sombra fresca de seu lar e atravessa a passarela de pedra. De alguma forma, ele já sabe que seus dias em Caraí estão prestes a chegar ao fim. Seu verdadeiro dono veio finalmente ao seu resgate. Se sua satisfação com o fato é genuína ou se sequer existe, eu não sei e nem tenho interesse em saber.

Assim que Norman chega aos meus pés, ele se deita resignado sobre o chão de pedra e lá permanece enquanto boto meu plano em ação.

Eu abro o galão de gasolina e sinto de imediato o odor inflamável e tóxico que se alastra pelo ar quente do quintal. Decidido, eu atravesso a passarela de pedra fria, com meu alvo em minha mira constante. Assim que chego no *deck*, confiro mais uma vez o clima dentro da cozinha e me certifico se minha invisibilidade ainda possui efeito. Agora, Ribas está de pé e gesticula com as mãos. Fátima o puxa pelo braço, suplica para que se sente. Vânia alterna entre expressões de fúria, comentários inaudíveis e risadas escandalosas. Eugênio ainda come, de vez ou outra levanta o dedo a Ribas para defender a honra de sua família por obrigação, mas logo volta a sua refeição matinal. Para a minha sorte, continuam sem olhos para o que acontece do lado de fora.

Eu levanto o galão acima do teto triangular e bem-talhado da casa de madeira e, cuidadosamente, despejo o conteúdo sobre ele. O líquido amarelado escorre pelas tábuas, desce as paredes, entra pelos vãos e respinga no chão de pedra. Assim que o galão se esvazia eu o jogo na parte interna da casa. Todas as gotas seriam utilizadas, até as que se agarravam ao fundo e às paredes do recipiente.

No chão de pedra do *deck*, uma poça de gasolina toma forma a partir do excesso que escorre pelas paredes de madeira. O líquido está decidido a ser meu cúmplice. Estamos alinhados no plano, temos consciência de nossas responsabilidades e sabemos muito bem quais devem ser nossas próximas ações. Como que se tivesse vida, a poça de gasolina começa a se movimentar, a escorrer pelo chão de pedra e avançar pela passarela. A gasolina, aos poucos, origina um rastro em direção a piscina. O líquido, no entanto, toma seu tempo. Ele sabe que precisa esperar seu momento, esperar para que eu também cumpra com os meus deveres para o plano fluir perfeitamente.

Eu me junto novamente a Norman na extremidade oposta da passarela de pedra e o pego em meu colo. O cachorro não reage, nem para o bem nem para o mal. Ele sabe que eu tenho que fazer isso, mas não parece estar muito satisfeito com o fim de seu exuberante novo lar. De meu bolso, eu retiro o maço de cigarro de Ribas e prendo um dos cigarros entre meus lábios.

Antes de acendê-lo, eu limpo minha mão em minha calça jeans, para me certificar que nenhum resquício de gasolina ainda está impregnada por ela. Eu acendo o isqueiro e deixo sua chama queimar a ponta do cigarro. Dou uma tragada longa e demorada e, dessa vez, sem engasgar com a fumaça. E é só. Aquela tragada é o suficiente para a brasa tomar força e continuar queimando, esperando o momento certo da ignição.

Eu deixo o cigarro aceso cair em frente aos meus pés. Seria lá que a brasa incandescente esperaria o rastro de gasolina que vinha lentamente, porém impiedoso a seu encontro.

— Vamos para casa – eu falo para Norman.

Ainda com o cachorro no colo, eu cruzo o gramado artificial do quintal. Antes de passar pela porta de vidro, eu pego com a minha mão livre o galão de gasolina restante. Ainda precisaríamos dele, afinal.

Eu abro a porta, entro na cozinha, mas não volto a me sentar à mesa junto com os caraienses discutindo sobre o passado. Durante os primeiros instantes de minha chegada ainda consigo passar despercebido. A exaltação de Vânia é a primeira coisa que ouço ao pisar novamente no local:

— Esse tipo de comportamento, de desvio nunca teve e não tem lugar em Caraí, Antônio! – ela diz.

Ribas dá uma risada indignada, estufa o peito, se prepara para responder, mas antes que consiga, repara em minha presença. Ele nota meu porte, minha expressão e, principalmente o fato de que trago Norman em uma mão e o galão de gasolina na outra. A mensagem é passada. Ele sabe que chegou a hora de irmos. Seu olhar e silêncio repentinos atraem a atenção dos outros. De forma ritmada e automática as outras três cabeças se viram para mim.

— O que você está fazendo?! – Vânia se levanta em um pulo. – O Figo não é permitido dentro de casa!

— Eu achei que ele estava com muito calor lá fora – falo sem jeito. Vânia avança em minha direção.

— Você não tem que achar nada! – ela diz. – Olha, acho que esse café da manhã já deu o que tinha que dar...

— Volte a se sentar, Vânia! – Eugênio fala pacientemente ao tentar puxar a mulher de volta a seu lugar.

Ribas ainda não fala nada, me olha de cenho franzido, quer entender o que eu havia feito lá fora. Que eu havia feito *algo*, ele tem certeza.

— Se quiser brincar com o cachorro, vai ter que continuar lá no quintal. São as regras! – Vânia exaspera e tenta tirar Norman do meu colo. Eu recuo, fujo de suas garras.

— Ele mal se mexia de tanto calor! – eu minto.

Começo a ficar impaciente. Pela primeira vez tenho dúvidas se meu plano ainda daria certo. Eu só preciso da ignição! Preciso que algo maior aconteça, algo suficientemente grande para desviar as atenções dos anfitriões e criar a oportunidade perfeita de fuga com meu cachorro em mãos.

— Não tem problema ele ficar um pouco aqui dentro, Vânia – Eugênio dá um sorriso desajeitado, se levanta e tenta bloquear os avanços raivosos de sua mulher em minha direção. – Se você tivesse pisado lá fora hoje, ia ver que está realmente bem quente.

Vânia lança um de seus clássicos olhares furiosos ao marido, que, automaticamente, entende o recado, o lembrete de que, naquela casa, quem manda é ela. Intimidado, Eugênio se cala e abre caminho para sua mulher. Vânia volta a me encarar. Dessa vez, profundamente, me lendo, tentando decifrar os segredos que meu rosto ossudo, minhas expressões cansadas e meu olhar suspeito escondem. Ela me odeia. Ali, naquele instante, ela sabe que deve me odiar. Ela sabe que estamos conectados por algo doente, mórbido, terrível.

O celular de Eugênio começa novamente a tocar. Os saxofones da canção "Tequila" se espalham e falham em animar a pesada atmosfera da cozinha dos Gattardi. Eugênio, mais uma vez, não mostra nenhum sinal que atenderia a ligação. Ele não move um músculo sequer e parece querer fingir que aquele animado toque de ritmos latinos não existe e está presente somente em nossas cabeças.

— ATENDE ESSE CELULAR, EUGÊNIO! – Vânia grita no ápice de seu descontrole.

O homem se levanta em um pulo, como que acordado de um terrível pesadelo. Ele não só tinha recebido a aguardada autorização de responder a ligação, como também havia agora recebido uma ordem de sua furiosa mulher. E ordens de Vânia devem ser respeitadas! Em velocidade recorde, Eugênio se encaminha para o balcão da pia onde o celular toca e vibra incessantemente. Ao olhar a tela, ele sorri aliviado. Essa ligação, com certeza, acalmaria sua mulher.

— É Fabinho! – ele fala mostrando a tela do celular para todos os presentes. Nela, a foto de um sorridente Fabrício surge.

Só de ver a fotografia de Fabrício, o espírito maligno que parecia ter possuído o corpo de Vânia é instantaneamente exorcizado. Ela sorri, pela primeira vez de forma sincera. Parece também ter esquecido completamente que estava acompanhada, que acabara de discutir mágoas passadas com Ribas e que tentava me fazer obedecer às regras da casa à força.

— Atende, amor, atende! – ela corre em direção ao marido.

Não é nem necessário dizer que aquela ligação causa o completo oposto em Ribas e em mim. Afinal, nós dois sabíamos muito bem que Fabrício não tinha condição alguma de realizar um telefonema. Nos olhamos apavorados. Agora mais do que nunca chegou a hora da fuga, a hora de sumir de Caraí de uma vez por todas.

— Oi, filhão! – Eugênio berra ao telefone. – Você não vai acreditar com quem estamos tomando café da manhã!

Ribas lança um olhar rápido e pesado para sua mãe, uma tentativa de despedida silenciosa e não recíproca. Fátima, alheia do que acontece ou do que está prestes a acontecer, apenas deixa-se contagiar pela felicidade do casal de amigos ao falar com o filho na cidade grande. Esse, diferente do dela, ainda se preocupa, ainda dá notícias, ainda telefona com frequência. Um belo exemplo de família é esse, ela deve estar pensando.

Em paz com o fato que não teria tempo para um momento especial com a mãe, Ribas se levanta, sinaliza a porta da cozinha para mim e começa a se locomover discretamente em direção a ela. Naqueles instantes, a minha invisibilidade havia também se estendido ao meu cúmplice. Ela duraria pouco, no entanto. A expressão de Eugênio ao telefone é prova disso.

Enquanto tento também me encaminhar para a saída da cozinha sem ser percebido — mas com sérias dificuldades, já que tenho as mãos ocupadas com o cachorro da família e um galão de gasolina — noto a expressão de surpresa e satisfação do patriarca se transformando subitamente em confusão e dúvida.

— Quem?! – Eugênio fala com a testa franzida, agora mirando preocupado uma curiosa e impaciente Vânia.

— O que é, Eugênio?! – sua esposa pergunta ao dar insistentes puxões no braço do homem que segura o telefone.

O pai de Fabrício, primeiramente, recua das mãos de sua mulher. Em seguida afasta lentamente o celular do ouvido. Com a mão que tem livre, ele tapa o bocal do telefone e, em um sussurro arranhado e tomado por certa urgência, finalmente pergunta a Vânia:

— Você sabe quem é uma tal de Joana?!

E é exatamente nesse instante que o rastro de gasolina e a brasa do cigarro se encontram lá fora.

capítulo 15.

o passado e a realidade.

A escuridão e a luz se mesclam, se revezam, se alastram pelo ambiente. Em um único instante tudo parece parar. Todos nós, petrificados em horror. Os olhos arregalados, a boca escancarada, o corpo retraído. Aqui dentro, tudo congelado e lá fora, a explosão. Uma bola alaranjada e negra sobe e se expande pelo ar. Suas formas são hipnóticas, seu calor desconcertante. Nossos olhos brilham, enquanto testemunhamos o fogo destruindo a uma vez majestosa casa de madeira. Seus restos voam pelos ares, caem flamejantes pelo gramado artificial, encontram alívio na água da piscina. Resquícios de um símbolo de suntuosidade, fadados a virarem carvão.

Um espetáculo. Um verdadeiro espetáculo. Nesse instante, nesse mísero segundo, sinto orgulho de meu ato, sinto a satisfação da vingança. Mais uma vez a vingança me preenche, me queima na mesma intensidade daquele fogaréu.

No segundo seguinte, a realidade volta a se estabelecer. O grito desesperado de Vânia comprova que o mundo já voltou a se mover na velocidade usual. Seu grito é a deixa para nossa fuga.

Corremos. Ribas e eu. Norman ainda firme nos meus braços, o galão de gasolina preso a minha mão esquerda. Esbarramos na mesa, tombamos a jarra de suco em cima do prato de croissants que, com o peso, é alavancado para cima, dá uma pirueta e se espatifa no chão. É suco de laranja, croissant e pedaços de porcelana por todos os lados. A ordem está desfeita no lar dos Gattardi, com nossa fuga nada graciosa. Mas quem liga para o caos aqui dentro quando uma bola de fogo se engrandece lá fora e devasta a perfeição do quintal?

Quando nos damos conta, estamos de volta às ruas de Caraí, correndo em direção a nossa van estacionada em frente à delegacia de polícia.

Estamos livres.

O sol continua a pino. O calor é insuportável. Não há vento, não há sombra. A quentura da explosão parece estar presa a nossos corpos, nos perseguindo durante todo o percurso, querendo nos mostrar a prévia de nossa moradia durante a eternidade. O inferno é aqui.

O suor escorre por minha testa. Não há fôlego, não há tempo. Temos que fugir. Temos que sair de Caraí.

Estamos livres? Estamos fugindo! Somos foragidos! Estamos *mesmo* livres?

Chegamos na van. Sem trocar uma palavra, iniciamos quase que uma dança. Movimentos coordenados entre mandante e cúmplice, em um ritmo uníssono para a nossa salvação. Ribas me joga a chave da van. Eu abro o porta-malas e coloco Norman para dentro. O cheiro que é libertado da verdadeira estufa é desumano, a podridão em seu ápice, a decomposição, o azedo, a ânsia e a morte, tudo junto em uma nuvem doentia que sai de seu enclausuramento e se alastra pelas ruas de Caraí.

Afasto os engasgos enjoados que sobem automaticamente ao inalar todo aquele fedor e me deixo ser tomado pelo ímpeto, pelo instinto de sobrevivência, pela urgência de completude de nossa missão. Em um rápido movimento, eu bato as portas traseiras da van, abro a portinhola do tanque de gasolina e arremesso novamente a chave para Ribas, que toma seu posto de motorista. Eu despejo todo o conteúdo do galão dentro do tanque sem tremer, sem deixar uma gota cair para fora, escorrer pelo carro e encontrar o asfalto ardente. A última coisa que precisamos agora é de mais uma explosão. O cheiro de gasolina se libera pelo ar, compete com o odor da morte impregnado em minhas narinas e sai vitorioso, pelo menos temporariamente.

Pronto. Tanque cheio, Norman resgatado, Ribas a postos. Hora de partir.

Eu pulo no banco do passageiro, aceno com a cabeça para Ribas. Ele vira a chave do carro.

O motor ronca. Ele pisa no acelerador.

E uma voz chorosa e conhecida chega aos nossos ouvidos quebrando nosso ritmo perfeito, o embalo coordenado para nossa fuga definitiva.

— Toni! – Fátima grita à distância.

Ribas observa a mãe se aproximando. O botijãozinho florido, com as bochechas vermelhas, cobertas por suor e lágrimas. Ela corre em nossa direção. Ela precisa se despedir de seu filho.

Eu lanço mais um olhar para Ribas. Quero gritar para que pise fundo no acelerador, para que nos guie para longe dessa cidade, para longe de seu passado, mas não consigo. Eu percebo a dúvida e a dor em seu olhar ao testemunhar a mãe em desespero a suplicar por um último abraço.

— Vai rápido – eu falo.

Ribas sai do carro. A poucos passos da van, mãe e filho se encontram.

— O que foi, mãe... Eu preciso ir – o diretor fala.

— Por que você tá aqui, Toni?

— Eu já falei, mãe... Eu vim fazer...

— Não minta pra mim, menino – a mãe o interrompe, engrandecendo a voz e a pose. Está reestabelecida a hierarquia nessa relação. – Eu te conheço, Antônio. Eu sei quando tem algo te afligindo. E eu sei quando você está mentindo!

A insolência de Ribas tenta voltar a dominá-lo.

— Você não me conhece, mãe. Você não acredita em mim. Não importa o que eu fale, você sempre vai achar que é alucinação do seu filho esquisitão, do filho que não se encaixa, o desviado de Caraí.

— É mais complicado do que isso, Antônio – Fátima fala com uma profundidade inédita em seu tom. – Eu acredito em você, claro que acredito. Mas morar em Caraí, sobreviver aqui, é um jogo. E eu aprendi desde cedo que tem certas coisas que preciso fazer para continuar jogando...

— Você se diminui, mãe. Você voluntariamente se deixa ser menosprezada. Primeiro pelo papai, agora pelos Gattardi e por mais quem quiser te vitimizar! Se a vida em Caraí é um jogo, você tá perdendo!

— Pelo menos eu estou dentro dele, filho. Eu não me orgulho de muitas coisas que eu fiz em minha vida. Mas cada um tem a sua forma de sobreviver. A sua, por exemplo, foi fugindo para a capital. Eu nunca tive essa opção... Eu nunca *vi* essa opção. Caraí é tudo que eu tenho, essas pessoas são tudo o que eu tenho. A única forma de eu continuar sã é me adaptando à cidade e às suas regras.

Ribas observa a sua mãe. Tenta olhá-la com outros olhos. Parece querer vê-la não mais como vítima e sim como sobrevivente. Uma mulher fadada a colocar as máscaras mais pesadas para se encaixar na normalidade, na *sua* ideia de normalidade, pelo menos. E como Ribas poderia julgá-la? Ela era só mais uma, afinal, que erguia fachadas para sobreviver.

— O que você veio fazer aqui, Toni? – Fátima se aproxima ainda mais de seu filho. Segura delicadamente as suas mãos e suspira. – Vânia e Eugênio estão desesperados! O que aconteceu com Fabinho?

O som de sirenes escandalosas e desafinadas surgem ao longe e, aos poucos, começam a se alastrar pela ruela que nos encontramos. Todos os passantes param curiosos, olham afoitos para os lados. Não deve ser todo o dia que se ouve as sirenes do corpo de bombeiros de Caraí.

Ribas e Fátima, por talvez saberem os motivos daquela barulheira toda, não se movem. Apenas se observam silenciosos. Fátima sabe que seu filho esconde um segredo e Ribas permanece decidido em não compartilhá-lo. Eles nunca se entenderiam, mãe e filho, nunca concordariam com o caminho que cada um escolheu para viver a sua vida. Não seria ali, naquelas condições, em meio a uma fuga criminosa, que tudo mudaria, que a antiga e deturpada relação se tornaria saudável.

Ribas respira fundo.

— Eu vim fazer uma pesquisa de roteiro – ele mente, agora mais decidido. É hora de dar um fim definitivo a essa conversa. – E aproveitei para vir dar um abraço em minha mãe.

Fátima espreme os olhos. Faz mais força para ler os pensamentos sombrios escondidos atrás dos olhos negros e fundos de seu filho. Mas não consegue. Seu confuso semblante, aos poucos, se transforma em um sorriso coberto de aceitação e passividade. Ela resolve fingir acreditar nas palavras de seu filho. Estava bom assim. As mentiras eram, às vezes, muito mais confortáveis para ela.

— Me dê notícias, tá bom, Toni? – Fátima abraça Ribas ainda mais forte do que quando o reencontrou na casa dos Gattardi. – E me avise quando esse filme lançar! Vou assistir na estreia!

— Pode deixar, mãe – Ribas continua sorrindo. Ele nem se preocupa em fazer com que suas palavras pareçam honestas.

Finalmente os caminhões de bombeiro cruzam a ruela em alta velocidade. Verdadeiras latas-velhas sacolejantes pintadas com uma tinta vermelha desbotada e descascada. As sirenes agora mais altas e desafinadas do que nunca machucam os ouvidos de todos os presentes. Concomitantemente, um grupo de policiais sai da delegacia ao nosso lado. Eles entram afoitos nos *Monza* transformados em viaturas policiais. Lourenço, o suicida, está entre eles, uniformizado e com a expressão tomada por uma inédita braveza. Transformou-se em outro homem do que encontramos horas atrás.

— Ribas! – eu grito de dentro da van. – Vamos?!

Ele me obedece. Sabe que uma Caraí tão caótica como aquela não é mais um ambiente seguro, principalmente para forasteiros como nós. Ele lança um último olhar e um sorriso para a mãe, se afasta delicadamente de seus braços e entra no carro.

Partimos. Fátima e Caraí se afastam, diminuem cada vez mais pelo espelho retrovisor.

Durante todos os longos minutos iniciais de nossa fuga, permanecemos em silêncio, com os olhares congelados no caminho em frente, estáticos em nossas poltronas.

Eu, só de passar aquelas poucas horas na cidade, já consegui sentir suas correntes impiedosas, sua natureza enclausuradora. Somente quando passamos pela placa que sinalizava a saída de Caraí e atingimos a autoestrada, conseguimos respirar um pouco mais aliviados. Nesse momento, um sentimento de admiração aos desertores me abate. Só os mais fortes conseguiam dar as costas àquele lugar. Ribas e Fabrício eram verdadeiros exemplos de ímpeto e decisão.

Perdido em meio a meus pensamentos, ouço rosnados que definitivamente vêm do mundo real, do porta-malas de nossa van, para ser mais específico. Ao olhar para trás, testemunho Norman farejando os arredores. Ele tenta encontrar a origem daquele odor pútrido que nos envolve. Não tarda para ele descobrir que é o rolo de carpetes que esconde a fonte daquele cheiro. Como querendo lutar com os próprios dentes contra aquele inimigo olfativo, o cachorro começa a morder as bordas do carpete para, finalmente, revelar o misterioso monstro e encará-lo de frente.

Ver meu cachorro recém-recuperado tão perto de minha vítima, interagindo com sua carcaça morta, traz de volta a lembrança de tudo aquilo que, em algum momento, havia escapado de minha lista de preocupações: Fabrício. O cheiro de podridão. O cadáver a ser desfeito. A memória de meu crime ainda ali no porta-malas. A dura consciência de um plano A fracassado.

Existiria ainda um plano B?

***

— Deixa isso daí, Norman! – eu ordeno e abano meus braços para afugentar o cachorro do corpo de Fabrício em decomposição.

Norman, com um pedaço do carpete preso entre os dentes, me encara de forma desafiadora. Ele hesita em me obedecer e isso é algo novo. Antes de ser levado, de ser sequestrado por Fabrício, ele nunca ousaria a desrespeitar uma ordem minha. Ele está mudado, o meu cachorro... O que fizeram com você, Norman?

— Sai! – grito novamente e o empurro para longe do rolo de carpetes.

Norman dá um alto rosnado, mas finalmente se afasta de seu inimigo imaginário. Contrariado, ele vai para a extremidade oposta do porta-malas, se deita e esconde o focinho debaixo da pata dianteira.

Norman está mudado, mas, pelo menos, está vivo.

Meu olhar se vira para Ribas.

— Então quer dizer que o Fabrício matou o seu gato? – pergunto. Já devo ter esperado a quantidade de tempo ideal para iniciar naturalmente uma conversa. Sem querer, a pergunta sai natural demais, sem um pingo de compaixão pela tragédia que marcou o passado de meu cúmplice.

Ribas demora para responder. Parece não querer ou estar pronto para voltar a lidar comigo. Depois de alguns segundos e de uma bufada impaciente, ele finalmente fala:

— Sim... matou... Eu acho que matou... – ele fecha os olhos e sacode a cabeça como querendo organizar os pensamentos. – Essa cidade, essas pessoas... É isso que eles fazem comigo. Fazem eu duvidar da minha memória, da minha sanidade.

Eu continuo o observando. Ele mantém a boca entreaberta, em silêncio, mas sempre ameaçando iniciar um novo relato. Como se tivesse repentinamente lembrado de algo extremamente importante, ele puxa um pouco de ar para desandar a falar, mas antes que consiga, ele para, pensa, sacode a cabeça, novamente em confusão, e desiste. Uma rotina, inclusive, que ele repete cinco ou seis vezes antes de finalmente conseguir compartilhar as suas memórias. E mesmo quando começa a falar, o faz pausadamente, titubeante, sem o envolvimento, os dramas, as nuances, as construções de suspense que tanto marcavam suas usuais narrações:

— A gente era muito próximo desde pivete. Fabrício, Paulo e eu – Ribas suspira pensativo.

Ainda parece estar se aquecendo. Ele puxa vagarosamente aqueles pedaços de lembranças perdidos em seu cérebro caótico e debilitado. Ele os ordena, tira o pó que se acumula em suas superfícies e os deixam envelhecidos, opacos e de difícil identificação. Mesmo com dificuldade, ele continua firme e conta a sua versão da história, a sua própria verdade.

— Quando a gente tinha uns 6, 7, 8 anos, a gente era grudado, um só. Escola, futebol, clube, tudo a gente fazia junto. Eu não lembro exatamente o porquê, não lembro o que nos conectava naquela época, o que tínhamos em comum, que fato, além de termos nascido na mesma cidade, provocou a nossa união. Só sei que nos gostávamos, que nos entendíamos. Uns pirralhos bobos de Caraí – Ribas morde os lábios e franze a sobrancelha. A dificuldade e o incômodo de regredir em sua própria história fora de foco já pode ser sentida. – Mas aí com o tempo – ele continua – as personalidades foram se formando, se tornando mais fortes e nossos caminhos cada vez mais distintos. Paulo vinha de uma família mais simples, como a minha, e acho que foi isso que fez ficarmos mais juntos, que fez termos trajetórias parecidas. Fabrício, sendo um Gattardi, tinha certas obrigações, certos protocolos para se adaptar. Bem... Você conheceu a mãe da figura, acho que sabe do que eu estou falando. A gente nunca conseguiu entender essa sede por se adaptar, por se normalizar e, como boas crianças, demos um foda-se e fizemos uma cisão no nosso grupo. Foi tudo bem natural... Aquela era uma amizade que não fazia mais sentido e, mesmo sendo crianças de, sei lá, 10 anos, já entendíamos isso. No começo, Fabrício não pareceu se importar. Ele nunca teve dificuldades em fazer amigos, ainda mais sendo o menino rico da cidade. Não faltavam outros interesseiros querendo jogar o videogame que seu pai tinha acabado de trazer dos Estados Unidos, ou outras dessas bobagens que enchem os olhos de qualquer criança. Meses se passaram, anos se passaram e nós agíamos como se nunca tivéssemos nos conhecido. Quando se é criança, o passado é um conceito tão frágil, tão volátil que Paulo e eu conseguimos nos esquecer completamente de nossa história com aquele menino metido, filhinho dos Gattardi. Nós nos ignorávamos mutuamente. E aquilo não doía nem nada. Não existiam remorsos. Eu achava que não existiam, pelo menos...

Eu me ajeito em meu assento. Percebo, nesse instante, que Ribas é, aos poucos, tomado pela necessidade intrínseca de ser o contador de histórias, o criador do fantástico, o aguçador de curiosidades, o aprisionador de olhos, ouvidos e atenções. Ribas tem um caso de amor derradeiro com o público e, assim que ele percebe que tem alguém minimamente interessado no que conta, ele volta a juntar todas as suas ferramentas, traz à tona sua sensibilidade apurada, adota novamente seu tom profundo e, com sua voz alternando maciez e intensidade e palavras muito bem escolhidas, pinta imagens vivas em nossas mentes. Ribas transforma memórias empoeiradas em uma experiência quase presencial, uma viagem no tempo e no espaço, uma vivência nos resquícios de sua antiga realidade resgatada ou inventada.

Após um breve e pesado silêncio, apenas o tempo necessário para incorporar sua persona narrativa, ele volta a despejar as reminiscências maquiadas de seu passado sobre mim:

— Os segredos que as florestas de Caraí guardam vão dos mais belos aos mais sórdidos. Os olhos das matas já viram primeiros beijos, transas apaixonadas, aventuras infantis, fugas ensandecidas, mortes naturais e propositais. Seus campos, seus galhos, seus rios, seu montes já foram cenários das mais variadas tramas. Inclusive desse personagem aqui, Toninho Ribas. Um menino que sonhava em conhecer o lado escuro da terra, o inexistente, o atrás do muro, o depois do portal. Caraí era uma prisão, mas suas florestas significavam os sonhos do que o além poderia ser. Lá, eu imaginava o mundo. Planejava as cidades utópicas que um dia eu chegaria a conhecer, pintava vidas que um dia poderia viver. Ali era onde eu me sentia livre. Junto com Paulo, passei muito tempo de nossa infância e adolescência por aquelas matas. Mas conforme crescíamos, mais sentíamos a necessidade de cortar as amarras da normalidade que Caraí insistia em impor sobre nós. Fugir para a floresta era a nossa forma de nos mantermos sãos e livres. Para o nosso azar, no entanto, não tínhamos exclusividade daquele refúgio. Para os outros, ali também era um lugar de liberdade, mas enquanto nós usávamos a nossa imaginação para nos libertar, eles usavam a violência.

Ribas se cala por um instante. A pausa, sempre muito bem colocada, é mais um artifício que me puxa para dentro daquele conto.

Geralmente fico desconfortável em momentos de silêncio, mas não agora. Agora sei que devo me deixar ser guiado pelas palavras, ficar quieto e ouvir.

— Fabrício Gattardi também precisava de algum tipo de escapismo – Ribas continua. – E certo dia, enquanto tentávamos fugir de nossas realidades, cada um em suas formas particulares, nos encontramos pela floresta. Os antigos amigos, agora com seus 14 anos, se cruzavam pela primeira vez naquele espaço de liberdades sem limites, o terreno de sonhos de uns e pesadelos de outros. Lembro que Paulo e eu havíamos escolhido aquele dia quente para dar alguns mergulhos em um lago próximo e escondido. Ficamos grande parte da manhã e da tarde por ali. Enquanto voltávamos para casa, encharcados e contentes, vimos um grupo de outros jovens rodeados em volta de algo ainda misterioso. Aquela visão atiçou nossa curiosidade. Não era sempre que se via aquela área da floresta sendo ocupada por outros além de nós. Nos aproximamos. A cada passo que dávamos, ficava mais fácil reconhecer aqueles rostos. Eram todos garotos da nossa sala, mas com os quais trocávamos pouquíssimas palavras ou olhares. Julio Torrino, um menino ruivo, com o rosto sempre assustado e envelhecido precocemente; Vinícius Castro, um magrelo alto que não conseguia falar uma palavra sem ter um resquício de riso em sua voz, sempre debochado, sempre sem graça; Gabriel Galhardo, um garoto grande, gordo ou forte, com cara de mafioso em construção; e ele, Fabrício, com seus cabelos encaracolados loiros, as feições angelicais, os olhos azuis, mas olhar vazio, sempre em busca de algo que nem ele sabia o que era.

"Ao percebermos quem eram aqueles invasores de nosso território, decidimos continuar nosso caminho para casa, passar despercebido por aquele grupo de pessoas que escolhemos não colocar como parte de nossas vidas. Um som perturbador saído da roda de garotos, no entanto, chamou nossa atenção e nos puxou ao encontro, ao embate.

"Entre as risadas e gritos raivosos dos meninos, um barulho gutural, um rugido doloroso, vivo e, aos poucos, enfraquecido também era ouvido. Eu ainda tentava entender o que aquilo significava, tentava criar uma história em minha cabeça que pudesse explicar aquele ritual, mas Paulo parecia já ter desvendado todo o mistério.

"Em disparada, ele foi ao ataque, em direção à roda de garotos. Eu demorei alguns segundos para perceber o movimento de meu amigo, mas assim que o fiz, corri atrás. Ao alcançá-los, Paulo empurra o corpo fracote do risonho Vinícius Castro, abre a roda e revela a mim a fonte daquele estranho som. Sobre o chão de terra, uma massa amarronzada com pelos úmidos por um sangue quente e vermelho-escuro agoniza, suplica com seus gritos por sua vida. Era uma das muitas capivaras que tinham a floresta de Caraí como lar. Aquela não era tão grande, a vítima perfeita para um bando de crianças em busca de extravasar a raiva, infelicidade e tédio acumulados em seus âmagos.

"Meus olhos vão do animal abatido, para um pedaço de pau ensanguentado na mão do forte Gabriel Galhardo. Este, a próxima vítima de Paulo, que pula em cima de seu corpo para se vingar da capivara à beira da morte. O pedaço de pau voa para longe e pousa nos pés de Fabrício que observa toda cena atônito, hesitante e impotente. Na briga entre Paulo e Gabriel, meu amigo perde feio. Ele, afinal, era mirrado e nunca tinha entrado em um confronto físico antes. Eu tento ajudar, mas também era completamente leigo em qualquer tipo de enfrentamento. Logo fomos imobilizados pelos garotos. Três deles, especificamente. O quarto, Fabrício Gattardi, estava livre para continuar o terrível ato que eles haviam começado. Olhando meu antigo amigo de infância, conseguia ler em seu semblante a dúvida em finalizar aquela missão. Os outros garotos, no entanto, gritavam, insistiam para que ele o fizesse. Aquela era uma espécie de iniciação, uma prova de força, de valentia, o necessário para ser aceito, valorizado.

"Lentamente, então, Fabrício pega do chão de terra e grama seca o pedaço de pau pingando de sangue, se aproxima do animal lutando por ar, chorando por vida, e sem tirar os olhos de nós dois — os estranhões aprisionados por seus comparsas, seus antigos amigos que, sistematicamente, o excluíram do grupo —, ele levanta o pau no ar e atinge a capivara. Uma, duas, três, infinitas vezes. A cada golpe, mais violento, com mais vontade, com mais prazer. O sangue voa, o animal se desconfigura, se desfaz sob nossos olhos. Paulo e eu, forçados a observar aquela violência gratuita. O olhar de Fabrício exala vingança e não se desvia de nós dois. Ele batia na criatura mas, em sua mente, éramos nós quem ele atingia com seus golpes certeiros.

"Fabrício continuou surrando o animal mesmo sabendo que ele já não tinha mais vida há tempos. Depois do centésimo golpe, ele larga o pedaço de pau no chão. Suado, raivoso e satisfeito ele sinaliza para os amigos, os quais finalmente nos soltam. Juntos, eles correm para longe da floresta, de volta para a sociedade que os aprisiona. Ali naquele campo, sobram nossos corpos e mentes em choque ao lado da carcaça ensanguentada da capivara.

"Aquela cena de violência nunca saiu de minha cabeça. E esse momento marcou o início de uma guerra fria entre Fabrício e nós dois. Aquele grupinho secreto de crueldades provavelmente já estava na ativa há algum tempo, mas aquela foi a primeira vez que algum outro caraiense presenciou tais atos de violência gratuita. Se aquele segredo começasse a se espalhar pela cidade, muito da reputação do jovem Gattardi seria arruinada, assim como a de sua família. Paulo e eu sabíamos disso e estávamos tentados escancarar verdades, arrancar algumas máscaras. Ao mesmo tempo, não queríamos fazer parte das teias de fofocas de Caraí. Essa era, afinal, uma das características do local que mais nos enojava. Os caraienses valorizavam as palavras das ruas acima de tudo e se orgulhavam em humilhar, menosprezar e jogar ao esquecimento aqueles que fogem da noção de normalidade instituída na sociedade. Não sabíamos se queríamos ter um dedo nisso, saciar a sede de nossos conterrâneos pelo sórdido, por sua próxima vítima.

"Fabrício e seus amigos, porém, não esperaram a gente se decidir e agiram rápido para se prevenir. Foi a partir daí que tivemos real noção de como éramos diferente do nosso antigo amigo. Nossos princípios morais eram outros. Para se proteger, ele não perdeu tempo de fazer com que Paulo e eu nos tornássemos o alvo da cidade. Seu plano era nos ridicularizar em um nível tão extremo, que ninguém nunca acreditaria em nossas palavras se um dia resolvêssemos contar o que presenciamos naquela tarde.

"No dia seguinte, os boatos já começaram a se alastrar como um fogaréu em mata seca. Os olhares julgadores, amedrontados, debochados e raivosos que recebemos desde o início do dia e por todo o seu decorrer eram incontáveis. Todos sabiam de algo de que não tínhamos a mínima ideia. Nunca nos importamos em não compartilhar dos assuntos que costumavam se dissipar pela cidade, mas naquele dia fomos tomados por um incômodo e uma sensação de ameaça constante. Era como se a cada encarada, a cada cochicho, a cada risada, um longo pavio de uma bomba devastadora se queimava. A destruição era iminente.

"Passamos o dia inteiro ignorantes em relação à fofoca mais recente da cidade, talvez por puro medo de descobrirmos o que estava sendo falado sobre nós. Sem querer, estávamos sendo presos por aquele redemoinho de boatos, aquela atmosfera julgadora e afiada típica de Caraí. Resolvemos, portanto, manter nossas pequenas tradições e rumar para a floresta, nosso refúgio, o único lugar onde conseguíamos escapar das garras falaciosas que tentavam nos aprisionar.

"Naquele dia, Deus ou o Diabo voltou a escolher Caraí como local para acender sua fogueira particular, e novamente escolhemos o lago para nos refrescar. Depois do primeiro mergulho, começamos a notar que não estávamos mais sozinhos. A floresta circundante tinha olhos. E não estou falando de olhos metafóricos dessa vez, estou falando de olhos de verdade, todos focados em nós. Outras crianças, adolescentes e até alguns adultos nos observavam de longe, escondidos pelos troncos e arbustos. Eles nos miravam com fascínio, comentavam palavras inaudíveis entre si e esperavam um grande espetáculo, como se fossemos animais de circo ou cobaias de laboratório.

"Saímos do lago e da floresta praticamente fugidos. Cabeças viravam em nossa direção enquanto passávamos. Éramos perseguidos a todo momento pelos observadores à espreita. Quando achávamos que havíamos os despistado, outros surgiam atrás de novas árvores, descendo os montes, cochichando nas janelas dos estabelecimentos e trombando propositalmente em nossos corpos pelas ruas da cidade. O incômodo se transformou em medo. Para quem passara tantos anos tendo sucesso em não ser notado pelos pervertidos conterrâneos, era um tremendo choque ter todos os olhares enojados e fascinados virados de uma vez para nós.

"Nos despedimos aflitos e amedrontados, Paulo e eu. Estávamos prestes a perder nossa defesa mútua, a cumplicidade, o apoio e a força que precisávamos para combater aquela atmosfera de suspeitas, cuja causa ainda era misteriosa para nós. Agora era cada um por si.

"Cheguei em casa no final da tarde. A última cena que me recordo desse dia bizarro era de meu pai e minha mãe sentados cabisbaixos no sofá da sala. O ar cheirava a decepção, ira, amargura e vergonha. Lembro que estranhei em encontrar meu pai tão cedo por ali. Geralmente, ele chegava umas duas horas mais tarde que aquilo. Não tive tempo de perguntar o motivo. Assim que ele me viu entrando na sala, avançou em minha direção, me pegou pelo braço com uma força desmedida e me arrastou para meu quarto. Com o canto do olho, vi minha mãe chorosa ficando para trás, ainda no sofá, aceitando passivamente o que estava por vir. Ele me atira no chão. Bato minha cabeça em algo duro, o pé da cama, o criado-mudo, não me lembro, mas desde então uma espécie de inconsciência parcial abateu meu corpo. Tudo que seguiu vem em *flashes* sensoriais variados. Lembro do medo ao ver meu pai arrancando seu cinto em um rápido movimento, lembro da dor ao sentir o couro batendo sobre meu rosto, meu tronco, minhas costas, lembro do meu pai me pegando pelas pernas enquanto tentava fugir, lembro dos meus gritos, lembro dos gritos de meu pai, lembro de suas acusações. "Agora virou putinha de marmanjo?!", ele gritava "essa viadagem vai sair de você é na porrada!". E me batia, repetidas vezes, até suar, chorar, perder o fôlego e as forças. Meu corpo, já anestesiado, latejante. Minha camiseta, rasgada. Meu nariz, ensanguentado.

"Só percebi que aquela surra havia acabado quando ouvi a respiração ofegante e os passos de meu pai se afastando vagarosamente.

A porta do quarto se abre e se fecha em um baque. Um silêncio pesado se apossa do local. Um silêncio doloroso, porém com toques de um alívio quase divino. Finalmente estava só, em trapos, estirado no chão. As lágrimas escorriam pelo meu rosto como uma cachoeira. Eu não sabia se tremia, se respirava, se vivia. Estava lá, inerte, tentando entender tamanho ódio, tamanha violência.

"Foi nesse instante que o encontrei. Ali, me fazendo companhia, escondido de baixo da cama, Horácio, meu gato. Um gato velho que em algum dia de meu oitavo ano de vida resolveu fazer de meu quarto seu refúgio. Um bicho estranho igual a mim. Tinha alergia à luz do sol e ao ar livre. Seu mundo era meu quarto, e seu lar, a escuridão debaixo da minha cama. Quando o vi depois daquela sessão de porrada, imaginei a sua dor em testemunhar seu dono e companheiro de quarto apanhando daquele monstruoso homem que nunca se importara com sua presença. Resolvo, com as últimas forças que restam em meu corpo, chamá-lo para um carinho, para demonstrar que, apesar do ataque, ainda era sobrevivente, ainda éramos parceiros e um dia deixaríamos tudo isso para trás. O gato, no entanto, não reage aos meus pesados e desajeitados movimentos com as mãos. Há algo de errado. Além da dor física tenho agora que lidar com aqueles segundos de apreensão, de dúvida. O que aconteceu com Horácio?

"Eu me arrasto pelo chão de meu quarto. Vou em direção ao vão debaixo da cama. Tudo dói, todos os ossos, todos os músculos de meu corpo. As marcas roxas espalhadas da cabeça aos pés latejam, pulsam, gritam. Finalmente, eu entro no breu onde o gato se encontra. Meus olhos demoram para se ajustar a falta de luz do local. Quando o fazem, um abismo se abre dentro de mim. Meu gato não era mais gato. Era apenas um saco felpudo e negro guardando ossos e órgãos arrebentados. O bicho sangrava. O susto me fez retrair meu corpo, e, em um rápido e desastrado movimento, saio debaixo de minha cama. Demoro para saber como agir, como salvá-lo. Há sequer salvação?

"Lutando contra o pavor que domina todos os centímetros de meu corpo, eu estendo minha mão em direção ao animal. A ponta dos meus dedos encontram seus pelos e uma de suas patas amolecidas e inertes. Eu o puxo. O gato sai debaixo da cama e deixa um rastro de sangue no trajeto. Horácio estava morto, deformado, igual à capivara selvagem que cruzou o caminho de Fabrício e de seus comparsas.

"Pela primeira vez, eu grito, eu choro. Meus soluços chamam a atenção de minha mãe que entra no quarto se fingindo de sonsa e ignorante a tudo que acabara de acontecer, ao claro ataque de fúria de seu homem amado. Ela ignora meu estado deplorável. Considerá-lo era ficar contra seu marido abusador, e isso era algo inconcebível. Sob seus olhos, tudo o que levei, eu mereci. O gato morto e ensanguentado, no entanto, era motivo de preocupação e espanto. "O que você fez?!" Ela grita ao ar, a todos, a mim, a ninguém. "O que você fez?!" Ela continua em estado de choque com a visão da morte bem no chão de sua casa.

"A partir desse dia, tudo mudou. Meu desgosto por Caraí se transformou em ódio, nojo. A contagem regressiva para o abandono a tudo aquilo ainda continuava, mas agora era o que guiava meu caminho, mantinha a minha sobrevivência.

"Agora eu tinha uma fama na cidade. A de pederasta, viado, a putinha do menino dos Valinhos. Eu finalmente entrara para o grupo de fodidos de Caraí, dos anormais, dos párias. Paulo também me faria companhia nessa ilustre patota, mas não ficou na cidade para abraçar a sua nova fama de comedor de menininhos. Sua família se mudou para Araraquara para cuidar da avó adoecida. Estavam fugindo, na verdade, das fofocas e das más influências ao seu filho. A solidão foi minha única companhia pelos próximos anos que vivi ali.

"Minha mãe chegou a me levar ao psicólogo para tentar curar a minha inventada homossexualidade e desvendar o mistério do gato assassinado. O escolhido por ela exercia psicologia por meio período, das 15 às 18 horas. No resto do dia, ele era chaveiro. Nunca acreditou nas minhas palavras. Fabrício matando capivaras, minha inocente amizade com Paulo, os abusos de meu pai. Tudo era invenção de minha cabeça doentia.

"Dr. Jair acreditava que eu mesmo tinha matado meu gato para me vingar de uma realidade em que não conseguia me adaptar. Eu sempre achei que foi Fabrício querendo me mandar alguma mensagem, obedecendo, ao pé da letra, manuais de mafiosos italianos. Minha mãe, secretamente, achava que foi meu pai em um resquício da fúria (completamente justificável) pela descoberta das bizarrices nas quais o filho estava teoricamente envolvido. No entanto, todos nós apenas achávamos e, naquela época e cidade, achismos eram ouro. Certezas, ninguém nunca teve.

"Não preciso nem dizer que ninguém nunca acreditou em minhas palavras e acusações a Fabrício. Apesar de ter muito tentado, lutar contra o bonito, simpático e sempre sorridente filho dos Gattardi logo se mostrou completamente inútil. Os boatos que ele espalhou foram tão eficazes que até hoje minha mãe acha que gosto de homem. Com meu pai fora do jogo, ela consegue mostrar algum tipo de aceitação, mas acreditar na minha palavra, ainda é esforço demais para ela.

"Quando minha contagem regressiva atingiu o zero e consegui sucesso em minha fuga para a capital, achei que nunca mais teria que lidar com os personagens de meu passado. Até que Fabrício foi parar lá em meu apartamento. No momento que o vi, com seus 30 e poucos anos, olhos fascinados e ansiando pela cidade pulsante que adentrava, só conseguia enxergar o menino dissimulado de 14 anos, com sorriso caloroso e alma apodrecida, matador de animais inocentes, responsável por espalhar uma mentira imbecil que originou a maior porrada de minha vida e o status de marginal da cidade."

Ribas para abruptamente seu relato. Eu estranho o silêncio. Sinto os meus arredores, olho para Norman, para o rolo de carpetes, para a estrada lá fora. É como se tivesse voltando a realidade depois de um mergulho na terra da fantasia, em um passado vivo construído por palavras.

— Não é bizarro, Luquinhas? – Ribas suspira em um tom completamente distinto do utilizado até ali. A perplexidade tomando conta novamente de seu olhar. – Eu vivi até hoje preso a fatos ocorridos há mais de 15 anos! Tudo que eu sou, essa persona que construí, minha vida profissional, pessoal, minhas obras. Tudo isso está manchado pelos meus traumas caraienses, minhas histórias perdidas em um ponto longínquo da minha linha do tempo... Fui alimentado por um ódio a pessoas que já não existem mais, que ficaram lá atrás. Meu pai fodeu com a minha vida? Fodeu. Fabrício fodeu com a minha vida? Fodeu. Mas ambos estão mortos, assim como o passado – Ribas respira fundo. Seu olhar brilha, talvez por conta do reflexo da luz do sol no para-brisa do carro que vinha na pista contrária. – Isso acabou, Luquinhas! Chega de me alinhar pelo que já foi. Eu sou o agora, eu sou o que ainda vai ser! – agitado, Ribas bate no volante. O peito se estufa, o olhar se arregala. No entanto, essa pose de enfrentamento ao mundo, a todos e a si mesmo, logo se esvai e é substituída por amargura. Como que cochichando para si mesmo, o diretor continua: – Mas isso é tão difícil... Quando eu olho para o passado, eu tenho imagens, eu tenho vivências, experiência... É fácil me basear pela memória, seja ela alegre ou cruel. Mas quando eu olho para frente e tento vislumbrar um futuro promissor... ou um futuro qualquer... eu não vejo nada...

capítulo 16.

três cadáveres.

Só ligo meu celular novamente quando completamos duas horas de estrada. Na viagem de ida, o havia desligado e escondido no porta-luvas. Queria me afastar da minha realidade, dos meus contatos e me apegar apenas a possibilidade da mórbida missão sendo cumprida. Era como se, longe da minha cidade e do meu lar, eu havia me tornado outra pessoa, abraçado um personagem hitchcockiano que Ribas ajudou a criar: um homem fora da lei, focado em seu plano, e que encara o descarte de um cadáver, através de uma trama macabra, com a mesma normalidade de um dia de compras. A cada quilômetro que percorremos de volta à cidade, no entanto, eu me torno cada vez mais eu, cada vez mais o Lucas, editor de vídeo e assassino despreparado e ignorante, sem qualquer tipo de plano ou esperança, mais perdido do que quando comecei essa jornada.

Aperto o botão lateral do telefone, espero o término da animação colorida que forma a palavra "*Samsung*". Em seguida, uma curta busca por sinal e, de repente, uma avalanche de apitos, toques, vibrações e notificações. As chamadas não atendidas são tantas que o sistema do celular parece ainda não ter aprendido a contar até aquele número. Dou uma olhada rápida nos nomes dos que tentaram me alcançar quando queria desaparecer. Flora está, obviamente, entre eles. Já é o segundo dia que não apareço na produtora e nem sequer me preocupei em bolar alguma nova justificativa ao meu sumiço. Preocupada comigo ela não estava. Provavelmente sua intenção com as primeiras ligações era comer meu rabo. Com as últimas, devia querer finalmente me demitir. Eu nem me importo. Acabou. Minha vida profissional não existe mais, é algo insignificante comparado com minhas possíveis perspectivas de futuro, tão sombrias que nem imaginá-las eu consigo.

Leda também está presente na lista. Seu nome aparece em uma frequência muito maior do que o da minha chefe. Seu desespero e carência exemplificados bem aqui, na tela de meu celular. Essa é outra que não tem mais espaço algum na minha vida. É engraçado como, há algum tempo, a simples memória da minha ex-namorada e do nosso relacionamento doentio me tirava do sério. Lembrar de seu rosto, de seu corpo, dos nossos bons e maus momentos me causava arrepios. Agora, não causam absolutamente nada. Uma questão de perspectiva, não é mesmo? Nem pressão para terminar tudo com a mulher eu sinto. Pra que originar uma de nossas conhecidas discussões, esbofeteamentos e gritarias? Terminar algo que nunca foi e nunca vai ser? A troco de quê? O que importa?

O nome no topo da lista é o de Joana. Joana...

Esse é o único que ainda me afeta. Lá está ele presente às 23:59, 00:21, 01:10, 01:18. Aí vem uma pequena pausa para seu sono conturbado e preocupado, mas surge novamente às 06:34, 06:41, 06:59, 07:10, 07:17, 07:45... A partir das 09:00, elas ficam mais frenéticas. Uma média de cinco novas chamadas a cada dez minutos.

E Joana não havia tentado me alcançar só por ligações, não! A partir desse horário, inúmeras mensagens de texto de sua autoria também se acumularam em minha caixa de entrada: "Onde vc tá?!", "Q porra vc tá fazendo em Caraí?!?!?!", "VC ROUBOU UM CACHORRO!!!", "Me atende!!!", "Lucas! Vc enlouqueceu!", "Vc sabe do Fabrício, não sabe??".

Joana me conhece, me lê como ninguém. Sempre desconfiou de mim. Ela provavelmente já devia ter percebido os impulsos doentios se acumulando dentro do meu ser, antes mesmo de eu conseguir externá-los sobre a cabeça de Fabrício. Ela via a minha psicose em formação. Ela sabia quem seu melhor amigo era, em quem ele estava se transformando. Ela vê o monstro que eu realmente sou.

Não! Eu não sou um mostro. Eu não sou um monstro. Eu não sou um monstro!

Agora é só uma questão de tempo e oportunidade para que ela consiga juntar todas as peças, todas as pontas soltas de nossa trama. Eu consigo visualizá-la em uma corrida desesperada em busca da verdade. Decidida, ela avança com foco absoluto na linha da chegada, peito aberto, braço estendido, meros centímetros a separam da resolução de todo aquele mistério que a atormenta há dias. Finalmente ela atinge o final do trajeto e seus dedos encostam no prêmio, no meu segredo, tocam no corpo apodrecido e frio de Fabrício. E fim. Ela passa o portal. Ela sabe de tudo. O que ela faria? Me denunciaria? Me encobriria? Lavaria a mão de seu próprio passado, de suas desconfianças e de suas pressões por justiça e fugiria amedrontada de mim pelo resto de seus dias?

Joana é o empecilho. *E você sabe o que pessoas como nós costumam fazer com pessoas como a Joana? Com empecilhos?* E a imagem de Ribas cortando o próprio pescoço com o dedo indicador volta à minha cabeça.

Eu já matei um. Posso matar outro. Eu posso matar. Eu *sei* matar.

Não! Eu não sou um monstro. Eu não sou um monstro. Eu não sou um monstro!

O celular começa a tocar. Levo um susto com o barulho e com a perspectiva de comunicação com qualquer um que seja. É ela novamente. Joana. Eu atendo.

— Lucas?! – sinto a sua voz tocando meus tímpanos. Ela já não possui mais a doçura característica. Agora, seu tom é marcado por uma certa aspereza. – Pelo amor de Deus, Lucas. Você tem que me explicar o que está acontecendo... A mãe do Fabrício tá louca, desesperada! E tudo por minha culpa... Me fala onde o Fabrício está pra gente resolver tudo isso...

Eu desligo o celular. O nó em minha garganta é tão apertado que nem um mísero respiro passaria para o outro lado da linha. Eu não sei o que explicar. Existe algum tipo plausível de explicação? Como explicar a violência banalizada do meu ato? A sede por vingança a coisa nenhuma?

— Ribas... – eu me viro aflito ao diretor. – O que vamos fazer?

Um riso aliviado se abre em seu rosto.

— Nada – ele responde em um suspiro com a leveza de quem vislumbra a liberdade. – Eu não vou fazer é mais nada... Pra mim acabou.

Ele não está falando sério. Ele está fora de si. Ele não me deixaria sozinho logo agora. Está apenas se deixando influenciar por sua viagem ao passado, pelos encontros desagradáveis com seus traumas de uma outra vida. Logo, logo, ele volta a ser o Antônio Ribas, transgressor das regras, avesso à normalidade, meu comparsa, meu cúmplice. Eu ainda vou fazer seu instinto de vingança desabrochar mais uma vez. Eu não vou ficar sozinho com esse cadáver na minha mão.

Meu pé começa a bater energicamente no chão do carro. Lá fora, a placa marca mais um quilômetro percorrido de volta à realidade. Um incômodo descomunal começa a me dominar. O estofado em que me sento parece ter se transformado repentinamente em pedra. Todas as partes do meu corpo que encostam no assento começam a doer, formigar. Minha perna balança cada vez mais rápido, um tremelique que passa da esquerda para a direita em um ritmo descompassado. Mais um quilômetro se vai. O sol que entra pelo para-brisa me cega, me queima, origina manchas úmidas de suor de baixo de meu braço e por todas as costas. Eu engulo seco. Olho para a estrada. Apesar da imensidão que nos envolve, os grandes pastos, campos e montanhas, e da lisa e vazia estrada a nossa frente, me sinto preso em uma bolha, em uma redoma que se estreita mais e mais na mesma velocidade que a van percorre o asfalto quente. Mais um quilômetro passa. Sinto falta de ar, vontade de gritar, mas estou mudo. Olho para Norman, ainda deitado, calmo, mal-humorado, tentando se esquivar do fedor de seu misterioso vizinho. Olho para Ribas, ele está em paz, decidido a apagar de sua recente história a tentativa de descartar o corpo de seu antigo amigo de infância. Calmaria. A van é tomada por uma atmosfera de calmaria da qual eu não compartilho. E isso me deixa ainda mais agoniado. Mais um quilômetro se passa. Cada vez mais perto do ponto inicial, do desespero inicial. O que eu faço?! O que eu ainda terei que fazer?!

Eu durmo. Meu corpo sabe quando estou encurralado e responde sempre dessa mesma forma quando pensar em uma saída é atormentador demais.

***

Acordo depois do que me parecia ter sido apenas um segundo. A quentura e iluminação do sol, agora mais suaves, provam, porém, que umas boas duas ou três horas já haviam passado. A visão que eu tenho através da janela da van também se transformou radicalmente. O verde dos campos foram substituídos pelo acinzentado de passarelas suspensas, teias de vias que se bifurcavam para a direita, esquerda, cima e baixo, aglomerados urbanos por todos os horizontes e outras estruturas de cimento e concreto, as quais também davam sinais de que estávamos cada vez mais próximos da cidade grande, pendurados em uma zona periférica embrutecida, hostil, sem qualquer resquício de charme.

A rapidez na qual deslizávamos pelo asfalto antes de eu ter fechado os olhos também já não existe mais. Estamos praticamente parados, mergulhados em um mar de outros automóveis com velocidade média de 2 km/h. Seus faróis e luzes de freio começam a brilhar e trazem alguma cor às redondezas dominadas por uma paleta monocromática e triste.

Eu dou um profundo bocejo e, com os olhos recém-abertos, foco em Ribas, o resiliente motorista. Seu olhar está perdido pelos pontos de luz vermelha emanando dos muitos automóveis que se enfileiram à nossa frente. O padrão de luminosidade, combinado com a baixíssima velocidade e com os *hits* de elevador que tocam no rádio, originam uma espécie de hipnose no homem, tão profunda que parece ter feito com que ele se esquecesse completamente de minha presença ou sequer notasse meus movimentos preguiçosos típicos de alguém recém-tomado pela consciência novamente.

— Nossa... Capotei... – eu balbucio. – Desculpa por te deixar sozinho... sem nenhuma distração.

Ribas não responde. Parece nem sequer me ouvir. Seus dedos batem no volante acompanhando o ritmo de "Karma Chameleon", que toca no rádio. Assim que a música acaba, que seus dedos se acalmam e que rodamos mais meio metro na estrada, ele fala:

— Tá tudo parado há mais de uma hora. E ainda tem chão, viu...

— Acidente? – pergunto e tento descobrir o quanto meus olhos alcançam da imensidão de carros a frente.

— Pode ser acidente, o horário, uma manifestação, *blitz*, a simples chegada à capital... Sei lá. Não me importo... Não tenho pressa...

Eu tenho pressa. Tenho uma pressa que me consome, mas sem saber exatamente para o quê. Quero chegar a um destino, a uma resolução que não faço ideia de qual é. É a cadeia? A morte? A fuga eterna? A liberdade? A inocência mentirosa? Quero chegar a lugar nenhum. Quero atingir esse ponto disforme de meu futuro, esse estágio aterrorizante tomado por interrogações monstruosas. Eu preciso chegar até lá, até o vazio de todas as minhas escolhas e as escolhas que serão feitas para mim. O trânsito, no entanto, não parece querer me ajudar.

Estou preso rodeado de pessoas presas, todas confinadas em seus carros, confinados, por sua vez, nesse tráfego estático. Mas eu tenho um diferencial. Sou o único que também está encerrado na bolha sufocante formada pelas inevitáveis consequências de meus atos criminosos e doentios.

Eles sabem! Todos ao meu redor sabem. Eles me olham ao mesmo tempo sem sequer disfarçar. Seus olhares me trazem dor, seus julgamentos me cortam. A moça de vinte poucos anos no *Uno* vermelho, ao lado direito, me odeia. Ela sabe muito bem a escória que sou. O caminhoneiro suado e peludo atrás dela me despreza, torce pela minha morte e deseja que seja da forma mais cruel e escatológica possível. A família de comercial de margarina no *Passat* à esquerda está enojada de dividir aquele asfalto com um assassino como eu. A menininha loira no banco de trás tem medo de mim, eu sou o protagonista de seus piores pesadelos. Os carros se alternam aos nossos lados, os personagens mudam, mas todos me encaram. Todos sentem o cheiro de morte que carrego.

A aproximação à cidade grande é hostil. Quanto mais próximo chego a ela, mais encurralado fico. Foi lá que o psicopata dentro de mim deu os primeiros passos. As suas luzes, suas ruas e sua feiura urbana martelam em minha cabeça essa lembrança, a memória de quem eu me tornei. Suas vozes sussurram em meu ouvido: *Doente... Você é um doente... Quer ver morte, quer ver sangue.... Não tem remorso ou dor... Ninguém te ama... E você não ama ninguém... Matou e matará de novo... Monstro... Você é um monstro!*

Eu não sou um monstro, eu não sou um monstro, eu não sou um monstro!

***

Durmo. Acordo. Durmo. Acordo. O trânsito continua. O carro anda. O carro para. Durmo. Acordo. Durmo. Acordo. O sol se põe. A escuridão se apossa dos arredores. Luzes vermelhas pintam nossos rostos. Durmo e acordo.

Um vento agradável porém tomado por cheiro de poeira e fumaça atinge meu rosto. As janelas estão abertas e o entorno corre. A visão de fora me é familiar. O trânsito pesado se foi. Chegamos à cidade, aos bairros conhecidos, ao agito de sempre, ao contato com as vidas que seguem na inércia típica do perímetro urbano. Finalmente estou em casa. Mas tenho medo. De tudo e de todos. Minha casa virou uma cela e meus vizinhos, os guardas e juízes.

Entramos em minha movimentada avenida. Ao longe vejo o conhecido portão de minha vilinha, a barreira entre o lar e o caos. Estou de volta, mas não estou a salvo. Ainda não estou livre do fardo da morte, do assassinato. O calor em meu peito que sempre vinha com a chegada em minha morada não surge dessa vez. Não quero voltar. Não quero ver quem eu era. Não quero sentir os resquícios de Fabrício em vida. Não quero relembrar dos passos que tomei para gerar a morte. Aquela vila, meu apartamento, meu quarto e o quarto ao lado, o cheiro de *Hugo Boss*, as louças sujas de minha festa surpresa. São todos sinais do meu crescente descontrole.

Ribas embica em frente ao portão. Ele suspira cansado. A viagem foi longa, talvez a maior e mais cansativa que já fizera. Apesar de estar só o pó, sabe que logo irá se livrar de mim, de Fabrício e do mais recente capítulo sombrio de sua vida.

Ele não vai me deixar sozinho. Ele não PODE me deixar sozinho! Não vai me largar com esse cadáver. Vamos! Pense! Como o arrasto para o meu inferno particular novamente?!

Relutante, eu desço do carro para abrir o portão e liberar a entrada da van. Ribas a guia pela vila. Primeiro passa vagarosamente por mim e vai em direção à entrada de meu prédio de quatro andares. Eu o sigo, sem me preocupar em fechar as grades às minhas costas.

Os postes incandescentes já estão acesos, mas em vez de embelezar a vila com toques de fantasia como sempre, agora contaminam o local com uma pesada atmosfera de horror. Ela parece uma vila mal-assombrada, e seus fantasmas me espiam, cochicham entre si, debocham do meu estado de insanidade crescente e me chamam, me atiçam para o seu lado, para a dimensão de mortos abandonados, perdidos, pecadores que, para toda a eternidade, estavam fadados às suas próprias tormentas.

Ribas estaciona, mas não desliga o motor. Enquanto me aproximo do carro, observo as janelas dos meus vizinhos, algumas luzes acesas, algumas TVs ligadas. Já era hora dos moradores se fecharem em seus casulos, esquecerem do mundo que corre lá fora e abraçarem seus segredos, suas manias, seus hábitos, aqueles que vão dos mais normais aos mais bizarros, todos feitos seguramente entre quatro paredes. A única pessoa que testemunha a nossa chegada é, como sempre, dona Arminda, mas assim que cruzamos olhares, envio a ela um animado tchauzinho com a mão e lanço um sorriso caloroso, o que faz a velha se esconder nas sombras de seu lar novamente.

Agora ninguém nos vê, mas ainda assim, não me sinto nada seguro. Parece que caminho em um campo minado e qualquer passo em falso originaria uma explosão que romperia o sossego, um alarme estouraria os tímpanos de meus vizinhos e os atrairiam para a plateia do show. E assim que eles me vissem, eles também me leriam como todos os outros, desvendariam o crime que tanto tento esconder, degustariam as verdades secretas e me julgariam com a impiedade que mereço, me castigariam munidos de espinhos, choques, lâminas, garras e dentes. Gozariam com a minha dor e com o castigo que, ansioso, me espera.

Eu me coloco ao lado da porta do motorista, olho para Ribas pela janela aberta. Não recebo nenhuma atenção. O diretor continua observando o nada a frente. Sua mente vaga por uma imensidão longínqua ao mesmo tempo que o corpo balança em uma dança contida ao som de "My Sharona".

— Vamos... tomar uma cerveja? – eu pergunto sem jeito. Preciso prendê-lo a mim. Sozinho, não consigo continuar.

— Eu preciso devolver a van para o Josias – Ribas responde seco, sem mexer um músculo de seu corpo em minha direção.

— Mas já? – eu tento parecer calmo. – Será que não vamos precisar mais dela?

— Pra quê?

Eu franzo a sobrancelha. Respiro fundo. Que tipo de jogo é esse?

— O plano, Ribas... Por conta *dele*! – e indico o porta-malas com um movimento de cabeça rígido e impaciente.

— Você não me ouviu, Luquinhas? – ele finalmente me encara. – Já falei que minha participação nesse plano acaba aqui. E ainda fui bonzinho e dei uma carona para vocês, hein... Agora chega.

Meu queixo cai. Sinto um vácuo em minha mente, sem conseguir pensar em qualquer palavra, qualquer promessa que pudesse fazer florescer a antiga fidelidade de meu cúmplice. Não vejo saída.

— Preciso ir, Lucas – ele quebra o silêncio.

— E o que você vai fazer agora? – eu me exalto. Sinto o meu coração querendo quebrar o meu peito com suas batidas frenéticas. – Você vai me denunciar? Escrever um novo roteiro sobre essa fracassada aventura? Seu último capítulo em Caraí?! Você faz parte disso, Ribas! É tão culpado quanto eu! Como vai viver consigo mesmo depois de ter bolado esse plano tão doentio?! Saiu tudo dessa sua cabeça! E é vida real! Não é argumento pra mais uma de suas séries de TV a cabo não.

— Não vou te denunciar... – ele fala em uma calma profunda que se choca com meu falatório agitado, esganiçado e suplicante. – Minha vida começa hoje, Luquinhas. Vou esquecer de tudo isso, assim como dos meus traumas de infância. Tudo isso já deu o que tinha que dar. E só foram frutos podres. Agora eu olho pra frente, já falei...

— NÃO! Você não vai me abandonar agora! – eu insisto. Meu maxilar enrijece, meus olhos se apertam. Seriam sinais da minha metamorfose no temido monstro psicótico que se esconde dentro de mim?

— E você vai fazer o quê? – ele fala navegando pelas estações de rádio à procura de uma nova música. Sua leveza é desconcertante. – Vai ameaçar dar um tiro na minha fuça de novo se eu não fizer o que você manda? Eu não caio mais nessa não, Luquinhas. Sei que você não tem bolas para isso. Se não consegue nem lidar com o cadáver apodrecido do Fabrício, imagina com um segundo todo ensanguentado... Falando nisso, pode me devolver o revólver do meu avô.

Ribas está irredutível e eu paralisado. Continuo com a boca entreaberta, sem ação. Apenas o analiso e tento entender aquela repentina decisão de me abandonar.

— Vamos, garoto! Tenho mais o que fazer! – ele fala, após finalmente se decidir por uma rádio que toca "Hotel California".

Eu olho para os lados. Balanço a cabeça em negação. Desistente, eu alcanço a arma presa em minha cintura e passo para o dono. Ele apenas estende a mão, lança um olhar ao revólver para se certificar de que ele ainda estava inteiro, ou seja, nas mesmas condições deploráveis de sempre, e o guarda em sua própria cintura.

— Agora só falta dar uma arrumada lá atrás – Ribas continua, tomado por aquela indiferença petulante.

— Você pode me ajudar?

— Não...

— Ele é muito pesado, Ribas.

— Você consegue sozinho.

— Ribas...

— Tira... esse.... CORPO... DO MEU CARRO! – o diretor grita. – AGORA!

Sua voz ecoa pela vilinha. Eu abano minhas mãos em desespero suplicando por calma e encerrando o diálogo. Olho para os lados para me certificar que ainda não estamos sendo observados. Ninguém nas janelas, nem dona Arminda.

Após seu surto momentâneo, Ribas balança a cabeça no ritmo da música. Finge controle e tranquilidade. Tenho vontade de rir em desespero ao observar a transformação de meu parceiro no crime. Que papelão. Que covardia!

Eu dou passos largos em direção a parte traseira da van e abro suas portas.

— Vem Norman! – eu ordeno sem qualquer paciência ou sensibilidade.

O cachorro, apesar de hesitante, me obedece e pula para fora do carro. Com movimentos pesados, ele se direciona para a porta do prédio como que se condenado a prisão perpétua ou a cadeira elétrica.

Agora, encaro o fundo do porta-malas. Lá está o rolo de carpete cinza abrigando o cadáver. Somos só nós dois. Vou ter que carregar o peso de meus atos sozinho... Como deve ser. Eu engatinho pela entrada do bagageiro, estico minha mão e alcanço a superfície felpuda do rolo. Puxo uma vez. Nada. Puxo uma segunda. Nada. Acumulo minhas forças, e, com toda minha concentração, dou mais um forte puxão. Esse último funciona e aquela massa embrulhada começa a escorregar em minha direção pelo chão de metal do carro. Em seu trajeto, porém, o carpete se afrouxa, fica disforme e maleável. Quando o rolo finalmente chega próximo o suficiente de mim, para que consiga tentar segurá-lo no colo, ele já não é mais um rolo, apenas uma mistura de tecido e corpo. Pelo carpete desenrolado, já consigo ver os sinais claros da putrefação, a pele azulada de Fabrício e fragmentos de seus fios de cabelo, ainda belos mesmo depois de perderem a vida. Não há nenhuma possibilidade de que eu consiga fazer isso sozinho. Como vou subir todos os lances de escada segurando essa merda?

Quero pedir ajuda de Ribas novamente, mas tenho medo de mais um escândalo. Então, com uma mistura de nojo e ímpeto, eu passo os meus braços pelo monte de carpete e cadáver e tento sustentá-lo nos braços. O êxito na missão dura míseros segundos. Meus músculos tremem e latejam. O bolo de carpetes fica cada vez mais molenga e desajeitado, já o corpo, mais pesado. Só de dar um passo para longe da van, me atrapalho como em um filme de Buster Keaton e derrubo no chão tudo que tentava segurar. O carpete se desenrola, se abre por inteiro e revela o que havia restado de Fabrício. Um animal sem vida embrulhado em um traje social. Manchas azuladas e esverdeadas são visíveis em sua pele. A boca, antes em um sorriso debochado, agora parecia gritar em desespero. Suas expressões são duras, sombrias e doloridas.

Eu deveria me sentir satisfeito com essa visão? É realmente isso o que sempre quis? Eu deveria saber saborear a morte? Não é isso que monstros como eu devem fazer? Mas não sinto nenhum prazer... Só sinto dor, nojo e dó... Talvez eu realmente não seja um monstro no final das contas.

— Lucas? – uma voz feminina chega aos meus ouvidos.

Minha observação ao apodrecimento do meu antigo companheiro de apartamento me levou a uma distração perigosa. Fiquei tão obcecado por suas próprias bactérias devorando suas entranhas e dominando sua carcaça, que nem notei a sua chegada.

Eu levanto os olhos que pousava sobre o cadáver e os direciono à fonte daquele som. Aos poucos, consigo identificar a invasora da minha realidade sinistra. Ela sai das sombras que se alastram pela vila como um véu negro e impiedoso e, finalmente, aparece para mim: Leda.

Que dia é hoje? Quarta-feira? Justo hoje? Com tanta coisa em minha cabeça, nunca iria me lembrar que era hoje o dia que marcaria a nossa tentativa de recomeço. Devia ser isso, afinal, o que Leda queria ao me ligar tantas vezes? Queria me recordar do nosso programa noturno, da nossa ida inocente ao cinema. E eu lá tenho cabeça para filme e pipoca bem agora? Leda ainda não cabe nos meus planos. Não cabe em minha vida! Como é inconveniente essa mulher!

No primeiro instante, quando seus olhos só têm como foco meu semblante surpreso, seu típico sorriso safado corta seu rosto. Uma severidade e decisão dominam o caminhar e o porte da mulher. Ela chegou para me devorar, como sempre fazia. Dessa vez, de forma especialmente violenta, já que há dias eu não respondia suas chamadas.

Porém, assim que seus olhos descem para o defunto estirado no chão, envolto por uns trapos soltos de carpete, todo o poder e efusão fogem de seu corpo. Leda deixa-se ser tomada por uma fragilidade que sempre tentara reprimir. O pavor a domina. Ela está petrificada. Arregala os olhos para o cadáver, arregala os olhos para mim e depois para o cadáver novamente. Ela dá um passo para trás. E outro. E outro. Ela caminha lentamente, como se seu corpo ainda estivesse se recuperando do choque e tentando achar saídas, descobrir como agir frente a essa lúgubre descoberta.

Tenho segundos, míseros segundos para tentar contornar essa situação. Mas também estou paralisado, também estou em choque, segurando inutilmente as pontas do carpete que em um passado distante cobria perfeitamente o meu segredo. Agora tudo está escancarado no ar, aberto aos olhos de quem quisesse ver.

Tenho que agir. E é agora! Sei que Leda vai gritar. Leda vai correr. É Leda que vai causar meu fim, minha destruição! E não podia ser diferente.

— Calma, Leda... – falo em um cochicho. Tento trazer, com a suavidade de meu tom, uma falsa ideia de normalidade e tranquilidade. – Deixa eu explicar...

Leda não parece querer me ouvir, ela aumenta a velocidade de seu recuo. O medo a confunde, a imagem da morte a entorpece. Ela olha para os lados. Tenta unir as peças, fazer sentido em tudo aquilo que ela presencia através da escuridão que caía sobre a vila: corpo, carpete, Norman, Lucas apavorado tentando esconder inutilmente a imagem da morte, van... Quem é ali dentro da van? Mais um criminoso? E pelo espelho retrovisor os olhos de Leda e de Ribas se cruzam. A identidade dos dois comparsas é revelada. Ela tem nós dois em suas mãos.

— Ribas! – eu chamo com urgência. – Me ajuda! Faz alguma coisa!

E Ribas me obedece. Ele sabe que foi visto. Foi associado ao crime, à história que estava decidido em deixar pra trás. Ribas quer ter uma nova vida! Quer olhar só para frente! Mas agora havia mais alguém que o conectaria a esse episódio criminoso, ao passado repugnante que queria, com todas as forças, esquecer. Essa daí, essa mulher apavorada prestes a berrar e botar tudo a perder é um empecilho.

E sabe o que pessoas como nós fazem com empecilhos como ela?

Ribas engata a marcha ré. Pisa no acelerador. Esquenta o motor. Leda ouve o ronco do carro e aumenta a velocidade dos passos em direção ao portão, à liberdade. Ela começa a se afastar. De costas, dá mais um passo, e outro, e outro. Agora mais rápido. Finalmente, se vira ao portão aberto e encara a avenida, a única possibilidade de fuga daqueles dois doentes psicóticos e do cadáver apodrecido. Ribas a olha pelo retrovisor. Espera o momento certo. É ali! A distância é boa, perfeita! Ele solta o freio de mão, a coloca na mira e acelera a van em marcha ré. O carro dispara em alta velocidade. Ainda com o porta-malas aberto, a van atinge, com tudo, o corpo escultural de Leda. O baque é certeiro. O barulho é de morte. Ela não teria nenhuma chance.

Ribas freia. Eu jogo o carpete de qualquer jeito em cima do cadáver de Fabrício e corro em direção ao carro. Onde o corpo de Leda foi parar? O início de um rastro de sangue saindo por entre as rodas traseiras da van me dão a dica. Olho rapidamente para baixo do carro. Lá está ela, estática, ferida, ensanguentada, morta, escondida pelo trambolho motorizado.

O barulho do atropelamento foi cortante e reverberou por toda a vila. Os latidos assustados de Norman também não ajudaram em nada e foram o toque que faltava para chamar a atenção de alguns de meus vizinhos. Eles começam a abrir suas janelas. Rostos curiosos surgem pelas casas e apartamentos a procura do motivo de tanto auê no início da noite. Quem ousava incomodar os primeiros momentos de folga da classe trabalhadora em plena quarta-feira?

Com o canto do olho, eu tento contar quantos moradores se juntaram à festa. Todos eles me analisam desconfiados. Eles sabem. Eles me observam. Eles me julgam. Eles me odeiam.

Tento disfarçar. Fecho as duas portas do bagageiro da van com a maior força que consigo. O barulho é tão ensurdecedor quanto o da lataria do carro arrancando a vida de Leda. Agora eu olho diretamente para meus vizinhos. Abro um sorriso amarelo.

— Esse porta-malas tá um horror! – eu falo, tentando focar minhas atenções a dona Arminda, a qual agora nem se preocupava em se esconder atrás de suas cortinas brancas. Meu volume é alto o suficiente para que todos os outros moradores também escutem. – É um barulhão tanto para abrir, quanto para fechar! Desculpe o caos, dona Arminda! Uma boa noite pra senhora!

Nenhum de meus curiosos vizinhos parece acreditar em minhas palavras. Eles, no entanto, têm mais o que fazer em vez de ficar vigiando os passos de um morador qualquer da vila. Quanto menos se intrometessem na vida dos outros, menos se intrometeriam nas deles, afinal. A maioria apenas sorri por educação e suplica, com intensidade no olhar, para que eu pare de atormentar o sossego da noite. Aos poucos, as janelas se fecham e eles voltam a se isolar em seus ninhos confortáveis, suas bolhas particulares. Dona Arminda é a última a voltar para dentro de seu lar. Apesar de eu ter usado a infalível arma da interação, a velha não se acuou dessa vez. Ficou ali, com os braços cruzados. Ela lança olhares afiados, desconfiados e prova que estava criando forças contra meus ataques de sociabilidade.

Assim que todos somem, meu sorriso sofrido foge de meu rosto sem deixar vestígios. Eu olho para o chão, bem onde o rastro do sangue de Leda avança. Tenho que desviar meus pés para que eu não seja atingido pelo líquido e, por consequência, contaminado por mais aquela morte. A vermelhidão escura e quente se dissipa pelos paralelepípedos, em alta velocidade, se infiltra pelos vãos de pedra, quer sair de seu esconderijo, se escancarar ao ar livre, fincar sua marca e denunciar nosso crime.

— Ribas – eu solto um suspiro ríspido e urgente. – Vem cá!

Nenhum retorno do motorista. Eu o chamo de novo, e nada. Corro até ele. Pela janela, o observo. Ribas está petrificado em sua poltrona, o olhar fixo a frente. A negligência e a leveza que o dominavam até então se transformaram em pavor e desespero. Noto seu peito subindo e descendo freneticamente, a respiração ofegante, os músculos tremendo. A boca entreaberta ameaça falar, mas os pensamentos são muitos e se confundem na saída.

— Você precisa me ajudar... – eu falo com cuidado.

Finalmente, Ribas me olha nos olhos. Nos conectamos em nossa podridão. Somos ambos assassinos. Ambos carregam a morte nas mãos. Somos um. Parceiros novamente. De uma forma ou de outra, meus desejos se realizaram. Ribas não vai mais me abandonar. Não vai me largar sozinho com o estorvo apodrecido. Ele, afinal, agora tem um cadáver só para ele, ainda quentinho, esperando seu destino macabro.

— O... O que... O que eu fiz?! – Ribas tenta coordenar suas palavras por entre a respiração desregulada e afoita.

— Você salvou o nosso rabo – respondo. A insensibilidade e egoísmo me dominam. No que foi que eu me transformei?

— Ela está... – Ribas olha para os lados e cochicha bem próximo ao meu rosto – ... morta?

Eu afirmo com a cabeça. A respiração de Ribas fica ainda mais acelerada. Ele se vira para frente novamente. Parece estar prestes a explodir, prestes a espernear. Desistente e tomado pelo cansaço de sua existência, o diretor afunda a cabeça no volante e dá início a um choro silencioso.

Eu testemunho uma nova transformação de meu comparsa. Uma estranha consciência parecia lhe dominar. A morte esteve presente em toda essa nossa parceria, em nosso trajeto, em nosso plano falho. Mas agora, é ele o causador dela, o executor. Os conceitos de fim, e da violência e psicose nunca foram tão reais. Ribas vivia em um mundo de fantasia, perdido em suas sinopses macabras, sanguinárias e vingativas. Mas, para ele, tudo ainda era argumento, ainda ficção, ainda ideias de novos projetos, traumas transformados em produtos visuais. Desde nosso retorno à capital, a realidade voltou a ocupar posição de protagonista em sua vida. Os últimos minutos apenas acentuaram esse seu papel. O choque de ser descoberto por aquela mulher desconhecida, a frieza em colocá-la na mira e acelerar a van em marcha ré, o baque e a morte. Tudo isso fez a realidade cair como uma bomba. Ele é um assassino frio como eu. Desse rótulo não tinha como fugir. Esse passado é impossível de esquecer.

— Ribas... Ribas! Agora não é hora de desabar. Não me deixa na mão! – eu o sacudo. Tento remediar com algum pingo de racionalidade, determinação e urgência o desespero do homem. Ele hesita, mas levanta o rosto do volante. Seca as lágrimas. Parece estar preparado para ouvir, para seguir direções. – O sangue dela tá escorrendo – eu continuo. – Vai com o carro um pouco pra frente e me ajuda a colocá-la no porta-malas.

O diretor engole em seco e balança, aflito, a cabeça. Sua inocência e seu desespero são iguais ao de uma criança perdida dos pais no supermercado. Guiando a van só com a embreagem, sem fazer muito barulho, ele avança meio metro pelo chão de pedras da vila. Aos poucos, o corpo ensanguentado de Leda é revelado. Eu rapidamente me abaixo para verificar se a mulher estava realmente morta. A cabeça parcialmente esmagada por uma das rodas da van, as poucas expressões ainda visíveis paralisadas em choque, as costas com uma ferida profunda e pulsante de sangue e o corpo semideformado, resultante do baque com o automóvel em alta velocidade provam que não há nenhum resquício de vida na mulher.

Eu abro o porta-malas, me abaixo em direção ao corpo e seguro alguma parte de Leda, tão ensanguentada que não consigo identificar exatamente qual é. Ribas logo surge ao meu lado, alcança a outra extremidade do corpo de sua vítima e, juntos, a jogamos para dentro do bagageiro. Somente depois daquela ação, feita na urgência do momento, que Ribas nota suas mãos manchadas pelo sangue quente de Leda.

— O que eu fiz... O que eu fiz...? O que eu fiz?! – ele repete como um mantra. A voz chorosa, os olhos ainda arregalados.

Perturbado, ele analisa as próprias mãos vermelhas e úmidas e, em seguida, a imensa mancha de sangue no chão da vila.

— O que eu fiz?! O que eu fiz?! O que eu fiz?! – ele continua.

Eu o puxo pelo braço, para o planeta Terra, para longe de suas tormentas.

— Vem! Me ajuda com o Fabrício! – eu falo.

— O sangue! Esse sangue! Tem que limpar! Tem que sumir daqui – ele engasga com as palavras e com o próprio choro.

— Depois a gente dá um jeito nisso aí! Vem cá!

Eu o arrasto em direção ao bolo de carpetes que esconde o nosso cadáver original. Juntos, conseguimos lidar com aquele monte de tecidos desenrolados e disformes de forma mais certeira. Cada um segura uma extremidade e iniciamos uma caminhada rápida e coordenada em direção à van. Com o máximo de cuidado que a situação possibilita, jogamos mais aquele corpo no porta-malas e fechamos as pesadas portas do bagageiro do carro.

Eu seco o suor que escorre pelo meu rosto com as costas das mãos, já que as palmas estão encharcadas de sangue. Continuo olhando freneticamente aos lados para me certificar de que não estávamos sob qualquer tipo de vigilância. Por sorte, ninguém à espreita, atrás de cortinas, apreciando aquele teatro macabro que interpretávamos.

No calor do momento, eu subo na van e me coloco atrás do volante, viro a chave e guio o carro do centro da vila para a entrada de meu prédio. Na emergência, o cérebro e o corpo unem forças para salvar seus donos, assim, habilidades esquecidas e conhecimentos longínquos — como dirigir um carro — vêm magicamente à tona.

Estaciono. Subimos afoitos ao meu apartamento. Os três lances de escada nunca foram tão cansativos e íngremes, mas a velocidade do deslocamento, nunca tão rápida. Eu viro a chave e abro a porta com facilidade, controlado, sem tremer. Ribas, pelo contrário, é a perturbação em carne e osso. O diretor entra ofegante no apartamento, tropeçando nos móveis do caminho, se batendo pelas paredes e enganchando o pulôver negro e sujo nas maçanetas. Norman entra em seu antigo lar como se estivesse invadindo uma festa para qual não foi convidado, ou entrando na sala de aula de uma turma três anos mais velha. Está desconfortável e desconfiado.

Ribas vai diretamente para o banheiro no corredor, liga a torneira e começa a esfregar as mãos ensandecidamente uma na outra. O sangue de Leda escorre pelo mármore branco. Mesmo depois que ele se vai por inteiro, Ribas continua a limpar as palmas das mãos, com força aliada a movimentos rápidos e repetitivos, como querendo arrancar a própria pele, como querendo ver o próprio sangue escorrer ralo abaixo. O diretor parece desejar se punir pelo ato de violência injustificada que acabara de cometer.

Eu o observo, apoiado no batente da porta. Não sei o que falar para acalmar o meu comparsa. Vê-lo daquela forma, desesperado e arrependido, me dói. Eu fui, afinal, o responsável por infligir a ele esse estado de decadência e horror perpétuo. Ao mesmo tempo, sei que só consigo me manter centrado, por ter que balancear os estados de espírito nessa nossa cumplicidade doentia. Ribas me equilibra. Quando ele tem um plano, eu não tenho nenhum. Quando ele é tomado por uma tranquilidade descabida, eu estou apavorado. Quando ele desiste, eu insisto. Quando ele é o caos, eu sou a ordem. Agora não é diferente. Ribas está em ruínas, e eu me mantenho de pé, forte, frio e empoderado por um ímpeto desumano, dadas as condições desesperadas em que nos encontramos.

Deixo o diretor em seu ritual de limpeza frenética e me encaminho calmamente a cozinha. Lá, eu limpo minhas próprias mãos em uma velocidade radicalmente distinta. Sinto cada partícula da água escorrendo pela minha pele, relaxo com sua temperatura refrescante, me hipnotizo por sua cor límpida e sua fluidez.

Em meio ao transe, uma presença chama a minha atenção. Sei que isso é um corpo deslocado, que não faz parte do meu cenário ou até mesmo do mundo real, mas eu não me assusto. Apenas me conecto a sua existência. Lá está ele, Fabrício, de bermuda de malhação e sem camisa, sentado em cima do balcão da pia. Ele está inteiro, sem ponto de podridão, sem líquidos estranhos vazando pelo corpo, sem manchas azuladas e olhos envidraçados. Ao mesmo tempo, sei que não está vivo e sei que não é uma aparição mística. Sei que aquele sou eu, meus próprios pensamentos, me trazendo novas companhias, novas vozes, novos guias.

Ele me olha com o mesmo sorriso molenga de sempre, o olhar galanteador falsificado, a petulância característica de sua existência e balbucia:

— Não tem mais saída, cara. Você está sozinho... Como sempre quis estar.

Eu fecho os olhos, balanço minha cabeça e sinto que com o movimento consigo jogar aquele resquício de memória para longe. Fabrício some, pelo menos por enquanto. Vou até Ribas. Sei que preciso dele. Só funcionamos juntos. Precisamos nos equilibrar. Precisamos trazer nossa dinâmica de volta aos trilhos. Ao procurá-lo, o encontro não mais no banheiro e sim no quarto ao lado, o antigo dormitório de Fabrício. A luz está apagada. A escuridão do ambiente só é parcialmente sanada pela lâmpada do corredor e os postes incandescentes da vila. Da porta do quarto, eu vejo as costas do diretor. Ele olha fixamente pela janela e abre frestas na persiana para observar melhor o marco zero de sua desumanização, o local exato onde decidiu atravessar a barreira moral e matar uma pessoa inocente.

— O que foi que eu fiz? O que foi que eu fiz? O que foi que eu fiz?! – ele sussurra, baforando no vidro da janela.

Eu acompanho o seu olhar. A mancha de sangue nos paralelepípedos lá em baixo é visível. Muito visível. E é sangue, com certeza sangue. A cor, textura, brilho, até vistos daquela distância, eram inconfundíveis. Havia sangue na pacífica e cinematográfica vila. Juntos, entramos em uma observação hipnótica da vermelhidão das pedras e trememos quando notamos uma nova aproximação ao local de nosso mais novo crime. É dona Arminda saindo do prediozinho em frente. A mulher dá passos cautelosos em direção à prova incontestável do assassinato. Ao chegar na poça, ela se abaixa vagarosamente. A consciência do que aquele líquido poderia ser parece cair em minúsculas, porém efetivas, gotas na mulher, e todos os estágios de sua descoberta são claramente perceptíveis por nós. Assim que a velha parece se dar conta do que aquilo se tratava, ela se levanta, olha aos lados, para cima, para as outras janelas. Por um instante, ela parece olhar diretamente para nós dois. E assim que notamos sua incisiva mirada, nós recuamos amedrontados.

— Merda, merda, merda, merda! – eu falo ao caminhar do meio do quarto ao corredor repetitivamente.

— O que foi que eu fiz!? O que foi que eu fiz?! O que foi... – a voz de Ribas cessa bruscamente, o que chama a minha atenção.

Ao olhar o diretor, o noto com o nariz colado na escrivaninha de Fabrício. O amarronzado da superfície de madeira é subitamente manchado pelo branco vivo da cocaína. Ribas começa a aspirar freneticamente o pó sem nem se preocupar em fazer carreiras. Apenas mete a narina em amontoados brancos e inspira, puxa para dentro a esperança de fuga de sua realidade doentia.

Eu saio do quarto. Se continuasse ali, até eu entraria na festa. Mas eu preciso me manter são. Na sala, encontro Fabrício novamente. Ele está sentado no sofá, com o pé cheio de veias apoiado na mesa de centro. Tento ignorar sua presença. Caminho de um lado para o outro, me esforço para puxar dos fundos obscuros de minha cabeça uma saída para nossa trama.

— Não tem saída, cara... Não tem saída... – ele fala risonho.

— Cala a boca!

Devo acabar com dona Arminda também? Devo pegar aqueles dois corpos e fugir para um lugar seguro? Enterrá-los? Tacar fogo? Dar para o Norman comer?

Ribas ainda vai me ajudar. Se é de pó que ele precisa pra se concentrar, para achar a transgressão e a psicose que antes queimavam dentro de si, ele está no caminho certo. Logo ele vai voltar a me guiar, a me dirigir.

— Você sabe, né Lucas? Por que você me matou? – Fabrício continua calmo, aproveitando o conforto do sofá.

— Sai daqui, seu mala!

— A gente é um só, cara... Um só...

— Saaai! – eu esperneio.

Fabrício sacode a cabeça lentamente, sem espantar o sorriso molenga do rosto. Eu continuo andando de um lado para o outro da sala. Talvez o movimento contínuo do meu corpo faça meu cérebro ir para algum caminho ainda não conhecido, cheio de soluções e novas ideias.

— Lucas... – Fabrício bate com a palma da mão no sofá onde está sentado. – Se acalma... Vem cá...

Seu convite é regado por uma tranquilidade contagiante. Resolvo obedecê-lo. Estou em minha própria casa, mas dou passos hesitantes, desconfiados. Mesmo sem existir mais, Fabrício consegue fazer com que sua presença seja dominante e ligeiramente intimidadora. Assim que me sento, ele me passa uma lata de cerveja recém-aberta, abre uma segunda e a estende para um brinde.

— Você não bebe – eu digo confuso, mas choco minha lata contra a dele, em um brinde nada entusiasmado.

— Hoje eu bebo, hoje é especial – ele diz sorridente.

Damos os primeiros goles em nossas cervejas em sincronia perfeita, no mesmo compasso, cada um sentado em uma extremidade do sofá.

— Nunca fizemos isso, né? – Fabrício fala após engolir a cerveja gelada. – Nunca sentamos aqui, batemos um papo despretensioso...

— Tirando o dia em que nos conhecemos, acho que é a primeira vez mesmo...

— É uma pena – ele fala. – Nunca conseguimos nos conhecer... Em vida...

— Claro que nos conhecemos. Foram nove meses, Fabrício. E, pra mim, já foi o suficiente pra saber perfeitamente o dissimulado que você é... Que você era.

— Você conhecia o Fabrício que você queria conhecer, Lucas. Mas a culpa não é só sua... Eu fui o Fabrício que eu quis que você conhecesse. Alguém *realmente* se conhece? Ou só se conhece o que se quer que se conheça?

— Nossa... - eu rio. - Você sempre foi tão filósofo assim?

— Não sei sobre sempre, mas hoje eu sou o que você quer que eu seja, junto com o que você acha que eu sou e o que você descobriu que eu fui. E talvez esse Fabrício filósofo foi o que surgiu dessa mistureba toda.

Eu aceito silenciosamente suas palavras, apesar de ter minhas dúvidas se elas faziam algum sentido. Algo nesse encontro com uma aparição fantasmagórica ou com os resquícios de meus próprios pensamentos faz meu corpo e mente começarem a se relaxar. Eu dou mais um gole na minha cerveja, me recosto ainda mais no sofá e ouço pacientemente a voz de Fabrício, a qual, aos poucos, perdia o tom anasalado que antes me dava arrepios de ódio.

— Máscaras, Lucas. Todos nós temos. Escolhemos colocá-las em determinados momentos ou durante a vida inteira. Estamos sempre escondendo nossas essências, nossas verdades. Aí fica nisso: ninguém se conhece, mas acha que se conhece, ama ou odeia, vive, deixa viver ou mata.

Eu viro meu rosto à aparição. Observo sua expressão pacífica e etérea. Aquele ao meu lado é Fabrício, mas também sou eu. Eu sento ao lado de meu perfeito reflexo.

— O que eu faço agora, Fabrício?

— Você pode começar ouvindo o seu cachorro.

***

Meu cachorro?

Eu fecho os olhos. Sim. Norman late. Ouço seus latidos bem ao fundo. Cada vez mais presentes, cada vez mais próximos, cada vez mais afoitos e penetrantes.

Eu abro os olhos. Fabrício não está mais lá, as latas de cerveja não estão mais lá, minha garganta está quente e seca, como se nunca tivesse sido tocada por aquele líquido de um frescor impossível e reconfortante. Há somente eu, estirado no sofá, saindo de um estado de dormência, hipnose ou alucinação. E Norman late.

Me levanto e sigo o som. Norman late, mas late por quê? Para o quê?

Dou passos vagarosos pelo apartamento, ainda me adaptando à atmosfera do mundo real. Ali está ele, no corredor. Ele olha fixamente para dentro do quarto de Fabrício. O ambiente ainda está escuro, iluminado parcialmente por luzes invasoras. Os latidos não cessam com a minha aproximação, pelo contrário, ficam, a cada passo, mais agudos, mais cortantes, mais urgentes.

Eu lanço o olhar para dentro do quarto. Tento achar o que Norman encara. De início, me encanto com os feixes de luz vindos das lamparinas da vila e da lua. Aquela mistura de luminosidade entra pela persiana e ilumina, principalmente, a escrivaninha bem em frente à janela. A mesa de madeira está totalmente bagunçada. Papéis e livros jogados e dezenas de saquinhos de plástico se acumulam vazios ou com os resquícios da cocaína de Ribas, cuja maior parte já fora, por ele, eficientemente aspirada.

Onde está Ribas?

Meu olhar vaga pelo breu do quarto a procura do meu companheiro de crime, minha fonte de equilíbrio. Logo, o encontro. Ele está no chão, deitado sobre o carpete acinzentado.

Eu me aproximo. Tem algo estranho, preocupante.

— Ribas? – eu o chamo de forma suave. Nenhum retorno.

A visão total de seu corpo e de suas expressões ainda é dificultada pela escuridão. Será que está dormindo? Será que foi tomado pela estranha inconsciência da qual eu acabara de sair?

Aos poucos, minhas pupilas se ajustam à baixa luminosidade do local. Consigo enxergar que Ribas segura o antigo revólver de seu avô em uma das mãos. A pressão que ele aplica à arma, no entanto, é pouca e ela está prestes a escapar de sua garra. Vou subindo os olhos vagarosamente pelo seu corpo. O pulôver negro é salpicado com restos da cocaína que escaparam de suas narinas sedentas. Há, também, certas manchas úmidas aqui e ali, talvez suor. Finalmente, meus olhos focam em seu rosto. É com essa visão, que tenho certeza do que desconfiava desde que fui guiado pelos latidos de Norman até aqui.

Da boca de Ribas, sai espuma. Do nariz, sangue. Dos olhos arregalados e congelados, lágrimas.

A morte muda de faces e formas, mas tem um cheiro, uma certa vibração inconfundível. Já somos velhos conhecidos, ela e eu. E enquanto eu batia um papo despretensioso na sala com um de seus antigos amantes, ela seduzia o próximo bem ali no quarto ao lado.

capítulo 17.

surpresa.

Estava sozinho. Uma produtora inteira quase que só para mim. O único ali que me fazia algum tipo de companhia era o porteiro simpático cujo nome eu nunca lembrava e nunca quis perguntar. Era um sábado e, em projetos com orçamento estourado e cronograma atrasado como "A Sangue Frio", trabalhar em fins de semana já era regra. Todo o preenchimento interno e senso de avanço em minha carreira profissional, adquiridos há 9 meses, já eram sensações distantes e minguadas. Hoje, eu já me enxergava como o peão que eu era, a mão de obra barata, o iniciante que aceita qualquer bucha por um título fajuto e um aumento irrisório no salário.

Mesmo assim, a produtora deserta, o trabalho desmotivador e o enclausuramento em uma ilha de edição escura eram muito mais sedutores do que ficar em meu apartamento com a presença dele: Fabrício, contaminando cada canto de cada cômodo com seu cheiro, sua voz, seus palpites, seu riso mole, sua leveza construída, sua personalidade dominadora, seus barulhos, seu suor, seu olhar, seus passos, suas marcas. Desde o desaparecimento de Norman, nossa relação virou um caminhar em uma corda bamba pendurada a centenas de metros de altura, os dois ao mesmo tempo, um em direção ao outro, temendo pelo encontro de nossos corpos, pela queda de um ou dos dois e pelo choque final com asfalto lá embaixo.

A produtora era um lugar seguro, um lugar de paz. Principalmente aos fins de semana, já que nos outros dias eu ainda tinha que lidar com a desequilibrada e controladora Flora, o sonso Giuliano e o excêntrico e desmedido Antônio Ribas, perpetuamente contaminado por uma síndrome de genialidade fajuta.

Eu sabia que o dia seria longo, já que precisava dar os mais novos "últimos retoques" da quarta versão final do episódio piloto da série — ainda não autorizado a ir ao ar — além de editar todo o material gravado na sexta-feira à noite, o qual esperava por mim em um HD externo junto com um *post-it* que dizia: "Pesa a mão no sangue, brinca com a loucura, deforma a normalidade! Mete bala, Luquinhas! Ass: A. Ribas".

Comecei direto pelo material recém-chegado. Eram 10 giga de decapitações, jatos de sangue, asfixias, desmembramentos, cativeiros, gritos desesperados, perseguições, choros abafados, esfolações, uma nudez aqui e ali e diálogos batidos. Foram horas limpando o artificial daquelas cenas, tudo aquilo que destacava a ficção do material e o afastava do realismo. Todas as claquetes, os antes do "ação" e depois do "corta", os erros, as atuações fracas, as risadas desencaixadas, o fora de ritmo. Eu peneirava o material, separando o *fake* do crível. Os crimes filmados se tornavam reais com a minha edição. Eram violentos, impressionantes, matéria-prima de pesadelos, a transgressão da TV a cabo. Aquela era a minha especialidade: fazer, com minhas ferramentas digitais, um horror palpável, que persegue e deixa rastros.

De certa forma, criar a violência na tela, funcionou como uma válvula de escape para todo o ódio que se acumulava dentro de mim nos últimos meses. Era ali, através de cenas manchadas do mais puro pavor, que eu extravasava as minhas frustrações, o meu deslocamento, a minha incapacidade de agir, a minha inabilidade de socializar ou me expressar em palavras. Editar "A Sangue Frio" era minha sessão de terapia não ortodoxa, e quanto mais violento, sanguinolento e chocante era o *take* escolhido e editado, mais liberto eu me sentia de minhas próprias tormentas sufocadas.

No meio da tarde, enquanto afinava o *close* do degolamento de Mário Quintino, o professor de história abusador de adolescentes indefesas, meu celular vibra pela mesa de fórmica e origina um barulho tão alto e desconexo que consigo ouvi-lo através dos fones de ouvido. Na tela, uma mensagem de texto de Joana: "Queria conversar com vc... Posso passar na sua casa hoje à noite?".

Eu dou uma profunda bufada antes de responder. A minha relação com Joana já havia se deteriorado quase que por completo naquela altura do campeonato, devorada por um parasita chamado Fabrício. Nós dois conseguíamos enxergar isso perfeitamente, apesar de acreditarmos em motivos completamente distintos para esse inevitável afastamento. Só de ler a mensagem, eu já conseguia imaginar o que seria aquela conversa, palavra por palavra. Começaria leve, com alguma lembrança de um passado feliz e nostálgico, a época de ouro de Lucas e Joana. Alguma viagem inesquecível, alguma piada duradoura, alguma rara e marcante demonstração de carinho. Logo em seguida, o tom de Joana seria tomado por uma profundidade abismal, e a narração da fase da decadência se iniciaria. Ela julgaria meus recentes comportamentos, menosprezaria meus sentimentos, deixaria claro o seu desprezo pela forma como me relacionava com Fabrício e se colocaria em um patamar de razão e sanidade. Para terminar, Joana ficaria chorosa e demonstraria esperança por uma realidade onde todos se dariam bem, um aprenderia com o outro, as diferenças seriam sanadas e uma nova grande amizade, que perduraria pelo fim dos tempos, seria criada. O toque final seria a constatação de que Joana sempre queria ajudar, de que não conseguia ver uma situação problemática sem querer remediá-la, e isso trazia a ela um caráter quase divino em comparação a mortais falhos como nós. Eu conhecia essa cartilha e não estava nem um pouco a fim de terminar o meu sábado passando passo a passo por ela. Ao mesmo tempo, um sútil calor me preencheu ao perceber que, apesar de tudo, Joana ainda não havia desistido de mim. A leve noção de que eu ainda não fui completamente substituído por Fabrício era reconfortante. Podia ser um papo chato que me esperava, mas seria um papo chato só com ela, só com Joana, um tempo a sós com minha melhor amiga depois de tantos meses! "Ok. Tudo bem às 18?", eu respondi e voltei para o show de horrores na minha tela do computador.

O tempo perde seu controle sobre mim quando estou na ilha de edição. Ele é um conceito frágil, volátil, embaralhado pela luminosidade da tela que me hipnotiza e me suga, silenciado por meu fone de ouvido e enclausurado porta afora. Ali dentro, eu fazia o meu próprio tempo. Um tempo que nem tempo é, uma unidade de controle definida por mim mesmo e que vai além de números e ponteiros em um relógio. Flora é tempo, Flora é cronograma, Flora é controle, mas aos sábados ela também não existe. Aqui quem tem o controle ou a falta dele sou eu.

Eu poderia ficar me banhando de sangue virtual e fictício pela eternidade, por muito mais de minha unidade de tempo específica, mas tinha um compromisso, tinha Joana, tinha um encontro particular com minha melhor amiga. Tinha que ir.

Ao fechar o projeto de edição e desligar o computador, senti um doloroso desprendimento. Era como se parte de mim tivesse sido arrancada e se perdido em um buraco negro naquela tela apagada. Depois dessas sessões intensivas de edição, eu era menos eu mesmo e mais alguma outra coisa indefinida. Ao mesmo tempo que o material gravado era moldado por mim, eu era também moldado por ele, carregava e sentia as suas marcas, o seu poder. Mesmo longe da ilha de edição, as imagens do horror que eram por mim manipuladas durante o dia inteiro ainda pregavam peças em minha cabeça, mostravam que seus resquícios tinham garras afiadas. Eu via sangue pelas paredes, eu via entranhas penduradas pelos corredores, eu via pedaços de massa cerebral espalhados pelo chão.

Lá fora, ao testemunhar o anoitecer, o conceito tradicional de tempo voltou a tomar conta de mim. Olhei em meu celular. Já eram 18:30. Resolvi apertar o passo. Já estava atrasado e não queria que aquela ocasião se iniciasse com uma discussão sobre minha negligência em relação a horários. Além do que, eu não podia correr o risco de Fabrício encontrar Joana antes de minha chegada e dominá-la como sempre fazia.

Eu passei correndo pelo porteiro noturno. O sangue da tela escorria pelo seu rosto. Apesar de saber que aquilo não era real, a visão me assustou, o que fez eu desviar meu olhar e fugir sem sequer me despedir. Durante todo o caminho de volta à minha casa, estava rodeado por pessoas decapitadas, outras com tiros na testa, outras cobertas por feridas ensanguentadas pelo corpo, sem braços ou pernas, enforcadas. A morte ficcional impregnava a minha realidade, me contaminava. Aquilo, no entanto, acontecia com frequência e sabia que só precisava esperar. Era só uma questão de tempo até tudo se normalizar, até eu voltar a ver o mundo real sem minhas lentes macabras.

Cheguei ofegante em minha vilinha. Ao entrar pelo portão, lancei o olhar para o terceiro andar do meu prédio. As luzes do meu apartamento estavam todas apagadas. Um bom sinal! Joana ainda não havia chegado e Fabrício me presenteava com a sua tão almejada ausência! Essa noção me acalmou e fez com que eu respirasse normalmente enquanto subia os lances de escada. Também senti que o vírus que me contaminara através da violência manipulada por computador já mostrava alguns sinais de cura. Tudo ia ficar bem.

Segundos antes de virar a chave e abrir a porta de meu apartamento, eu senti o peso do silêncio que me envolvia. Era um silêncio denso e desconfortável, como se tapassem meu ouvido a força. Estava quieto demais. O redor não fazia barulho, o natural não fazia barulho. Estava tudo suspenso, artificialmente suspenso. Eu abri a porta. Tateei a parede para encontrar o interruptor. Acendi a luz e... merda.

— SURPRESA! – gritaram vozes misturadas de uma massa disforme, ainda não identificada por mim. Cabeças sorridentes, palmas desconexas, euforia desmedida, falsa felicidade.

Eu permaneci pendurado no ar, realmente surpreso e tomado pela mais pura decepção. Eu detesto surpresas, detesto ser o centro das atenções e detesto festas de aniversário. O conceito de receber uma festa surpresa é, para mim, apavorante. Mas lá estava eu, sendo forçado a participar daquela tortura.

O primeiro rosto que eu vi foi de Joana. Com um sorriso efusivo no rosto, mas com movimentos cautelosos, ela se aproximou de mim.

— Você não desconfiou de nada?! – ela perguntou ao me envolver em um abraço forte e caloroso.

— ...De nada... – respondi sem conseguir pensar em qualquer outra nova palavra.

— Parabéns, Lu! – ela falou ao meu ouvido. – Você estava precisando de uma festinha...

— Estava? – falei ao sair do abraço e ser guiado para os outros convidados.

Aproximadamente trinta pessoas se acumulavam na sala do apartamento. Conhecidos meus, apenas trinta por cento. Além de Joana, ali também se encontravam Gustavo e sua esposa Mirela, Flora, com seu barrigão de 7 meses de gravidez e visivelmente desconfortável e desgostosa; Juca, seu editor favorito e puxa-saco particular, e alguns outros dois ou três funcionários da produtora que visivelmente se perguntavam por que foram convidados. Cumprimentei um por um com um embaraço concreto e sem conseguir forjar qualquer satisfação em vê-los ali. A cada aperto de mão, beijo, abraço e agradecimento que dava, aumentava ainda mais a certeza de que desejava estar muito longe dali. E aquela situação constrangedora só iria piorar, já que a próxima da fila para abraçar o aniversariante era Leda.

Assim que cruzamos olhares, senti que algo dentro de mim gritava em desespero. A memória do relacionamento doentio vem à tona naquele único instante. A inércia e a falta de aptidão em lidar com esses momentos sociais, no entanto, fizeram com que eu a abraçasse e continuasse com aquele sorriso bobo fixo no rosto. Leda me apertou em seus braços, me esmagou (não sei se por vontade de demonstrar carinho, ou se para me ferir). Em seguida, ela suspirou em meu ouvido:

— Eu estou muito, *muito* feliz em te ver! Parabéns...

Eu engoli em seco, dei mais uma olhada para seu rosto de feições delicadas mas olhar flamejante e segui para os próximos convidados sem soltar uma palavra sequer. Só bastou aquele contato para perceber as intenções de minha antiga namorada. Sua atmosfera tóxica já começava a tomar conta de mim. Eu sabia o que ela queria. Ela iria me engolir inteiro, me contaminar, me atrair novamente para aquele turbilhão de ódio, nojo, dó e paixão. Aquela era a sua missão. Depois de anos de reabilitação, minha droga mais pesada era a convidada especial de minha festa surpresa.

Eu não conhecia nenhuma das outras pessoas que ali estavam, e elas também não faziam ideia de quem eu era. Todos sabiam, porém, que deviam me parabenizar e o fizeram com um entusiasmo descompassado e falso. Todos aqueles eram amigos de Fabrício: atores, artistas, desocupados e aproveitadores de uma badalação anônima e repentina. Fabrício também estava ali, escondido atrás de todos os convidados, observando o meu passeio por eles, apreciando meu desconforto, rindo de minha falta de jeito e tomado por um certo gozo vitorioso.

Eu finalmente cheguei até ele. Nos observamos em silêncio por alguns instantes. A festa inteira parecia ter parado para prestar máxima atenção naquele último abraço sem graça. Era como se todos soubessem dos meus mais internos e deploráveis sentimentos por Fabrício e quisessem checar como que eles seriam refletidos naquela aproximação e inevitável cumprimento. Eu estendi a mão, Fabrício a alcançou para um simples aperto, mas imediatamente me puxou em direção ao seu corpo para um abraço. Não sabia como agir perante àquela manifestação de carinho repentina, mais um showzinho calculado para a plateia presente. Envolto por seus braços, senti o cheio enjoativo de *Hugo Boss* e me veio uma vontade de vomitar sobre seus ombros, acabar de forma impactante com aquela cena ridícula. Nada fiz. Apenas sorri. Apenas me deixei ser agarrado por meu arqui-inimigo.

— Feliz aniversário, Lucas! – ele gritou em meus ouvidos. Queria que todos ouvissem seus bons desejos ao companheiro de apartamento. Queria manter a crença no público de que nos dávamos bem ou que, ao menos, tínhamos alguma relação.

— Obrigado... – respondi ao me soltar de seus braços.

Virei a cabeça para todos os lados, cruzei olhares com os convidados. Estava tomado por impotência e embaraço. Queria desaparecer. Todos os presentes ali na sala me observavam e esperavam que eu fizesse algum tipo de discurso. Minha cabeça, porém, permanecia vazia, perturbada. Joana sentiu meu incômodo. Ela me conhece. Sabia o quanto eu estava odiando estar naquela posição. Olhei em seus olhos e supliquei silenciosamente por ajuda. Ela entendeu o recado e interveio naquela espera desagradável por uma reação feliz e agradecimentos desonestos.

— Bom, gente! Bebidas estão na geladeira – ela falou sorridente. Conseguiu puxar as atenções para si mesma. – Tem cerveja, vinho, vodka pra drinques, o que quiserem. Daqui a pouco abro uns *snacks* pra gente.

Joana deve ter entendido bem ali a burrada que fez ao ter topado participar daquela festa surpresa. Eu sabia que ela não era a mente organizadora por trás de todo aquele auê. Ela me conhecia melhor do que aquilo. Mesmo assim, topou ajudar, talvez por querer dar um novo fôlego a sua missão de me transformar em um bobo sociável e amável que engole seus desgostos, veste sorrisos falsos, sufoca angústias e corre para abraços vazios.

— Vai beber, Lu – ela cochicha em meu ouvido. – E tenta curtir a festa. O Fá se esforçou bastante para organizar tudo isso...

Com a desculpa de que precisava tirar a roupa do dia e me vestir apropriadamente para minha festa, consegui escapar momentaneamente para o meu quarto. Daria tudo para me trancar em meu refúgio, esquecer todos na sala e rezar para que não notassem a minha ausência. Podem curtir a festa, só não me forcem participar dela... Cogitei essa possibilidade por alguns instantes, mas sabia que Joana logo viria me importunar, implorando para que eu passasse um tempo agradável com meus grandes amigos. Que grandes amigos? As pessoas estavam ali para beber e comer de graça! Era só tirar essas duas variáveis da equação para que a sala ficasse deserta novamente.

Antes de colocar uma camisa razoavelmente limpa e bem passada, eu procurei no fundo do meu guarda-roupas por meu kit de emergência social. Dei uma tateada no vazio, mas logo encontrei a garrafa de pinga pura. Ela já estava pela metade, mas ali ainda tinha o suficiente para, pelo menos, me impulsionar quarto afora. Dei grandes goles, contorci o meu rosto, deixei o líquido me rasgar por dentro e me presentear com a coragem necessária para encarar os desconhecidos aproveitadores.

Já com uma quantidade considerável de álcool em minha corrente sanguínea, estava pronto para reencontrar a multidão. Vesti uma camisa xadrez que não me lembrava de quando usei pela última vez, me olhei no espelho, dei uma bufada profunda ao me desapontar com o reflexo e saí no corredor. A festa rolava, grupos se fechavam entre si sem interação entre universos diferentes, um falatório impossível de entender se estabeleceu e Scissor Sisters saía das caixas de som de algum laptop.

Assim que pisei para fora de meu quarto, meu olhar cruzou com o de Joana. Ela sorriu e sinalizou que aprovava meu figurino de festa. Eu sorri de volta. Me sinto bem quando ela está por perto. Dei alguns passos em sua direção, mas logo chegou o Fabrício acompanhado por algum outro amigo desconhecido e a puxaram para uma conversa da qual eu não queria fazer parte.

Fui, solitário, para a cozinha continuar o meu envenenamento alcoólico. As taças de vinho estavam sendo todas utilizadas. Alcancei então um copo de plástico de um litro — *souvenir* trazido por Gustavo de sua viagem a Cancún e que ele provavelmente conseguiu de graça em algum bar ou no próprio hotel. Eu não ligava, gostava do copo. Cabia bastante líquido. Foi com esse copo que passei o resto da noite, misturando todos os tipos possíveis de bebida. A escolhida naquele momento foi vinho tinto, dois terços da garrafa, para ser mais exato.

Dei um gole. Sorri para o nada, sem saber muito bem o que fazer. Meu olhar, infelizmente, cruzou com o de Flora a poucos passos de mim em uma roda com todos os colegas da produtora. Percebi, pela sua expressão e movimentos corporais, que ela também não havia apreciado essa troca acidental de olhares. Fui em sua direção mesmo assim, não havia outra opção. No percurso, abri um sorriso pesado e tentei me lembrar como que um aniversariante deveria agir em sua própria festa surpresa. O arquivo em minha cabeça onde guardava tal informação estava às moscas.

— Eu não desconfiei de nada... - eu disse, claramente da forma errada, já que todos me olharam em silêncio por alguns instantes tentando entender sobre o que eu estava falando. – Vocês me enganaram muito bem...

Juca olhava fixamente para a boca de sua latinha de cerveja. Parecia querer deixar o mais claro possível que não estava se divertindo.

— Foi uma surpresa pra mim também – ele fala. – Fui convidado hoje de tarde. Seu amigo ali, o bonitão, falou que todo mundo da produtora vinha. Aí eu vim... Achei que Giuliano estaria por aqui também.

— Claro... – respondi e dei mais um grande gole de meu vinho no copo de plástico. Quando percebi que a conversa com Juca não ia mais para lugar algum, me virei para Flora. – Quer que eu te arranje algo pra beber, Flora?

Ela deu um suspiro cansado e, em seguida, abriu um sorriso por obrigação.

— Não aguento mais tomar água, e é a única coisa não alcoólica que tem aqui. Água e um suco verde ali na geladeira que já me embrulha o estômago só de lembrar.

— Posso sair pra comprar alguma coisa – sugeri com entusiasmo. Faria qualquer coisa para fugir um pouco do apartamento.

— Não se preocupa. Não vou ficar muito. Eu também achei que o Giuliano viria...

Dei mais um grande gole de meu vinho. Se era tanta tortura ficar por ali, porque não iam logo embora e me deixavam em paz? Assim todo mundo saía ganhando.

— A série está ficando ótima – disse a Flora por trás de um arroto etílico que tentava disfarçar. – Fiquei hoje editando o material de sexta-feira...

— Eu sei. Eu que faço seu cronograma – ela respondeu.

— O material tá bem legal.

— Não exagera, Lucas – Flora falou com uma meia risada. – Ninguém precisa gostar do que edita. Todo mundo sabe que "A Sangue Frio" é uma bosta. Eu sei, você sabe, Giuliano sabe, o canal sabe. Mas em um universo televisivo onde só existe bosta, sair do padrão é pecado. Aí o que fazemos? Mais bosta.

— Eu não acho tão ruim assim... – disse e dei mais um gole do vinho. – Acho Ribas um cara talentoso.

Flora me olhou com espanto.

— Ah, por favor, Lucas! – ela disse junto com uma risada prestes a se tornar escandalosa.

— Ele nem tá aqui, cara – Juca se intrometeu. – Relaxa, não precisa puxar saco até o fim do projeto não. Ninguém vai tirar teu cargo. Ninguém mais quer essa bucha.

— Ribas é um descontrolado, – Flora continuou, agora tomada por uma fúria repentina – ele tem lábia, só isso. É desrespeitoso, vazio, narcisista, abusivo... Tem vezes que eu juro que poderia matá-lo!

O comentário de Flora causou certo choque em todos da roda, e até ela mesma se assustou com as próprias palavras. Um pesado silêncio se dissipava entre nós.

— Olha só... – ela riu encabulada, pouco antes do silêncio ficar insuportável. – Nem preciso de álcool pra falar merda. Devem ser os hormônios mesmo... – em um brusco movimento, ela arrancou a lata de cerveja de Juca e a apoiou na bancada. – Vamos? – ela falou para seu editor favorito.

Juca consentiu com a cabeça e me olhou de relance:

— Parabéns, Lucas... – ele disse. Me deu um tapa molenga nas costas e se encaminhou em direção à porta.

— Até segunda – Flora falou ao segui-lo.

Os dois não se despediram de mais ninguém, passaram pela porta e sumiram da festa. Duas presenças desagradáveis a menos. Ali na roda de colegas da produtora, sobraram eu, Túlio e Gaspar, um editor de som e o outro de efeitos de pós.

— Posso apostar alto que o Juca tá comendo a Flora – Túlio falou desanimado.

— Claro que tá – Gaspar respondeu com um sorriso cínico no rosto. – Sepá esse filho aí é dele, hein!

Os dois riram. Eu os acompanhei. Brindamos as fofocas infundadas e eu deu mais um farto gole de meu vinho. Fim do primeiro copo. Hora de enchê-lo com a próxima bebida. Por sorte, Gustavo acabara de entrar na cozinha trazendo uma garrafa de gim. Ele me lançou um olhar convidativo e balançou a garrafa no ar. Arregalei os olhos e me aproximei.

— Ah! Eu lembro desse copo! – ele falou metade saudoso, metade envergonhado por ter me dado aquilo como presente.

— Pode encher – eu suspirei. Já sentia minha voz amolecer.

— Você tá bem, Lucas? Tá com uma cara esquisita...

Eu demorei para responder. Estava hipnotizado com o fio de gim caindo em meu copo. Tive que sacudir a cabeça para sair do transe.

— Tô bem. Só cansado mesmo. Foi foda hoje lá na produtora.

— Essa série ainda não acabou? – Gustavo me olhou descrente, julgando levemente a minha disciplina profissional, como se a culpa para o atraso fosse unicamente minha.

— Ainda não. Tá tudo uma zona. Aí eu chego em casa depois de um dia desses... E tem isso – eu olhei para os lados e apontei discretamente para a festa ao nosso redor.

Gustavo riu silenciosamente, agora cortando o limão em fatias.

— Você deve estar amando! – ele falou risonho.

— Ah... Você me conhece... – falei ao dar uns tapinhas em suas costas. – Uma palhaçada como essa você não faria, não é?

— Definitivamente essa festa foi um erro crasso desse novo *eu* – Gustavo disse ao me devolver o copo de plástico cheio de seu famoso gim-tônica.

— Ele não tem *nada* de você. Disso você pode ter certeza – eu brindei no ar e dei o primeiro gole. Muito fraco. Coloquei um pouco mais de gim no copo.

— Eu sei! Conversei um pouco com ele.

— E aí? – eu me aproximei interessado, como prestes a ouvir detalhes sórdidos de uma noite de putaria.

— Ele é... – Gustavo olhou para os lados. – ...engraçado.

— Engraçado?! Pode falar sério, cara.

Gustavo se mostrava acanhado em continuar aquela conversa.

— Eu só acho engraçado vocês estarem morando juntos – ele cochichou. – Fico imaginando como que isso funciona!

— Nem eu sei. A gente é muito diferente.

Minha última frase pegou Gustavo de surpresa.

— É sério isso? – ele perguntou.

— O quê?

— Que vocês são diferentes.

— É pra eu pegar alguma ironia nesses comentários? – indaguei confuso.

— Lucas, *nós* somos diferentes um do outro. Completamente diferentes. E acho que por isso que acabou dando certo morarmos juntos. Agora, você e o Fabrício... Tem muitas semelhanças entre vocês dois.

— Tipo o quê?

— Eu saco as diferenças mais aparentes. O que vocês procuram ser, expressar para os outros, é bastante distinto um do outro. O Fabrício se esforça pra ser sociável, manter essa imagem de perfeição. Você já é o contrário. Se esforça pra ser antissocial.

— Eu não me esforço pra ser antissocial – respondi ofendido.

— Ah... Esquece, Lucas. Vamos curtir a festa – Gustavo levantou seu copo para brindar.

— Não, me explica direito. Não tô conseguindo te entender.

Gustavo suspirou profundamente, olhou para os próprios pés por alguns instantes e depois me encarou de forma cautelosa.

— Olha, não quero que você fique bravo – ele disse. – Mas, enquanto trocava uma ideia com o Fabrício, eu percebia como seu discurso era autoafirmativo. Ele precisa se definir ao interagir. Ele tem que mostrar claramente seu interesse pela carreira de ator, mostrar como é mais culto que os outros por ter lido tal e tal livro, mostrar como seu estilo de vida é melhor que o daqueles que o rodeiam.

— E por que eu ficaria bravo?! É exatamente isso que me tira do sério.

— Mas você faz a mesma coisa! – Gustavo se exaltou.

— Como assim?

— Você é sabe-tudo! Tem que sempre mostrar que é o entendido do cinema, que é das artes e que isso te faz uma pessoa melhor do que nós, reles mortais. Às vezes enche um pouco o saco. "Você *nunca* viu 'Janela Indiscreta'?", "Você *nunca* viu 'Metrópolis'?", "Você *nunca viu* um filme do Jorodowsky?"

— Se fala *RRR*odorowsky.

— Viu? É disso que eu tô falando! – Gustavo revirou os olhos.

— Mas essa é a minha vida. São as coisas que eu conheço, os meus interesses. Não posso mais falar sobre meus interesses agora?

— E não é só isso! Essa fachada de autossuficiente, fechado e antissocial. Você gosta de exaltá-la porque na sua cabeça isso te coloca em um patamar superior aos outros. Você é bom demais para interagir com outros seres humanos. Você se esforça muito, mas *muito* para manter essa imagem. É uma insegurança quase que doentia, palpável. E nisso você se parece muito com seu novo companheiro de apartamento.

— Lindas palavras para ouvir na própria festa de aniversário.

— Não faz drama, Lucas. Você fala como se já não soubesse de tudo isso. A única coisa que quero dizer é que talvez todo esse incômodo que você sente pelo Fabrício, diz muito sobre você mesmo. Pronto! Toma essa epifania de presente de aniversário! Parabéns! – Gustavo bateu seu copo no meu em um brinde forçado e, em seguida, foi aos braços de Mirela que o aguardava na sala.

Fiquei novamente sozinho na cozinha, com o copo estendido no ar, sem palavras e sem entender ou querer entender o que Gustavo acabara de me falar. Eu não concordava com uma única palavra sua. Não conseguia aceitá-las. Será que era assim que os outros realmente me viam? Como pedante? Essa minha máscara era tão visível e óbvia assim? Eu realmente me esforço tanto para que os outros me vejam como eu desejo que me vejam? Mas eu nem sequer desejo que os outros me vejam de alguma forma específica! Eu sou eu. Cem por cento eu. Honesto comigo mesmo e com os outros. Aquela última conversa só provava que Gustavo definitivamente não me conhecia tão bem quanto eu achava que conhecia. Ninguém me conhece. Ninguém me conhece como eu sou. E por quê? Por que ninguém consegue me ver sem máscaras ou, se essas são sempre existentes, por que ninguém me enxerga através delas? Me enxerga pelo o que eu realmente acredito que eu seja? Será que eu sou quem eu acredito que eu seja?

Fiquei perdido nos mais confusos devaneios, todos acentuados pelo grau alcoólico em constante ascensão dentro do meu corpo. Caminhava por minha casa cambaleando. Fui me misturando com os outros presentes. Tentei entrar em algumas rodas. Me esforcei para me apresentar aos desconhecidos e fingir que apreciava a presença dos conhecidos. Me engajei em papos vazios. Passeei por minha própria casa como preso em um labirinto sem saída ou em uma partida de *Pac Man*, onde tentava fugir de fantasmas inconvenientes, mas eles sempre me alcançavam. A derrota era eterna.

Desisti de interagir e passei a ignorar aqueles que tentavam iniciar qualquer tipo de conversa comigo. Sem que eu quisesse, meu corpo entrou no ritmo de "Don't you (forget about me)" de Simple Minds que saía das caixas de som do laptop. Eu lançava sorrisos bêbados para os convidados, tanto aos que eu conhecia quanto aos que não fazia ideia de quem eram. Sentia que estava rodeado por vultos, figuras disformes que me observavam, notavam cada passo que dava. Massas humanas que provavelmente julgavam meus movimentos desastrados, minha dança descoordenada e minha expressão derretida e pesada, os primeiros sinais da bebedeira. Eu não ligava e continuava dançando solitário no meio da sala, segurando meu copo de plástico, agora cheio de cerveja que algum desconhecido servira. Finalmente, os convidados pararam de querer interagir comigo. Estavam todos envergonhados ou amedrontados de trocar ideia com o bêbado despudorado no centro da sala. Todos menos uma pessoa. Alguém que precisava de muito mais para se deixar acanhar. Leda.

Primeiramente, senti um calor perto de meu corpo, uma nova presença que se aproximava cada vez mais, bem no ritmo da música. De olhos fechados, me deixei fluir pelo som e pela sensação de estar sendo acompanhado. Em seguida, senti uma mão passando por minha cintura e parando na parte inferior das minhas costas. O toque era um misto de suavidade e rigor. Senti as pernas enganchando em minhas pernas, os seios firmes roçando em meu próprio peito, senti seu hálito, seu perfume e os cabelos rebeldes que se enroscavam em minhas mãos. Continuei de olhos fechados. Tinha medo de abri-los e encarar a pessoa que, carregada de paixão, me acompanhava nessa excitante dança. Eu, na verdade, já sabia que era ela, Leda. Eu a conhecia até de olhos fechados. Tinha uma memória clara de seu cheiro, da maciez de sua pele, do seu gingado, de todas as suas curvas. Além disso, sabia que era disso que ela gostava, de ter o foco, de marcar território, de mostrar a todos que o aniversariante já era dela e era com ela que o protagonista daquela ocasião iria passar a noite. Disso eu não sentia falta. Todo o resto ainda era sedutor e irresistível, mas essa necessidade de aparecer e o fogo possessivo no seu olhar eu dispensava. Mesmo assim, estava intoxicado e completamente embalado por aquela dança calorosa, explicita e descompassada. Deixei-me levar por seus toques e seus beijos.

Perdi a noção do tempo e do espaço enquanto estava atracado com Leda. Não trocamos quase nenhuma palavra. Apenas nos beijamos, nos amassamos, nos engolimos. As pausas só vinham para que eu me encharcasse mais e mais com os diferentes conteúdos alcoólicos que magicamente surgiam em meu copo. Demos continuidade à pegação em um canto da sala. Imerso em seus beijos apaixonados e preso às suas potentes garras, ouvia algumas das vozes que passavam por nós. Joana conversava conosco? Fabrício cochicha algo em nossos ouvidos? Não sabia. Tudo era barulho, tudo era interferência. Percebia as risadas, a inveja, os deboches. Me sentia incomodado. Sentia que estava em um *display*, em uma performance artística de difícil entendimento e extremamente vergonhosa, mas, ainda assim, era arte. Para um pouco mais de privacidade, iniciamos um pequeno *tour* apaixonado pelo apartamento. Fomos ao corredor, depois passamos pelo banheiro e, por mais que tentasse evitar chegar até lá, terminamos em meu quarto. Ali demos início a uma transa rápida, afobada, triste, com o melhor desempenho que meu grau de bebedeira possibilitava.

Ao terminar, me senti enjoado. A excitação e a inconsciência alcoólica que me carregara até ali iam, aos poucos, embora. Eu queria desaparecer, sumir de perto de Leda, não queria tê-la mais em meus braços. Mas eu já sabia que era esse o caminho que minha noite levaria ao vê-la em meu apartamento no início da noite. E a culpa era também minha. Sabia, lá no fundo, que usara Leda para me isolar daquela festa, arranjar uma boa desculpa para não interagir e, de brinde, ainda saciar meus desejos sexuais enclausurados e há tempos não atendidos. Agora, eu provava do gosto amargo do arrependimento, sentia o pesar de estar novamente naquela conhecida fossa. Todo o esforço que eu tivera durante anos para me manter longe e livre do veneno que era Leda foram jogados no lixo em uma única noite.

— Que saudade que eu senti de você... – ela sussurrou em meu ouvido.

Permaneci calado. Estava tonto. Já sentia os sinais prévios da ressaca que me abateria no dia seguinte.

— Você tá bem? – Leda perguntou.

— Tô... Tô bem.

— Você não sentiu minha falta?

— Aham.

— Eu fiquei tão feliz quando recebi a ligação do Fabrício. De saber que você ainda pensava em mim...

— Ahn?

— Quando ele me convidou pra festa! Disse que você ia gostar muito da minha presença. Assim que ele falou isso, eu desabei. Percebi o quanto eu estava tentando reprimir a importância da nossa história por todo esse tempo – Leda fez um carinho em meu peito e foi subindo a mão até chegar próximo ao meu pescoço. – Você falou de mim para ele então?

Antes de responder, movi com cuidado a sua mão para um lugar um pouco mais seguro. Só então eu disse:

— Não tô lembrado.

De forma repentina e bruta, Leda me deu um tapa pesado no estômago, o que fez eu engasgar. Ela riu com a minha reação.

— Bobo! – ela falou ao fazer carinho exatamente no lugar onde acabara de bater. – Ele me contou tudo. Falou que percebia que você sentia minha falta. Que você parecia precisar de ajuda, de companhia. Ainda mais depois que o Norminho fugiu.

— O Norman não fugiu – falo beirando a agressividade.

— Seja lá o que aconteceu com ele, quero que você saiba que estou aqui sempre que você precisar. Posso te ajudar a superar essa perda.

A tontura aumentava proporcionalmente com a angústia e a vontade de gritar, de fugir. Tentei me controlar. Respirei fundo. Uma, duas, três vezes. Sabia que Leda continuaria falando, mas só escutava ruídos indecifráveis, um som distante e desimportante.

— Acho melhor você ir – falei do nada. Devo ter interrompido algum pensamento ou declaração de amor não requisitada.

— Mas já? – ela levantou a cabeça do meu peito e me encarou transtornada.

— Eu não tô passando bem – disse. Nem um pingo de mentira nessa desculpa.

— O que você tá sentindo? Posso fazer alguma coisa?

— Pode ir embora.

— É assim que você me trata?! Me come e me despacha!

Pronto. Era agora que Leda não ia me deixar em paz mesmo. A possibilidade de uma briga, de uma exaltação raivosa, de uma violência aqui e ali, tudo isso era sedutor demais pra ela, seu ponto fraco. Eu precisava agir rápido antes que a situação escalasse para um nível incontrolável e, em uma tentativa desesperada para me salvar, eu falei:

— Não quero sujar a lembrança dessa nossa primeira noite juntos depois de tanto tempo. É sério... vou me sentir melhor se você for e não presenciar esse vexame. Não estou querendo te expulsar nem nada... Eu... Eu fiquei muito feliz que você veio à festa. Mesmo.

Permaneci pendurado na expectativa de sua reação, na esperança de que minha tentativa forçada e canastrona de dobrar a mulher tenha dado algum resultado efetivo. De todas as respostas que ela poderia ter me dado, aquela foi a que menos esperava e a que mais me incomodou. Foi um retorno sutil. Um simples cair do olhar, um suspiro cansado e um semblante pensativo e tomado por um toque de amargura. Não sei se era a baixa luminosidade do local ou o álcool no meu sangue, transformando tudo que via em abomináveis criaturas presas em pavorosos cenários, mas Leda, ali, me parecia extremamente triste e tão ou mais arrependida do que eu por tudo o que ocorrera naquela noite. De todas as personas de Leda que já presenciei, aquela era a que mais me afetou. Testemunhar essa leve e repentina transformação daquela deusa antes eufórica, decidida, forte, abusiva, bipolar, ciumenta, calculista, odiosa, apaixonada, fogosa, grudenta e libertária em uma mulher coberta de vulnerabilidade me feria profundamente. Leda impactou muito a minha vida, mas o que *eu* causei na vida dela? O quão abusivo, aproveitador e descontrolado eu havia sido naquele relacionamento?

— Eu não sabia se eu deveria vir – ela finalmente falou, bem baixinho, quase que para si mesma. – Eu não sou eu mesma quando eu tô com você ou quando eu penso em você, Lucas. Eu perco qualquer tipo de controle... Me transformo em um monstro... E depois... Fico sem entender o que aconteceu. Eu demorei muito pra conseguir compreender o que foram os anos que ficamos juntos. O que a gente trocou de bom, de ruim, o porquê da gente se ferir tanto. Nossa relação é tóxica. É como se a gente pulasse junto dentro de um buraco muito fundo e escuro. E a gente tá caindo, caindo, caindo. E apesar de a gente saber que uma hora ou outra vai se estraçalhar no chão, a gente se apega à brisa gostosa que bate no rosto durante a queda e esquece de todo o resto. Aí a gente cai, a gente se estraçalha, a gente sobrevive. E outro buraco se abre.

— Por que você tá me falando tudo isso agora? – perguntei. A cada palavra que ouvia, mais irritadiço ficava. A verdade me cortava em pedaços.

— Eu não quero brigar! – Leda respondeu rapidamente. Se esforçava para manter a civilidade da conversa, como se o pavio curto fosse meu, como se eu ansiasse pelas mais diversas justificativas para espernear, para chorar, para bater, para gritar. Como se eu tivesse culpa por nossa relação ser cheia de tormentos.

— Eu só estou querendo ser honesta com você – ela continuou. – Pela primeira vez em todos esses anos, eu quero ser honesta. Acho que esse pode ser um bom caminho pra gente. Se você diz que realmente quer tentar, a gente tenta. Mas vai ser um exercício para nós dois.

Leda, então, me beijou suavemente nos lábios e levantou da cama. Com um movimento rápido, porém sem perder sua sensualidade intrínseca, ela vestiu a calcinha, ajeitou a saia, me lançou um sorriso piedoso e saiu pela porta.

Eu também me levantei. Rápido demais. Esbarrei em minha escrivaninha, no guarda-roupa, na cadeira no meio do quarto. Sentia que estava preso em um furacão devastador, sem controle de meu corpo e de tudo a minha volta. Os meus sentidos se perdiam, se misturavam, sumiam e reapareciam destoados entre si, sem equilíbrio, autorização ou vontade. Sabia que queria seguir Leda. Queria entender mais daquele desabafo. Queria entender mais sobre quem eu era sob seus olhos, quem eu era na sua história particular. Quem era o Lucas quando visto de fora. Mas era tarde. Ela já foi, e eu continuava preso no que parecia ser uma espécie de caixa ou gaiola controlada por um ser maior e extremamente sádico que a chacoalhava violentamente sem qualquer piedade da minha alma alcoolizada e transtornada.

Com trancos, tropeços e quase desmaios, eu cheguei até o batente da porta semiaberta. Lancei um olhar cuidadoso para fora. A festa já havia acabado, o apartamento estava silencioso e Leda já havia partido com sucesso. Eu tateei as paredes aos lados a procura de sustentação, algum apoio para me impulsionar a frente, para fora do quarto, para fora da caixa. Mas me sentia preso em areia movediça ou balançando pra lá e pra cá em uma jangada em alto e bravo mar. Aquele movimento que eu, erroneamente, iniciei me fez sentir todas as entranhas se revirarem. O enjoo que me acometeu, no entanto, veio de algo muito maior e mais potente que o álcool acumulado em meu corpo. Veio da autoconsciência repentina, o entendimento de que eu não era a eterna vítima que me imaginava. Eu não era a vítima de Leda, eu não era a vítima de Fabrício. Eu também tinha ação, eu também tinha impacto, eu também incomodava, transformava, destruía as vidas que passavam pela minha.

Consegui dar um passo para fora do quarto. Ainda me apoiando pelo batente da porta e pelas paredes, me virei em câmera lenta em direção ao banheiro. Antes de reunir o restante das minhas forças para dar os cinco ou seis passos que me levariam até lá, captei com minha visão desfocada uma massa escondida pelas sombras do ambiente. Percebi o seu movimento. Era fluido, como lava negra, uma estátua disforme em constante derretimento. Eu espremi meus olhos em pequenas fendas. Me esforçava para quebrar a escuridão, a bebedeira e entender o que era, do que era formada aquela estranha presença. Eram corpos. Aos poucos conseguia diferenciar os tons, entender as peles, as roupas, as formas, os membros e seu entrelace. Era um abraço carinhoso, agradecido, longo, apaixonado. Finalmente, os corpos se separaram, a realidade voltou a tomar forma em volta do casal, eles notaram onde estavam e com quem estavam. Eles me notaram. Nos encaramos e, por fim, consegui identificá-los. Eram Joana e Fabrício. Os dois tinham a intimidade invadida pela última pessoa com quem desejavam compartilhar aquele momento. Eles me observavam, ainda segurando as mãos um do outro.

Uma voz ecoou pelo corredor. Demorou para entrar pelo meu ouvido e ser decodificada pelo meu cérebro.

— Tá tudo bem, Lu? – Joana perguntou. Sua voz embaralhada, desafinada, robótica. Eu não respondi. Nem sabia se havia entendido direito o que fora perguntado.

— A Leda já foi? – agora era Fabrício. Seu sorriso mendigava algum tipo de agradecimento, como se toda aquela noite tivesse sido um grande favor, como se devesse a ele minha vida e eterna gratidão por ter me arranjado um par, uma trepada deprimente e um mergulho em um relacionamento doentio que morava no passado.

Eu os ignorei, recuei, voltei ao quarto, voltei à caixa. Eu pulei naquele feroz furacão novamente. E os monstros à espreita agora mostravam as garras e os dentes afiados. A inconsciência me consumia e vinha aliada à pura insanidade. Minha cama parecia me engolir. *Flashes* daquela mesma noite se confundiam com momentos do meu passado. Sensações, cheiros, barulhos e imagens embaralhadas. Tudo me assombrava. Minha própria vida queria me enlouquecer. Eu via Leda. Vi nosso primeiro beijo. Vi nossas gritarias. Vi suas lágrimas. As lágrimas se transformavam em risadas maníacas, a dela e a minha. A graça no sofrimento, o gozo na dor. Juntando-se à risada, veio um latido conhecido. Norman. Ele latia respondendo às vociferações de Fabrício no quarto ao lado. Seus gritos ritmados me acordaram. No passado ou no presente? Nos dois. Não existe mais tempo. A cada grito de Fabrício, um latido. Um grito, um latido, um grito, um latido. Eu grito. Meu grito ecoa no vazio. Estou preso. E prendo Norman comigo. Eu o abraço. Ele resiste, se mexe, quer sair, quer fugir, mas eu o aperto mais forte. Quanto mais força, mais resistência do magrelo cachorro. Norman me morde no braço. Eu urro de dor. Meu sangue escorre quente pela minha pele. Sangro como os personagens da tela de meu computador: aos montes e artificialmente. Está calor. É meu sangue ou é o sol que já nasce? Eu suo e sangro. Minha respiração ofegante vira um gemido triste. Leda está novamente em meus braços, ela me cavalga automatizada e sem vontade. Nossos gemidos vazios são cobertos por gritos apaixonados que vêm do quarto ao lado. São Joana e Fabrício em um sexo animalesco. O som pinta uma imagem. Os corpos nus se fodem em um ritmo frenético. Suados, eles se agarram, se arranham, se fundem. Fabrício urra de prazer. O gozo territorial em minha melhor amiga, alto, para todo mundo ouvir. E seu urro vira grito, vira ritmo. A vociferação matinal. A rotina de exercícios de todos os dias. Eu acordo. Como sempre. Me levanto e caminho sem entender para onde. Pés descalços no chão frio. O corpo treme. A porta abre. A luz me cega. Eu sigo as vociferações e vou ao quarto ao lado. A porta está entreaberta. Eu a empurro com uma força guardada em algum lugar remoto de meu corpo. Faço silêncio. Não quero ser notado. Lá está ele. Deitado sobre sua mesa de supino. Ele levanta e abaixa a barra de ferro e grita a cada movimento. Eu o observo ainda do corredor. Um novo grito. Um grito final. Ele apoia a barra de supino em seu suporte e se levanta em um pulo. Ele me olha. Me nota, mas me ignora. Dá as costas para mim, tira a camiseta molhada, seca o restante do suor de seu corpo com ela e a joga no chão. Eu entro no quarto. Não tiro os olhos daquele homem que não sei mais se é Fabrício ou se sou eu. Um eu odioso, desconhecido, uma faceta de mim mesmo escondida sob uma máscara que me esforço tanto para sustentar. Aquele à minha frente é o que eu sou, o que eu não sou, o que eu quero e não quero ser. É tudo que eu admiro e odeio. É uma verdade que não consigo suportar, que não consigo deixar viver. Eu me abaixo, pego um peso de musculação de 10 quilos jogado ao chão. Sinto um cheiro de morte e quero provar o seu gosto. Eu sou doente. Eu sou um monstro. Eu abraço a monstruosidade dentro de mim. Levanto o peso no ar e, com toda a força que tenho no meu corpo, atinjo a cabeça do homem a minha frente. Suas pernas enfraquecem e se dobram. A cabeça vai para frente e faz com que seu corpo caia sobre a cama. Ele, no entanto, ainda se mexe. E eu, ainda não satisfeito, à procura de um fim que não sei qual é, o atinjo novamente. O golpe é final, é certeiro. O meu pesadelo finalmente acabou.

Eu larguei o peso de 10 quilos no chão de carpete. O barulho abafado fez com que eu saísse de meu transe. Eu olhei para os lados. Percebi onde estava. Já era dia, eu estava sujo e fedia a álcool. Olhei para frente. Ali sobre a cama, a centímetros de mim, um cadáver, o primeiro cadáver que eu vi na vida. Minha cabeça se esvaziou, e apenas uma palavra saía da minha boca e se repetia como um mantra:

— Merda... merda... merda... merda... merdamerdamerdamerdamerda...

capítulo 18.

despedida.

Eu sou outro, uma nova versão de mim, uma versão apagada e fria. E não dá para voltar atrás. Bastou um único momento, um surto repentino, um ataque solitário e tudo mudou. A pancada na cabeça de Fabrício e sua consequente morte me jogaram em uma espiral de desventuras e, a cada tentativa de remendar um presente e um futuro gastos e decadentes, mais rasgos eu originava e mais fundo eu mergulhava nesse buraco. E agora o que eu faço? Tenho três cadáveres em minha mão, um cachorro roubado que me odeia, zero cúmplices, zero perspectiva e zero humanidade. Posso continuar fugindo, mas estou cansado. Principalmente de fugir de mim mesmo.

Ribas, meu companheiro nessa trajetória torta, está morto bem a minha frente. Eu sacudo seu corpo, verifico se realmente não foi um erro de minha percepção afobada, se a vida tinha o abandonado em definitivo. Nenhum retorno. Ele finalmente estava livre. Livre do seu passado, livre das suas tormentas, livre da realidade de ter matado uma pessoa inocente, livre da necessidade de planejar novos passos, de vislumbrar uma vida pós-crime, pós-castigo, de rezar por uma vida sem julgamentos dos outros e de si mesmo, livre de carregar para sempre a marca profunda de ser um criminoso impiedoso. Por tudo isso, eu o invejo. Eu ainda estou enclausurado nessa prisão cujas grades são feitas de culpa, consequências e dúvidas. É desesperador continuar aqui. Eu preciso, também, me libertar.

Minha mão encontra a mão gelada de Ribas, especificamente a que se fecha frouxamente no revólver velho de seu avô. Por sorte, a overdose o atingiu antes que estourasse seus miolos. Tenho certeza que o barulho do tiro e a consequente explosão de sua cabeça só dificultaria os meus próximos passos, chamaria ainda mais atenção dos meus vizinhos e minguaria minha coragem momentânea de cruzar a barreira final. Além do que, dessa forma, ainda sobram mais balas para mim.

Eu encaro o revólver agora em minhas mãos. Sinto o metal gelado, suas formas brutas, suas marcas temporais. Engatilho a arma. O som chama a atenção de Norman, ainda parado na porta do quarto, observando o meu triste fim. Ele se aproxima rapidamente e começa a latir incessantemente. Não entendo mais meu cachorro e fico em dúvida se é a minha morte que ele quer evitar, ou quer evitar que eu me mate em sua frente.

Eu apoio a arma no chão de carpete e volto a atenção ao meu cachorro. Coloco minhas mãos sobre seu corpinho magricela e faço um carinho de despedida. Norman se acalma, tem o porte e a atitude satisfeitas de quem cumpriu sua missão. Ao mesmo tempo, não parece gozar tanto de meu carinho quanto o fazia anteriormente. Norman também, naquele tempo longe de mim, entendeu a nossa relação, entendeu quem eu era, o que eu fazia com ele, percebeu como eu o sufocava, entendeu que me ter como dono significava estar preso em uma atmosfera venenosa. Por causa de Fabrício, o cachorro conseguiu provar o gosto da liberdade, adquirir a experiência de ter donos que atendiam suas necessidades, viveu a vida de um cachorro livre. Com todo esse novo conhecimento, ele nunca mais aceitaria ser a única companhia de um antissocial enclausurado e patológico, alimentando monstros internos até uma inevitável explosão.

Hoje, eu também tenho completa noção de como o afetei, do que signifiquei a ele. Eu o usei para sanar um buraco dentro de mim. E é exatamente isso que costumo fazer com seja lá quem passe pela minha vida. Leda e Ribas são provas claras disso. Vítimas fatais do meu egoísmo doentio. Se eles tivessem sido espertos como Joana e Gustavo, que me viram como eu realmente sou e fugiram antes que eu os consumisse até o fim, talvez seus destinos tivessem sido bastante diferentes.

Mas Norman ainda está aqui, e, antes de eu dar um desfecho a minha história, devo a ele um final digno do companheiro fiel que sempre foi. E não estou falando em redenção não. Está um pouco tarde demais para isso. Sei que apenas tragédia me aguarda no futuro e nada que eu faça, nem nenhuma caridade, vai mudar isso. É apenas o mínimo que posso fazer para ele. Poupá-lo de um abandono cruel e de testemunhar seu antigo dono abrindo um buraco na cabeça.

Eu alcanço o revólver, o desengatilho com cuidado e o prendo novamente na cintura da calça. Agora, eu espio pela janela, me certifico se nenhum olhar desconfiado me persegue, se ainda tenho tempo e oportunidade para fazer minha última saída da vila como um homem livre. Lá embaixo, nada de novo, nenhuma excitação estranha. As únicas peças soltas ainda são a van estacionada em frente ao meu prédio e a mancha de sangue de Leda sobre os paralelepípedos. Essa, visível mesmo a distância e com a baixa luminosidade. Bastaria só amanhecer para que a dúvida se tornasse certeza e as acusações começassem a surgir. Dona Arminda, afinal, já percebeu que havia algo de estranho em minha chegada no início da noite e que as pedras da vila estavam úmidas de alguma coisa muito parecida com morte. Por sorte, ela ainda não havia agido. Estava provavelmente trancafiada em seu lar, buscando coragem, concretizando a história por trás de seus achismos e ansiando por mais alguma pista que justificasse uma ação definitiva. De onde estou, consigo, também, ver a janela da minha vizinha. As luzes estão acesas, as cortinas brancas de pano fechadas e, atrás delas, um vulto observa a noite, me observa. Ela está perto de descobrir tudo e eu tenho cada vez menos tempo para abraçar o meu fim.

Eu saio do quarto de Fabrício e vou até a sala. Encontro Norman deitado em um canto escuro do ambiente. Parece querer se espremer em si mesmo e desaparecer, sumir da vista de seu sequestrador ensandecido. Eu abro um sorriso para tentar acalmá-lo, mas não sei mais abrir sorrisos sem parecer um psicopata à beira de um ataque de nervos. Norman também percebe essa minha nova característica e se encolhe ainda mais. Eu me aproximo com calma.

— Vamos passear? – falo as palavras mágicas e atiço seu interesse. Norman parece querer me dar uma chance.

Imediatamente inicio uma busca apressada e afoita em meu apartamento por algo que sirva como coleira. Sei que se deixasse o cachorro sem nenhuma amarra, ele fugiria dos meus cuidados no primeiro passo que desse lá fora. Um cachorro solto na cidade grande tem poucas possibilidades de salvação. A rua, afinal, está cheia de desvairados.

Resolvo optar pelo fio da minha torradeira. Ela tem um bom tamanho e, de todos os equipamentos, é o que menos tenho dó de destruir. Apesar de que, nessa altura do campeonato, pouco importa, já que nunca mais utilizarei nada aqui de casa. Tchau TV, tchau DVD, tchau micro-ondas, tchau computador. Tudo é insignificante para quem só tem a morte como plano para o futuro.

Norman, que me seguia animado e abanando o rabinho por todo o percurso no apartamento, resiste quando vê que estou prestes a amarrar um fio elétrico em seu pescoço. Mas estou sem tempo para essas frescuras e, portanto, agarro seu corpinho e prendo o fio firme o suficiente para que ele não fuja e frouxo o bastante para que não morra.

Antes de sair, dou uma última espiada pela janela do quarto de Fabrício. A vila está calma, deserta. Dona Arminda, no entanto, ainda me observa por sua janela. Assim que ela me nota observando os arredores através da persiana, ela tenta disfarçar, recua dois passos, vira um vulto difuso atrás da cortina, mas, depois de dois segundo, ela volta e, por uma frestinha nos panos translúcidos, me analisa, espera o meu passo em falso, a certeza que precisa para chamar a polícia.

É hora de ir embora. Com a ponta livre do fio da torradeira na mão, guio Norman para fora de nosso antigo lar. Não tenho tempo de me despedir dos aposentos, anteriormente tão amados por mim, meu único e seguro refúgio. Hoje, essas paredes carregam traumas, memórias da minha transformação. Minha antiga morada agora é a imagem explicita do meu desequilíbrio, a forma física, concreta da prisão que voluntariamente me confinei. Sair daqui será o primeiro e definitivo passo em direção à liberdade final.

Desço as escadas sem correr. Não quero chamar mais atenção à minha fuga. Para isso, preciso de um autocontrole desumano. Afinal, eu sinto olhares à espreita, sinto vultos às costas, ouço vozes que me acusam, que sabem da verdade, gritos sedentos por justiça e punição. Eles sabem, os fantasmas desse prédio e dessa vila sabem o crápula que sou. Eles sabem que estou prestes a me matar e não estão nada satisfeitos com esse meu fim. Eles não querem que eu seja o responsável por decidir o meu castigo. Eles querem me pegar, eles querem me punir. Eu preciso fugir. Preciso sair daqui!

Eu finalmente alcanço a vila. A primeira coisa que vejo é a van da produtora estacionada bem em frente ao prédio. Tento não mirá-la diretamente, como se sua visão fosse capaz de cegar. Quero passar logo pelo carro, deixar aquela memória e aqueles corpos sanguinolentos, em putrefação, para trás de uma vez por todas. Na minha cabeça enlouquecida, até o fato de olhar de relance ao carro chamaria as atenções de meus vizinhos, e sei, apesar de não querer checar mais uma vez, que Dona Arminda continua me observando por trás de suas cortinas. Norman, por sua vez, perdeu a forte conexão que tinha comigo e não entende mais as minhas necessidades sem precisarmos nos comunicar. Portanto, assim que ele vê a van, escolhe a roda traseira do carro para dar a primeira mijada do passeio. O cachorro demora para terminar. Parece curtir o meu estado de urgência crescente, parece estar no time dos fantasmas da vila que me assombram e que torcem para que meu desfecho seja o mais impiedoso possível. Assim que ele libera a última gota de mijo, eu o puxo bruscamente. Ele rosna mas me acompanha, extremamente mal-humorado. Juntos cruzamos o portão pela última vez. Agora, sem qualquer tipo de saudosismo precoce. Eu quero ir para longe, para muito longe da vila, de meus vizinhos, de meu apartamento e dos três cadáveres. Eu nunca mais vou voltar.

Assim que piso na avenida movimentada portão afora, sinto novos olhares desconfiados. As suspeitas e julgamentos não haviam ficado encerrados atrás das grades da vila. Todos aqueles fantasmas ainda me perseguem. A verdade está escrita em minha testa. Exalo um cheiro específico, um fedor de assassino, de criminoso. A escuridão, a podridão estão marcadas nos meus olhos e movimentos. É explícito. Eu chamo a atenção de todos. Todos sabem quem eu sou. Todos me veem através da máscara. Qualquer um, qualquer desconhecido que passa por mim me lê, me julga e torce pela minha destruição, pelo meu fracasso. Tudo é uma prisão.

Eu caminho amedrontado e com os passos cada vez mais apressados pela avenida. Desvio de pedestres que passam perto demais, que querem esbarrar em mim, me acertar violentamente, se vingar pelos cadáveres inocentes que eu trago em meu passado. Não deixo Norman fazer nenhuma outra parada. Sempre que nos aproximamos de um poste, eu puxo fortemente o fio elétrico e origino mais um rosnado raivoso do meu cachorro. Ele, no entanto, não deixa de tentar. Em determinado ponto, o cachorro resiste tanto à coleira improvisada, que chega até a se sufocar pelo nó dado em seu pescoço. Ele corre, eu puxo, ele engasga e rosna, nós caminhamos, e a rotina se repete. Os pedestres continuam nos olhando, e julgam a forma que trato o meu animal de estimação.

Estou prestes a sair da avenida, virar uma esquina e deixar meu passado um pouco mais para trás. Tento me agarrar ao meu último fio de normalidade e sanidade, quero passar algum tipo de compostura àqueles que me cercam. É, então, que ouço o som das sirenes. Ela surgem distantes, começam a se aproximar em alta velocidade e se transformam de um ruído abafado a um barulho agudo, incômodo e vizinho. Eu olho aflito para todos os lados. Tento adivinhar de onde que as viaturas surgiriam. O mistério dura pouco. Lá no fundo da avenida, já começo ver as luzes vermelhas rodando, dançando na noite urbana. Um, dois, três carros policiais se aproximam. Eles vêm diretamente em minha direção. Eles têm urgência. A lei e a ordem estão sedentas por esse bandido inescrupuloso solto pelas ruas da cidade. Eu paro. Assustado e impotente, espero as viaturas chegarem até mim.

E elas me cruzam, cortam a avenida. As sirenes e os motores rasgam o ar e o único vestígio que deixam é minha apreensão e estado de paralisia apavorada. Eu sigo as viaturas com o olhar. Na mesma velocidade que elas me alcançaram, elas se afastam. Mas isso não significa que estou a salvo. O destino dos policiais, afinal, é bastante conhecido por mim. É na vila, bem em frente aos portões de ferro que eles estacionam. Dona Arminda, aquela filha da puta, finalmente agiu, deu voz às suas desconfianças e clamou por ajuda.

Eu me viro lentamente para o caminho que seguia antes da chegada dos policiais. Aos poucos, a lentidão e o controle me abandonam e inicio uma corrida desesperada. Pra que ainda fingir sanidade quando ela já me abandonou há tempos?! Vultos em alta velocidade passam por mim. Eu esbarro nos pedestres, viro esquinas, direita, esquerda, direita, atravesso ruas sem qualquer cuidado ou atenção, obrigo carros a frearem bruscamente, quase caio, me levanto, quase atropelo, mas desvio. Norman me acompanha. Corre com dificuldade. Se ficar parado, morre enforcado. E eu não vou soltar esse fio da torradeira. Ele tem que me acompanhar. É por ele que iniciei essa fuga alucinada. Se não fosse por ele, eu já estaria livre, inconsciente por toda a eternidade.

Por fim, eu atinjo meu destino. Uma rua pequena de um quarteirão coberta ponta a ponta por gigantescos prédios residenciais. Faz muito tempo que não venho aqui e, por conta disso, demoro para encontrar o prédio correto. Ofegante, eu caminho pela ruela. Olho de prédio em prédio. Minha memória não pode me decepcionar logo agora...

Achei! É aquele, o branco de treze andares, decorado com alguns azulejos azuis e que lembra um edifício de cidade de praia decadente. Diferente do meu lar, aqui há longas e altas grades, cerca elétrica, câmeras e um porteiro que controla a entrada de cada visitante. Com a mão trêmula, eu aperto o botão do interfone para me comunicar com a portaria. Tento controlar a minha respiração e trazer minha compostura de volta. Preciso passar ileso por aquele primeiro controle.

— Pois não? – diz a voz mecânica pelo alto-falante preso na primeira grade.

— Oi. Eu vim na Joana do 72 – eu finjo sossego e despreocupação.

— Seu Lucas? – fala o porteiro surpreso.

— Sim... – respondo desconfiado.

Eu aproximo o ouvido do interfone, como prestes a ouvir o sábio conselho de um oráculo, mas o barulho arranhado e elétrico do portão sendo aberto me assusta e me faz recuar o corpo todo. Me recupero rapidamente do susto e tento fingir que ele nunca existiu. Entro decidido no prédio de Joana. Enquanto subo um pequeno lance de escada em direção ao segundo portão, cruzo o olhar com o porteiro que, sorridente, abre caminho para mim. Eu demoro um breve instante para reconhecê-lo. É ele, o porteiro matutino da produtora, cujo nome é um mistério há anos.

— Boa noite, seu Lucas! – ele diz alegremente e estende a mão para me cumprimentar.

— Como vai, chefe? – hesitante, eu o cumprimento.

— Faz uns dias que não te vejo lá na firma! Tá tudo bem com o senhor?

Eu fico em silêncio por alguns segundos. Em minha cabeça, no entanto, eles se prolongam por uma eternidade. Por onde começar a explicar? *Flashes* estouram em minha mente. O Fabrício morto, o Ribas cheirado, a estrada, a Caraí, a Ponte dos Suicidas, o lar dos Gattardi, o roubo de Norman, a van, a putrefação, o sangue de Leda, o olhar desconfiado de dona Arminda. Toda a minha história recente se ilumina, explode, se incendeia e se transforma em fracas brasas sob meus olhos.

— Tudo indo... – respondo por inércia. – A Joana do 72 tá aí?

— Tá sim! Pode subir lá! – ele aponta para um corredor de paredes de pedra branca e um chão de mármore negro lustroso. – Mas vai pelo elevador de serviço, que se algum morador te ver com o cachorro no social, o bicho pega!

— Pode deixar – eu abro um sorriso, novamente maníaco, e sigo ao corredor indicado. Antes de deixar o porteiro para trás por completo, uma força estranha me faz parar e me virar mais uma vez em sua direção.

Eu o observo por alguns instantes. Ele já estava de volta em sua guarita escura com os olhos vidrados em uma televisãozinha antiga que mostra imagens de algum assalto a mão armada em pleno horário de pico.

— Amigo... – eu o chamo. Ele se vira atencioso e sorridente para mim. – Cara, eu esqueci seu nome!

— É Clemente, seu Lucas! – ele responde sem parecer nem um pouco ofendido pelo meu antigo desinteresse em sua pessoa.

— Clemente... Claro! – eu falo. Ainda carrego o sorriso maníaco em meu rosto. – Tenha uma boa noite, Clemente!

— Até mais, seu Lucas! – e ele volta imediatamente as atenções ao programa sensacionalista passando em sua TV.

Eu entro no elevador de serviço e subo até o sétimo andar. Norman, que provavelmente se lembrou do espaço seguro que estava adentrando, finalmente se acalma. Pelo menos ele não tenta mais arrebentar a sua coleira improvisada com a força de seu corpinho magricela. O elevador para no andar de Joana. Antes de tocar sua campainha eu respiro fundo. Me preparo para ver minha antiga melhor amiga pela última vez. O barulho da campainha é alto, arranhado e perturbador. Espero por alguns segundos, mas logo ouço passos rápidos se aproximando por trás da porta. Joana abre. Ela ainda veste as roupas do trabalho: uma blusa de seda branca soltinha e esvoaçante, uma calça social preta bem justa e um belo colar de pedras verdes. Apesar do traje, ela exala a leveza de estar finalmente em seu lar depois de um dia cansativo na empresa. A taça de vinho branco na mão acentua ainda mais essa impressão.

— Entra... – ela suspira cansada, desgostosa e semissurpresa em me ver ali no hall de seu prédio. – Por que você subiu pelo elevador de serviço? – ela fala ao me dar as costas.

— Por causa dele...

Joana se vira novamente para mim. Pela primeira vez nota o animal amarrado em um fio elétrico desencapado. Ao ver meu cachorro, meu Norman, ela arregala os olhos surpresa, apoia a taça de vinho em uma bancada da minúscula cozinha e se abaixa ao encontro do animal.

— Norman?! É você, Norminho?! – ela exclama. O cachorro pula afobado sobre seu corpo, lambe seu rosto. Ele tem uma excitação aliviada ao mesmo tempo que parece suplicar por ajuda, para ser liberto daquele nó em seu pescoço e do louco que o guia. Joana entende seu pedido e com força desfaz o nó do fio elétrico. – Tantos anos com esse cachorro e você não tem uma coleira decente?! – ela me alfineta sem nem olhar para meu rosto. Em seguida, pega Norman no colo e se levanta. – Como isso aconteceu? Como você o encontrou?

— Caraí. Ele tava lá – eu falo. Pela primeira vez, consigo gozar da sensação de estar certo em uma das minhas desconfianças e paranoias.

— Eu não acredito que ele fez isso, Lucas! Eu não acredito! – Joana pega a taça de vinho com a mão livre, dá um belo gole e continua a caminhada pelo seu apartamento. – Pode pegar vinho se quiser – ela diz ainda de costas para mim.

O apartamento de Joana é composto de uma cozinha minúscula, uma sala minúscula, um quarto minúsculo e um banheiro razoavelmente grande em comparação ao resto. Um daqueles típicos apartamentos modernos da cidade. Um ovo para pessoas que vivem mais na rua do que em casa. E, apesar do tamanho, aluguel caríssimo. Joana, no entanto, tinha um verdadeiro dom para decoração e sabia aproveitar o pouco espaço que tinha. Com móveis de design simples, alguma cor aqui e ali e estilo minimalista, ela transformou o ambiente em um ninho aconchegante.

Ainda com um aliviado Norman em uma mão e a taça de vinho em outra, ela se senta no sofá. Eu permaneço em pé, extremamente desconfortável por estar em seu lar. Na verdade eu me sinto desconfortável em qualquer lugar. Eu me transformei em uma peça perpetuamente desencaixada.

— Então quer dizer que você tava certo o tempo todo... E eu não te dei ouvidos – ela fala. Seu tom é relutante, porém resignado.

— Sobre o quê? – é tão raro ouvir que eu estou certo que resolvo me certificar de que estamos falando da mesma coisa.

— Sobre o Fabrício! Sobre ter sido ele que levou o Norman embora!

— É o que tudo indica... – respondo sem saber se estou satisfeito por ter o meu tão aguardado reconhecimento ou triste por reconhecer o quão errado estive nesses últimos nove meses e, principalmente, nos últimos 4 dias.

— É bizarro, não é? Você acha que conhece uma pessoa, acha que pode confiar e, de uma hora para outra, tudo muda. As pessoas têm prazer em mentir? Em fingir que são outras? Às vezes não consigo entender o ser humano – após sua fala, Joana entra em um silêncio profundo, do qual aproveita para beber mais um farto gole de seu vinho branco e perder o olhar em um canto esquecido de sua sala.

Eu a observo, noto sua expressão tomada por uma profunda decepção acentuada por uma moleza alcoólica. Talvez por estarmos sendo fisicamente obrigados a ficar mais perto um do outro, por estarmos finalmente a sós sem previsão de novas chegadas e incômodos, ou por eu estar nesse momento decisivo e final de minha vida despedaçada, sinto uma paz, uma leveza, um conforto. Sinto que posso me comunicar com minha melhor amiga, me sinto conectado a ela. Resolvo me aproximar ainda mais. Norman reage ao movimento e solta um rosnado abafado. Em resposta, eu me sento na outra extremidade do sofá, mais especificamente em seu braço acolchoado.

— Mas é minha culpa também... É claro que é minha culpa! – Joana se exalta e volta em um susto de sua quietude introspectiva. – Eu não sei por que eu ainda faço isso! Eu preciso parar! Chega!

— Do que você está falando? – pergunto com a testa franzida.

— Do Fabrício, Lucas! – ela me lança um olhar afiado e indignado por eu não acompanhar sua linha de pensamento. – Você sabe o que eu fiz por ele? O quanto eu me esforcei? Pra depois acontecer isso! Ele some, fica sem dar sinal de vida e eu viro uma maluca! Roubo seu celular e fico ligando pra Deus e o mundo pra saber do homem... Eu preciso parar com isso!

Na dúvida de como reagir às palavras, em parte, sem sentido da minha amiga, resolvo mais uma vez fazer a pergunta errada:

— Vocês tavam juntos, não é?

O olhar que Joana me lança chega a ferir. Em seguida, ela dá início a uma risada nervosa que demora a cessar. Um pouco mais calma, mas com um riso cansado no rosto, ela diz:

— Não, Lucas. Não. A gente não tava junto, a gente nunca se pegou, nunca aconteceu absolutamente NADA! E eu não aguento mais você perguntando isso.

— Então por que você tá assim? Tão preocupada?

— Primeiro porque a gente mora nessa cidade, né Lucas! Tudo pode ter acontecido! Você não vê TV não? Tem sequestro, assalto à mão armada, acidente de carro, bala perdida. Aí vem um menino de uma cidade no cu do mundo pra cá, totalmente despreparado, sai na rua achando que tá no interior e PÁ! – Joana grita e faz eu e Norman darmos vergonhosos pulos assustados. – Sei lá o que pode ter acontecido... – ela completa e volta para sua atmosfera particular.

Tenho vontade de falar à Joana que o "menino" tinha 33 anos, que ele não era esse pobre inocente do interior alheio a realidade urbana e aos cuidados que deveria ter, que as chances dele ter sido sequestrado, assaltado a mão armada ou atingido por uma bala perdida eram mínimas e que ela deveria dar uma alterada nos canais de TV que assistia, porque ficar aprisionada nessa paranoia, com esse medo excessivo, não era nada saudável. Mas esse discurso não faria nenhum sentido vindo de mim. Afinal, Fabrício pode não ter sido vítima das mazelas clássicas da cidade grande, mas foi pego pelas garras de um psicopata em construção bem dentro do seu próprio lar. Na falta de uma palavra de consolo, fico quieto. Por sorte, Joana dá continuidade a seu desabafo sem que precise me intrometer.

— Eu fico puta comigo mesma, sabe? – a excitação de suas palavras volta a surgir e crescer gradualmente enquanto fala. – Não sei por que tenho essa síndrome de boa samaritana. Eu pego as pessoas pra criar! Acho que todo mundo precisa de ajuda e de que eu sou a pessoa que tem que ajudar! É o que eu tento fazer com você, é o que eu tento fazer com o Fabrício... Mas e no final, quem *me* ajuda? Ninguém! E eu tenho meus problemas, eu tenho minhas questões, eu também preciso de ajuda e ninguém me ajuda! – as bochechas de Joana começam a ficar avermelhadas e algumas lágrimas surgem em seus olhos. Elas, no entanto, não escorrem por seu rosto. Apenas permanecem ali, acumuladas e intensificando o seu desconsolo, a sua imagem de alcoolizada e o peso de seu desabafo. – Eu admiro uma pessoa que corre atrás de seus sonhos, sabe? – ela continua. – Alguém que abandona uma vida já feita para buscar preenchimento, felicidade. Foi isso que vi no Fabrício. Um cara de sorte, boa família, que teve todas as oportunidades do mundo, um futuro promissor e uma carreira profissional de sucesso só esperando por ele. E o que ele faz? Larga tudo, porque nada disso significa felicidade pra ele. O cara queria ser ator! Aos 33 anos! E olha, começar nessa idade não é fácil! Se já tá difícil pros ninfetinhos de 19 anos que têm que ficar dando a bunda pra qualquer diretor de merda só pra conseguir um papel coadjuvante em "Malhação", imagina para um homem-feito e sem qualquer experiência ou indicação como o Fabrício? – agora ela se levanta e caminha pelos dez metros quadrados de sua sala em um círculo e mexe os braços energeticamente. Norman, preso no seu braço esquerdo olha para os lados assustado e provavelmente repensando se estava realmente a salvo com sua futura dona. – Todo mundo falava que ele era muito velho, que já tinha passado da idade de iniciar uma carreira. Até naquele restaurante modernoso e prepotente pra caralho que a gente foi junto! Lembra?

— O Fabrício tentou trabalhar lá? – pergunto, ainda com dificuldades de acompanhar a enxurrada de pensamentos, lembranças e constatações de minha amiga.

— O quê?! – Joana fica ainda mais exaltada. – Ele mendigava trabalho lá! E como qualquer coisa! De garçom a lava-pratos. Bem, qualquer trabalhinho já seria melhor do que o emprego que ele tinha... Você sabe o que ele tava fazendo?

— Não... – eu minto.

— Entregando panfleto lá no centro da cidade. Com uma fantasia ridícula! O dia que encontrei ele no meio da rua, o coitado não sabia onde enfiar a cara. Imagina, um bicho tão narcisista como o Fabrício entregando panfleto fantasiado de anjo! Naquele restaurante ele, pelo menos, estaria junto de outras pessoas que compartilhavam do mesmo sonho que ele. Era uma forma dele estar minimamente conectado com seu plano inicial, passar a impressão para si mesmo que ele ainda estava no caminho certo.

A cada nova informação que ouço a respeito da minha vítima, volto a sentir aquele já conhecido incômodo. Como era difícil conceber Fabrício como um humano falho, que batalhava para realizar um sonho, que buscava ar enquanto era enterrado pelos nãos do resto da sociedade. A complexificação de tudo e de todos é muito tortuosa e dolorida. O confortável é se apoiar na primeira impressão, na superfície, no ódio injustificado.

— Aí o que eu faço quando vejo uma pobre alma em apuros? – Joana continua. – Me desdobro para ajudá-la! Resolvi agir antes que o Fabrício virasse gigolô ou coisa do tipo... Cacei por todos os meus contatos alguém que tivesse alguma relação com o mundo artístico, que pudesse dar uma chance pro Fabrício. E consegui! Porque você sabe que quando coloco uma coisa na cabeça, eu vou até o fim! Acabei descobrindo que o marido da minha chefe trabalha na redação daquele programa de esportes da Globo, sabe? Enchi o saco dela, dele, de mais umas quatro ou cinco pessoas e, finalmente, consegui um teste pra ele. Agora adivinha se o Fabrício apareceu pra fazer o negócio? Claro que não! Depois de tanto esforço, depois de ter me virado do avesso pra que recebessem o menino... E ele simplesmente não aparece e nem dá uma explicação?! É de foder, né?

— Quando foi o teste? – pergunto. Já sinto o enjoo se alastrar por meu corpo.

— Era pra ser na segunda-feira... No dia do seu aniversário. Tava superansiosa pra saber como tinha sido! Eu tava tão feliz por ele, e ele também tava radiante! Já tinha até ligado pra família inteira lá na cidade dele pra contar as novidades. Aí, ontem de manhã, descubro pela minha chefe que ele não apareceu e nem sequer deu uma satisfação...

Joana entorna o restante do conteúdo de sua taça, cessa os movimentos afoitos e fixa o olhar em um ponto de seu chão com a expressão de alguém que acabou de se deparar com uma assombração.

— E eu aqui, fingindo estar puta pra esconder o meu medo, minha preocupação... – ela finalmente desvia o olhar do chão para mim e senta-se no sofá novamente, agora, mais perto de mim. Como se revelasse um segredo de estado, ela fala: – O Fabrício nunca perderia uma oportunidade dessa, Lucas, nunca! Alguma coisa aconteceu... Alguma coisa grave aconteceu...

— Uma coisa grave aconteceu... – eu solto no ar. Por um instante, imagino que esse pensamento está enclausurado apenas em minha cabeça, fragmentos que nunca seriam expostos à luz. Os olhos arregalados de Joana em minha direção provam, no entanto, que eu realmente havia balbuciado aquelas palavras. Algo misterioso dentro de mim me impulsionou a fazê-lo. Talvez pela conexão recém-recuperada com minha amiga, talvez pela simples necessidade de tirar esse peso do meu peito novamente, talvez foi uma súplica inconsciente por ajuda. Não sei. A questão é que as palavras já haviam sido ditas e Joana mantém sua atenção fixa a mim, espera ansiosamente pela continuidade da minha fala. Para sua decepção, não abro mais a boca. Finjo que apenas havia repetido automaticamente as suas últimas palavras. Quem sabe essa tática cola?

— O quê?! – ela pergunta afoita, cortando o silêncio estabelecido entre nós. – O que aconteceu?!

— Nada! Não sei...

— Mas você falou...

— Eu não sei o que eu tô falando, Joana... – agora sou eu que me levanto afobado, nervoso, impaciente, pronto para sair correndo do apartamento, dessa situação e de minha vida atormentada.

— Eu preciso ir...

— Como assim você já vai?! – Joana finalmente larga Norman no chão e também se levanta. – Pra começar, o que você veio fazer aqui?

— Ah é... Eu queria te pedir um favor... – eu tento abrir um sorriso, mas sou tomado por uma forte consciência de meus movimentos trepidantes, minha voz desafinada e minha expressão de susto perpétuo, o que me deixa ainda mais nervoso e desencaixado. – Eu preciso que você cuide do Norman.

Joana franze a testa. Olha de mim para o cachorro acuado em um canto de seu apartamento e depois para mim novamente.

— Okay... – ela responde hesitante. – Tudo bem... Mas por quê?

— Eu não posso cuidar dele agora. Eu não tenho como.

— O que você quer dizer com isso, Lucas? Você vai viajar? É isso?

— É... É tipo isso...

Joana me analisa. Apesar de seu grau alcoólico estar consideravelmente alto, seu olhar continua afiado e capta todo o tremor que percorre meu corpo, toda mínima gota de suor que surge em minha testa, todas as variações em meu tom. Ela me lê. Como sempre faz e sempre de forma muito precisa.

— Lu... – ela me pega pela mão. Eu me assusto com o seu toque e ela se assusta com a minha reação. – Senta aqui um pouco. Vamos conversar.

Eu a obedeço. Sinto que todas as estruturas do meu ser se quebram uma por uma, em alta velocidade e deixam destroços por todos os lados. Cada vez é mais difícil sustentar essa mentira que eu sou. Estou desabando, estou desabando em frente a Joana. Ela sabe o que fazer para que eu me desmonte. É ela que quebra minhas paredes, chuta os pilares, explode as vigas de dentro de mim. Eu sinto que desmorono e só consigo observar, anestesiado, o desastre em tempo real.

— O que tá acontecendo com você, Lu? – ela suspira. – Me deixa te ajudar...

— Achei que você tava cansada de ajudar os outros.

— Tantos anos e eu nunca desisti de você! Por que você acha que eu faria isso logo agora? Me conta por que você tá assim... Por favor...

Fico em silêncio pelo que parece ser uma eternidade. Sempre que tento iniciar uma fala, surge no caminho um suspiro, um engasgo ou um riso nervoso. Depois de muito tempo, percebo que minha cabeça balança em pequenos movimentos da esquerda pra direita, esquerda pra direita.

Ela está presa em um ritmo angustiante, é o símbolo da negação perpétua do caminho que minha vida leva. Finalmente, as palavras se formam dentro de mim e saem atropeladas de minha boca:

— Eu... Eu tô muito confuso...

Joana me observa em silêncio. Mantém uma mão pousada em minhas costas. Eu continuo cabisbaixo, balançando a cabeça freneticamente. Quando, finalmente, resolvo me virar para minha amiga, sou surpreendido por uma proximidade excessiva que me dá medo e me paralisa. É um abraço. Apenas um abraço. Eu me fundo ao corpo caloroso de Joana, me afogo em seu cheiro adocicado e em seus cabelos castanhos que caem pelos ombros. Sinto seu calor, seu carinho, seu apoio. Me sinto seguro. Me sinto cuidado. De repente, uma pontada forte, aguda surge em meu peito, tão dolorida que até tira o restante do meu fôlego. É como se tivesse uma massa negra em meu âmago que se tornava cada vez maior, mais devastadora e não encontrasse mais lugar dentro de mim para se expandir. A massa cresce, se alastra, devasta meus órgãos, minha alma, o físico e o etéreo, fica tão grande que seu único caminho possível é para fora de mim, para liberdade. E, finalmente, aquele doloroso caos interno em crescimento vê a luz, e do lado de fora, ele se manifesta em um choro descontrolado, descompassado e afoito. Eu choro nos ombros da minha melhor amiga. Um choro guardado há muito tempo e que, enfim, se externa. Minhas lágrimas molham seu cabelo e sua camisa de seda, e a cada soluço, a cada arfar, Joana me abraça com mais intensidade.

— Uma coisa grave aconteceu... uma coisa grave aconteceu... – eu suspiro em seu ouvido.

Um emaranhado de pensamentos se engasgam para sair.

— O que aconteceu, Lucas? Me fala, pelo amor de Deus – Joana insiste, mas sem agressividade e sim de forma afável e acolhedora.

— Fui eu... fui eu... É tudo minha culpa...

— Se acalma, amigo. Me explica direitinho.

— Fui eu, Joana. O que aconteceu com o Fabrício... Fui eu... – eu volto a chorar desesperadamente.

Sinto que o abraço de Joana fica mais folgado, mas eu continuo com o rosto afundado em seu ombro, liberando nele minhas lágrimas manchadas de remorso e confusão.

— Meu Deus, Lucas... Meu Deus... – Joana repete essa reza inútil como se já ciente do caminho obscuro que a noite tomava. Ela se prepara para as duras palavras que está prestes a ouvir.

Ela começa a se afastar do meu corpo, inicia a quebra do nosso abraço, da nossa forte conexão momentânea. Eu resisto. Não quero que ela se vá logo agora. Seus movimentos suaves, seu toque constante e sua calma sobre-humana, no entanto, me mostram que ela ainda estava ali para mim, que ela não me deixaria nessa fossa sozinho.

Nos observamos por um momento. Através da minha visão mareada e difusa, noto que o rosto de Joana também é cortado por lágrimas. Não sei se elas são resquícios das minhas ou um reflexo da sua própria tristeza por testemunhar o declínio do seu melhor amigo. Ela abre seu carinhoso sorriso. Me segura forte pelas mãos, tão forte que quase me machuca, e, em um suspiro, fala:

— Eu vou te ajudar, Lu. Eu vou te ajudar... Eu preciso que você se acalme e me conte tudo. Pode ser?

Eu afirmo com a cabeça como uma criança que acabou de se machucar ou levar uma bronca justificada. Permaneço em silêncio.

— Espera aqui, – ela continua – vou pegar uma água para você... E mais um vinho pra mim. Tô sentindo que vou precisar pra ouvir o resto da sua história.

Ela se levanta. Desesperado, eu me agarro aos últimos milímetros possíveis do seu corpo antes que ela se afaste. Seguro os seus braços, as suas mãos, as pontas dos seus dedos, mas ela se vai, foge de meu toque, me dá as costas e vai em direção a cozinha. Norman a segue de forma estabanada, como para deixar claro que não se sente mais seguro em ficar sozinho comigo.

— Você tem certeza que não quer um vinho também? – a voz de Joana vem da cozinha. – Pode ajudar a te acalmar.

— Não... – respondo entre os soluços. – Água... água só já tá bom...

Sinto um cansaço extremo e recosto no sofá. Levo as mãos ao rosto para enxugar as lágrimas, mas elas não param de cair. Preciso me acalmar. Joana está ali para mim. *Minha* Joana vai me ajudar. Era com ela que eu deveria ter falado desde o início dessa tragédia toda. Ela sempre esteve comigo. Ela nunca vai me abandonar.

Respiro fundo. Puxo o ar para dentro de meus pulmões, tento ignorar os soluços arrítmicos e solto o ar pela boca em um sopro forte e artificial, como se tentasse encher balões para a festa mais deprimente que já existiu. Continuo nessa rotina. Inspiro, expiro, inspiro, expiro e, aos poucos, sinto sinais de uma recuperação, de uma calmaria. Me embalo pelo ritmo do ar entrando e saindo de meu corpo. Minha respiração é tudo que ouço. O ar faz com que a realidade a minha volta tome forma novamente. Acompanhado do recente e momentâneo sossego, surge também uma forte noção espacial, uma consciência sobre-humana, uma percepção extraordinária de tudo que existe ao meu redor.

Joana demora. Há silêncio. Apenas um breve minuto de silêncio, incômodo, deslocado e suspeito. É o silêncio que me faz levantar do sofá, faz minhas lágrimas secarem e me guiam pelo assoalho de madeira ao encontro de minha amiga. Conforme me aproximo da entrada da cozinha, ouço algo a mais que apenas minha respiração. Eu ouço novos arfares, alguns xingamentos no ar, sopros impacientes, choros contidos.

Eu entro na cozinha. Joana ainda não nota minha presença. Ela está de costas para mim. No milésimo de segundo que a observo, noto que sua postura está estranhamente acuada e que ela, com sua mão visivelmente trêmula, aperta um celular no ouvido. É Norman quem percebe minha chegada e, sem economizar tempo, já me recebe com altos e raivosos latidos. Finalmente Joana se vira para mim. Seus olhos estão arregalados, o medo exala por todos os poros de seu corpo, o rosto é tomado por uma vermelhidão repentina e a respiração se mostra cada vez mais ofegante. Ela havia sido pega no flagra, agia escondida, na urgência, buscava salvação, ajuda, mas não para mim e sim para ela mesma.

— Desliga o celular, Joana – eu falo em um tom profundo, quase monstruoso.

— Eu vou te ajudar, Lu – ela fala chorosa. – É para o seu bem.

— Desliga agora esse celular! – eu repito duramente.

Joana dá um passo para trás. Norman late, rosna, pula, mostra os dentes afiados a seu novo inimigo.

— Tudo vai ficar bem, Lu. Eu prometo! – ela fala, ainda com o celular no ouvido. – Alô? Alô? Eu preciso de ajuda! Na Rua Fidalgo Antu...

— Desliga! Agora! – eu grito e, com um movimento rápido e certeiro, sem titubear, eu retiro o revólver velho e enferrujado da minha cintura e aponto para o rosto de Joana.

Joana engole em seco. O pânico em sua face chega a me assustar. Agora ela me vê como o monstro que eu realmente sou. Sua expressão amedrontada e desamparada é o reflexo da minha maldade e da minha loucura. Vagarosamente, ela afasta o celular do ouvido. Faz questão de me mostrar a tela e de que desligara a ligação. Estamos seguros novamente.

Ainda apontando a arma para ela, me aproximo, arranco o celular de sua mão enfraquecida e trêmula. Assim que o faço, com um movimento violento e ameaçador, ela recua, se encosta na parede da cozinha, dá um grito abafado e inicia um choro silencioso e aflito. Norman não para de latir e armar cada vez mais o seu ataque contra mim. O choro, o rosnado e a consciência da traição me confundem, me banham com uma mistura de decepção, raiva, e impaciência.

— Abaixa essa arma, Lucas – Joana chora.

— Cala a boca! – eu grito. – Cala a boca! Deixa eu pensar!

— Tudo vai ficar bem... – ela continua.

— Eu não acredito mais em você... Você tava chamando a polícia?! Como você é capaz de denunciar seu melhor amigo?! Você não vê o quanto eu tô mal? O quanto eu preciso de ajuda?

— Deixa eu te ajudar, por favor!

Norman aumenta seus latidos. Joana se encolhe, cada vez mais, na parede às suas costas, pronta para se fundir ao azulejo esbranquiçado.

Eu balanço a arma pelo ambiente. Aponto para Joana, para Norman, para minha própria cabeça.

— Eu sempre estive sozinho... Eu quero ficar sozinho!

— Lucas, por favor... Abaixa isso.

— Acabou... Acabou...

— Lucas...

POW! Um tiro é disparado. Um grito é jogado no ar. Uma fração de segundo que se congela.

O silêncio cai como chumbo sobre nós.

Sangue. Eu vejo sangue.

capítulo 19.

a fuga.

Estou tonto. As luzes brancas e fluorescentes da cozinha me cegam. O silêncio sepulcral começa a se dissipar. Sons abafados chegam aos meus ouvidos e se e misturam aos barulhos de meu próprio corpo. Entre um bater acelerado de meu coração e minha respiração ofegante e impotente, eu ouço algo indecifrável, repetitivo e que, aos poucos, se transforma em uma vociferação.

— O que você fez?! Pelo amor de Deus, o que você fez?!

Eu caço a fonte daquela voz. É difícil. Tudo roda, tudo está difuso, tudo é uma mistura do branco das paredes com o vermelho do sangue que surgiu e se dissipou a partir do disparo acidental do revólver. Enfim, meus olhos encontram Joana. Ela não está mais encostada a parede. Ela está no chão, abaixada. O sangue mancha suas mãos e as mangas de sua blusa de seda.

— O que você fez?! – ela repete chorosa.

Uma massa ensanguentada tem abrigo em seus braços. Eu forço meus olhos para entender o que é que minha amiga segura. É Norman. O sangue molha seus pelos marrons. Seus latidos irados se transformaram em um grunhido frouxo. Seus olhinhos negros permanecem úmidos e abertos por uma mísera fenda. Seus movimentos ainda existem, mas são poucos, vagarosos, quase imperceptíveis, gerados apenas por seu tremor nervoso e sua respiração descompassada.

O tiro atingiu meu cachorro, meu companheiro, meu prisioneiro. Seu sangue escorria por Joana e pelo chão da cozinha. E aquele sangue é como fosse meu. Eu sinto a vida esvaindo do meu corpo junto com a de Norman. É dolorido demais vê-lo morrendo e saber que eu sou o causador do seu fim.

Ainda tenho meu braço estendido no ar, paralisado, com o revólver em punho. Movido por uma inércia mórbida, eu aponto a arma para minha própria têmpora, fecho os olhos e, sedento pelo meu próprio fim, pela minha libertação, eu aperto o gatilho. *Click.* Aperto novamente. *Click.* Abro os olhos. *Click, click, click.* Não há mais balas. Dentro de minha cabeça eu ouço as risadas de todas as minhas vítimas, de todos os fantasmas que me perseguiam até aqui. Ouço a risada besta de Fabrício, a risada sádica de Leda e a risada decepcionada de Ribas. Será que sou tão inútil assim? Nem tirar a minha própria vida eu consigo? Seria eu um ser amaldiçoado com o poder da morte em seu toque, fadado a viver uma vida desumana enquanto todos os outros perecem ao meu redor?

Contra a minha vontade, me preparo para iniciar mais uma fuga. Me aproveito do horror de Joana e de sua preocupação com o ensanguentado cachorro para correr. Antes, no entanto, meu olhar encontra sua bolsa jogada em cima da mesinha da cozinha. Alguns objetos se espalham ao seu redor, uma pequena bagunça provavelmente originada pela busca aflita por seu celular. Entre um batom, caixa de óculos de sol, uma carteira e uns recibos amassados, noto a chave do carro de minha amiga. Essa visão faz um novo plano surgir em minha cabeça. É arriscado, mas agora não tenho absolutamente mais nada a perder. Alcanço a chave e corro afoito porta afora sem ser percebido.

Eu escolho as escadas para realizar a minha fuga, um espaço mal iluminado com uma luz irrisória, fluorescente e trepidante, típica de hospitais mal assombrados em filmes de terror. Meu ritmo é vertiginoso, desço mais de um degrau por vez, pulo lances inteiros, tropeço em alguns níveis, mas me apoio no corrimão e não chego a cair. Do sétimo andar até a garagem, existem degraus suficientes para passar a impressão de que estou preso em um vórtex infinito. Desço, desço, desço e não chego em lugar nenhum, nem no inferno. Enfim, encontro a última porta. Eu a abro utilizando mais força do que o necessário, provavelmente levado pela inércia de minha descida acelerada. A garagem é fria e sombria, como tudo a minha volta. Estava preso em um mundo cinzento, amargo, deprimente. Corro pelos carros. Aperto o botão do alarme no chaveiro para agilizar a minha caça ao automóvel certo. Ali está ele. No fundo da garagem. Um *Fiat Uno* 2012 vermelho. O carro de Joana.

Antes de conseguir finalmente partir, deixo o carro morrer umas duas ou três vezes. Na quarta, relembro de minhas habilidades automobilísticas escondidas. Eu guio o carro em direção ao portão. Ele se abre assim que me aproximo. Subo uma rampa desafiadora, mas sigo sem grandes desastres. Antes de virar à esquerda e tomar as ruas da cidade, vejo pelo espelho retrovisor o rosto sorridente do porteiro Clemente se despedindo à distância. Ele não desconfia de nada. Ele não sabe nada de mim. Sabemos apenas os nomes um do outro, mas a podridão que eu carrego aqui dentro é invisível aos seus olhos. E nada impede que ele também tenha cadáveres escondidos em sua história, metafóricos ou físicos. Isso eu nunca saberei. Só o seu nome eu sei.

A noite urbana parece querer me engolir. Não é só a escuridão hostil que pesa sobre mim, é a vibração da própria cidade. O cinza das paredes, o vazio nos rostos dos transeuntes, as luzes brancas que mal iluminam as avenidas, o ronco impaciente dos motores dos carros que aguardam o farol abrir, os mendigos solitários que gritam no vácuo e são por todos ignorados. Tudo isso me repele. Eu não quero morrer aqui e ser mais uma alma indigente presa nessa selva de pedra. Eu quero distância de tudo isso, de todas as lembranças de minha vida amaldiçoada, de quem eu fui por todos esses anos e de quem eu me transformei nos últimos meses. A cidade me devorou e cuspiu os restos. Foi um monstro com quem vivi voluntariamente por toda uma vida. Mas agora acabou. Estou saindo de casa.

Eu guio pelas ruas e avenidas. Não quero chamar atenção. Eu não corro, eu não atravesso faróis vermelhos, eu não xingo quem me corta no trânsito ou quem é lerdo demais. Eu apenas vou seguindo, tentando escapar das luzes, dos semáforos, dos prédios, dos quarteirões superlotados, dos pedestres deprimidos, dos motoristas envenenados. De vez ou outra, passo por alguma viatura policial. Eles farejam meu crime, minha culpa. Mas passo por eles sem mirá-los nos olhos, sem dar mais motivos para que me parem e me capturem. Por vezes, durante meu percurso, tenho a impressão que algumas dessas viaturas me perseguem. As luzes vermelhas das sirenes parecem brotar a cada esquina, a cada curva, mas já não sei se o que é paranoia e o que é realidade. Sigo em frente, até o meu destino final, até que não haja mais saída. Enquanto conseguir ir, eu vou.

Aos poucos, a aglomeração sufocante da cidade vai ficando para trás. As moradas ficam mais esparsas e menores, as pistas mais vazias de carros, a velocidade mais rápida e a aceleração mais uniforme. Eu dou as costas para o grande pesadelo urbano e encaro de peito aberto o caminho para o meu fim. Sinto uma leveza, um gostinho da liberdade e, para brindá-lo, eu abro a janela para sentir a brisa no rosto e encher os pulmões de um ar cada ver mais limpo. Na estrada, eu me embalo pelas paisagens escuras e pacíficas que escorregam em alta velocidade aos meus lados, me hipnotizo pela estática que sai pelas caixas de som do carro, admiro beleza do céu cobertos por nuvens pesadas que pintam o horizonte em um degradê de tons negros e profundos. E vou, sem nem notar o tempo passar, para o meu encontro com a morte.

Quilômetros e quilômetros se passam, eu mergulho cada vez mais fundo na noite escura e, pela maior parte de minha trajetória, nem um fio de cansaço, dúvida ou medo me atinge. É mais para o final da viagem que sinto um arrepio na nuca, um trepidar de meus membros, uma ligeira falta de ar e uma inquietação generalizada. As belas e pesadas nuvens que eu admirava no céu se condensaram repentinamente em uma tempestade impiedosa. Sou obrigado a dedicar muito mais atenção ao meu caminho. Além disso, percebo que, pela primeira vez em muito tempo, estou sendo acompanhado na estrada. Através do espelho retrovisor, por trás dos pesados pedaços do céu que se liquidificam e se alastram por toda a redondeza, eu consigo ver um ponto minúsculo, bem ao fundo, se aproximando. Aquele pontinho não demora para se multiplicar e tomar uma forma clara e ameaçadora. As luzes vermelhas piscando as denunciam, são viaturas policiais, muitas delas. Os carros correm pela estrada, irrompem meu sossego, atrapalham meu percurso, mancham o vislumbre pacífico do término de minhas aflições. Minha fuga virou uma perseguição. Eles aceleram e eu acelero mais ainda, o máximo que o Uninho de Joana aguenta. Falta pouco. Falta muito pouco! Onde está aquela placa? Eu só preciso achar aquela placa.

Finalmente, as luzes do farol iluminam, por trás de uma cortina de água, a placa velha e enferrujada presa de forma improvisada em um pedaço de pau enfincado na terra. Nela, os dizeres quase indecifráveis: "Bem-vindo a Caraí – A Capital do S...". Eu alcanço o meu destino e ainda tenho tempo, ainda tenho uma mísera possibilidade de acabar a minha história como eu realmente desejo, seguindo as minhas próprias regras. Eu piso mais fundo no acelerador e viro bruscamente o volante para a direita e, com isso, entro derrapando pela miserável estrada de terra que levava a cidade natal de Fabrício.

A soma da longa viagem, a altíssima velocidade, o aguaceiro e os desníveis da estrada esburacada levam o *Uno* de Joana ao extremo. Em um quilômetro desconhecido desse pedaço de terra escuro e rodeado pela mais densa, misteriosa e medonha mata, ele dá seus últimos sinais de vida e me abandona na reta final do meu plano. Os sons selvagens e noturnos que entram pelo meu ouvido como uma reconfortante canção são contaminados pelas sirenes das sedentas viaturas que se aproximam impetuosamente de mim. Eu abro a porta do carro e pulo para fora do veículo. Tropeço em meus próprios pés e caio no chão de terra enlameado pela recente e torrencial chuva. Me levanto em um pulo, abandono o carro e me fundo com as sombras da floresta para despistar meus perseguidores. A chuva ainda cai forte, balança violentamente as árvores ao meu redor e dificulta o avanço pela floresta. Eu afundo meus pés na lama, me apoio nos troncos úmidos, tropeço em raízes expostas, mas sigo em frente, até deixar de ouvir qualquer sinal dos meus predadores.

Me embrenho mata adentro. Aos poucos, meu caminhar fica mais harmônico, meus movimentos mais leves e minha conexão com o ambiente cada vez mais forte. A tempestade também começa a dar sinais de seu fim e deixa apenas o rastro de sua passagem nos troncos caídos pelo caminho, na terra remexida e lamacenta, e nas folhagens. O som das sirenes também já havia se perdido em algum lugar de meu passado. Aqui, nessa floresta, só estou acompanhado por criaturas selvagens à espreita que me observam e julgam a minha invasão a seu lar. Eu não tenho ideia de que direção devo tomar. Vivo com a consciência de que estou completamente perdido, mas exatamente no lugar que quero estar. Deixo meus pés me guiarem pela mata, deixo minha intuição me dominar. Eu avanço, eu me mesclo ao ambiente, eu me deixo ser levado pela minha única ambição restante, o fim das minhas tormentas.

E o instinto me leva ao lugar certo. Eu já consigo vê-la à distância, por trás dos galhos e do breu noturno. Sua luz esverdeada brilha, dessa vez mais intensamente por conta da água da chuva que a cobre como um leve véu. A lua, recém-surgida após as nuvens se dissiparem, mira-lhe toda a sua luminosidade, como um holofote, como que para me guiar, me ajudar no término da minha missão. Eu recebo a visão da Ponte dos Suicidas junto com um calor intenso em meu peito. Ela me hipnotiza, me chama, clama pela minha alma atormentada. Desde a primeira vez que eu estive ali, naquela mesma mata, observando a ponte e sua iluminação surrealista, eu entendi a sedução, o porquê de tantos caraienses escolherem esse local para tirarem suas próprias vidas. Nada como morrer sozinho, se fundir a natureza e honrar a nossa existência hipócrita e insignificante com o sumiço e esquecimento eterno. Esse é o meu lugar.

Fascinado pelo vislumbre do fim, eu corro em direção à ponte. Estou encharcado, sujo de terra, tremo de frio, mas nada disso importa. Minha mente se esvazia. Eu me perco de mim. Não tenho passado, nem presente, nem futuro. Sou só um corpo em movimento em busca do desprendimento desse mundo de realidades cruas e vis. A cada passo que dou em direção à ponte, mais hipnotizado eu fico por seu brilho. A morte é luz, é verde e ela abre seus braços para mim. Eu corro em sua direção, pronto para o abraço final.

Enfim, eu saio da mata e piso no chão duro da ponte. Aprecio a brisa fresca que bate em meu rosto ao caminhar para seu centro. Lá embaixo, ouço o som da água correndo pelas brutas e assassinas pedras. Hoje, o filete de água é mais presente e significante, afinal, acabou de ser fortalecido pela tempestade. Mesmo assim, as pedras continuam afiadas, dominam a paisagem e gritam por nosso encontro. Eu chego no centro da ponte. Com um pouco de dificuldade, eu subo em seu parapeito de pedra. Tudo é pacífico, acolhedor. O vento fresco, o som das árvores ao se balançarem, o riacho que corre metros e metros abaixo, a luz da lua e a proximidade do fim. Estou pronto. Fecho os olhos, abro os braços. E caio.

A escuridão me consome.

***

Eu ouço risadas. Não é uma risada solitária, é um conjunto de risadas de tons, volumes e intenções diferentes. Apesar de juntas formarem um barulho significante e notável, elas me parecem distantes, abafadas, têm um quê de irreal, e uma audição irresponsável poderia facilmente confundi- las com o som de um grupo de focas em êxtase. Mesclando-se a esse estranho ruído, uma nova risada, essa mais próxima e uniforme, também é percebida por mim. Ela me soa bem mais genuína que a primeira, apesar de ser silenciosa e ter um toque de timidez e controle.

Aos poucos, começo a ter a consciência de que a escuridão na qual estou mergulhado não é absoluta, não representa a totalidade de meu novo universo. Eu posso abrir os olhos e enxergar além. E assim o faço, vagarosamente e com cuidado. Não tenho ideia do que posso encontrar sob a luz do desconhecido. Assim que abro meus olhos, uma claridade quase insuportável me abate. É dolorido enxergar, sair do meu breu particular, seguro e confortável. Apesar do incômodo, continuo abrindo meus olhos até que minhas pupilas se ajustem ao novo ambiente. Tudo é de uma branquidão desagradável, padrão, dura e sem graça. Isso é o paraíso? O inferno? O limbo para suicidas como eu?

Novamente ouço a risada silenciosa, algo como um suspiro leve e bem-humorado. Minha cabeça se vira automaticamente em direção ao som. Agora vejo algo a mais do que só luz e paredes brancas. Vejo também, através de um ângulo pouco tradicional e confuso, um homem com um sorriso bobo no rosto. Ele olha fixamente para frente, como se hipnotizado por uma beleza superior, divina. Eu conheço esse homem de algum lugar... Junto todos seus diferentes traços e características como em um quebra-cabeça, tento em poucos segundos formar a memória do nosso primeiro encontro. Seu rosto é pálido e cadavérico, os cabelos castanhos extremamente ralos, suas expressões são dominadas por uma certa inocência e fragilidade, mas é sua vestimenta que me guia para o caminho certo. O homem traja um uniforme policial, o que o presenteia com uma certa autoridade e um poder imaginário. É Lourenço, o caraiense aspirante a suicida, cuja vida ele devia unicamente a mim.

Sinto um gosto amargo no fundo da boca, sabores de coisa velha, guardada e embolorada. Engulo em seco, limpo minha garganta em um pigarro discreto e, com a voz rouca, pergunto:

— Onde eu estou?

Minha voz surpreende Lourenço, que desvia finalmente os olhos do que mirava hipnotizado. Ele me observa em silêncio. É tomado por uma fascinação contida. Depois de alguns segundos, ele me responde. Sua voz é banhada por uma secura e um desinteresse artificial e obrigatório, um tom bastante diferente de quando nos conhecemos pela primeira vez:

— Finalmente o senhor acordou – ele diz ao se levantar da cadeira e adotar uma posição ereta, oficial e autoritária. – Bem-vindo ao Hospital Municipal de Caraí...

Eu olho para todos os lados, tento entender melhor o espaço em que me encontro. Estou deitado em uma cama hospitalar. As paredes são brancas e malcuidadas, os aparelhos, monstruosos e extremamente datados. A minha frente, presa em um suporte próximo ao teto, uma televisão ligada e com fraquíssimo sinal mostra uma *sitcom* americana dublada — explicação das risadas enlatadas e da hipnose e divertimento tímido de Lourenço. Sinto cada vez mais o cheiro da vida, da realidade da qual quis tanto escapar. Um fio de pavor se engrandece em meu peito.

— Mas... eu caí... - eu balbucio em um estado de confusão plena.

— Você com certeza caiu... - Lourenço diz com uma risadinha cínica bastante incongruente com sua pessoa. - Mas não para o lado que você queria.

Do nada, sinto uma dor pulsante no lado direito de minha cabeça. Por puro instinto, tento levar a minha mão ao local, mas não consigo. Meu pulso está algemado a cama hospitalar.

— Era meu turno - Lourenço adota um tom didático ao perceber, por minha expressão, que suplico por novas informações. - Estava fazendo ronda pela Ponte dos Sui... - ele se interrompe bruscamente, dá uma risadinha sem graça e continua. - ... pela Ponte das Esmeraldas. Assim que você pisou na ponte, consegui ver teu rosto. Te reconheci de imediato. Você estava com aquele olhar fascinado... - Lourenço abaixa a cabeça e mira por um instante os próprios pés. Em seguida, continua. - Um olhar, por sinal, que eu conheço muito bem. Aí eu agi, né? Me aproximei, em silêncio absoluto, esperei o momento certo, te agarrei pela cintura e te puxei pra trás. Sei lá se a gente escorregou no molhado, ou se medi minha força errado, mas com a queda, você bateu sua cabeça no chão de pedra e apagou. A polícia chegou em questão de minutos. Foi aí que... que fiquei sabendo de tudo.

— Eu... eu estou vivo... - eu falo sem saber se foi uma pergunta, uma constatação óbvia ou pura lamentação.

Lourenço olha para os lados, se certifica de que estamos sozinhos e cochicha em um tom honesto, sem aquela autoridade e rigidez que, por conta de seu uniforme, precisava, obrigatoriamente, portar:

— Estamos quites. Você salva a minha e eu salvo a tua.

— Mas... eu não queria ser salvo! Eu queria um fim. Um fim pra tudo isso!

— E quem disse que *eu* queria ser salvo? – seu cochicho adota uma certa rispidez. – Você sabe por quanto tempo eu me preparei para aquele momento? Por quanto tempo eu juntei coragem para dar aquele passo? Aí você surgiu e acabou com meus planos, me obrigou a voltar para uma vida que eu não queria, que eu desprezava. Mas em questão de dias... – ele cessa o cochicho e exalta cheio de orgulho. – ...eu me transformei em um herói! Eu, com a minha observação atenta, meu faro impecável e minha destreza consegui pegar um assassino em fuga desde a capital! Eu finalmente me deparei com o meu propósito, com minha missão! Tem jornal de tudo que é lugar querendo me entrevistar, saber, passo a passo, como foi a sua captura!

Eu observo Lourenço em silêncio. Enquanto ele gesticula animado, não sinto nada além de dó. Seu tom orgulhoso, seu fascínio pela fama momentânea, sua esperança por novos rumos, e a impressão de preenchimento eram tão voláteis, tão frágeis. Hoje ele é um herói, mas até quando esse título duraria? Quanto tempo vai levar até Lourenço se afogar novamente em sua rotina maçante, no seu abandono perpétuo e em sua amarga solidão. Quanto tempo até juntar a coragem restante para visitar a Ponte dos Suicidas novamente a procura de seu fim? Decido deixá-lo aproveitar o gosto da vitória. Estávamos realmente quites. Ambos havíamos condenado um ao outro a continuar nesse mundo macabro e distorcido.

— Bem, fiz questão que você ouvisse diretamente de mim o que tinha acontecido lá na ponte, por isso que esperei você acordar. Missão cumprida! – Lourenço sorri satisfeito. – Agora precisamos tramitar sua transferência para o presídio lá da capital. Um tal de Gustavo Feitosa se prontificou a pegar seu caso nesse início e já está a caminho de Caraí. Seus pais também já foram notificados da sua situação.

Eu respiro fundo. Desvio o olhar de Lourenço e observo as algemas que me prendem à cama hospitalar.

— Todo mundo sabe... – eu suspiro cansado.

— Todo mundo e mais um pouco – Lourenço diz com uma insensibilidade proposital. Em seguida, ele se vira para a porta do quarto e grita ao nada. – Castro, avisa lá o sargento que a bela adormecida já acordou!

Na porta surge um soldado franzino e debochado. Ele me lança um olhar saturado de asco, afirma com um movimento leve de cabeça e sai pelo corredor com passos lentos e despreocupados.

Lourenço senta-se na cadeira ao meu lado, volta suas atenções à série sem graça que passava na TV e, cuspindo petulância, fala:

— Agora descansa mais um pouco, detento... Descansa porque a partir de agora é arcar com as consequências do seus atos...

Eu continuo com o olhar fascinado para as minhas algemas enferrujadas. Ao observá-las, um estranho, porém reconfortante, sentimento me domina. Todo mundo sabe do meu crime. Todo mundo sabe que eu sou um assassino. E não estou falando das minhas paranoias, dos fantasmas vingativos e sádicos que me perseguiram até aqui. Estou falando de Gustavo, dos meus pais, de Joana, de colegas de trabalho, de amigos de infância, de ex-namoradas, de vizinhos, de conhecidos e de anônimos. Todo mundo *realmente* sabe, todo mundo e mais um pouco...

Eu não sei o que o futuro me reserva, não consigo nem imaginar no que minha vida vai se transformar ao pagar por esse crime. Mas aqui, algemado a essa cama, sem meus defuntos para me livrar, sem novos planos pra criar e sem absolutamente mais nada para esconder, eu me sinto genuinamente livre. Eu não preciso mais fugir.

epílogo.

Uma suada Joana entra pela porta de seu minúsculo apartamento. Ela veste roupas coloridas de ginástica, tem os cabelos negros presos em um rabo malfeito e em sua mão direita segura a guia de uma coleira de couro azul. Preso a ela, está Norman, também ofegante, com a linguona para fora e mostrando os dentinhos afiados. O cachorro manca. Depois do tiro, a pata dianteira esquerda nunca mais recuperou seus movimentos. Hoje, ele já caminha saltitante por todos os lados, totalmente adaptado às novas condições de seu corpo, mas a recuperação foi extremamente difícil. Pelo menos Joana estava lá, oferecendo todos os cuidados possíveis e impossíveis, abafando suas próprias angústias para ajudar mais uma alma em necessidade.

Já faz um ano que tudo aconteceu. Um ano que Joana e Norman viram Lucas pela última vez. Um ano do tiro, da fuga e de sua captura no meio da selva. Joana acompanhou as notícias até onde aguentou, passou noites em claro cogitando se deveria visitar seu antigo amigo na prisão, se deveria, como Gustavo, ficar do lado do atormentado Lucas. Depois de muito pensar, decidiu por se desligar por completo dessa história. Isso era o mínimo que ela poderia fazer por ela, por sua própria saúde e sanidade. Se ninguém a ajudava, ela mesma precisava se ajudar, se ajudar a se esquecer desse acontecimento extremamente impactante em sua vida, mas que nos olhos de todos, nada a ela significou. Para o mundo, Joana foi uma mera coadjuvante nesse conto macabro. Ao final, como sempre, sobrava ela sozinha catando os cacos de sua vida devastada.

Era um domingo ensolarado e Joana aproveitou o belo fim de tarde para dar uma corrida e passear pela terceira vez com seu cachorro pelo bairro. Quanto menos tempo ela ficava em casa, afinal, melhor. E não era por conta do espaço mínimo que ela dispunha e que, agora, tinha que dividir com uma nova presença. Com isso ela já estava, há tempos, em paz. O problema é que as paredes ainda carregavam as marcas de sua história recente, daquela noite, dos tormentos de seu melhor amigo assassino, do pavor que sentiu e das tristes lágrimas que deixou cair. Como era difícil se recuperar das profundas feridas do trauma!

Em um estado de torpor, Joana se joga no sofá de sua pequena sala, liga a TV em um canal qualquer e perde o olhar pelas imagens sem sentido que pintavam a tela. Norman, que assim que chegou, mergulhou o focinho em seu pote de água na cozinha para se hidratar, vai à sala saltitante e pula no colo de sua nova dona. Os dois permanecem ali, deitados no sofá, hipnotizados pelo vazio que é emitido pela televisão, até que Joana fecha os olhos e cai em um gostoso cochilo.

São os latidos de Norman que a acordam. Ela abre os olhos, em um susto, sem entender muito bem onde está, que horas são e por quanto tempo dormiu. Percebe que os tons alaranjados do entardecer já haviam se despedido e agora seu apartamento é dominado pela escuridão noturna. Joana tenta acalmar Norman sem nem saber o motivo de sua excitação, mas o cachorro está irredutível. Ela resolve acompanhar o olhar do cão e nota que é a TV que ele encara raivoso. Na tela, um rosto conhecido. Uma foto de um cara magricela, cabelos raspados, olhos castanhos e afundados no rosto ossudo. Era Lucas. Ele olha fixamente para Joana e para todos os outros espectadores com uma expressão abatida, porém resignada.

Em um movimento automático, Joana alcança o controle remoto apoiado no braço do sofá, o aponta para a TV e posiciona seu dedo sobre o botão vermelho que desliga o aparelho (como sempre fazia quando o rosto de Lucas surgia na tela). Algo, no entanto, fez com que ela hesitasse em sua decisão e, em vez de apagar a televisão, ela apenas aumenta o seu volume. Dos alto-falantes da TV sai a voz do mesmo narrador padrão de todos os comerciais e programações do canal, mas agora em sua versão sombria e misteriosa: "...sua maldade destruiu um sonho, acabou com uma vida prestes a ingressar no estrelato."

A imagem de Lucas some da tela e, em seu lugar, cenas de vídeos caseiros são mostradas. O protagonista é Fabrício em diversos momentos de sua vida, da infância à fase adulta. Uma criança correndo pelos campos de Caraí, um pré-adolescente sorrindo sem graça para a câmera em um ambiente de festa, a versão adulta forte e vistosa construindo alguma estrutura de madeira no quintal de sua casa. O narrador é substituído por uma voz masculina enfraquecida, que para Joana, muito lembrava a voz de Fabrício. Logo, surge na tela a imagem do Eugênio e Vânia Gattardi, ambos sentados em um estúdio escuro. Eles olham o nada com feições chorosas.

"Um menino forte, determinado... Se ele tivesse ficado em Caraí, isso nunca teria acontecido" — o pai de Fabrício fala.

"Ele... Ele... ia ser ator da Globo..." — uma desamparada Vânia Gattardi completa aos prantos.

A imagem dos pais de Fabrício some em *fade out* e é substituída por uma montagem de cenas diversas da vida de Lucas pós-captura: ele deitado em uma cama hospitalar, sua transferência para a capital, seu julgamento, o transporte para a prisão e seu olhar tristonho por trás das grades. A voz do narrador volta a surgir: "Prepare-se para entrar na mente doentia de Lucas Lavazzio, testemunhar a construção de um psicopata, entender sua conexão com o renomado diretor Antônio Ribas e desvendar todos os mistérios desse crime e seus efeitos colaterais. Em seis episódios, você vai conhecer a história real através de emocionantes depoimentos das pessoas mais próximas tanto da vítima quanto do criminoso, pessoas que também presenciaram todos os passos da criação de um verdadeiro monstro."

Imagens de diversos personagens sentados no mesmo estúdio escuro surgem na tela. Flora, Giuliano, Juca, o porteiro Clemente, Lourenço, Eugênio e Vânia Gattardi, Fátima Ribas, Dona Arminda e alguns outros que Joana nem fazia ideia de quem eram.

"Dos mesmos produtores de 'A Sangue Frio', vem aí..." — na tela, uma imagem do rosto de Lucas surge dominante. Ela é tratada de forma que seus olhos e traços ossudos parecessem muito mais profundos e sombrios do que realmente eram. A imagem vem acompanhada de um letreiro vermelho e da voz instigante do narrador, que completa: "...O Nosso Assassino."

A propaganda acaba e um show de pegadinhas e vídeo cacetadas volta a passar na tela. Joana continua olhando para as imagens em movimento como se presa em um estado de hipnose profundo. Ela já sabia que essa triste e desesperada série documental em algum momento estrearia. Joana, inclusive, foi chamada incontáveis vezes para dar seu depoimento a respeito de seu melhor amigo, contar quem ele era na intimidade, no passado, em uma época onde sua insanidade ainda estava bem escondida no fundo de seu ser. Nunca passou por sua cabeça aceitar o convite. Ela não queria fazer parte de uma iniciativa tão mesquinha e sensacionalista. Além disso, ela não sentia que tinha propriedade para falar nada a respeito de seu amigo, nem ela, nem nenhuma daquelas outras pessoas que surgiram na tela. Afinal, ninguém sabe o que realmente passava na cabeça de Lucas, quais eram seus amores, suas alegrias, seus orgulhos, seus medos, suas batalhas e seus monstros. Ninguém realmente o conhecia.

Ninguém conhece ninguém.

AGRADECIMENTOS

É no mínimo injusto pensar na escrita de um livro como uma tarefa solitária. Por sorte, fui muito bem acompanhado durante essa trajetória que começou bem antes da primeira palavra ser escrita no papel. Aqui, agradeço a algumas das pessoas que caminharam e caminham comigo:

Muito obrigado à minha mãe Marília Quadros Sarian, a primeira leitora de tudo o que escrevo, principal incentivadora neste e em tantos outros planos mirabolantes que tenho, e quem, por puro exemplo, me ensinou a ser apaixonado por literatura.

Ao meu pai, Archak Sarian, por me permitir sonhar. Somente com seu apoio e as oportunidades que, juntamente com minha mãe, me proporcionou, eu consigo entender a profissão de escritor como algo possível e almejável.

À amiga Tatiana Mesquita pela prontidão e boa vontade para me ajudar em qualquer que seja o projeto que eu inicio. Se fosse eu, Alexandre, que tivesse matado alguém em um domingo de ressaca, tenho certeza que seria ela que me ajudaria a esconder o corpo.

Obrigado também à amiga médica Patrícia Barbosa Silveira, quem respondeu às minhas dúvidas absurdas sobre mortes e cadáveres sem nunca questionar minha sanidade mental.

Às amigas e sobreviventes da universidade de cinema: Ana Levisky pela leitura minuciosa e pelas críticas certeiras, Anna Lívia Marques de Souza pelas dicas de leitura, inspirações e todas as outras conversas e Larissa Siriani por compartilhar comigo um pouco do seu conhecimento vasto sobre o mercado literário.

E claro, à Natália Pascher de Barros. Não há palavras suficientes para agradecer ao apoio e paciência por todos esses anos, pelo ouvido atento aos meus devaneios imaginativos, pelas discussões calorosas sobre os personagens falhos que crio, pela honestidade em todas as suas críticas, e pela inspiração que me dá dia após dia seja nos livros ou em tudo o que faço na minha vida.

KOTTER
EDITORIAL

Este livro foi impresso em papel pólen 80g/m², tipografia Charter, no verão de 2019.